Diogenes Taschenbuch 24271

Anthony McCarten

Ganz normale Helden

Roman

Aus dem Englischen von
Manfred Allié und
Gabriele Kempf-Allié

Diogenes

Titel der 2012 bei
Random House Inc., Neuseeland,
erschienenen Originalausgabe:
›In the Absence of Heroes‹
Die deutsche Erstausgabe
erschien 2012 im Diogenes Verlag
Umschlagillustration: Jason Brooks,
›L'Empire des Lumières‹ (Ausschnitt)

Für Eva

Veröffentlicht als Diogenes Taschenbuch, 2014

www.diogenes.ch
150/14/8/1
ISBN 978 3 257 24271 3

50 % der Personen, die online gehen, machen falsche Angaben über Alter, Gewicht, Beschäftigung, Beziehungsstatus und Geschlecht.
20 % der Personen, die online gehen, berichten von eindeutig negativen Auswirkungen auf ihr Leben.
Das Internet spielt eine Rolle bei fast 50 % aller Familien- und Beziehungskrisen.
11 % der Personen, die online gehen, entwickeln Zwangs- oder Suchtverhalten.
Frauen sind mittlerweile häufiger online als Männer.

Quelle: Das Internet

Inhalt

I

DAS ENDE

Level eins
login

Renata gerät in Panik, wenn ihr Sohn nicht pünktlich zu Hause ist. Nichts macht ihr größere Sorgen. Und sie hasst es. Hasst es, wie sich ihr Magen zusammenkrampft, wenn sie auf seinem Handy anruft und nur die Mailbox rangeht. Was kann sie der Maschine schon sagen außer: »Ich bin's, ruf zurück, ich will wissen, wo du bist, ruf mich an. Ich mach mir Sorgen.«

Die leeren Worte, die noch leereren Minuten danach, die lähmende Angst, die sich in ihren Gedanken aufbaut und nur in der immergleichen hysterischen Schlussfolgerung enden kann: *Er ist tot.*

Sie kann diese Kettenreaktion nicht aufhalten. Sie weiß, dass sie durchdreht. Sie versucht, dagegen anzugehen, aber sie kann es nicht. Diese Angst, diese nagende Angst, fast eine Vorahnung, dass ein weiteres Unglück ihre Familie heimsuchen wird, bevor sie sich vom letzten erholt hat, ist allgegenwärtig.

Renata Delpe. Im Dezember wird sie fünfzig. Listenschreiberin. Optimiererin. Perfektionistin. Backt Kekse, die so frei sind von allem – Gluten, Laktose, Hefe, Weizen, Zucker, gesättigten Fettsäuren –, dass man sie kaum noch als »Nahrungsmittel« bezeichnen kann. Ehefrau von James (Jim), Mutter von Jeff und auch von dem verstorbenen Donald. Eine dieser Mütter, die Kinder als Krönung ihres Lebenswerks verstehen. Alles, was sie hatte, hat sie in die Kinder gesteckt, hat sich für sie aufgeopfert. Alles, was die Wohlhabenden bei der Aufzucht ihres Nachwuchses falsch machen können, hat sie falsch gemacht (Glück mit Geld gleichsetzen, kaufen, kaufen und ihnen immer noch mehr kaufen), und gerade deshalb wollte sie als Lohn dafür das perfekte Zuhause haben, mit einem zu 150 % engagierten Ehemann, der ihr helfen sollte, dieses Zuhause zu managen. Doch bekommen hat sie zwei Söhne, von denen der eine gestorben ist. Bekommen hat sie einen Mann, der nur an seine Arbeit denkt und ihr 90 % der Elternarbeit aufbürden und auch noch bestimmen will, wann er seine 10 % beisteuert.

Sie vertreibt sich die Zeit mit dem Internet. Neulich hat sie eine religiöse Seite gefunden. Katholisch. Obwohl sie es hirnrissig findet, dass dort virtuelle Absolution für sehr reale Sünden versprochen wird, gefällt ihr die Vorstellung, mit der Kirche in Kontakt zu bleiben, die sie hinter sich gelassen hat, aber immer noch irgendwie liebt. Und hinterher fühlt sie sich wohler. Das ist einfach so. Und so tippt sie, allein im Haus, in brennender Sorge um Jeff: Vergib mir, Herr, denn ich habe gesündigt.

Wäre sie jetzt in der Kirche, in dem kleinen finsteren Kasten mit dem Gitterfensterchen, hätte sie mit den Worten »Vergib mir, Vater« einen Priester angesprochen, der mittels einer nicht minder merkwürdigen Verbindung diese Bitte wortlos an ihren Schöpfer weitergeleitet hätte. Doch dieser Internet-Service braucht keinen Priester, keine Weiterleitung, sondern geht, wenn sie sich das mal richtig überlegt, davon aus, dass sie direkt mit ihrem Schöpfer chattet. *Klack, klack, klack, klack.*

RENATA: Seit sechs Monaten habe ich nicht mehr gebeichtet.

Klack, klack, klack.

RENATA: Richtig gebeichtet, meine ich. Persönlich. Diese Website hier habe ich im letzten Monat viermal besucht. Aber ich weiß nicht, ob das wirklich als Beichte zählt.

Renata starrt auf das Bild von Michelangelos Erschaffung Adams auf dem Monitor, auf die Fingerspitzen von Gott und Mensch, die sich fast berühren. Im Vordergrund ist ein Fenster mit blinkendem Cursor, ein Briefkasten, in den sie ihre Sünden werfen kann. Darunter ein zweites Fenster, vermutlich für die Antworten des Beichtvaters, für Gottes strengen Tadel – und wenn nicht den Tadel Gottes, dann den der Person, die hinter dieser Maschine steckt: Vielleicht ist es ein verstoßener Priester in Omaha mit offenem Hemd und karierter Golfhose, der für die Betreiber der Website arbeitet (etwas, das sich katholischer Vermittlungsdienst nennt). Gott, denkt sie, hoffentlich sitzt am anderen Ende keiner von diesen grässlichen Priestern, die wegen Unzucht (mit Haushälterin, Chorknabe oder Straßendirne) gehen mussten und die sich jetzt in keiner echten Kirche mehr blicken lassen können und ihren Lebensunterhalt als Seelentröster von Jammergestalten wie Renata verdienen.

Vergib mir, denn ich habe gesündigt.

Irgendwie bedrückt sie das – der Gedanke an die Unbeholfenheit der Kirche. Sie denkt zurück an all die Jahre, in denen sie sich unwürdig gefühlt hat. Immer die Drohung mit dem Tod, diese Obsession mit Sünde, Fehltritt, Versagen. Sie hat oft gedacht, dass die katholische Kirche im

Grunde eine Form von anhaltender leichter Depression ist.

Dann kommt eine Antwort: »Und welche Sünden möchtest du heute beichten?«

Jetzt wird sie den Gedanken an den verstoßenen Priester nicht mehr los. Es wäre furchtbar, wenn der Verfasser dieser Zeilen ein Perverser wäre. Aber wie zum Teufel soll man wissen, mit wem man es heutzutage im Internet zu tun hat? Und so stellt sie sich dann doch lieber wieder vor, dass der Schreiber am anderen Ende Gott ist. Ja, das ist Gott, mit dem sie hier redet, Gott persönlich, der sie gerade in unmissverständlichen Worten gefragt hat, was sie beichten will. Sie stellt sich ein freundliches Gesicht vor, ein bisschen wie ihr ältester Bruder, nachdem er mit Mitte vierzig beschlossen hatte, sich einen Vollbart stehen zu lassen – so stellt sie sich den Gott vor, auf den sie so wütend ist.

RENATA: Ich bin schon lange nicht mehr zur Beichte gewesen. Ich gehe nicht mehr in die Kirche. Wie immer kann sie nicht mehr aufhören zu tippen, wenn sie einmal angefangen hat. Ich war ohnehin schwankend im Glauben. Und am Ende saß ich nur noch in der Kirche und kämpfte mit den Tränen. Ich hatte nicht das Gefühl, dass ein Kirchenbesuch mir wirklich hilft, ich wurde wütend, also bin ich nicht mehr hingegangen.

GOTT: Und warum bist du wütend auf die Kirche?

RENATA: Man hat mir meinen Sohn genommen.

GOTT: Dein Sohn ist gestorben?

RENATA: Ich wusste nicht, wofür ich noch beten sollte. Ich habe nie »warum?« gefragt, weder Gott noch sonst jemanden. Ich hatte das Gefühl, keine Antwort ist gut genug.

GOTT: Dein Sohn ist gestorben?

[Lange Pause.]

RENATA: Es hat mir das Herz gebrochen, und jetzt habe ich das Gefühl, dass ich nicht genug getan habe, um Donald zu helfen. Ich bin so niedergeschlagen, dass es mir vorkommt, als gebe es einen tiefen Graben zwischen mir und der Welt. Kein Mensch versteht, wie elend mir zumute ist. Ich habe keine Tränen mehr. Wozu soll ich noch weiterleben?

GOTT: Jedes Leben hat einen Anfang, eine Mitte und ein Ende … wenn auch nicht unbedingt in dieser Reihenfolge.

RENATA: Neuerdings habe ich sogar Träume, Tagträume, in denen ich mit allem Schluss mache. Nichts außer Donald kann die Leere füllen, die er hinterlassen hat. Und mein älterer Sohn kommt nie pünktlich nach Hause. Heute auch nicht. Und dann denke ich – was, wenn ihm auch noch etwas zustößt? Wenn ich anrufe und er geht nicht ran, das macht mich verrückt. Tut mir leid, das gehört wirklich nicht hierher.

GOTT: Es gibt nichts, was nicht hierhergehört. Wie heißt dein Sohn?

RENATA: Jeffrey. Er ist knapp neunzehn. Schulversager. Muss ein ganzes Schuljahr wiederholen, und ich fürchte, er schafft es wieder nicht. Er macht es mir so schwer. Er hintergeht mich. Ein notorischer Lügner. Ich rege mich furchtbar auf. Werde ungeduldig. Wütend.

GOTT: Vielleicht liegt das daran, dass allein die Tatsache, dass er da ist, dafür sorgt, dass du nicht ganz aufgibst.

[Lange Pause.]

RENATA: Vielleicht. Für ihn muss ich weiterhin Mutter sein, obwohl ich eigentlich nicht mehr Mutter sein möchte. Ja, das klingt plausibel.

GOTT: Und etwas in dir ist deshalb wütend auf ihn. Vielleicht war er nicht dein Lieblingssohn. Deinen Liebling hast du verloren.

RENATA: Ich habe sie immer beide gleich lieb gehabt.

GOTT: Das stimmt nie. Man zieht immer ein Kind vor.

[Lange Pause.]

RENATA: Das ist entsetzlich – ja, stimmt, nur weil er da ist, kann ich nicht laut aufschreien und aufgeben. Die Vorstellung, dass er nicht mein Liebling ist – furchtbar!!

GOTT: Eltern sind immer nur so glücklich wie das unglücklichste ihrer Kinder.

RENATA: Interessanter Gedanke.

GOTT: Der Vater des Jungen – wo ist er?

RENATA: Jim und ich, wir sind Lichtjahre voneinander entfernt.

GOTT: So heißt er, Jim?

RENATA: Er ist wütend auf mich, weil ich nicht mehr so bin wie früher. Als hätte ich unseren Pakt gebrochen. Ich bin mit einem Mann verheiratet, der es nicht ertragen kann, dass ich so bedürftig geworden bin.

GOTT: Gib ihn nicht auf.

RENATA: Was ich durchmache – er will nichts mehr davon hören!! Deshalb reden wir kaum noch miteinander. Er ist überhaupt nicht mehr zärtlich zu mir, er schläft jetzt in einem anderen Zimmer. Kann sein, dass wir uns trennen werden. Er will mich loswerden, ich seh's ihm an. Anfangs war er wütend, als ich ihn um getrennte Schlafzimmer gebeten habe, aber jetzt scheint er froh zu sein, dass er sich mir entziehen kann. Wenn wir doch mal miteinander schlafen –

[Langes Schweigen.]

GOTT: Bist du noch da?

RENATA: Das hier ist doch strikt vertraulich, ja?

GOTT: Absolut.

RENATA: Manchmal, ganz selten, kommt Jim zu mir in mein

Schlafzimmer. Und dann fühle ich mich, als hätte ich Valium genommen, mein Körper empfindet so gut wie nichts, ich empfinde so gut wie nichts – es ist eher wie ein Termin beim Arzt, eine gynäkologische Untersuchung, zu der ich mich zwinge, um mich zu vergewissern, dass dieser Teil von mir noch funktioniert.

GOTT: Immerhin habt ihr noch nicht aufgegeben.

RENATA: Eigentlich sollte ich das alles gar nicht sagen, aber sogar meine beste Freundin will davon nichts mehr hören. Ich bin sicher, was Jim und ich jetzt bräuchten, das wäre Trauer – wir müssten ganz offen trauern –, aber es ist, wie wenn man in einen Spiegel schaut. Statt Trost finden wir im Anderen nur das Spiegelbild unseres eigenen Schmerzes. Hören Sie, ich muss jetzt Schluss machen. Mein eigenes Unglück ekelt mich an. Ich danke Ihnen, wer immer Sie sind! Jetzt muss ich wieder Jeffrey anrufen. Der ist schon zwanzig Minuten überfällig… Aber eins will ich noch sagen. Wenn ich mit anderen Leuten zusammenkomme, sogar mit Elsbeth, dann habe ich immer das Gefühl, ich bin denen peinlich.

GOTT: Elsbeth?

RENATA: Meine beste Freundin. Jims Schwester.

GOTT: Sprich weiter.

RENATA: Offenbar fällt es Menschen enorm schwer, auf jemanden mit meinen Schwierigkeiten einzugehen. Vielleicht gibt es ja Trauerregeln, und ich trauere nicht KORREKT. Nur ein Beispiel: Kurz nachdem Donny gestorben war, hat es mal bei mir an der Tür geklopft. Die Nachbarin von nebenan, sonst immer sehr nett. »Hallo – nein, ich komme nicht rein, ich will nicht stören«, sagt sie. »Wir haben nur überlegt, ob wir etwas für Sie tun können. Egal, was.« Ich habe kurz überlegt, dann habe ich gesagt: »Würden Sie das Auto waschen?« Sie hätten ihr Gesicht sehen sollen, total geschockt. »Soll das ein Witz sein?«, hat sie gefragt. Und als ich gesagt habe, nein, gar nicht, hat sie erwidert: »Tut mir leid, das ist nicht die Art Hilfe, an die wir gedacht hatten.« Und weg war sie!

GOTT: Hilfe in praktischen Dingen ist unter solchen Umständen oft das, was wir am meisten brauchen.

RENATA: Mein Auto musste nun mal dringend gewaschen werden. Ich hatte einfach keine Zeit und Kraft dafür. Autowaschen und solche Sachen sind bis heute die Art Hilfe, die ich wirklich brauchen kann.

GOTT: Das erscheint mir wirklich nicht zu viel verlangt.

RENATA: Danke. Wie geht's jetzt weiter? Bekomme ich Buße und Absolution?

GOTT: Ich will nicht zu streng sein. Als Buße betest du drei Ave Maria und ein Vaterunser. Versuch, wirklich an die Worte zu glauben, wenn du sie sprichst. Ich spreche dich los und gebe dir Frieden, und ich vergebe dir deine Sünden im Namen des Vaters, des Sohns und des Heiligen Geistes.

RENATA: Amen.

Und so seltsam das ist, selbst nach dieser noch so unnatürlichen Absolution, der noch so oberflächlichen Segnung, fühlt sie sich ein wenig besser. Wie kann das sein? Das ist doch absurd, dass sie eine Vergebung annimmt, die nichts weiter ist als ein Placebo! Aber es lässt sich nicht bestreiten, dass es ihr mehr und tieferen Trost bietet als alles, was ihre Kirche oder ihre Familie in den letzten zwölf Monaten für sie getan hat.

Fünf Minuten später kommt Jeffrey.

Renata kann nicht anders. Sofort schreit sie ihren Sohn an. Puterrot im Gesicht, die Hände in die Hüften gestemmt, legt sie los. Sie mag zwar schuldlos sein, von allen Sünden befreit, aber sie ist und bleibt Mutter, und mit dem Jungen geht es so nicht weiter.

Jeffrey will es erklären: »Akku leer. Wo ist das Problem? Jetzt beruhige dich doch.«

»Kann ich aber nicht. Du weißt, dass du dein Handy an lassen und dafür sorgen sollst, dass es aufgeladen ist, falls was ist. Wie oft muss ich dir noch sagen, dass ich mir Sorgen mache, wenn du nicht erreichbar bist. Wo warst du?«

»Nirgendwo. Reg dich ab, Mum. Meine Güte!«

»Ich frage dich noch einmal.«

»Ich … ich war bei einem Mädchen. Ich habe mich mit einem Mädchen getroffen.«

»Kelly? Die habe ich angerufen.«

»Nicht Kelly.«

»Saskia? Mit deren Eltern habe ich auch telefoniert.«

»Jemand, den du nicht kennst. Was soll das?«

»Kann ich bitte dein Handy sehen?«

»Mum, du spinnst wohl.«

»Kann ich jetzt bitte kurz dein Handy sehen?«

»Warum?«

»Das weißt du ganz genau.«

»Der Akku ist leer.«

»Gib mir bitte dein Handy!«

»Scheiße, Mum. Ich bin achtzehn. Was soll das?«

»Du bist vielleicht achtzehn, lebst aber immer noch bei uns, und hier gibt's Regeln. Los, dein Handy, wird's bald?«

»Ich weiß nicht, wo ich es habe.«

»Versuch's mal in deiner Tasche.«

Wütend, betont langsam, tastet Jeffrey seine Taschen ab, zuerst die unwahrscheinlichste, die Brusttasche, und kommt schließlich bei der rechten Gesäßtasche seiner Jeans an, in der er sein Handy immer hat. Er zieht es heraus. Hält es zögernd seiner Mutter hin. Erwischt.

Mutter und Sohn starren einander an. Jeff ist einen halben Kopf größer als Renata mit ihren einssiebenundsechzig. Er hat das gleiche Grübchen am Kinn wie seine Mutter. Den gleichen verkniffenen Mund, den sie beide von der griesgrämigen Großmutter Rasmussen geerbt haben. Renata hat manchmal das Gefühl, dass sie Jeff nicht mögen würde, wäre er nicht ihr Sohn. Sie stellt sich vor, wie er mit sechzig aussehen wird – immer noch schlank, wie sein Vater, immer noch unergründlich, schwer zu durchschauen, ein durchtriebener Lügner. Wenn er mal heiratet, wird er sich scheiden lassen, denkt sie, vielleicht mehr als einmal. Zu unaufrichtig. Die zornigen Frauen werden Schlange stehen und ihn »Mistkerl« nennen.

Sie schaltet das Handy ein. Das Display leuchtet auf. Der Akku ist mehr als halbvoll. Renata blickt zu ihm auf, mit müden, enttäuschten Augen, ein Blick, der sagt: Was ist nur schiefgegangen mit uns beiden, Schatz?

Jeff Delpe. Der große Lügner. Wie Donald mal von ihm gesagt hat: *»Der kann dermaßen lügen, dass selbst das Gegenteil von dem, was er sagt, nicht stimmt – D.D. © 2007.«*

»Ich will dich heute Abend nicht mehr sehen.«

»Aber gern.«

Jeffrey ist fort. Oben in seinem Versteck. Seinem Zimmer.

Warum müssen sich sämtliche Männer in Renatas Leben verstecken?

Kurz darauf kommt James Delpe nach Hause. Außer Atem, mit wehendem Mantel, eine schwere Aktentasche in der rechten, Schlüssel in seiner linken Hand. Er schnauft. Hat leichte Kopfschmerzen. Ein langer Tag. Er spürt seine vierundfünfzig Jahre. Er stellt die Tasche ab, sieht niemanden und ruft »Ich bin's nur«, für den Fall, dass ihn doch einer hört, trotz der lauten Musik oben in Jeffs Zimmer.

Von der Anrichte nimmt Jim die an ihn adressierte Post: eine Kreditkartenabrechnung, einen Rundbrief einer Hilfsorganisation, die Rechnung der Autowerkstatt für die Bremsenreparatur, zwei Broschüren von Grundstücksmaklern, die immer noch auf seine Anfrage nach einem »Häuschen im Grünen« antworten. Er reißt die Umschläge auf, überfliegt den Inhalt. Mit der Kreditkarte hat er diesen Monat zu viel ausgegeben; er muss aus dem Weinschmecker-Club austreten, die Weine sind eh nur mittelmäßig, aber was kann er mit all den anderen Dingen machen, die sein Einkommen auffressen: £ 35 pro Monat für sein Blackberry, zwei weitere Handy-Abos für Jeff und Renata, von denen jedes noch einmal mindestens £ 70 im Monat kostet, die Abbuchungen für Satellitenfernsehen, DSL, DVD-Filmclub und natürlich noch die Gebühr für das Festnetztelefon? Er erinnert sich kaum noch an die Zeiten, als die Telefonrechnung das Einzige war, was eine Familie für die Telekommunikation zu zahlen hatte!

Er reißt auch die anderen Umschläge mit Rechnungen

auf und wirft noch einen Blick auf die bunten Hausprospekte, so unpassend und so teuer, dass er sich umso mehr zu dem Haus gratuliert, das er tatsächlich gekauft hat. Wenigstens hier, bei den wirklich wichtigen, großen Entscheidungen, hat er seine Familie nicht im Stich gelassen.

Das war Jims Patentrezept nach Donalds Tod – aus London wegzuziehen. Die Trauer über diesen schrecklichen Verlust verlangte nach etwas Großem, aber das Stadtleben ist für Renata und für ihn auch sonst schlicht zu anstrengend geworden. Und er ist stolz darauf, dass ihm die Logistik des Umzugs so gut von der Hand geht: das eine Haus verkauft (auch wenn die Unterzeichnung des Vertrages noch aussteht), das andere, ein Natursteincottage in Gloucestershire, bereits bezahlt, und die Handwerker sind schon zugange und richten es her. Wenn sie zügig vorankommen, können die Delpes direkt nach Jeffs Abschlussprüfung aufs Land ziehen. Zwei Stunden Fahrtzeit von London – Jim hofft, dass dort seine Familie wieder zusammenfinden kann, dass dort ein Leben möglich ist, bei dem die heilenden Kräfte der Natur ihre Wirkung entfalten können. Auf drei Seiten grenzt das Anwesen an Wald, eine riesige Wildnis aus Bäumen, Pfaden und üppigem Laub, und Jim, der alte Romantiker, ist überzeugt, dass ein Waldweg helfen kann, wo auf dem Beton des Bürgersteigs alles verloren ist.

Doch nun, wo das Umzugsdatum näher rückt, ist die Anspannung mit Händen zu greifen. Schon ein Witz, dass das Heilmittel für ihre Krankheit die Symptome verschlimmert. Renata wird sich in das neue Leben hineinfinden, da ist er sicher, aber er kann nur hoffen, dass Jeff seinem

Vater eines Tages verzeihen wird, dass er ihn vom Großstadtleben abgeschnitten hat.

Ganz unten im Poststapel liegt ein Brief mit dem Aufdruck *Life of Lore*, adressiert an *Jeffrey Delpe*. Seltsam, dass die Betreiber an ihre Spieler schreiben.

Life of Lore. Ein Online-Videospiel. Tausende von gesunden Stunden vergeudet an eine ungesunde Beschäftigung. Millionen unbekannter User, die in Verkleidung zusammenkommen, der größte Maskenball aller Zeiten. Der Brief sieht aus, als hätte sich jemand daran zu schaffen gemacht. Ihn geöffnet und dann wieder zugeklebt. Er legt ihn beiseite, als Renata grußlos an ihm vorbeigeht.

Abendessen. Am Tisch nur Renata und Jim.

»Er hat heute einen Brief gekriegt.«

»Hmmmm?«

»Hörst du mir überhaupt zu? Ich hab gesagt, er hat heute einen Brief gekriegt.«

»Hab's gerade gesehen«, antwortet er.

»Ich habe ihn aufgemacht.«

Er hört auf zu essen. »Du hast ihn *aufgemacht*?« Er starrt sie an. »Was hast du dir dabei gedacht?«

»Er kriegt andauernd solche Briefe. Von diesem Videospiel. Ich hab gleich gewusst, dass da was faul ist.«

»Renata! Das kannst du nicht machen.«

»Es ist ein Scheck!«, sagt sie triumphierend. »Siebenhundertfünfzig Pfund.«

»Du kannst doch seine Post nicht öffnen, Renata! Er ist achtzehn!«

»Aber der Scheck – siebenhundertfünfzig Pfund.«

»Schon gut, aber –«

»Was sollen wir deswegen unternehmen?«

»Ich weiß nicht. Aber –«

»Was?«

»Er ist erwachsen, verdammt noch mal. Wir müssen –«

»Womit verdient er so viel Geld?«

»Wir müssen ihn fragen. Fragen! Mit ihm reden! Nicht seine Post aufmachen!«

»Siebenhundertfünfzig Pfund. Dafür, dass er ein Videospiel spielt? Wird man jetzt für so was schon bezahlt?«

»Geh hin, und frag ihn.«

»Geh du. Los! Ich will, dass du mit ihm redest.«

»Du hast seine Post aufgemacht, dann musst du auch mit ihm reden.«

»Ich habe etwas unternommen. Jetzt bist du dran.«

Er schüttelt den Kopf, betont gleichgültig. »Gut. Ich mach's.«

»Machst du dir denn keine Sorgen?«

»Natürlich mache ich mir Sorgen.«

»Ja, weil ich seinen Brief aufgemacht habe. Nicht weil dein Sohn *riesige* Schecks von wildfremden Leuten bekommt.«

»Renata, du kannst nicht anderer Leute Briefe aufmachen.«

»Bist du denn nicht froh darüber?«

»Ehrlich gesagt, nein. Ich finde es nicht okay.«

»Nicht okay? Dass ich –?«

»Ich sage nur, dass es hier auch noch um was anderes geht. Um Vertrauen. Privatsphäre.«

Sie sieht rot. »Das ist wieder mal typisch. So geht das doch jedes Mal. So reagierst du auf alles. Aussitzen. Pseudophilosophisches Geschwafel. Ein einziges großes schwabbeliges Nichts aus Unentschlossenheit.«

Es hört sich an, als habe sie diese Vorwürfe geprobt. Lange daran gefeilt. »Ich hab gesagt, ich red mit ihm, und das werde ich auch. Aber gerade eben habe ich von etwas anderem gesprochen.«

»Vergiss es. Ich mach es schon selbst.«

»Meinetwegen. Wenn dir das lieber ist. Mach, was du willst.« Er zuckt mit den Achseln. Er ist nicht bereit, sich wegen jeder Kleinigkeit zu streiten.

»Erbärmlich«, sagt sie. »Die Drecksarbeit muss mal wieder ich erledigen. Ich soll herausfinden, was mit Jeff los ist, und dann machst du mir Vorwürfe, dass ich ihm nicht vertraue. Ich bin ganz auf mich gestellt, Jim. Ganz auf mich allein!«

Gleich wird sie weinen. Er sieht es schon kommen. Er muss sich beeilen, um seinen nächsten Gedanken noch anzubringen, und deshalb klingt der Satz falsch, er klingt zu hart. »Hast du mal überlegt, ob Jeff vielleicht ein Leben verdient, in dem du ihn nicht dauernd bemutterst?«

»Geh du nur zurück an deine Arbeit. Mach schon, versteck dich. Versteck dich.« Schon ist sie in der Küche verschwunden. Töpfe scheppern.

Er folgt ihr. »Ich habe gesagt, ich rede mit ihm.«

»Immer das Gleiche«, sagt sie. »Wie damals, als ich gemerkt habe, dass er in seinem Zimmer Marihuana raucht. Und dann habe ich rausgefunden, dass du Bescheid wusstest.«

»Das ist ein anderes Thema.«

»Du hast deinem Sohn erlaubt, Hasch zu rauchen.«

»Hab ich nicht.«

»Hast du doch. Ich konnte mir den Mund fusselig reden, er wusste immer, dass du dachtest, es ist alles halb so wild.«

Jim spürt, wie der Ärger in ihm aufsteigt. Warum ist immer er schuld, wenn sein Sohn etwas falsch macht? »Stimmt doch gar nicht. Ich habe ihm einen Vortrag gehalten, habe ihm gesagt, wer Hasch raucht, verliert den Blick für die Zukunft, lässt sich treiben et cetera et cetera. Was kann ich denn sonst noch tun? Er ist volljährig.«

»Wenn du doch nur einmal…«

»Wenn du doch nur einmal was…? Los, sag schon!«

»Dich einmal wie ein Vater benehmen würdest.«

Gnadenlos. Jeder Streit über eine Einzelfrage wird zur Generalabrechnung. »Was soll das heißen?«

»Vergiss es. Frag ihn einfach, wofür das Geld ist. Bitte. Ich hab's satt, jedes Mal der Drache zu sein.«

»Mich belügt er ja doch nur.«

»Er belügt jeden!« Sie schüttelt den Kopf und ballt die Fäuste. Weiß offenbar nicht mehr weiter. »Hör zu, das hängt alles zusammen. Es ist –« Sie greift aus Verzweiflung nach ihrem Weinglas, ihre Lippen mit einem Mal feucht – Lippen, die man küssen könnte. »Es ist – diese gewohnheitsmäßige Art, dieser Hang zu täuschen. Als wäre es langweilig, die Wahrheit zu sagen. Selbst wenn ihm das Lügen keinen Vorteil bringt, erzählt er lieber eine Lüge, und es ist unglaublich, wie gut er das macht. Er blufft, betrügt, erfindet, schwindelt, phantasiert, und sogar wenn man genau weiß, dass er lügt, möchte man ihm noch glauben. Er ist der geborene Hochstapler. Ein Pokerface, wie es im Buche steht!« Renata starrt Jim an, dann redet sie weiter: »Woher hat er das? Wir sind doch nicht so.«

Jim zuckt mit den Achseln, stimmt ihr zu, dass sie etwas gegen diese notorische Verlogenheit unternehmen müssen. »Ich lasse mir was einfallen.«

Aber Renata will, dass sie sofort etwas tun. »Wir müssen ihn kurieren, gemeinsam. Wäre das möglich? Ich will, dass du das *wirklich* in Angriff nimmst. Wir müssen einen Weg finden, ihn von dieser ständigen Flucht vor der Realität abzuhalten. Den ganzen Tag hockt er vor seinen Computerspielen. Als hätte er Angst, dass er mit der Wirklichkeit nicht zurechtkommt. Nur in der *virtuellen* Realität fühlt er sich wohl. Das ist einfach schrecklich.« Ein Seufzer tief aus ihrem Inneren sucht sich einen Weg ins Freie, und es klingt, als habe sie ihn dort Stunden, Tage, Jahre festgehalten. »Ich weiß nicht, woher er das hat. Wir haben unsere Probleme, aber wir sind wenigstens immer ehrlich zueinander.«

Er nickt. »Und was schlägst du vor?«

»Sprich mit ihm. Ein Gespräch zwischen Vater und Sohn.«

Er blickt aus dem Fenster. Auf die andere Straßenseite. In die Wohnzimmer von zwei Häusern, die ganz genau so aussehen wie ihres. Bühnen für die menschliche Tragödie. »Schön. Aber wir müssen auch seine Privatsphäre respektieren.«

»Natürlich.«

»Ihm nicht mehr nachspionieren.«

Nach dem Essen bringt Jim den Teller für Jeff nach oben; er hält ihn mit einem Küchentuch, damit er sich nicht die Finger verbrennt. In seiner Tasche steckt der Brief, den Renata schon geöffnet und wieder zugeklebt hat. Ist sein Sohn ihm wirklich ein Rätsel? Schon, aber doch kein größeres als das Rätsel seiner eigenen Person. Denn wer ist Jim Delpe? Weiß, in jeder Hinsicht in der Mitte – Schicht, Einkommen, Alter –, ungesellig, tüchtig auf seinem Gebiet, doch auf allen anderen unerprobt, folglich zu 90% unwissend. Vielleicht liegt es daran, dass er niemals Widerstand gespürt hat, dass es nie Schlachten gab, die ihm, wenn er sie gewonnen hätte, gezeigt hätten, was in ihm steckt; seinen wahren Charakter gezeigt.

Er klopft zweimal an Jeffs Tür. Drinnen läuft laute Musik, also öffnet er. Eine andere Welt – Kabel, Rechner, das Summen der Maschinen, das für diese Generation so berauschend ist wie Marihuana und Fliegenpilz einst für die seine. »Jeff?« Er gibt seiner Stimme einen sanften Ton, um zum Ausdruck zu bringen, wie sehr er seinen Sohn liebt, diesen verschlüsselten Jungen, ihn so liebt, dass es ihm weh tut. Sein Sohn, einer von nur zweien, die Jim Delpe gezeugt hat. Und selbst das verblüfft ihn immer wieder – dass er es geschafft hat, seine Gene weiterzugeben, zweimal. Kopieren. <STRG+C>. »Abendessen?«

Der Junge hat Jim den Rücken zugewandt, er starrt gebannt auf den Monitor.

Jeffrey. Er war nicht immer ein Computerkid. Erst seit Donalds Tod. Vielleicht war es der jähe Verlust oder das Leichentuch, das sich danach auf die Familie gelegt hat und nie wieder gelüftet wurde. Jedenfalls hat Jeff sich, genau wie Jim auch, vom Familienleben zurückgezogen. Keine Spur mehr von dem Schwadroneur aus dem vorigen Jahr, der am laufenden Band Geschichten erzählte, die weder er noch sonst einer je erlebt haben konnten. Damals hatten Jim und Renata überlegt, ob er womöglich am Münchhausen-Syndrom litt und ob vielleicht die Medikamente helfen würden, die man hyperaktiven Kindern gibt. Verschwunden auch der jugendliche Schürzenjäger, dessen lange Liste von angeblichen Eroberungen seinen frommen Eltern Seelenqualen verursacht hatte. Verschwunden der junge Mann, der auf dem Basketballfeld triumphierend die Faust gen Himmel reckte, dessen »Zeigt's ihnen!« sekundenlang in einer Sporthalle nachhallen konnte. Gänzlich verschwunden der aufsässige Jugendliche, der lebte, als hätte er permanent die FESTSTELLTASTE GEDRÜCKT, alles war ÜBERTRIEBEN UND SUPERDRINGEND UND ZU GROSS GESCHRIEBEN, GEFÜHLE WICHTIGER ALS VERSTAND, TRÄUME WICHTIGER ALS DAS GEWISSEN, ANGETRIEBEN VON SO VIEL ÜBERZEUGUNGSWILLEN UND HYPE, DASS DIE GRENZE ZWISCHEN FAKT UND FIKTION SCHLIESSLICH… VERPUFFT. Dieser Junge? Nicht mehr da. Renata und Jim suchen noch nach der Original-Software, die diese frühere Version ihres Sohnes wiederherstellt. In der Zwischenzeit müssen sie sehen, dass sie sich mit dem Zombie arrangieren, dem blutlosen Autisten mit den hängenden Schultern, der seine Kontakte mit der Außenwelt auf ein gebrummtes »Okay« oder »Schön« oder »Gleich« beschränkt.

»Hallo, Sohn?«

Erst da dreht Jeff sich um. Die Augen blinzeln wässrig,

als erwache er aus einem tiefen Traum. Er wird Jim immer ähnlicher. Aber anstelle von Stolz auf seine eigenen Gene, darauf, dass die Übertragung so perfekt geklappt hat, empfindet Jim wieder einmal nichts als Ärger über das, was er im Gesicht seines Sohnes entdeckt und was ihn an sich selbst immer gestört hat: die etwas zu groß geratene Nase, die blasse Haut, die unentschlossene Weinerlichkeit im Zusammenspiel von Augen, Brauen, hängenden Mundwinkeln und dem gemeinhin als fliehend beschriebenen Kinn.

Mittelmäßige Eltern bekommen mittelmäßige Kinder.

»Danke, kein Hunger.«

»Du musst was essen. Komm schon, bevor es kalt wird. Tu's deiner Mutter zuliebe.«

»Ich hab echt keinen Hunger.«

Was kann Jim da machen? Er stellt das Tablett auf den Schreibtisch. »Wenigstens ein paar Bissen. Und hör mal, wie wär's, wenn wir beide versuchen würden, mehr Rücksicht auf den Druck zu nehmen, unter dem deine Mutter steht, und uns vornehmen, dass wir es ihr nicht noch schwerer machen? Verstehst du, was ich sagen will? Nicht den Kontakt zu ihr verlieren. Und wenn du dich verspätest, schick ihr eine SMS, ruf sie kurz an, einfach nur, damit sie sich keine Sorgen macht. Du weißt doch, wie sie ist. Meinst du, das könntest du tun?«

»Mache ich doch. Fast immer. Meine Güte, Dad.«

»Ja, ich weiß.«

»Manchmal ist das, als ob ich unter Beobachtung stehe oder so. Wie ein Verbrecher mit einer elektronischen Fußfessel. Also, ich würde ja ausziehen, aber –«

»Ausziehen?«

»Eigentlich bleibe ich nur euretwegen.«

»Was soll das heißen?«

»Damit ihr beide euch nicht an die Gurgel geht.« Jeffs Gesichtsausdruck lässt keinen Zweifel, dass er es ernst meint. »Ihr seid so kurz davor, euch zu trennen, es ist lächerlich. Also versuch ich einfach, der Kitt zu sein, der alles zusammenhält. Und was ist der Dank?«

Erstaunliche Idee – Jeffrey als Retter seiner Eltern! »Von Trennung ist gar keine Rede. Kümmere dich einfach um dich selbst. Besteh deine Prüfung, und hab ein bisschen Nachsicht mit deiner Mutter.« Aber Jeff beugt sich schon wieder über seine Tastatur und tippt. Es ist zum Verrücktwerden. »Und wir sollten auch darüber reden, wie viel Zeit du mit diesen Internetspielen verbringst. Wir verstehen nicht, was das für ein Leben ist, das du führst.«

Der junge Mann blickt nicht einmal von seinem Bildschirm auf. »Was soll man denn hier sonst schon machen?«

»Wie wär's mit Schulaufgaben?«

»Hab ich fertig.«

»Tatsächlich?«

»Ja.«

Jim war Donald kein guter Vater gewesen. Erst am Schluss waren sie sich wirklich nahegekommen und hatten aufrichtig miteinander reden können. Er will bei seinem Erstgeborenen nicht die gleichen Fehler machen. Er erhebt die Stimme, legt all seine Autorität hinein: »Du weißt, dass diese Spiele gefährlich sind, nicht wahr?«

»Klar weiß ich das. Wenn man hundert Stunden spielt, sinkt der IQ um einen Punkt.«

Jim hebt eine Augenbraue. »Ehrlich?«

»Mann, Dad, lass uns über was anderes reden. Du weißt nicht das Geringste darüber, also sag lieber nichts. Du hast doch keine Ahnung.«

»Du kannst dir das vielleicht nicht vorstellen, aber es gab eine Zeit, da war der Buchstabe I einfach nur ein unschuldiger Vokal, und wenn es überhaupt jemanden gab, der von einem weltumspannenden Netz träumte, dann war das eine Spinne auf wirklich gutem LSD.«

»Danke, dass du das Essen hochgebracht hast.«

So leicht lässt Jim sich nicht abwimmeln. »In den USA gab es einen Fall, da hat ein Mann die Polizei gerufen, weil seine Frau so merkwürdig atmete. Wie sich herausstellte, hatte sie ihr Handy verschluckt, weil ihr Mann damit gedroht hatte, es ihr wegzunehmen und in Stücke zu schlagen.«

»Was willst du mir damit sagen?«

»Und in Südkorea hat ein Sohn seine Mutter umgebracht, weil sie ihn aufgefordert hat, mit einem Onlinespiel aufzuhören. *Umgebracht.*«

»Und trotzdem willst du mich dazu auffordern?«

Schachmatt. Jim greift zur Türklinke. Aber er hat etwas vergessen. Was war es doch gleich? »Ach ja, ich möchte, dass du am Wochenende mit in das neue Haus kommst. Nur wir beide. Wir fahren Sonntag zurück.«

»Ich bleib lieber hier, wenn's recht ist.«

»Warum?«

»Ich möchte einfach hierbleiben.«

Jim muss schnell seine Autorität wiederherstellen, seine schwindende Macht. »Ich möchte, dass du mit mir zwei Tage raus aufs Land fährst.«

»Das hast du schon gesagt.«

»Ich warte darauf, dass du ›ja‹ sagst.«

»Aber ich hab keine Lust.«

»Du kommst mit. Du hast das Haus noch nicht ein Mal gesehen. Die Sache ist entschieden.«

»Von wem? Ich bin doch nicht dein Sklave.«

Sklave. Das falsche Wort. »Du wohnst unter meinem Dach. Also tust du gefälligst das Wenige, was ich von dir verlange. Ich brauche Hilfe in dem neuen Haus und damit basta.« Jim schäumt jetzt vor Wut. *Verdammte Blagen.* »Wenn ich bedenke, was ich alles für dich tue.«

»Was denn? Was tust du für mich? Du tust *überhaupt* nichts für mich.«

»Wie bitte?«

»Dann sag mir mal, was du für mich tust.«

Jim ist sprachlos. »Was ich für dich *tue*? Dann schlage ich vor, dass du in diesem Zimmer bleibst, du Klugscheißer. Du bleibst in diesem Zimmer und kommst erst wieder raus, wenn du *fünfzig* Dinge aufgeschrieben hast, die ich für dich tue.«

»Fünfzig?«

»Jawohl. Fünfzig.«

»Ich bin kein Kind mehr, Dad. Und überhaupt: Du tust nie im Leben fünfzig Dinge für mich.«

»Fünfzig. Nimm dir ein Stück Papier – du weißt doch, was das ist, Papier? –, nimm dir ein Stück Papier und fang an!«

»Das ist ja lachhaft.«

»Halt dich nicht mit der Vorrede auf. Von jetzt an tue ich nur noch das, was auf der Liste steht. Was du nicht draufschreibst, das tue ich nicht. Wenn du drei Sachen auf die Liste schreibst, dann sind das die drei Dinge, die ich von jetzt an für dich tue. Kapiert? Und wenn dir *überhaupt nichts* einfällt, dann hast du von jetzt an eben einen Vater, der wirklich nichts für dich tut.«

Jim knallt die Tür zu und hört von drinnen noch Jeffs angewidertes »Lachhaft«. Erst jetzt fällt Jim ein, dass er dem Jungen den Brief von *Life of Lore* nicht gegeben hat. Er starrt ihn an. Schließlich steckt er den Brief wieder in die Tasche und geht nach unten.

Renata sitzt am Computer, in die Lektüre einer bunten Website vertieft. »Was hat er gesagt?«, fragt sie.

»Ich hab vergessen, ihm den Brief zu geben.«

»Gib ihn her.«

Sie poltert die Treppe hinauf, den unrechtmäßig geöffneten Umschlag in der Hand. Türen schlagen. Laute Stimmen. Türen werden aufgerissen und wieder zugeknallt. Renata erledigt Jims Aufgaben, Aufgaben, die er nicht erledigen wollte, Aufgaben, die er nicht ernst genommen hat. Er lauscht, setzt sich auf den Computerstuhl. Seine Augen wandern zum Bildschirm. Facebook. Hat Renata einen Facebook-Account? Vor ein paar Tagen erst hat er gelesen, wie viele Menschen jetzt Mitglied in diesem Onlineclub sind, und war schockiert von der Tatsache, dass jedes dieser Mitglieder durchschnittlich mehr als vier Stunden pro Woche online ist. Astronomische Zahlen. Ein Schwarzes Loch, das menschliche Aufmerksamkeit verschlingt. Ist Renata jetzt auch in diesen Strudel hineingezogen worden? Doch dann sieht er genauer hin. Es ist Donnys alter Account, in den sie sich eingeloggt hat. Jim sitzt vor dem Bildschirm und studiert die Seite; er sieht ein übermütiges Foto seines toten Sohnes, sieht, dass Renata sein Profil gerade aktualisiert hat, ein paar neue (alte) Fotos hochgeladen und Meldungen über das Familienleben unter diesem Dach gepostet hat.

DONALD DELPE: Wir kriegen ein neues Haus in den Cotswolds

DONALD DELPE: Hoffe nur, es wird schön da auf dem Land

DONALD DELPE: Jeff muss seine A-Levels noch mal machen und büffelt ganz schön

DONALD DELPE: Es gibt Vieles, wofür wir dankbar sein sollten

DONALD DELPE: Gute Nacht, ihr da draußen!

Seit Donalds Tod hat niemand sonst, keiner seiner »Freunde«, eine einzige Zeile gepostet. Renata veröffentlicht ihre Kommentare in Donalds Namen in einem leeren Raum.

»So leicht geht das nicht, Schatz!«, hört er von oben. »Wenn du nichts zu verbergen hättest, würdest du mir alles sagen. Das weißt du auch.« Darauf die Antwort: »Ich sage kein Wort mehr. Wenn du mich noch mal fragst, ziehe ich aus.« – »Jeff –« – »Ich ziehe aus. Die Entscheidung liegt bei *dir*. Und noch was – schönen Dank, dass du meine Post aufmachst!«

Die Tür wird wieder zugeschlagen.

Mit einer winzigen Fingerbewegung versetzt Jim den Computer in den Ruhezustand.

Um zehn Uhr herrscht Ruhe. Jim geht davon aus, dass die beiden anderen schlafen, und greift zum Telefon, um Elsbeth anzurufen, seine Schwester, die früher am Tag eine Nachricht hinterlassen hat. Zu seiner Überraschung hört er Jeffreys Stimme in der Leitung.

Er hört nur ein paar Sekunden lang mit – so kurz, dass man es nicht als Verletzung der Privatsphäre werten kann –, aber doch lang genug, dass er einen entscheidenden Satz aufschnappt:

»Wir treffen uns auf Level eins. TerraNova. Mein Avatar heißt Merchant of Menace. Ja, genau. Merchant of Menace. M-E-N-A-C-E.«

Eine ältere Männerstimme antwortet, aber Jim legt auf, denn er hat ein schlechtes Gewissen. Er geht in die Küche. Macht Tee. Sein Verstand rast. *Wir treffen uns auf Level eins.* Sein Sohn telefoniert also mit anderen Spielern, trifft Verabredungen. *Mein Avatar heißt Merchant of Menace.* Das muss der Name sein, unter dem sein Sohn in *Life of Lore* unterwegs ist. Kein schlechter Scherz für einen Jungen, der Shakespeare hasst und mit Sicherheit nie den *Merchant of Venice*, den *Kaufmann von Venedig*, gelesen hat, höchstens das Interpretationsheftchen dazu.

Renata fährt aus dem Schlaf hoch. Wie spät ist es? Irgendwas bewegt sich in ihrem dunklen Schlafzimmer. Ein Mann kriecht zu ihr ins Bett.

Gänsehaut überzieht ihren Arm, als er ihr die Hand auf die Schulter legt und sie dann abwärts über ihre Taille zu den weichen Pölsterchen oberhalb der Hüftknochen gleiten lässt, wo sie ihre Alkoholkalorien lagert.

Wenn sie ihn aufhalten will, ist das jetzt der Zeitpunkt. Und sie hat gute Gründe, ihn aufzuhalten, denn es ist eine Ewigkeit her, seit sie zuletzt beim Sex die Initiative ergriffen hat. Aber wie sie im Laufe vieler Monate – vielleicht sogar Jahre, sie kann sich nur schwer erinnern – gelernt hat, ist es möglich, einfach gar nichts zu sagen und seine Zärtlichkeiten über sich ergehen zu lassen. Vielleicht kann sie es diesmal ja sogar genießen, denkt sie, als er ihr T-Shirt hochschiebt, Männergröße XL mit dem Aufdruck *Warnung: Schokolade bedroht ihre Ehe*.

Seine Hand schließt sich um ihre linke Brust, ortet eine Brustwarze, um die ein einzelner Finger langsam Kreise zeichnet, bis die Haut sich automatisch zusammenzieht wie ein festgezurrter Knoten. Ein kaum spürbares Schaudern. Ein sehnsüchtiges Ziehen in ihrem Schoß. Reflexhaft. Sie zeigt eine erste Reaktion, eine kleine Hüftbewegung. Dann ein Seufzer, den sie lieber unterdrückt hätte, der ihm jedoch eine geflüsterte Antwort entlockt, sein Atem heiß auf ihrem Hals: »Entspann dich. Lass mich einfach machen.«

»Was soll das werden?«

»Was meinst du, was das ist? Ich benutze dich. Tu einfach so, als ob du mich nicht kennst.«

»Das ist leichter …«, sagt sie, »… als du denkst.«

Sie hört auf zu reden. Dreht sich auf den Rücken, als ein Mund an die Stelle des kreisenden Fingers tritt, sich fest um ihre Brustwarze schließt. *Das ist also Sex*.

Sie krümmt den Rücken. Sie ist abgetaucht, schwebt in einer Welt von Dingen, die mit ihr geschehen und die sie geschehen lässt; die aufgestaute Energie der einsamen Wochen wird jetzt freigesetzt. Dieser Mann dreht sie auf den Bauch, er will sie von hinten nehmen. Das Gesicht plötzlich ins Kissen gedrückt, spürt sie, wie sein Schwanz in sie eindringt. »Halt, warte, ich habe mein Schwämmchen nicht drin«, sagt sie. »Keine Sorge, wir sind alt«, antwortet er.

Der Moment, in dem sie »Danach ist mir aber jetzt gar nicht zumute« sagen könnte, ist längst vorbei.

Er ist schnell fertig. Stöhnt. Atmet heftig. Seine Säfte sickern aus ihr heraus.

»Jetzt sorge ich dafür, dass du kommst«, sagt er.

»Bitte verlass mein Schlafzimmer.«

»Red keinen Unsinn. Du bist doch immer noch meine Frau. Jetzt bist du dran.«

»Bitte. Geh jetzt.«

Er gehorcht. Steht im Dunkeln auf, geht ein paar Schritte, bückt sich, hebt etwas vom Fußboden auf, steht eine Sekunde lang nackt in der Tür, dann schließt sich die Tür.

Der Eindringling ist fort.

Am nächsten Tag nach der Arbeit Abendessen mit den Partnern der Kanzlei, samt Gattinnen.

Sie kommen erst spät wieder nach Hause.

Kein Licht unten, nur eins im Obergeschoss, wieder Musik, die aus Jeffs Zimmer dröhnt wie eine Kriegserklärung. Als Renata den Lichtschalter gefunden hat, brüllt sie nach oben: »Jeff! Mach das leiser, sonst –«

Das Telefon klingelt. Jim hebt ab. »Hallo?«

»Hallo. Polizei Watford. Wohnt hier Jeffrey Delpe?«

Renata brüllt am Fuß der Treppe weiter: »Jeff! Jeff!«

»Ja. Ich bin sein Vater. Was gibt es?«

»Sir, wir versuchen den Aufenthaltsort von Jeffrey Delpe zu ermitteln.«

Jim stockt das Herz. Renata hat genug mitbekommen, dass sie die Ohren spitzt. Sie stellt sich hinter ihn. »Was ist?«

»Wir hätten gern Gewissheit darüber, wo Jeff sich derzeit aufhält, Sir.«

»Er – er ist in seinem Zimmer. Ist etwas passiert, Officer?«

»Wir müssen Ihnen leider mitteilen, dass es einen Autounfall gegeben hat, auf der A40 bei Chalford.«

»Autounfall«, flüstert Jim zu Renata, deren Wangen bereits vor Furcht gerötet sind.

»Das Fahrzeug kam von der Straße ab. Leider hat keiner der Insassen überlebt. Wir versuchen, die Sache aufzuklären. Und wir haben einen Insassen, jung, männlich, weiß, den wir nicht identifizieren können. Ich muss Ihnen sagen, dass die Eltern des Unfallfahrers, Rudy Whittaker –«

»Rudy? Lieber Himmel.«

»Rudy?«, fragt Renata. Jim horcht weiter, bestätigt ihr noch nichts.

»– dessen Identität zweifelsfrei feststeht, uns gesagt haben, dass der Fahrer nach allem, was wir wissen, am heutigen Abend in Begleitung Ihres Sohnes war.«

»Meines Sohnes?« Jim starrt seine Frau an, in deren weitaufgerissenen Augen er lesen kann, wie ihm selbst zumute ist.

»Was ist?«, flüstert sie.

»Und da …«, würgt Jim hervor, »… wollten Sie … ja, verstehe … Sie möchten mit ihm – Nein, er ist in seinem Zimmer. Ja, mache ich. Ja. Einen Augenblick. Natürlich. Ich werde – bleiben Sie dran.«

Renata hat jetzt die Hand vor den Mund geschlagen.

»Ein Unfall. Die Polizei möchte sich vergewissern, dass Jeff hier bei uns ist. Rena, ich muss nach oben und –«

»Jeff ist in seinem –«

»Ich weiß, ich weiß. Das habe ich der Polizei schon gesagt. Aber ich muss nachsehen.«

»Jeff!«, brüllt Renata so laut, dass sie sogar die Musik übertönt, doch Jim ist bereits auf der Treppe, geht anfangs mit ruhigen Schritten, überzeugt davon, dass dieser Verkehrsunfall, dem der arme Rudy Whittaker zum Opfer gefallen ist, zwar schrecklich ist, aber nichts mit dem Leben in diesem Haus zu tun hat. Doch jetzt, wo er sich der wummernden Musik nähert (eine von diesen Lärmbands, die Jim nicht ausstehen kann, *Def Zombie* oder die *Violent Biscuits*), steigen doch Bilder in ihm auf, die er ganz und gar nicht sehen will – ein umgestürzter Wagen, junge Menschen, tot, die Gesichter unkenntlich, blutüberströmt –, und als er am Treppenabsatz anlangt, da rennt er schon fast, hin zu der verschlossenen Tür.

Hey, you, no mistake
You're a phony, a facsimile
You're a fake, fake, fake…

Er stößt die Tür auf.

Hey, you, since you ask
You make me sick
I see through your mask
I see through your mask

Das Bett unberührt. Das Zimmer leer. Das Fenster verschlossen. Ein Licht brennt.

You're a fake, fake, fake…

Die Musik ist entsetzlich laut.

Und Jeff ist nicht da.

Jim legt den Telefonhörer auf; sein Verstand muss erst noch verarbeiten, was gerade geschehen ist. Seine Hände zittern, sein Herz zieht sich zusammen. Sein Blutdruck ist ohnehin zu hoch (150 zu 90), und seit einem Jahr kann er ihn regelrecht fühlen. Und was ist mit Renata? Er dreht sich um und sieht sofort, dass sie ihm beim Ausmalen des Allerschlimmsten um Längen voraus ist. Tapfer, wie sie ist, fürchtet Renata sich nie, bei allem, was ihnen widerfahren könnte, stets das Schlimmste anzunehmen.

»Sie sagen, wir sollen –« Er bringt den Satz nicht heraus.

Die beiden sehen sich einfach nur an.

Nach einer Weile fällt ihr eine Frage ein. »Wer ist der Dritte? Außer Rudy. Du hast doch gesagt, es waren drei.«

»Das haben sie mir nicht gesagt.«

»Wo sind sie? Wo sind die Leichen?«

»Das haben sie mir auch nicht gesagt. Wir müssen einfach abwarten. Wir haben keinerlei Beweis, dass es Jeff ist. Da müssen wir – einfach ruhig bleiben. Und abwarten.«

Aber sie wissen beide, dass das unmöglich ist. »Wie?«, fragt sie. »Wie sollen wir das denn tun? Wie?«

Er geht zu ihr und nimmt sie in den Arm. Und sie wehrt sich nicht. Ihr Körper bebt, und sie murmelt dumpfe Worte, den Mund an seiner Brust. »Ich kann das nicht.« Er sagt: »Ich weiß, ich weiß.« Küsst sie auf die Stirn, riecht das Shampoo, was ihm immerhin beweist, dass er noch nicht sämtliche Sinne verloren hat. *Vielleicht ist es ja nur natürlich, dass unser System Alarm schlägt, wenn unsere Kinder in Gefahr sind – ein Erbe aus Urzeiten.* Und tatsächlich würde er jetzt einen Gegner anspringen, ihn angreifen, sein Leben riskieren, wenn die Situation es erforderte.

Sie warten beide, dass das Telefon wieder klingelt, gefangen in einem Niemandsland zwischen zwei Möglichkeiten – die eine, dass sie ihr Leben wiederaufnehmen, wo sie gerade innegehalten haben, die andere, dass ihr Leben, so wie sie es gekannt haben, zu Ende ist. Und sie müssen feststellen, dass sie nichts haben, was sie einander zum Trost sagen können. Es ist zu entsetzlich. Allein die Möglichkeit, dass beide Söhne tot sind. Erst der eine. Und jetzt der andere.

»Ich sehe mich mal oben in seinem Zimmer um«, sagt er, denn die qualvollen Minuten vergehen nicht, sie summieren sich eher, lasten immer schwerer auf ihnen.

»Wonach?«

Das weiß er nicht. Er weiß nicht, wonach er suchen will.

Die Suche ergibt, dass Jeffs Laptop nicht mehr da ist. Auch ein paar Kleidungsstücke sind fort. Schuhe, Toilettentasche, Persönliches. Der Radiowecker. Das sieht sehr so aus, denkt Jim, als ob Jeff auf Dauer weg ist. In einem Auto mit Rudy und seinen Freunden? Jim wird schwindelig. Sein Blutdruck, sein Herz? Als er die Treppe hinuntergeht, fängt er an zu zittern, als sei ihm kalt. Er sieht, dass Renata immer noch auf der Couch neben dem Telefon sitzt. Sie hat ihre Knie so fest gepackt, dass die Fingerknöchel weiß sind.

Jim hat noch eine Idee – sie könnten Jeffs Handy anrufen. »Ich mache es.« Jim wählt. Doch Jeffs Handy liegt nur drei Meter entfernt und surrt und rasselt auf der Anrichte. »Er tut doch *sonst* keinen Schritt ohne sein Telefon. Da stimmt etwas nicht.« Er setzt sich neben seine Frau. »Ich verstehe das nicht. Du vielleicht?«

Doch bevor sie etwas sagen kann, klingelt wieder das Festnetztelefon.

Mit einem Satz ist Jim dran. »Jim Delpe.« Er blickt auf seine Uhr. Eine Dreiviertelstunde, seit die Polizei zum ersten Mal angerufen hat. »Ja. Ja. Ja, verstehe. Weiter. Tatsächlich? Gut. Nein, geben Sie ihn mir jetzt gleich.«

Renata sieht Jim an: der Augenblick der Wahrheit, das wissen sie beide. Die Nachricht ist da. Unabänderlich, wie der Name des Gewinners in einem Umschlag, der jetzt geöffnet wird. Ehemann und Ehefrau starren einander in die Augen, in die Seele; und dann meldet sich eine neue Stimme am Telefon und teilt ihnen mit, dass es sich bei dem dritten Unfallopfer doch nicht um ihren Sohn handelt.

»Nicht Jeff?«, fragt Jim.

Nein, erfährt er.

»Sind Sie sicher?«, fragt Jim nach.

Beide Delpes atmen auf, lassen Luft frei, von der sie gar nicht wussten, dass sie sie in ihren Lungen festgehalten hatten, genug, dass sie damit die 18 Kerzen ausblasen könnten, die Jeff selbst erst vor kurzem auf seinem Geburtstagskuchen ausgeblasen hat.

Der Sohn von anderen, denkt Renata. Der Sohn von anderen ist der tote junge Freund von Rudy Whittaker.

Diesmal hat das Unglück die Familie Delpe verschont, und ihre eigene Lage, von der Tragödie zum Rätsel zurückgestuft, erlaubt ihnen, sich dem weit geringeren Problem zu widmen, wo Jeff stecken könnte.

Renata will sofort eine Antwort. »Wir müssen bei seinen Freunden anrufen. Bei allen.«

Beide sehen nach, was sie auf ihren Handys an Nummern gespeichert haben. Seite an Seite auf dem Sofa machen sie neun Anrufe. Holen mehr als neun Leute aus dem Bett. Aber sie erfahren nichts. Renata schnappt sich Jeffs Telefon, schaltet es ein.

Er streckt die Hand aus und fasst sie am Handgelenk. »Ist das klug?«, fragt Jim. »Hat das alles nicht genau damit angefangen?«

»Was willst du damit sagen?«

»Versteh doch, wahrscheinlich ist er wegen dieser Geschichte mit dem geöffneten Brief ausgezogen. Willst du alles noch schlimmer machen?«

Sie starrt ihn an, widerspricht nicht, aber sie schüttelt seine Hand ab und ruft trotzdem Jeffs Adressbuch auf. Jede Menge Mädchennamen. Bei denen, die sie kennt, ruft sie an. Sagt immer und immer wieder »Entschuldigung«. »Entschuldigung.«

Gegen ein Uhr morgens legt Jim ihr die Hand auf die Schulter. Sie blickt zu ihm auf. »Wo ist er?«

»Ich habe keine Ahnung.«

Level zwei
Der größte Maskenball aller Zeiten

Zwei Wochen sind vergangen, seit die Delpes Jeff zuletzt gesehen haben, zwei Wochen seit seinem jähen Verschwinden. Seit dem Tag hat er kein einziges Mal angerufen, keine Mail oder SMS geschickt, und seine Eltern kommen vor Angst fast um, ihrem übriggebliebenen Sohn könnte etwas Entsetzliches zugestoßen sein.

James Delpe sitzt in seinem Büro in der Anwaltskanzlei, die er selbst mitbegründet hat, und grübelt. Jetzt springt er auf und geht mit für hochgewachsene Männer typischen weitausgreifenden Schritten zum Büro von Nathan Gladwell, dem Computerexperten. Er braucht Anworten auf seine Fragen.

Das Großraumbüro ist in Zellen unterteilt – eine Schreibkraft, ein Praktikant, eine der zahllosen Sekretärinnen –, und alle sind sie miteinander vernetzt, bilden ein gemeinsames Ganzes, jeder über seine Tastatur gebeugt, das Gesicht vom Bildschirm erhellt, alle tippen manisch, *klack, klack, klack, klack,* allem Anschein nach hart arbeitend, obwohl sie in Wahrheit vermutlich nur aneinander E-Mails schreiben. Zu diesem schockierenden Ergebnis ist zumindest vor kurzem eine firmeninterne Untersuchung gekommen. Die Finger tippen kein *Hochachtungsvoll* oder *Sehr geehrte Damen und Herren*, sondern eher *He, Mann* oder *CUL8tr* und zum Abschluss das internationale Symbol für Heiterkeit, :)

Kein Wunder, dass Jim erste Anzeichen von Verachtung für die digitale Technik zeigt.

Einige fragen Jim, wie es ihm geht. »Bestens«, sagt er. Zwei erkundigen sich nach Renata. Er zwingt sich zu einem Lächeln. »Der geht's prima.«

Er geht vorbei an den Schreibtischen und Arbeitsnischen seiner vielen Angestellten und denkt zurück an die Zeit, als die Firma noch nur aus ihm und Danby bestand; ein Fotokopierer, alte Pizzaschachteln auf dem Fußboden, eine Packung Tipp-Ex, einfach nur zwei Männer, die von einem schäbigen Büro im Geschäftsviertel von Watford aus operierten und versuchten, aus dem Nichts etwas aufzubauen. Heute nimmt die Firma zwei Stockwerke ein und bearbeitet alles, von Arbeits- über Ehe- und Patentrecht bis hin zu Seerecht, und bei allem Erfolg halten er und Danby und Roland die Honorare weiterhin niedrig, getreu ihrem alten liberalen Credo: *Anständige Leute leisten anständige Arbeit für anständige Leute.* Eine Anwaltskanzlei sollte so etwas wie Liebe im Krieg anbieten, einen Kuss auf dem Schlachtfeld, während ringsum die Bomben fallen. Ähnlich wie Ärzte sollten sie heilen, kurieren und dabei die hehrsten Ideale hochhalten. Dieser Idealismus ist der Nährboden, auf dem Danby, Delpe, Roland & Partner wächst und gedeiht.

Endlich findet er Nathan. An seinem Schreibtisch in einem kleinen Nebenraum. Mager, 26, blond, stupsnasig, kurze Designer-Dreadlocks – als säße er in einem Zelt in Glastonbury, eine Oud auf den Knien. Und zu ihm pilgern nun die intelligentesten Köpfe der Kanzlei, denn er ist der Einzige, der den neuen Rosettastein entziffern kann, den obskuren Computercode, der für Jim und seinesgleichen ebenso unverständlich ist wie Hieroglyphen für die Menschen des neunzehnten Jahrhunderts.

Wie Jim feststellt, tut auch dieser Knabe nur so, als ob er arbeitet. Er schleudert sein Technoporno-Magazin in eine Ecke, setzt sich aufrecht hin und weckt mit einem Tastendruck – *klack* – seinen Rechner sowie sich selbst aus dem Ruhemodus.

»Hier stecken Sie also«, sagt Jim. »Sind Sie bereit?«

»Auf los geht's los«, antwortet der junge Mann mit dem Grinsen, das bei ihm Standardeinstellung ist. Ein eigenartiges Zucken. Irgendetwas stimmt nicht mit seinem Mund. Er sieht aus wie jemand, der keine ordentliche Mutter hat, keine richtigen Freunde, ein Einzelgänger halt. »Also, was liegt an, Mr. Delpe, was ist das für ein Problem mit Ihrem Sohn?«

»Ein Problem würde ich es nicht nennen. Ich möchte einfach gern herausfinden, was so faszinierend an diesen Spielen ist, die ihr Jungs alle spielt.«

Nathan hämmert schon auf die Tastatur, und Jim setzt sich, wie geheißen, vor einen zweiten Computer daneben, der mit dem von Nathan vernetzt ist, so dass auf beiden Bildschirmen gleichzeitig der Wikipedia-Artikel zu *Life of Lore* auftaucht. »Bevor wir loslegen, sollten wir uns erst mal ein bisschen schlaumachen. Hier steht … ziemlich neu … aber schnell wachsend … oh, hier heißt es, sogar das amerikanische Militär trainiert Soldaten damit.«

»Das amerikanische Militär? Soll das ein Witz sein?«

»… sechs Millionen Spieler … superrealistische Kampfsimulationen … Quests … tolle grafische Gestaltung … und die Art, wie sich die Szenarios verzweigen … das ist der Heilige Gral dieser Spiele, komplexe Pfade. Jede Entscheidung schickt einen auf eine ganz eigene Reise. Es gibt keine zwei Spieler, die genau den gleichen Weg gehen.«

»Sechs Millionen Spieler?«, fragt Jim. »Und keine Reise exakt wie die andere? Wie ist das möglich?«

»Die Grundidee ist, dass es sich exponentiell verzweigt, genau wie das Leben selbst. Man trifft eine einmalige Entscheidung – und das verändert die ganze Geschichte.« Während er spricht, fliegen Nathans Finger über die Tasten. Als Jim jung war, konnten nur ein paar Frauen so gut tippen. Jim sitzt vor seinem Monitor. Er drückt mit einem einzelnen Finger auf die Leertaste, wie ein neugieriger Schimpanse. Dieses hohle Geräusch. *Klack*. Man hört, dass die Tasten innen hohl sind, Plastikwürfel, die an Drähten hängen, dünner als menschliche Adern. »Sechs Millionen Spieler«, sagt er, »das sind eine Menge Szenarios.«

»Na ja, gemessen an der Anzahl Spieler ist es noch ein Baby, kein Vergleich mit den wirklich Großen. *World of Warcraft*, *Starcraft*, *Runescape* und anderen MMORPGs. Aber es ist ja noch neu.«

»MMORPGs?«

»Massive Multiplayer Online Role Playing Games. *Life of Lore* ist ein hochentwickeltes Spiel. Es gilt«, *klack, klack, klack,* »als eine Art Durchbruch, ein Spiel nicht nur für Kids, sondern für Erwachsene, für Leute, die Bücher lesen, Filme mögen, Sportwettkämpfe.«

»Für Erwachsene?«

»Die Programmierer sind inzwischen auch nicht mehr so jung, sie haben selbst Kinder, und die besten Spiele nähern sich heute immer mehr der Welt der Erwachsenen an.«

Jim nickt Nathan zu, dem IT-Crack, der schon da angekommen ist, wohin alle anderen sich gerade erst auf den Weg machen.

In dem Gerichtssaal in seinem Kopf, wo Jim oft mit sich selbst Verhandlungen führt und dabei Anklage und Verteidigung zugleich vertritt, stellt er eine Frage:

Mr. Delpe, können Sie dem Gericht erklären, warum Sie sich so vor den neuen Medien fürchten?

Ich weiß nicht, ob man wirklich von Fürchten reden kann. Aber in einer Untersuchung, die ich gelesen habe – Kinder und Jugendliche zwischen acht und achtzehn Jahren verbringen ungefähr elf Stunden am Tag mit elektronischen Medien, und die Eltern, die diese neue vernetzte Welt nicht begreifen, stehen hilflos daneben – ist es der größte Generationenkonflikt, den die Welt je gesehen hat. Es ist nicht einfach nur ein Graben, der sich da zwischen den Generationen auftut, es ist eine Schlucht! Und die Schlucht zwischen mir und meinem Sohn ist so breit, dass ich schon ein Fernglas und klares Wetter brauche, wenn ich ihn überhaupt noch sehen will …

»Mr. Delpe?«

Ich habe ein ☺☹-Verhältnis zum Internet.

»Mr. Delpe?«

»Hmmmm?«

Nathan wiederholt seine Frage. »Haben Sie schon mal Computerspiele gespielt?«

»Computerspiele? Ja.«

»Was für welche?«

»Ähm … Tetris. Tetris habe ich ein paarmal gespielt.«

»Tetris?«, prustet Nathan.

»Ja. Das ist, na ja, da sind so kleine Steinchen, die fallen von oben herunter, und man muss –«

»Ich weiß, was Tetris ist, Mr. Delpe.«

»Im Flugzeug. Ich war unterwegs von –«

»Halt, warten Sie, ich krieg keine Luft mehr. Na, Sie werden merken, dass sich seit Tetris allerlei getan hat.«

Während Nathan klickt und klackert, erscheint auf Jims Schirm ein neues Bild, neue Seiten legen sich über die alten wie Spielkarten beim Solitär. Schließlich öffnet sich eine Seite mit dem Titel: Life of Lore – das Bild zeigt eine verschlossene Tür. Ein Untertitel wird eingeblendet: Bist du bereit für deine Rolle? Seichte Rockmusik im Stil von Pink Floyd, ein bisschen wie *Dark Side of the Moon*, und dazu hört man schnarrende Stimmen aus Walkie-Talkies, wie beim Militär. Jeff erinnert es an den Vorspann zu einem Film.

»Okay«, sagt Nathan. »Das ist also *Life of Lore*. Hier« … *klack, klack, klack* … »geht es um mehr als Töten und Getötetwerden; hier muss man moralische Entscheidungen fällen und anschließend mit den Folgen dieser Entscheidungen leben.« Jim hört zu, während Nathan das Spiel erklärt und dabei unablässig auf die Tasten hämmert: eine künstliche Welt, inspiriert von großen Epen, klassischen und zeitgenössischen, eine Reise durch die Geschichte des Geschichtenerzählens, bei der die Spieler die Hauptrolle haben: Perseus, Siegfried, Beowulf, Lancelot, Gilgamesch, Doc Holliday, Väinämöinen, Frodo, Parzival, Sun Wukong, Scarface, Catwoman.

»Die meisten Spiele sind im Fantasy-Bereich angesiedelt, mit Schwertkämpfern, Elben, Kobolden und so weiter, eskapistischer Schwachsinn hauptsächlich für Teens oder noch Jüngere – aber das hier ist realistischer, anspruchsvoller. Mit jedem neuen Level verändern sich Epoche, Schauplatz und Aufgabe. Zeitreisen ohne Uhr. Das sind hundert Spiele in einem.«

»Okay.«

»Im Grunde landet man mitten in einer Situation, über die man vorab nicht das Geringste weiß – man steckt bis zum Hals in der Scheiße –, und muss erst mal herausfinden, wer man überhaupt ist und welche Rolle man bei dem Ganzen hat. Ziemlich cool, so eine Herausforderung.«

Jetzt lacht Jim laut auf. Ja, denkt er und nickt, das ist *die* große Herausforderung überhaupt. *Wer bin ich? Was ist meine Aufgabe? Wozu bin ich hier?*

»Und das ist noch längst nicht alles. In *LoL* gibt es auch Bereiche, wo man sich einfach entspannen und andere treffen und sogar selbst etwas aufbauen kann. Man kann das Spiel mitgestalten, sich ein alternatives Zuhause einrichten. *LoL* ist rasend schnell gewachsen. Es hat jede Menge Zulauf. Ein echter Renner.«

Jim hat von dieser Revolution nichts mitbekommen. All das ist ohne sein Wissen geschehen.

»Als Avatar verkleidet«, fährt Nathan fort, »könnten Sie Ihren Sohn im Spiel beobachten, vielleicht sogar mit ihm chatten.«

Das ist genau, was er braucht. »Na, dann mal los.«

»Jetzt?«

»Warum nicht?«

»Wenn Sie wollen ...«

»Ja. Machen Sie. Los geht's.«

»Okay«, sagt Nathan. »Aber von jetzt an wird nicht mehr geredet. Wenn Sie Fragen haben, tippen Sie die einfach ins Chatfenster. Alles läuft über die Tastatur. Okay? Wir kommunizieren, als wäre ich in China und Sie in Kenia. Nur über den Bildschirm. Okay?«

»Okay.«

»Na dann los«, sagt Nathan. »Machen wir uns auf die Suche nach Ihrem Jungen. Sind Sie bereit?«

Obwohl sie eine halbe Stunde lang suchen, finden sie Jeff nicht unter den Millionen von 2-D-Charakteren in einer 2-D-Welt, aber immerhin bekommt Jim mit Nathans Hilfe einen Einblick in das Gewimmel dieser Welt, die seinen Sohn so gefesselt hat.

Chat Log

JIM: Wo genau sind wir jetzt? Welche geschichtliche Epoche?

NATHAN: Mal sehen. wie gefällt Ihnen der avatar, den ich für Sie ausgesucht habe?

Jim mustert die unglaublich heroische Gestalt.

JIM: Solche Muskeln habe ich seit meiner Basketballzeit auf der Schule nicht mehr gehabt. Nein, das ist gelogen. Ich habe nie solche Muskeln gehabt.

NATHAN: Sie können das später ändern, Ihr aussehen nach belieben abwandeln. Sie entscheiden, wie sexy Sie sein wollen

JIM: Ich sehe aus wie 20. Das ist schon genug Fantasy. Also, was kommt jetzt? Zeigen Sie mir diese Welt. Bringen wir's hinter uns.

NATHAN: dann schauen wir uns mal um. wir sind hier auf dem

orientierungs- und trainingslevel. wo leute sich treffen und bauen und handel treiben und wo sie üben können. die künstler die das hier gemacht haben die hatten echt was los. gr8

JIM: gr8? Ich versteh nicht.

NATHAN: sorry! das heißt ›great‹, großartig

JIM: Danke.

NATHAN: ty. oh sorry professor. statt danke tippen Sie einfach ty für thank you. gamersprache. das lernen Sie schon noch

JIM: Ty

NATHAN: yw. you're welcome. Sie brauchen sich auch nicht mit GROSSBUCHSTABEN rumzuplagen, grammatik zählt nicht viel in der virtuellen welt

JIM: Ist mir auch schon aufgefallen. Aber ich bin altmodisch. Und ein bisschen Grammatik würde Ihre Generation auch nicht umbringen, oder?

NATHAN: np. no problem.

JIM: Kann denn jetzt jeder lesen, was wir zwei uns schreiben?

NATHAN: nein, wir chatten auf einem privaten kanal nur für uns beide. wenn Sie mit anderen reden wollen, drücken Sie STRG+B.

JIM: Okay. Und wie bewege ich mich?

NATHAN: mit der taste w bewegen Sie sich vorwärts

JIM: wwwwwwwwwwwwwwwwwwwwwwwwwwww

JIM: Okay. Das ist einfach

NATHAN: gut gemacht

JIM: Seien Sie nicht so herablassend. Jeder kann die w-Taste drücken.

JIM: wwwwwwwwwwwww

JIM: Jetzt bewege ich mich.

NATHAN: gut. gar nicht schlecht für einen nOOb. navigieren können Sie über die tasten w a s d

JIM: NOOb?

NATHAN: newbie. anfänger. laie. novize

JIM: He, wo sind Sie geblieben, Samuel Johnson? Ich sehe Sie nicht mehr.

NATHAN: ich bin schon mal vorgegangen. schauen Sie auf Ihre minikarte, um mich zu finden

JIM: ??????

NATHAN: unten links. einfach anklicken

JIM: Okay.

NATHAN: der grüne punkt in der mitte der minikarte, das sind Sie. und ich bin der andere punkt, ganz in der nähe. auf die art können Sie mich immer finden. kommen Sie nach. mit der w-taste

JIM: wwwwwwaaaaaaaaaaaaaaasssssssssssddddddddddd

NATHAN: Sie gehen in die falsche richtung

JIM: Jetzt sehe ich jede Menge Punkte. Sie kommen näher. Sie umzingeln mich.

NATHAN: bleiben Sie wo Sie sind. das bedeutet, Sie kriegen besuch. ich komm Sie holen. seien Sie auf der hut. das sind vielleicht feinde

JIM: Wie mache ich das?

LUTHER: Willkommen. Willkommen. Drücke STRG+B, um diesen Chat für andere zu öffnen.

JIM: Hallo. Sehen Sie das?

LUTHER: ja. der chat ist jetzt offen. hallo. brauchst du hilfe?

JIM: Nein, ty. Ich bin mit einem Freund hier.

LUTHER: ich bin mentor. wenn du hilfe brauchst oder für einen bescheidenen betrag meine dienste als offizieller führer durch die myriaden von reichen des LoL in anspruch nehmen willst, dann frag einfach nach lieutenant luther.

JIM: ty, aber ich komme zurecht.

LUTHER: ich bin zweitausend jahre alt.

JIM: Ich weiß, wie man sich da fühlt.

NATHAN: Jim, kommen Sie zurück auf unseren kanal. loggen Sie sich aus dem offenen kanal aus

LUTHER: Hallo. Du bist dann wohl sein freund?

NATHAN: ja. gehen wir auf kanal 6?

LUTHER: schalte um.

NATHAN an LUTHER (auf einem privaten Kanal): Hi. Der gehört zu mir.

LUTHER an NATHAN: np. ich kann noch ein bisschen bei euch bleiben wenn ihr wollt. hilfestellung leisten. kostenlos. orientierung ist mein spezialgebiet.

GWYNTH: hallllooo großer junge

JIM: Hallo. Wer sind Sie?

NATHAN: O nein. ich muss ihn da rausholen

GWYNTH: ich bin wasser, ich bin luft. Und ich liebe die liebe, ÜBERALL.

JIM: Oh.

GWYNTH: suchst du eine freundin? ein bisschen spaß?

JIM: Ich glaube nicht.

JIM: Aber ty. [thank you]

GWYNTH: oh

JIM: Ich wollte nur

JIM: nur

GWYNTH: was ist denn los, baby? – gefällt dir mein luxuskörper etwa nicht?

JIM: Ihr Körper ist

GWYNTH: gefällt dir mein arsch nicht, kleiner? hab ich zu viel an? das lässt sich ändern

NATHAN: Jim, können wir jetzt weitermachen?

GWYNTH FÄNGT AN SICH AUSZUZIEHEN. EINE STRIP-SHOW.

NATHAN an LUTHER: es ist sein erstes mal

LUTHER an NATHAN: dachte ich mir.

GWYNTH: magst du porno?

JIM: Ich versuche –

GWYNTH: Ehrlich?

JIM: – hier wieder rauszukommen.

NATHAN: Los, Jim! Folgen Sie mir!

JIM: OK.

GWYNTH: he, schätzchen, lauf doch nicht weg

JIM: wwwwwwwwwwwwwwwwwwwwwwwwwww

NATHAN: so ist es besser, Jim. lassen Sie lieber die finger von dem öffentlichen kanal. jim??? STRG+B

JIM: Aber Sie haben doch gesagt, es gibt Aufgaben hier. Eine Mission.

NATHAN: die gibt es auch. aber wo wir jetzt sind, das ist nur die startrampe. der parkplatz sozusagen. Sie sind noch gar nicht im haus drin. hier im trainingsbereich geht es drunter und drüber. hier sollen Sie üben, lernen sich zu bewegen und zu kommunizieren

JIM: Strippen lernen?

NATHAN: das waffenarsenal und solche sachen. sollen wir denn mal zu einer waffenkammer gehen? wollen Sie ein paar sachen ausprobieren?

LUTHER an NATHAN: vorsicht. da kommen ein paar vandalen auf euch zu.

NATHAN an LUTHER: vandalen? was denn für vandalen?

JIM: Jetzt sehe ich eine Menge Punkte. Ich glaube, die bewegen sich in meine Richtung.

LUTHER: Lauft. Er weiß nicht, wie man sich verteidigt.

ZOTHECULA: Stirb, du drecksack!

ZOTHECULA VERSETZT JIM EINEN SCHWERTHIEB, JIM VERLIERT 8 SCHADENSPUNKTE

NATHAN: Die w-taste!!!!!!

JIM: Was ist denn los?

NATHAN: nichts wie raus hier!

ZOTHECULA: Jetzt sollst du meine Rache kosten.

ZOTHECULA VERSETZT JIM EINEN SCHWERTHIEB, JIM VERLIERT 4 SCHADENSPUNKTE

JIM: ssssssssssssssddddddddddddddaaaaaaaaaaaaa

JIM UMKREIST ZOTHECULA

NATHAN: vorwärts! weg von hier!

ZOTHECULA: du abschaum von einem nOOb, ich mache hackfleisch aus dir

ZOTHECULA FÜGT JIM EINE TIEFE WUNDE ZU, JIM VERLIERT 9 SCHADENSPUNKTE

JIM STIRBT.

NATHAN: mist. wo steckt er?

LUTHER: geh ihn holen. er ist an den anfang zurückgeschickt worden. ihr müsst noch mal von vorn anfangen.

JIM: Wo bin ich? Was ist das hier?

NATHAN: Sie sind tot, ich komme Sie holen

JIM: Ich weiß nicht, wo ich bin.

LUTHER: du findest ihn im reinkarnationszentrum. sucht einen neuen körper aus. ein neues leben. fangt noch mal ganz neu an.

JIM: Ich sehe einen Lichtstrahl. Was ist das?

LUTHER zu NATHAN: er muss ihn anklicken.

NATHAN: klicken Sie ihn an

JIM KLICKT AUF DEN LICHTSTRAHL. DER STRAHL KOMMT NÄHER. JIM IST GANZ IN GOLDENES LICHT GETAUCHT. JIM WIRD WIEDERGEBOREN

JIM: Wo sind Sie? Jetzt kann ich mich wieder bewegen.

NATHAN: gleich hier, hinter Ihnen. Sie wurden wiedergeboren, folgen Sie mir. wir müssen noch mal von vorn anfangen

JIM: wwwwwwwwwwwwwwwwwwwwwwwwww

Jim verlässt das Reinkarnationszentrum, wo er wieder einen einfachen Novizenkörper bekommen hat, ohne die wenigen Statuspunkte und Kräfte, die er in den vorherigen Spielminuten erworben hatte, und folgt Nathans Avatar zurück auf die Orientierungs- und Trainingsebene. Aber kaum sind sie dort angekommen, taucht Zothecula erneut auf.

JIM: Himmel! Ich glaube, jetzt habe ich erst mal genug. Ich muss wieder an meine Arbeit.

NATHAN: aber ich habe Ihnen doch noch nicht mal den ersten level gezeigt

ZOTHECULA: hund! mach dich bereit zu sterben

ZOTHECULA VERSETZT JIM EINEN SCHWERTHIEB, JIM VERLIERT 8 PUNKTE

NATHAN: laufen Sie!

JIM: Das ist doch

JIM: wwwwwwwaaaaaaaaaaaassssssssssssssdddddddd

JIM: wirklich

ZOTHECULA VERSETZT JIM EINEN SCHWERTHIEB, 4 PUNKTE

JIM: lächerlich

LUTHER ÜBERWÄLTIGT ZOTHECULA UND SCHLEUDERT IHN ZU BODEN, ZOTHECULA VERLIERT 8 PUNKTE

LUTHER: halten Sie sich im hintergrund, ich helfe Ihnen.

LUTHER VERSETZT ZOTHECULA EINEN SCHWERTHIEB, 4 PUNKTE

ZOTHECULA: röchel, röchel

LUTHER: jetzt können Sie ihm den rest geben.

JIM: Wie mache ich das?

ZOTHECULA VERSETZT JIM EINEN FAUSTSCHLAG, 2 PUNKTE

LUTHER: jetzt f-taste drücken.

JIM VERSETZT ZOTHECULA EINEN FAUSTSCHLAG, 2 PUNKTE

JIM: Das hat gutgetan.

JIM VERSETZT ZOTHECULA EINEN FAUSTSCHLAG, 2 PUNKTE

JIM VERSETZT ZOTHECULA EINEN FAUSTSCHLAG, 2 PUNKTE

LUTHER an NATHAN: ich glaube allmählich kommt er auf den dreh

NATHAN an LUTHER: meinst du?

LUTHER: weitermachen, gleich haben Sie ihn.

JIM VERSETZT ZOTHECULA EINEN FAUSTSCHLAG, 2 PUNKTE

ZOTHECULA STIRBT

NATHAN: alles in ordnung?

JIM: Seltsam, wie befriedigend das war. Ist er tot?

NATHAN: ja. Sie haben ihn getötet. Jetzt muss er zurück ins reinkarnationszentrum

JIM: Ty für die Hilfe, Luther.

LUTHER: keine ursache. das waren ja nur ein paar griefer.

JIM: Griefer?

LUTHER: so nennen wir hier in LOL leute, die einem das leben schwermachen.

JIM: Verstehe.

LUTHER: kinderkram. blödmänner, die das spiel kaputtmachen wollen. ich könnte Sie führen. Ihnen beibringen, wie man ganz leicht mit ihnen fertig wird. Ihre reise hat noch nicht mal begonnen. LoL ist eine hochkomplexe erkundung des eigenen ich. ein reich der herausforderungen, der selbsterkenntnis und der denkanstöße. glauben Sie mir, dieses spiel kann Ihr primäres leben verändern.

JIM: Primär?

LUTHER: Ihr rl. real life, first life, auch out-game genannt. Ihr leben draußen.

JIM: Das ist lustig.

LUTHER: was ist lustig?

JIM: out-game, first life, rl. Als ob die Realität die alternative Welt wäre.

LUTHER: manchen kommt es so vor.

JIM: So, jetzt muss ich aber los. cu und tvm.

LUTHER: tvm?

JIM: Thanks very much. Das lernen Sie schon noch. Nathan? Mein rl wartet. Danke. Das war … na, sagen wir, ich habe gesehen, wie die Welt aussähe, wenn sie von 4 Milliarden Phil Spectors bevölkert wäre.

JIM LOGGT SICH AUS.

NATHAN an LUTHER: ty

LUTHER an NATHAN: Kommt bald wieder. ich glaube, den hast du an der angel.

NATHAN: da hätte ich meine zweifel

NATHAN LOGGT SICH AUS.

Jim Delpe kehrt seltsam beschwingt in sein Büro zurück.

»Es ist ein Spiel«, erzählt er Renata später beim Abendessen. »Ich habe heute ein paar Nachforschungen angestellt. Über das Spiel, das er immer spielt. Und ich habe ein paar interessante Dinge herausgefunden.«

»Hast du bei der Polizei angerufen? Ich dachte, wir hätten vereinbart, dass wir das tun würden, wenn wir bis heute nichts von Jeff gehört haben.«

»Ja, aber er ist *achtzehn*. Die würden uns auslachen.«

»Ist das alles, wozu du fähig bist? Nachforschungen über ein *Computerspiel* anstellen? Glaubst du, auf die Weise finden wir ihn?«

Sie erstattet Bericht über ihre eigenen Nachforschungen. Sie war in der Schule. Hat mit Jeffs Lehrer Mr. Tims gesprochen, und der hat noch mal in seiner Klasse gefragt. Aber Jeffs Mitschüler wussten nichts, »oder behaupten es wenigstens«. Danach ist sie mehrere Stunden lang kreuz und quer durch Watford gefahren, hat die ganze Stadt systematisch durchkämmt. »Ich habe sogar eine Stunde lang vor Jeffs Bankfiliale gesessen und gehofft, dass er am Geldautomaten auftaucht.«

»Ich mache mir keine Sorgen um ihn, Rena. Er ist bestimmt bei einer von seinen Freundinnen untergekrochen. Schließlich ist er achtzehn. Ne, Sorgen mach ich mir keine.«

Aber das ist gelogen. Trotz seiner 18 Jahre ist Jeff noch ein Baby. Jim würde ihm kein Auto anvertrauen; ebenso wenig eine elektrische Bohrmaschine, ein Kleinkind, eine geregelte Arbeit, ein Kochrezept oder eine Situation, die Fingerspitzengefühl erfordert. Jim spießt mit der Gabel eine grüne Bohne auf, und Metall klirrt auf Porzellan.

Renata seufzt. »Du willst mir tatsächlich sagen, du hast nichts unternommen außer Nachforschungen über ein Computerspiel?«

»Na, immer noch besser als alle mit Mails zubombardieren.«

Mit lautem Klirren lässt Renata ihr Besteck auf den Tisch fallen. »Ich bombardiere niemanden mit Mails.«

»Also in meinem Postfach auf der Arbeit ist kaum was anderes als ccs von deinen Mails.«

Sie mustert ihn mit einer Art Abscheu. »Wie kannst du es wagen! Immerhin unternehme ich was. Im Unterschied zu dir. Weißt du, was du bist, Jim? Ein Feigling, bist du. Jawohl.«

»Was du nicht sagst.«

Bei diesen Worten springt sie auf (wwwwwww, denkt Jim), stürmt die Treppe hinauf. Eine Tür knallt zu, geht wieder auf, knallt erneut zu. Renata macht sich bettfertig, betritt ihr Schlafzimmer – das er nicht mehr mit ihr teilt.

Ach, Renata …

James Delpe, bitte in den Zeugenstand.

Verhandlung James Delpe gegen Renata Delpe.

Bitte nennen Sie Ihren Namen.

James Leonard Delpe.

Können Sie bitte die Gründe nennen, die Sie zu dem Schluss geführt haben, dass unüberbrückbare Gegensätze zwischen Ihnen und Ihrer Ehefrau Renata Jane Delpe bestehen, mit welcher Sie seit über zwanzig Jahren verheiratet sind?

Gerne, Herr Vorsitzender. Das Problem ist, sie **ist** *gar nicht mehr mit mir verheiratet. Sie ist mit der Vergangenheit verheiratet – der Erinnerung. Ihr Ehemann ist der Schmerz.*

Könnten Sie dem Gericht erklären, was Sie mit dieser letzten Bemerkung meinen?

Wie soll ein Mann einer Frau helfen, die nur noch Trübsal bläst? Weiß jemand darauf eine Antwort?

Sie sprechen von Schmerz, mit dem Ihre Frau verheiratet ist. Würden Sie das dem Gericht bitte erklären?

Ich wollte einfach nur sagen, dass Renata nach einem

Jahr mit ihrer Trauerarbeit noch keinen Schritt weiter ist als an dem Tag, an dem unser jüngerer Sohn starb. Bei der Beerdigung, da war sie tapfer, da war sie stark, doch darunter gähnte ein tiefes Loch, und die letzten zwölf Monate hat sie im Grunde mit nichts anderem verbracht als damit, die Tiefe dieses Schmerzes auszuloten. Und jetzt, wo Jeff auch noch weg ist, ist sie einfach nicht mehr die Frau, die ich kenne. Ich sage es ungern, aber sie – sie spinnt.

Und was ist mit Ihnen?

Es haut mich um. Tag für Tag warte ich darauf, dass sie wieder sie selbst wird, aber langsam gebe ich's auf. Und ich habe auch das Gefühl, dass sie sich etwas vormacht, uns beide belügt, weil sie nicht wahrhaben will, wie stark sie eigentlich ist. Eine starke Frau, die so viel Schwäche zeigt, das ist –

Weiter.

– also, das ist, wie wenn man einen gesunden Arm in Gips legt.

Und Sie leiden sehr darunter?

Ich stehe selbst am Rande einer Depression! Ein Freund von mir sagt, ich lächle überhaupt nicht mehr. Und es stimmt auch. Und die wenigen Male, wo ich doch noch lächle, ist es kein echtes Lächeln, kein Duchenne-Lächeln, wie die Psychologen sagen, sondern nur eine Maske. Alle Lebensfreude ist aus mir gewichen.

Und was wirft Ihre Frau Ihnen vor?

Sie kann mir nicht verzeihen.

Was kann sie Ihnen nicht verzeihen?

Dass ich sie im Stich gelassen habe, die Familie im Stich gelassen habe, letztlich auch Donny, als er todkrank war.

Und jetzt auch noch Jeff, weil ich ihn nicht finden kann. Sie sagt, ich verschanze mich hinter meinen Aktenbergen, bin ein Feigling. Aber ich muss mich doch schützen, sonst verlier ich noch ganz den Boden unter den Füßen. Dass ich davonlaufen und den Kopf in den Sand stecken kann, ist meine einzige Rettung! Renata dagegen – die kämpft, sucht die Konfrontation, stürzt sich kopfüber in den Schmerz.

Jeff vertagt die virtuelle Verhandlung, steht auf und geht nach oben in sein eigenes Schlafzimmer – Donnys altes Kinderzimmer. Wirft sich der Länge nach auf das neugekaufte Einzelbett, das Aspelund für £ 99 von Ikea.

Am nächsten Morgen, einem Donnerstag, findet die Polizei Renata auf einer hohen Leiter am Rand der Autobahn M1, wo sie widerrechtlich eine Botschaft auf die Mauer eines verlassenen Gebäudes pinselt, so dass Millionen von Autofahrern auf dem Weg südwärts nach London sie lesen können.

Bevor die Polizei sie herunterholt, gelingt es ihr, in meterhohen Buchstaben zu schreiben:

JEFF DELPE RUF MICH AN ♥ MUM.

Es ist Elsbeth, die zur Polizeiwache fährt und Renata abholt. Renata starrt ihr durch die Gitterstäbe entgegen, bekümmert, schuldbewusst, hebt ergeben die mit grüner Farbe verschmierten Hände. »Über dem Kopf malen war keine gute Idee. Das verdammte Zeug läuft einem bis in die Achselhöhlen.«

Elsbeth findet die richtigen Worte, und die Polizei lässt Renata ohne Anzeige gehen, unter der Bedingung, dass sie die Schrift binnen achtundvierzig Stunden beseitigt.

»Komm schon, Rena. Wir fahren nach Hause.«

Elsbeth. Jims einzige Schwester, drei Jahre jünger als er. Abteilungsleiterin für Beschaffungswesen bei BT Global. Klug, quirlig, alleinlebend und – leider definitiv – kinderlos, weil sie über das gebärfähige Alter hinaus ist. Wenn sie gut in Form ist, sprüht sie vor Energie. Im Moment sieht sie ihre Aufgabe darin, zwischen den beiden Menschen zu vermitteln, die sie am meisten liebt.

Beim Kaffee in Renatas Küche sagt Elsbeth: »Liebes, das kann nicht so weitergehen.«

Renata blickt nicht auf. »Du klingst wie dein Bruder.«

»Hoffentlich. Er hat recht.«

Dann zeigt Renata Elsbeth ihren jüngsten Plan, mit dem sie ihren Sohn finden will: eine tragbare Reklametafel. Renata hängt sie sich um, so dass die hölzernen Tafeln die Vorder- und Rückseite ihres Körpers bedecken wie ein überdimensionales Skapulier. Auf der Vorderseite ist ein großes Foto von Jeff und als Bildunterschrift darunter

HABEN SIE DIESEN JUNGEN MANN GESEHEN?

Elsbeth schlägt die Hand vor den Mund. »Rena! Das kannst du nicht machen.«

»Hab ich aber schon. Gestern. Bitte sag Jim nichts davon. Am Eingang zum Cassiobury Park hab ich Handzettel verteilt. Funktioniert wie virales Marketing. Man sagt es jemandem, der sagt es dreien und so weiter.«

»Dir ist egal, was andere von dir denken, stimmt's?«

»Nicht egal ist mir momentan nur Jeff.«

Jim verschwindet für eine Stunde aus dem Büro und kauft einen Hund.

Nicht für sich. Für die Familie. Ja verdammt, sagt etwas in seinem Kopf, es ist doch ein Spaß, wenn man auf dem Land einen Köter hat. Und außerdem kann er Renata schon mal auf das Landleben einstimmen, das hilft gegen die Spannungen, die sich aufbauen, jetzt wo der große Zug nach Westen in greifbare Nähe rückt. Und lenkt sie von Jeff ab.

In der Zoohandlung wollen sie ihm einen Dobermannwelpen aufschwatzen. So wie er jetzt ist, sieht er süß aus. Aber Jim ist nicht blöd. Diese Hunde wollen gefüttert werden, man geht mit ihnen zur Hundeschule, und zehn Jahre später springen sie einem an die Gurgel und reißen einen in Stücke. Er nimmt stattdessen einen knuddeligen Spaniel, ganz Augen, Ohren, Zunge und Landhaustradition. Bezahlt. Kauft Leine und Hundekuchen dazu. Sagt, er holt alles, einschließlich Hund, in der Mittagspause ab.

Bei der Arbeit geht ihm der Gedanke nicht mehr aus dem Kopf. *Ich habe gerade einen Hund gekauft.* Nicht mal in einer Besprechung mit seinen Partnern. *Was der Hund jetzt wohl gerade macht? Ob Renata sich freut? Wo soll er schlafen?*

»Jim, hörst du überhaupt zu?«

Um eins holt er das Ding ab. Bereut die Entscheidung noch nicht direkt, hat aber doch schon eine vage Ahnung, dass es Unsinn war. Sollte er nicht Renatas Beispiel folgen und sich ganz darauf konzentrieren, seinen Sohn zu finden? Gibt es eine Verbindung zwischen diesem Hund und Jeffs Verschwinden? *Ich brauche diesen Hund ungefähr so dringend wie ein Loch im Kopf. Was mache ich eigentlich?* Trotzdem packt er den Hund ins Auto. Fährt nach Hause.

»Das ist doch nicht wahr!«, schreit sie. »Ohne mich zu fragen?«

Da steht er im Wohnzimmer, unglaublich süß, findet Jim, mit gesenktem Schwanz, sieht ganz verloren aus, große Kulleraugen wie ein Reh, dunkel schimmernd wie das Wasser in einem Teich.

Sie sagt: »Und was soll das bedeuten, Jim? Ist das dein ... was? Deine Lösung? Ein *Hund*?«

»Das hat keine tiefere Bedeutung. Es ist einfach nur ein Hund.«

Sie geht zu dem Hund hinüber und kann nicht anders, sie muss ihn einfach zwischen den Ohren kraulen. Der Hund kann ja schließlich nichts dafür. »Ich begreife nicht, dass du so etwas tust.« Sie seufzt. »Ausgerechnet jetzt.«

»Ich konnte einfach nicht widerstehen. Sieh ihn doch an.«

Sie sieht ihn an. »Junge oder Mädchen?«

»Junge. Er ist ein –«

Sie beugt sich hinunter. »Hallo, du. Du bist aber ein Süßer. Ein Prachtkerl. Aber behalten können wir dich nicht. Tut mir ehrlich leid. Du musst leider wieder zurück.« Sie streichelt dem Hund zärtlich über den Kopf, macht auf dem Absatz kehrt und geht nach oben.

Erst jetzt bereut Jim seinen Kauf.

Jetzt, wo er allein ist mit seinem Hund, denkt Jim wieder an Jeff. Er grübelt darüber nach, wie er seinen Sohn aufspüren kann. Er will unbedingt derjenige sein, der dieses Rätsel löst. Will Renata demonstrieren, dass er kein *großes schwabbeliges Nichts aus Unentschlossenheit* ist. Oder wenigstens die Zweifel, die er an sich selbst hat, beseitigen. Soll *sie* ruhig weiter an ihm zweifeln; aber Selbstzweifel darf ein Mann nicht haben.

Jim gießt kochendes Wasser über einen Teebeutel (er versucht, seinen Tee ohne Milch zu trinken, um dessen krebshemmende Wirkung zu steigern – von irgendwem muss Donald die Veranlagung schließlich geerbt haben), dann geht er mit der Tasse hinüber zur Couch. Er legt die Füße hoch und denkt an *Life of Lore,* die Welt, die so viel von Jeffs Zeit und Interesse beansprucht. Wenn er Jeff online aufspüren und ihn heimlich beobachten kann, wer weiß, vielleicht findet er dann auch heraus, wo Jeff sich im wirklichen Leben versteckt hält.

Behutsam nippt er an seinem Tee, wartet, dass er abkühlt. Ja, er muss es tun. Dass Nathan und er Jeff beim ersten Mal nicht gleich aufgespürt haben, will gar nichts heißen. Aber Renata darf davon nichts wissen. Wie stünde er denn da, nach seinen frommen Sprüchen von wegen Respektieren von Jeffs Privatsphäre! Wenn er etwas Wichtiges herausfindet, muss er sich eben eine schlaue Erklärung einfallen lassen, wie er dazu gekommen ist.

Sein Blick wandert von seinen bestrumpften Füßen zu dem seltsamen kleinen Geschöpf, das da auf dem Teppich zusammengerollt liegt und ihn ansieht. Der kleine Kerl fühlt sich schon ganz wie zu Hause, mehr als Jim selbst.

Da er noch keinen Namen hat, nennt Jim ihn kurzerhand »Stinker«. »Na, gefällt es dir hier? Ist es schön hier? Ja?« Gleich neben den großen kohlschwarzen Hundeaugen leuchten die neongrünen Lämpchen des DSL-Routers.

Am nächsten Tag bricht Jim unter dem Vorwand, sich nicht wohl zu fühlen, schon am Mittag aus dem Büro auf und fährt hinaus aufs Land. Auf dem Rücksitz, eingezwängt neben einem einzelnen Eames-Sessel, sitzt der Spaniel.

Wie jeden Freitag herrscht Stau auf den Londoner Ausfallstraßen: das übliche Stop-and-Go, Hoffnung-Frust-Hoffnung-Frust. Seit zwanzig Minuten hat er jetzt schon einen weißen Lieferwagen vor sich, auf dessen schmutziger Rückscheibe steht: *Wie findet ihr meinen Fahrstil? Tel. 0800 F**k U.* Jim kriecht im Schneckentempo vorwärts, und in seiner Brust glüht eine Aurora borealis der Gefühle.

Wieso versteckt sich sein Sohn? Will er einfach nur Renata entgehen, die jeden seiner Schritte überwacht? Er stellt sich vor, dass Jeff mit irgendeinem hübschen jungen Mädchen zusammen ist, glücklich mit seinem neuen Leben, vielleicht sogar glücklich über den Schmerz, den er seinen Eltern zufügt. Vielleicht ist das Mädchen ja schwanger. Er sieht das Mädchen, wie sie mit ihrem dicken Bauch in einem Sessel sitzt, und Jeff ist in der Küche und kocht schlecht – Fischstäbchen.

Endlich verlässt er die M45, und auf der M4 ist nicht mehr so viel Verkehr. Er hält an einer Raststätte vor Reading, kauft einen Tee und einen Burger für sich, ein paar Fritten für den Hund. Wieder im Wagen, isst er mit einer

Hand und wirft dem Hund einzelne Fritten auf den Rücksitz. »Na, Junge? Gut? Gut, die Fritten?« Neuerdings redet er mit dem Hund. Nur so, wie alle Hundebesitzer. Vermutlich der Hauptgrund, warum man sich einen Hund zulegt. Mit ihren ausdrucksvollen Augen und den zuckenden Ohren überzeugen sie einen davon, dass sie in Wirklichkeit verzauberte Menschen sind und dass ein einziges Wort genügen würde, um sie zu erlösen.

Wie erleichtert er sich fühlt, wenn er London hinter sich lässt. Wie friedlich.

In Swindon verlässt er die Autobahn und muss am Straßenrand halten. Hat eine Abzweigung verpasst. *Mist.* Er kennt den Weg zu seinem Haus immer noch nicht. Er faltet Landkarten auseinander. Zuerst Frankreich. Dann Italien. Wo ist die Englandkarte? »Weißt du, wo wir sind, Stinker? Hast du eine Ahnung? Ich hab keinen blassen Schimmer.« Mit dem Kopf voller Ortsnamen aus den Cotswolds, die er gleich wieder vergessen wird, findet Jim die Südenglandkarte und reimt sich zusammen, wo er ist.

Zweieinhalb Stunden später als geplant erreicht er das Dorf, drosselt das Tempo und manövriert vorsichtig durch die von Mauern gesäumten Sträßchen, die so schmal sind, dass er Angst um seine Seitenspiegel hat.

Blackstable. Hundert Natursteinhäuser, eng aneinandergedrängt am oberen Ende eines Tals, die Haustüren winzig klein, weil sie noch aus der Zeit stammen, als Menschen im Miniaturformat lebten, Türen, bei denen Jim den Kopf einziehen muss. Ursprünglich waren es Arbeiterwohnungen, doch jetzt sind die Cottages ausgebaut, modernisiert, mit Anbauten im Garten, Wintergärten von der Stange, Gartenhäuschen, und ihre heutigen Bewohner wissen, was im Savoy auf der Speisekarte steht und wo die beste Ecke im Groucho Club ist. In einer Auffahrt sieht Jim sogar eine Stretchlimousine mit einem muslimischen Halbmond am Heck. Man muss schon ganz schön tief in die Tasche greifen, wenn man heute an solchen Orten ein Haus kaufen will, in diesen Museen der Wohlanständigkeit.

Blackstable Cottage: düster, abweisend, nirgendwo ein Lichtschein. Errichtet in der Zeit Karls II., seine Proportionen bestimmt von der Höhe der örtlichen Eichen, die die Dachbalken lieferten. Zwischen handgefertigten Ziegeln ragen drei Schornsteine empor; das Mauerwerk wird von sechs schmalen Fenstern durchbrochen, die zwischen den wildwuchernden Kletterrosen noch kleiner wirken. Jim kennt dieses Haus, dessen Eigentümer er nun ist, kaum wieder. Wieso hat er sich dafür entschieden?

Doch dann hört er beim Aussteigen Grillen zirpen, und seine Stimmung hellt sich auf. Eine einsame Eule tief in den Wäldern, das Rauschen von Zweigen und Blättern, und wenn er nur angestrengt genug lauscht, hört er womöglich die sagenhaften Wesen seiner Kindheit, von denen er als Junge glaubte, dass sie jeden englischen Wald bevölkern – Elfen, Gnome, Kobolde, Waldgeister, die des Nachts emsig zwischen Kräutern, Wurzeln und Laub ihren Geschäften nachgehen. Das, so begreift er jetzt, ist der Grund, weshalb man dermaßen viel Geld für so einen mittelalterlichen Schuppen ausgibt – man bekommt dafür einen Anteil an dem Geheimnis, der uralten Überlieferung, die hinter den Mauern von Jahrhunderten der Vernunft, der Reformation und der Aufklärung fast verschwunden sind.

Jetzt ist er drin. Steinstaub, wohin man blickt. *Gott.* Das weiße Puder, das die Steinfräsen ausspucken, liegt wie eine feine Talkumschicht auf allem, und das in jedem der unmöblierten Räume, die er nun einen nach dem anderen betritt. Der Bauunternehmer hat schwarze Fußspuren hinterlassen. Morgen wird Jim die Böden mit Wasser besprengen und dann die Zimmer ausfegen, aber heute Abend ist er zu müde, will nur noch schlafen. Er holt seine schwedische Daunendecke aus dem Kofferraum und nimmt die Steintreppe zum Obergeschoss, Stufen, deren Mitte über vier Jahrhunderte hinweg von beschuhten oder bestrumpften Füßen ausgetreten ist. Er hält inne; plötzlich rührt ihn dieses Zeugnis von so vielen Vorgängergenerationen. Erstaunlich, dass sanfte Schritte einen so harten Stein aushöhlen können, doch selbst die leiseste Berührung, der zarteste Kuss, wischt zahllose Atome fort, und auch der härteste Fels muss schließlich weichen.

Jim steigt die teuren Stufen hinauf (zehntausend für jeden romantischen Schritt, hat der Immobilienmakler geschätzt). Geschichte ist nicht billig. Stufe um Stufe geht es nach oben, vierzig-, fünfzig-, sechzigtausend, der Schritt in die Schulden, die Hypotheken, zur Unvermeidlichkeit von Alter, Tod, Testamentseröffnung, Vollstrecker und Verkauf. Im Elternschlafzimmer befreit er die nagelneue Matratze von ihrer Plastikhülle und breitet ein sauberes Laken und die Daunendecke aus. Er ist zu müde, um sich zu waschen, und legt sich auf dieses Floß inmitten eines Meers aus weißem Staub, liegt einfach nur da im Dunkeln.

Lauscht.

Man kann die leeren Räume fast atmen hören, Räume,

deren erste Bewohner noch Met tranken, im Butterfass ihre eigene Butter stampften. Dann ein einzelner Laut – ein Klicken, das (wie er mittels Google am nächsten Morgen herausfinden wird) von einem Pochkäfer kommt, im Volksmund auch Totenuhr genannt, der in einem Balken mit dem Kopf gegen das Holz schlägt. Er kann dieses Geräusch nicht genau orten, wartet, dass es aufhört, und wieder fragt er sich, ob seine Entscheidung richtig war. Wird der Umzug an einen so entlegenen Ort, in ein so altes Haus, die Schwierigkeiten in seiner Familie nicht noch verschlimmern? *Klick, klick, klick*, macht der Käfer.

Schon im Halbschlaf, fällt ihm etwas ein. Er hat den Hund im Auto vergessen.

Er steht auf, tastet sich im Dunkeln durch das fremde Haus, ganz vorsichtig, damit er sich nicht weh tut. *Mist.*

Es wird früh hell. Das Klappern von Pferdehufen auf dem Asphalt weckt ihn. Das ist doch etwas anderes als Polizeisirenen und ein Wecker, der losgeht wie eine Ladung Dynamit! Am Fenster sieht er ein Mädchen vorüberhuschen, das im Sattel auf und ab wippt. Er lässt sich auf die Matratze zurücksinken, schläft zufrieden wieder ein, jetzt von neuem überzeugt, dass es richtig war, dieses historische Haus in historischer Umgebung zu kaufen. Beim zweiten Mal sind es die Morgenglocken, die ihn wecken, von Hand geläutet, und dabei ist noch nicht einmal Sonntag – wie wunderbar. Ja, dieses Haus ist eine hervorragende Idee. Er wirft einen Blick auf seine Uhr, um herauszufinden, in welchem Jahrhundert er gelandet ist.

Vor einem ovalen Spiegel, so fleckig, dass die Vorbesitzer ihn einfach dagelassen haben, rasiert er sich und schmiedet Pläne für den Tag. Er wird ihn mit Saubermachen verbringen. Außerdem muss er mit Lance reden, dem Bauunternehmer, der die Kanalisation wiederanschließen soll, die während der Arbeit an dem Anbau gekappt werden musste. Er muss sich auch um die Satellitenschüssel und den DSL-Anschluss kümmern, und vor allem um die Renovierungskosten, die sich jetzt schon auf das Dreifache des Kostenvoranschlags belaufen. Außerdem hofft er, dass er in die Gummistiefel schlüpfen und mit Lance in die Baugrube steigen kann, mal richtig körperlich arbeiten. Der Gedanke gefällt ihm. Seine Muskeln verkümmern, weil er sie nie benutzt.

Aber vor allem anderen sollte er jetzt erst einmal mit seinem Hund Gassi gehen.

Wie begeistert so ein Hund von den Wäldern ist! Alle Anhänglichkeit gegenüber seinem Herrchen ist verflogen, als seine Urinstinkte die Oberhand gewinnen und der Hund wieder tun kann, was seine Gene von ihm verlangen. Stinker prescht vor, kommt zurück, startet zur nächsten Attacke, jagt das Unjagbare, das Wild seiner Phantasie, apportiert virtuelle Stöckchen, gewinnt unsichtbare Schlachten mit imaginären feindseligen Waldbewohnern, pinkelt an alle möglichen Ecken, einmal hockt er sich sogar hin und kackt und scharrt den dampfenden Haufen mit einer Rückhand zu, dezent wie ein Dorfpfarrer beim Ausblasen der Kerzen.

Jim kommt ziemlich außer Atem auf dem steilen Serpentinenpfad. Der Gesang der Vögel in den Wäldern – unglaublich, was für ein Lärm das ist. Hat sich jedes Rotkehlchen einen elektrischen Verstärker organisiert, macht jeder Zaunkönig, jede Meise, jeder Eichelhäher seine Soundchecks hoch oben auf der Empore? Auf der Kuppe des Hügels angekommen, dreht Jim sich um, späht durch das Dickicht von Birkenzweigen zu seinem Häuschen hinunter, winzig klein nach dem mühsamen Aufstieg. Jim kommt ins Grübeln, und am Ende seiner Überlegungen steht die platonische Erkenntnis: *Am glücklichsten sind wir beim Essen und Spazierengehen, beim Sex und beim Schlafen – bei dem, was uns am ehesten mit dem Tier verbindet –, das ist das Beste an unserem Leben.*

Das Heulen eines näher kommenden Autos. Ein Lieferwagen hält vor dem Cottage. Jim pfeift nach Stinker, und zusammen machen sie sich auf den Rückweg, um den Bauunternehmer zu begrüßen. Der Hund lernt, dass er ihm folgen soll. »Braver Junge«, ruft Jim. »Braver Junge.«

Der Bauunternehmer heißt Lance Corbishly. Bald wird Jim erfahren, dass er einer von fünf Brüdern ist – und kein Einziger von ihnen wurde im Bett gezeugt! Blondes Haar, Stoppelbart, T-Shirt straff über dem muskulösen Oberkörper, immer ein schalkhaftes Schürzenjägerfunkeln in den Augen – ein furchtloser, leichtsinniger, lebenslustiger Mensch. Lance hat Jim haarsträubende Geschichten erzählt. Einmal, mit achtzehn, eine Prügelei in der Kneipe. Lance greift zur Flasche und schlägt zu. Blut. Ein amerikanischer Tourist hat plötzlich ein Glasmosaik im Skalp. Der Yankee geht zum Anwalt, der Richter macht kurzen Prozess, und Lance kriegt achtzehn Monate. Und diese Zeit im Gefängnis ist nicht gut für Lances Charakter, erzählt er Jim. Nach sechs Monaten geht er im Hof mit einem Schraubenzieher auf einen Kinderschänder los. Alle halten dicht. Schließlich kommt er raus, macht seinen Ein-Mann-Baubetrieb wieder auf, aber er weiß jetzt, wenn er noch einmal wegen Gewalttätigkeit vor den Kadi kommt, dann gibt's fünf bis zehn Jahre. Dieser Mann mit seinem Sträflingskörper kommt nun mit Riesenschritten auf Jim zu, streckt ihm die Hand entgegen. »Alles in Ordnung? Wie geht es unserem Landjunker?«

»Das sieht man gerne.« Jim lächelt zurück, schüttelt die riesige Pranke. »Ein Handwerker, der samstags zur Arbeit kommt.«

»Und was haben Sie da für einen Hund?«, fragt Lance. »Ha! ha! Sie haben sich doch nicht etwa einen Hund gekauft? Ich werd verrückt! Ooooh, du bist aber ein schönes Mädchen.«

»Es ist ein Er. Ein bisschen Gesellschaft, mehr nicht. Renata mag Hunde.«

Der Hund beschnüffelt die mörtelstarren Hosenbeine des Bauunternehmers und wedelt dazu mit dem Schwanz. Lance ist der Typ, den Hunde einfach mögen müssen; vielleicht sehen sie in ihm jemanden, der genauso gern wie sie schnuppert, jagt, sich den Bauch kratzt und den Weibchen nachstellt. »Ach, ein Rüde ist das? Braver Kerl. Zum Knuddeln. Stimmt's, Junge? Zum Knuddeln, hab ich recht? Wie heißt er denn?«

»Ehrlich gesagt, ich überlege immer noch, wie ich ihn nennen soll.«

»Ha – der Hund ohne Namen.« Blickt zu Jim auf. »Und wie lang bleiben Sie diesmal hier?«

Jim erklärt ihm, dass er sich eigentlich zum Arbeitseinsatz melden wollte. Hat drei Tage zur Verfügung und ist gern bereit, zu Spitzhacke und Spaten zu greifen, zu Schubkarren, Vorschlaghammer und Bohrer, einfach nur kräftig mit anpacken, damit es vorangeht. »Ich freue mich regelrecht darauf. Die Rückkehr zu den Ursprüngen. Verstehen Sie?« Er sagt es mit einem Lächeln, erwartet nicht, dass Lance ihn versteht, und Lance versteht ihn auch nicht. Seine teilnahmslose Miene verrät, dass das für ihn einfach nur eine von den Sachen ist, die gebildete Leute sagen müssen, damit sie auch mal was von ihrer Bildung haben.

»Außerdem muss ich noch alles Mögliche organisieren«, fügt Jim hinzu. »Wie wär's mit einer Tasse Tee?«

Lance erwacht wieder zum Leben. »Sie alter Süßholzraspler. Da lass ich mich nicht lange bitten. Kaffee. Drei Stück Zucker. Ab in die Küche. Sie können Gedanken lesen.«

Jim dreht sich um und geht nach drinnen. Jemand hat ihn gerade einen alten Süßholzraspler genannt. Und so seltsam das ist, es gefällt ihm. Diese kumpelhafte Art. Er *ist* ein alter Süßholzraspler.

Aber dann klingelt sein Handy. Er geht ran. Renata erzählt ihm, dass sie gerade im Internet eine Belohnung für Informationen über Jeffreys Aufenthalt ausgesetzt hat.

»Eine *Belohnung*? Mach keine Witze. Wie hoch?«

»Hunderttausend Pfund.«

Level drei
Eine Art Jesus

Er hatte sich den Tag anders vorgestellt, nicht als Abstieg in die Hölle auf der Suche nach seinem toten Bruder. Doch so sind die Aufgaben nun einmal, die ein durchschnittlicher Achtzehnjähriger heutzutage bewältigen muss, wenn er eine schnelle und stabile Internetverbindung hat – töte A, rette B, finde C, gehe damit zurück nach X – ein einziger Kampf ums Überleben …

… denkt Jeff Delpe, während er im Bus, hinterste Reihe, durch die Stadt fährt, den aufgeklappten Laptop auf den Knien. Man hat es nicht leicht, wenn man als jemand gilt, der sein Leben mit Computerspielen vertut, wo man doch von morgens bis abends nichts anderes macht, als genau dieses Leben zu *retten*. Man hat es nicht leicht, wenn man ein Computerspiel braucht, um die Art von Mensch zu werden, die man eigentlich vom ersten Tag an hätte sein sollen.

Hinten im Bus tanzen Jeffs Finger über die Tastatur, sein in langer Übung erworbenes Geschick erlaubt es ihm, die Oberhand zu behalten. Doch je mehr er sich in seine Lage einfühlt, desto mehr sieht er, dass sich aus diesem Kampf, der, einmal begonnen, nie mehr enden wird, etwas wie eine Lehre herauskristallisiert. Er lässt das Schwert fallen.

Statt der Mitteilung seiner Niederlage erscheint auf dem Monitor:

Level erfolgreich abgeschlossen.

Er loggt sich aus. Einen Augenblick lang erleichtert und stolz. Er hat's geschafft, sich unter schwierigsten Umständen behaupten können. Es überläuft ihn heiß vor Stolz über diesen Sieg. Da kommt seine Haltestelle.

Er zieht den Dongle ab (der für die stabile Highspeed-Verbindung gesorgt hat), klappt den Laptop zu, schnappt sich seine Tasche und steigt aus dem Bus.

Dann steht er allein am Bordstein. In seiner Militärjacke, die Schnürsenkel nur durch die Hälfte der Ösen seiner All-Stars gezogen, das strähnige Haar in die Stirn gekämmt, als lebe er bei ständigem Rückenwind, berührt er seinen iPod (langsam geworden durch ein Übermaß an Bloatware) und mustert die menschenleeren, grauen Straßen von London. Das Triumphgefühl verfliegt.

Die Wirklichkeit. *Kalte, harte Realität, kein Spiel mehr, keine hochauflösende Graphik* … schlecht konzipiert, noch schlechter gerendert, folglich anfällig für Error 1608 oder 2207 oder 6704 (oder was man dem menschlichen Versagen sonst für Fehlercodes zuordnen will). *Hatte der Architekt dieser Wirklichkeit auch nur die leiseste Ahnung, was er da tat?*, fragt sich Jeff. Kein Wunder, dass er dieser Tage (mit einem einzigen Klick!) lieber bei den Armeen von Sparta ist oder, an einem anderen Tag, Omaha Beach für die Alliierten einnimmt, in der Karibik das Entermesser schwingt, von einem Raumschiff aus seine Laserkanone auf die äußeren Ringe des Orionnebels abfeuert, den erotischen Verführungskünsten von Vampirinnen erliegt oder nach der verlorenen Stadt der Inka sucht. Kein Wunder, dass er wie ein moderner Kolumbus oder Cortés oder Cook in jene gefahrvollen Gegenden jenseits des Ereignishorizonts aufbrechen will: die unendlichen Welten des unendlichen Raums erforschen.

Jeffrey Delpe – der Mann, der kein Risiko scheut, der Mann, der jede Grenze überschreitet, der Entdecker, das glorreiche Endprodukt des Spermiums, das 19 Jahre zuvor sein Ziel erreicht und das Spiel gewonnen hatte – macht sich auf den Weg zum nächsten Bankautomaten.

Dort tippt er vier Ziffern ein, die Maschine denkt kurz nach, dann hört er, wie tief im Inneren Geldscheine abgezählt werden, ein Geräusch wie beim Mischen von Pokerkarten. Nach einer letzten Pause werden schließlich die Scheine ausgespuckt, fast wie am Zahltag bei einem widerwilligen Arbeitgeber.

Eine ansehnliche Summe kommt heraus – Jeffs Tageslimit. £ 500. Das heißt, dass er noch eine andere Karte aus der Brieftasche holen und den Vorgang mit der neuen Karte wiederholen muss. Weiß er seine zweite PIN? Ja, es ist die Gleiche wie beim ersten Mal. Jeff hat nur eine PIN für seine sämtlichen Karten. Er kümmert sich nicht um die Sicherheitswarnungen, er hat keine Lust, sich einen Haufen verschiedener Zahlen zu merken. Ein gutes Gedächtnis, denkt Jeff, ist wie ein Tastaturstaubsauger – schön, wenn man einen hat, aber brauchen tut man ihn nicht.

Tausend Pfund, ein Riese, zehn Hunnis – blank auf die Hand –, nicht schlecht für einen 18-jährigen Schulabbrecher, der noch nie einer steuerpflichtigen Tätigkeit nachgegangen ist. Und er weiß, was er damit machen wird.

»Ich möchte eine Gitarre kaufen«, sagt er zu dem Mann hinter der Theke bei Guitar Heaven.

Rex holt eine Paul Reed Smith Custom 24 aus dem Regal, Sonderangebot für £ 985, und reicht sie Jeff, während er die Eigenschaften des Instruments aufzählt: mitteldicker Hals aus Mahagoni, Griffbrett aus brasilianischem Rosenholz, Schwalbenintarsien in Perlmutt, Korpus Floyd Rose, Farbe ›Scary Cherry‹ und »der süßeste Sound auf Mutter Erde«. Dieses Baby, sagt der Verkäufer, wird die massive Klangwand einer guten Band durchdringen wie ein Laserstrahl.

Mit dem Bus fährt Jeff zurück zur Wohnung von Lennys Bruder, wo dieser Jeff vorübergehend wohnen lässt. Unterwegs denkt er darüber nach, wie verdammt richtig es war, bei seinen Eltern auszuziehen. Hätte ich schon vor Monaten machen sollen, sagt er sich, sobald mir klar war, wie schlecht sie die Geschichte mit Donny verkraften.

Mal ehrlich, denkt er. *Du bist 18, du lebst im Norden von London, und dann kratzt dein kleiner Bruder ab, und auf einmal bist du mutterseelenallein, bist plötzlich ein Einzelkind, stehst da wie Atlas oder wer das war und hast den ganzen Familienscheiß allein am Hals, den ganzen Scheiß von wegen Sohn und Erbe. Mannomann, das ist schwer, verdammt schwer! Was kannst du da machen? Du trägst die Last, du bist Atlas, und was du nicht verändern kannst, musst du halt ertragen. Na toll. Also tust du es.*

Aber deine Eltern – Herr im Himmel –, ertragen die es, übernehmen die ihren Part? Von wegen! Fast ein Jahr nach Familie Delpes persönlichem Ground Zero führen sie sich immer noch auf wie eine Weihnachtslichterkette oder so – eine Birne kaputt, schon hören alle anderen auch auf zu brennen. Man könnte glatt glauben, sie *sind gestorben und der tote Donald ist lebendiger denn je! Und wo bleibe ich in der ganzen Sache? Ich bin ein Planetenträger mit weichen Knien, der unter der Last fast zusammenbricht. Da könnte man glatt 'nen Hamster fressen, die Katze in die Tiefkühltruhe werfen, seine Jeans in die Mikrowelle stecken, das Radio bis zum Anschlag aufdrehen und dann in den Trockner tun, nur um das Geräusch zu hören.*

Die Wohnung von Lennys Bruder liegt in einer stillen Seitenstraße in Knightsbridge. Cool für Jeff, dass er so ein hübsches Plätzchen hat, während er sich nach einer dauerhaften Bleibe umsieht. Lennys Bruder ist so gut wie nie da – er hat die Wohnung nur, damit er sich zweimal die Woche mit seiner Geliebten dort treffen kann. Und Lenny hat einen Schlüssel, von dem er Jeff eine Kopie gemacht hat.

Lenny trudelt ein. Schaut auf seine schläfrige, strubbelhaarige Dichterart zur Tür herein und erinnert dabei an ein Calvin-Klein-Unterwäschemodel.

Lenny Devoy. 18. Fast schon zu gutaussehend. Mit 14 wurde er von den anderen Jungs gemieden, als mache seine schiere Existenz ihr eigenes Leben nur noch komplizierter. Er war nicht grob, nicht athletisch, er war einfach schön. Jeff ging ihm nicht aus dem Weg. Sie waren die dicksten Freunde. Hatten sich auf der Eisbahn kennengelernt; Lenny war ein ebenso schlechter Schlittschuhläufer wie Jeff. Das gemeinsame Herumstolpern auf dem Eis hatte sie zusammengeschweißt. Sie blieben in Kontakt. Jetzt schreibt Lenny im Café Gedichte auf Papierservietten, hält Zigaretten in der hohlen Hand, liest dicke Wälzer und braucht zum Lesen schon eine Brille, mit der er umso ernsthafter aussieht, noch mehr wie Lord Byron, tiefsinniger. Lenny schreibt Songs und singt mit einer rauchigen Bohemien-Stimme, bei der man denken könnte, er habe all das schon zweimal durchlebt. Die Mädchen, die sich für Lenny interessieren, die vielen Mädchen, die ihm die Höchstnote geben (»scharf wie fünf Peperoni«), sind von der Sorte, für die ein anderer reich oder berühmt sein müsste, um von ihnen beachtet zu werden. Lenny ist etwas Besonderes. Das Schicksal meint es gut mit ihm.

»Die ist für dich.« Jeff drückt ihm die Gitarre in die Arme. »Von jetzt an bin ich dein Manager. Und das hier, das investiere ich in dich. Damit du siehst, dass ich es ernst meine. Dass ich an dich glaube. Mach den Koffer auf. Mach ihn auf. Na los. Mach schon.«

Lenny lässt die Schlösser aufschnappen, klappt den Deckel des Koffers hoch. Starrt mit offenem Mund. »Au Mann. Das ist nicht wahr! Jeff, das ist doch nicht wahr? Du bist verrückt. Das ist das Schönste, was ich in meinem ganzen –«

»Ich weiß.«

»Das ist… das ist das Taj Mahal.«

»Ich weiß.«

»Das ist $e = mc^2$, Mann.«

»Ich weiß.«

»Wie viel hast du dafür abgedrückt?«

Als vermögender Mann, als Unternehmer, der seine Karriere für die nächsten Jahre bereits genau geplant hat, wird er mit einem sensiblen Künstler nicht über Geld reden. »Spiel mal was. Fünf-Wege-Pickupwahlschalter. Da kannst du alles von Led Zep über die Red Hot Chili Peppers bis Megadeth drauf spielen. Mit deinem Marshall-Verstärker wird das der *Hammer.* Ist doch egal, wie teuer sie war. Das spielst du zehnfach wieder rein. Das ist Business hier. Von jetzt an bin ich dein Manager.« Mit einem Mal ist Jeff Brian Epstein, es ist 1961, und er sagt gerade zu den Beatles (Lenny): »Ihr bräuchtet jemanden, der sich um euch kümmert.«

Lenny zuckt mit den Schultern. »Managen, mich? Ich hab noch keinen einzigen Song aufgenommen. Ich bin niemand.«

»Du bist ein Genie. Und ich habe dich entdeckt. Sprich mir das nach: Ich bin ein Genie.«

Lenny kichert, schüttelt den Kopf.

»Du bist ein Genie, Leonard.«

Kein Anflug von Zweifel in Jeffs Stimme, alles hundert Prozent ernst gemeint.

»Okay, ich bin ein Genie. Ich bin das größte Genie aller Zeiten.«

»Genau. Und wer hat dich entdeckt?«

»Du warst das. Du hast an mich geglaubt, Jeff. Ich weiß gar nicht, was ich sagen soll, Mann.«

»Also, nicht vergessen, wir sind Partner. Und jetzt Applaus.« Jeff geht auf Lenny zu, breitet die Arme aus, Lenny tritt einen Schritt vor, und Jeff umarmt seinen Freund, drückt seine *Kapitalanlage* fest an sich und flüstert ihm ins Ohr: »PS: Ich liebe dich.«

»Blöder Spinner«, flüstert Lenny zurück, wartet, dass Jeff ihn wieder loslässt, und als Jeff das nicht tut, befreit er sich mit einem Ruck. »Aber Scheiße, Mann, wo hast du denn die Kohle her, um so was zu kaufen?«

»Komm, schreib den Song zu Ende, an dem du gerade sitzt. Und dann schreibst du den nächsten. Wir sind jetzt im Showgeschäft. Du gehst auf Tournee, von jetzt an spielst du jeden Abend, dann kommen Alben, Plattenverträge, und eh du dich's versiehst, schnauzt du die Journalisten an, wie grässlich du diese Interviews findest und dass du schließlich nicht ihretwegen Musiker geworden bist, blablabla. Wir zwei, wir werden hart arbeiten – Hotels, Großstädte –, und wenn du nicht auf der Bühne stehst, dann bist du im Studio. Und immer schreibst du Songs in deine Notizbücher, Tausende von Notizbüchern, so wie du da drüben eins liegen hast, während ich für dich das Telefon übernehme. Ich hab schon einmal ein Genie gekannt, meinen kleinen Bruder, und der ist tot. Ich erkenne also ein Genie, wenn ich eins sehe, und du bist eins. Haben wir uns verstanden?«

Lenny hat keine Wahl. »Hast du was genommen? Irgendwas besonders Starkes oder so?«

»Ist das klar oder nicht?«

»Langsam. Langsam. Eines musst du wissen, bevor du noch mehr in mich investierst –«

»Was?«

Lenny setzt eine ernste Miene auf. »Ich lebe am Abgrund.«

»Am …«

»Am *Abgrund.* Darüber musst du dir im Klaren sein.«

»Ach so, am Abgrund.«

»Du musst wissen, ich hänge an einem sehr, sehr dünnen Faden. Mmmm – ich – also ich habe das Gefühl, dass ich in die Tiefe stürze – in ein – ein absolutes Nichts – totale Sinnlosigkeit. Und das *immer.* Ich meine – ich weiß einfach nicht, ob ich – ob ich der sein kann, den du da gerade beschrieben hast. Verstehst du? Ich bin ein Wrack, Mann.«

»Das ist doch genau das, was man von einem Genie erwartet. Verstehst du? Das ist der *Beweis*, dass ich recht habe. Die ganz Großen, die waren immer total gaga. ›Am Abgrund‹ ist bei denen die Postadresse. Und jetzt stöpsel mal ein und lass hören, wie sie klingt.«

Lenny tut, was sein neuer Manager befiehlt, und Jeff sitzt am Couchtisch und liest in einer eselsohrigen Kladde den ersten Entwurf zu *Paula's Song:*

Ich lieg ~~hier~~ im Bett, und zwar mit dir
Und ~~denke~~ weiß, es wird gut, ~~wir zwei~~ nur wir
Doch manchmal, ja, da hast du recht
Manchmal bin ich zu dir schlecht
Ja, ich sag's, es fällt mir schwer
Und doch, ich liebe dich nicht mehr
Es ist traurig und doch wahr
Ich liebe dich nicht mehr.

Ein Genie. Kein Zweifel. Das Bild ist gestochen scharf. Jeff ist sich zu 110 % sicher. Und wenn man an Vorzeichen glaubt, dann sieht doch der Rauchkringel, der von Lennys vergessener Zigarette im Aschenbecher aufsteigt, sehr wie ein Dollarzeichen aus.

Eine Stunde später steigt wieder Rauch zur Decke, diesmal von einem Joint.

»Ich seh's in der Kristallkugel«, sagt Jeff zu Lenny.

»Kristallkugel?«

»Ja, in der Kristallkugel. Dieses Mädchen. Paula. Ich kann dir sagen, was daraus wird. Und wenn du nicht hören willst, was aus euch werden würde, kommt jetzt die Sicherheitswarnung: Ohren zuhalten! Also: Ihr fahrt vor die Wand, der Karren geht in Flammen auf. Ich geb euch vier Wochen. Maximum. Dann seid ihr am Ende mit eurem kleinen Film. Und weißt du, warum? Ich sag's dir. Weil dieses kleine Miststück Ärger bedeutet, ÄRGER in Großbuchstaben mit 'ner Muschi dran. Weswegen ich das weiß? Die ist ein Zombie. Könnt bei 'ner Séance auftreten. In der Badewanne verdrängt die kein Wasser, solche Sachen. Geht am Spiegel vorbei – nichts zu sehen. Und. Und. Die ist blöd. Und ich meine blöd so wie gib-deine-echte-Adresse-bei-'ner-Pornosite-an. Klar? Und sie betrügt dich andauernd. Die betrügt jeden Typen, mit dem sie geht. Gewohnheitsmäßig. Von schlechtem Gewissen keine Spur. Die kriegt sogar ihre Kicks davon. So eine ist das. Kapierst du allmählich? Sie muss wissen, dass sie 'nem anderen damit weh tut, sonst kommt's ihr nicht. Verstehst du? Das ist doch krank. Ist das das Mädchen, das dich umhaut? Mit dem du eine Beziehung willst? Weißt du nicht mehr, was sie mit Pete gemacht hat? Die waren drei Wochen zusammen, haben gebumst und alles, und dann kommt Jamie Peterson auf Petes Geburtstagsparty, und sie macht es mit Jamie auf Petes eigener Party, einfach so. Treibt es mit Jamie in der Besenkammer. Da können wir wohl davon ausgehen, dass das Mädel an dem Abend 'nen klasse Orgasmus hatte. So eine ist das. Wegen so was willst du dich umbringen? Was ich sagen will: Sie ist das nicht wert. Sie ist deiner nicht wert. Du bist ein klasse Typ. Du wirst ein Star. Dafür sorgen wir. Du kannst jede haben. Jedes Mädchen. Du hast was drauf, du siehst gut aus. Du schreibst diese Wahnsinnssongs. Mann, du bist Jesus. So 'ne Art Jesus. Wenn wir es richtig anstellen, liegt dir die ganze Welt zu Füßen. Und dann schickt dir der Bürgermeister von Blödmann-City dieses eine Mädel, das dich ans Kreuz nagelt, dir das Herz aus dem Leibe reißt und in den Mixer tut, um Margaritas für deine Freunde draus zu machen. Also bitte. Lass die Finger von der. Lösch das Miststück von deiner Festplatte. Ich hab dich gewarnt. Klar? Klar? Ich weiß, du kriegst rote Ohren, Kumpel, aber du musst jetzt auf deinen Manager hören.«

Lenny nickt. Er weiß es ja. Er sagt, dass Jeff recht hat. Keine Frage. Aber es ist nun mal nicht so einfach. Die Liebe macht Dummköpfe aus uns allen. »Liebe macht dumm. So ist es nun mal. War schon immer so. Ich kann nicht mit ihr Schluss machen. Noch nicht.«

Die immer noch nicht eingestöpselte Gitarre auf dem rechten Knie, gehalten von zwei Ellbogen, deren zugehörige Hände eben den Joint neu anzünden, nimmt Lenny einen Zug und reicht ihn dann weiter an Jeff. »Dazu habe ich nicht die Kraft. Ich meine, verdammt noch mal, ich weiß doch überhaupt nicht, was ich jetzt gerade mache. Aber eins weiß ich. Ich mach mit ihr Schluss. Aber nicht jetzt, wo ich so angeschlagen bin. Ich muss mich erst selbst finden.« Selbstfindung ist ein wichtiges Thema für Lenny.

»Du musst sie loswerden. Jetzt *sofort.*«

Lenny schüttelt den Kopf. »Wenn sie ihre Periode hat – hab ich dir das erzählt? –, dann darf ich nicht mit ihr schlafen, das ist doch Blödsinn. Ich meine, wenn die Achterbahn nicht läuft, wird doch nicht gleich der ganze Vergnügungspark zugemacht. Richtig?«

»Servier sie ab, heute noch. Versprochen?«

»Noch nicht. Es muss doch wenigstens ein guter Song

dabei rausspringen. Ich meine, *shit. Ein* guter Song, solange wir noch offiziell zusammen sind.«

Lenny, *poète maudit,* klimpert auf seiner Gitarre. Ein halbverblasster Nachtclub-Stempel auf dem rechten Handrücken erinnert an die letzte Ausschweifung, bei der er und dieses Mädchen zu wilder Musik getanzt und gehofft hatten, dass das Leben wie ein Rocksong wird, mehr Dur als Moll – *Halleluja.* Er spielt die ersten drei kummervollen Akkorde einer geplanten zwanzig- oder dreißigstrophigen Hymne an die verdummende Macht der Liebe.

Ich hab dich doch nur / nach der Freiheit gefragt
Du gabst mir die Wildnis / das war nicht mein Rat

»Die ersten Zeilen gefallen mir«, sagt Jeff. Er will seinen niedergeschlagenen Freund ermutigen, denn er hat jetzt alles auf Lennys Talent gesetzt. Lenny *muss* einfach groß rauskommen, wenn Jeffs Träume auch wahr werden sollen.

Jeff nimmt noch einen Zug von Lennys Joint, dann greift er nach einem weiteren Blatt mit Lennys wertvollem Gekritzel. »Ich tippe das mal ab. Die Hälfte von deinen Sachen geht einfach verloren. Ich lege eine Datenbank mit deinen Texten an.«

Jeff setzt sich an seinen Laptop, tippt, arbeitet Lennys sämtliche Korrekturen, Streichungen, Zusätze ein und macht eine Reinschrift, die er ausdrucken und dem Komponisten geben kann.

In jedem Leben gibt es ein Jetzt / In jedem Dunkel leuchtet ein Licht

In jede Enttäuschung wird Hoffnung gesetzt / Jeder Tag hat ein neues Gesicht
In jeder Wüste wartet die Quelle / Eine Pforte in jeder Mauer
In jeder Gewissheit eine unklare Stelle / In jeder Wahrheit der Zweifel lauert
In jedem Verlust steckt auch ein Gewinn / In jeder Menge ein Herz voller Treue
In jeder Güte ist Sünde schon drin / In jedem Ende beginnt schon das Neue
In jedem Lächeln ein trauriges Lied / In jedem Unglück die helfenden Hände
In jedem »Ich lieb dich« der Abschied / In jeder Ewigkeit auch das Ende

Zum Heulen schön. Als er fertig ist, schickt er den Text an den Netzwerkdrucker auf der anderen Seite des Zimmers, und der produziert eine Reinschrift von so hoher Qualität, dass sie sich anfühlt wie das erste offiziell veröffentlichte Werk. Er legt das Blatt vor Lenny auf den Couchtisch und steckt sich das originale, handschriftliche Blatt unbemerkt in die Tasche, denn er ist absolut sicher, dass das eines Tages bei Sotheby's für 1,2 Millionen Dollar versteigert wird, genau wie John Lennons *A Day in the Life*. Jeffs Optimismus ist ansteckend, und während er sich nun wieder seinem Computer widmet, beginnt Lenny zaghaft zu singen: *»In jedem Leben gibt es ein Jetzt / In jedem Dunkel leuchtet ein Licht / In jede Enttäuschung wird Hoffnung gesetzt / Jeder Tag hat ein neues Gesicht.«*

Jeff loggt sich derweil wieder bei dem Spiel ein.

Level vier
Connections

In dem ungeheizten Cottage auf dem Land, allein bis auf seinen Hund, schaltet Jim im Morgenlicht seinen Computer an.

Der Techniker hat ihm für die Verkabelung des Hauses eine stattliche Summe abgeknöpft, aber was, denkt Jim, bleibt uns heutzutage anderes übrig, wo offline sein als Akt sozialer Aggression gilt?

Ein, der Laptop. Ein, die alternative Welt. Und während er den Computer hochfährt, zu einer Zeit, wo er eigentlich an einem juristischen Fall arbeiten sollte, macht sich Jim auf die Suche nach seinem Sohn.

Er liest die Anweisungen von *LoL* auf dem schwarzblauen Bildschirm, in dessen Glas sich sein Frühmorgengesicht spiegelt und ihm vor Augen führt, dass er kein junger Mann mehr ist. Ein Bild verschwindet, ein neues taucht auf, auch das verschwindet, ein weiteres kommt, bis schließlich eine Landschaft mit fünfzehn Zoll Diagonale Gestalt annimmt.

Plötzlich öffnet sich ein Feld. Erschaffen Sie Ihren Charakter.

Jim muss Entscheidungen fällen. Er muss Geschlecht, Rasse, soziale Schicht für sein Alter Ego auswählen. Und wie bei jedem Fragebogen antwortet er wahrheitsgemäß:

männlich, europäisch, Mittelschicht. Unter »Beschäftigung« wählt er »Vater«. Was für langweilige Antworten im Vergleich zu dem, was er auch hätte sein können: Transvestit, Berggeist, Zauberer, Krieger, Priester.

Gestalten Sie Ihr äußeres Erscheinungsbild

In der Küche mit den kalten Steinfliesen – er wird bald Feuer im Kamin machen – erschafft Jim einen Charakter: eins achtundachtzig groß, schwarzes Haar mit Seitenscheitel, blasse Haut, breite Schultern, schlank. Immerhin gestattet er sich eine Brille – im wirklichen Leben hat er nur eine Lesebrille –, dann hält er inne, denn ihm geht auf, dass das der vollkommen falsche Ansatz ist. Wenn er Jeff in dieser virtuellen Welt inkognito begegnen will, muss er seine wahre Identität verschleiern. Delete. Delete. Delete. Delete. Schritt für Schritt nimmt er seiner Figur wieder die verliehenen Eigenschaften, geht zurück bis zu dem Androiden von ganz am Anfang.

Diesmal bleibt er zwar männlich und weiß (darunter will er nicht gehen), aber er reduziert sowohl Körpergröße als auch Alter, bis er bei eins fünfundsiebzig und zweiundzwanzig Jahren angelangt ist. Dann wählt er blondes statt dunkles Haar und einen Spitzbart anstelle des glattrasierten Kinns. Das reicht schon, um sich unkenntlich zu machen.

Namen wählen

Ach herrje. Wie soll er dieses Wesen denn nennen, dieses Zerrbild seiner selbst? Da muss ihm etwas wirklich Gutes einfallen. Die Namensfindung für seine beiden Söhne war ein Alptraum der Unentschlossenheit gewesen. Donald war Harold, bis zu dem Moment, an dem die Geburtsurkunde ausgestellt wurde. Auch Jeff hätte ursprünglich anders heißen sollen (wie, weiß er nicht mehr). Auf der Suche nach einer Eingebung fällt Jims Blick auf die Akte auf dem Schreibtisch im Arbeitszimmer. Der Kläger, den er vertritt, ist Deutscher, ein Mann namens Bartholomäus Lentner. Nein, das wäre übertrieben. Seine Augen wandern weiter. In einem Buch mit Präzedenzfällen ist die Rede von einem Mann, der durch seinen Arbeitgeber von seinen treuhänderischen Pflichten entbunden werden will, ein gewisser Julius Stephanski. Geht auch nicht. Die unfertige Steuererklärung hat er auch auf dem Schreibtisch liegen, er muss noch einen Betrag für sein bereinigtes Bruttoeinkommen eintragen – *adjusted gross income.* Wäre das nicht ein guter Name? Oder vielleicht nur die Anfangsbuchstaben? Ja, AGI – klingt wie ein Hunnenkrieger, der Dörfer in Schutt und Asche legt. Und AGI tippt er jetzt auch ein – eine unwiderrufliche Entscheidung –, genau wie damals, als er mit zitternden Fingern in der Stille des Standesamts von Watford »Jeffrey«, und später »Donald« in das Familienregister eingetragen hatte.

Ein neues Mitteilungsfeld taucht auf:

»Für den Fall Ihres Todes«.

Es ist mehr als wahrscheinlich, dass Ihre Figur im Laufe ihrer abenteuerlichen Reisen vorzeitig zu Tode kommt. Allerdings, denkt Jim. In Life of Lore sind Sie jedoch in der Lage, Ihre Seele sofort wieder als GESPENST freizusetzen, und dieses GESPENST wird dann zu einem nahegelegenen FRIEDHOF gebeamt, dem sogenannten REINKARNATIONSZENTRUM. Als GESPENST müssen Sie Ihre Leiche finden, damit Sie wiedergeboren werden. Meine Güte, ist das kompliziert! Nach der Wiedergeburt fangen Sie das Spiel quasi von vorn an, denn Sie haben Ihren Status, sämtliche

Kräfte und Ihre Besitztümer sowie die PERSÖNLICHEN EINSTELLUNGEN zu Ihrer Figur verloren.

Jim liest all das noch ein zweites Mal. Als er auf Weiter klickt, poppt ein letztes Mitteilungsfeld auf:

Jetzt in Welt eintreten.

Er klickt. Er ist drin.

Als Erstes tippt Jim Merchant of Menace ins Suchfenster der Minikarte.

Sekunden später erscheint auf der Minikarte ein leuchtend roter Pfeil und weist ihm, wie ein Fingerzeig Gottes, den Weg nach Nordosten zu einer Figur, die sich in einem weitentfernten Quadranten aufhält. Jim folgt dieser einfachen Kompassnadel und navigiert mit wwwww, ein wenig aaaaaa, ein wenig dddddd. Er macht einen Bogen um den Wald – er will sich ja nicht gleich wieder in Stücke hacken lassen – und hält sich lieber an die Pfade von TerraNova, breit wie Dünenwege und gesäumt von Bäumen, die aussehen wie Plastik. Er begegnet anderen Mitspielern, die verloren durch die Gegend stolpern. Dann führt ihn sein Navigationswerkzeug auf einen Hügel, zu einem jungen Mann. Er steht da. Allein. Im Cyberspace.

Chat Log:

AGI: Bist du der Merchant of Menace?

MERCHANT OF MENACE: wer will das wissen?

AGI: Man hat mir gesagt, du könntest mich führen.

Jim spürt sein Herz heftig schlagen. Wie merkwürdig. Wie erschreckend. Der erste Kontakt mit seinem Sohn seit drei Wochen, und dann auf diese Weise: mittels Spielfiguren, Graphik, in einem digitalen Schneesturm aus Einsen und Nullen! Wenn dieser Merchant Jeff ist, wenn das Spiel ihn wirklich zur richtigen Person geführt hat, dann hat Jeff sich ein Alter Ego ausgesucht, das seinem tatsächlichen Äußeren ziemlich ähnlich ist: zottelige Mähne, große Augen, volle Lippen, ein schmales Gesicht, hochaufgeschossener, magerer Körper, der sein männliches Muskelarsenal erst noch entwickeln muss. Jim erkennt seinen schlaksigen Erstgeborenen hinter dem Wildwuchs an Haaren, der Haut so gelb wie Industriekäse, den Vampiraugen mit den purpurroten Pupillen, dem fürstlichen Lederwams, an dem Waffen mit ungeahnten Kräften baumeln.

Wie anders als früher, als man sein Kind am Schultor abholte! Hunderttausend Meilen entfernt von einem Fußballspiel im Garten, den Kinderbüchern, die er dem Jungen vor dem Einschlafen vorgelesen hat, von dem gemeinsamen Brüten über der Quadratwurzel von 81 in Jeffs ersten Schulheften am Küchentisch. Stattdessen begegnet Jim seinem Sohn in einem Spiel, das kein Vater früherer Zeiten mit seinem Sohn hätte spielen können – und wie viele haben seitdem tatsächlich das getan, was Jim gerade tut? Ist er wirklich einer von ganz wenigen, womöglich sogar der Allererste, der auf diese Art das geheime Leben seines Kindes ausspioniert? Renata hat vielleicht die Post des Jungen aufgemacht und so seine Privatsphäre verletzt, aber das ist nichts im Vergleich zu dem, was er vorhat.

MERCHANT OF MENACE: was hat dein Name zu bedeuten?

AGI: Eigentlich gar nichts.

MERCHANT OF MENACE: scheißname, ehrlich

Ja, klingt ganz nach Jeff.

MERCHANT OF MENACE: hör mal, ich bin schon verabredet. halt dich lieber an Luther. der ist der beste führer, ne art schutzheiliger hier. ohne den wärs das reine chaos. vielleicht hast du ja glück und er ist frei. aber er ist nicht billig

AGI: Wie bezahle ich ihn? Du musst entschuldigen, ich bin neu hier.

MERCHANT OF MENACE: wird er dir schon sagen

AGI: Aber du führst auch Leute, stimmt's? Jemand hat mir gesagt, ich soll nach dir fragen.

MERCHANT OF MENACE: ja, ich führe auch leute hier. aber jetzt gerade bin ich mit jemandem verabredet. wir gehen auf level zwei. da kannst du nicht mit. du musst erst mal level eins schaffen, dann meld dich wieder, und wir machen was ab

AGI: OK. Wann?

MERCHANT OF MENACE: bald. tipp Luther in die Minikarte und folge den pfeilen

Luther? Jim erinnert sich an den Namen.

AGI: Luther? Wer ist das?

MERCHANT OF MENACE: mein mentor. weiß alles. ein meister der inneren welt. obi-wan-typ, freundlich, sanftmütig, weise. ich muss jetzt los

MERCHANT OF MENACE: ciao

MERCHANT OF MENACE: wwwwwwwwwwwwwwwwwwww

Ob Jim sich jetzt ausloggen sollte? Aber vorher tippt er noch »Luther« in das Suchfenster der Minikarte. Die Figur, die Jeff offenbar »alles« beigebracht hat. Was hat er ihn gelehrt? Welche Fähigkeiten? Eifersucht keimt in Jim auf. Der Mentor seines Sohns. Ein Pfeil erscheint, führt ihn in die Richtung zurück, aus der er gekommen ist.

AGI: Hallo.

LUTHER: hallo. bist du noch n00b?

AGI: Höchstwahrscheinlich.

LUTHER: brauchst du hilfe?

AGI: Man hat mir gesagt, du kannst mich ein bisschen herumführen. Mir beibringen, wie man dieses Spiel spielt. Wie man vorankommt. Solche Sachen.

LUTHER: voran? was willst du wissen?

AGI: Wie man auf Level Zwei kommt.

LUTHER: gutes ziel. dazu schließt man level eins ab.

AGI: Sehr witzig.

LUTHER: auf level eins erwirbst du mut. danach kannst du weiter aufsteigen.

AGI: Mut?

LUTHER: auf jedem level wartet eine neue aufgabe. eine anspruchsvollere prüfung. wenn du die eine bestanden hast, kannst du dich der nächsten stellen, noch mehr macht erwerben, bis du ganz oben ankommst. du bist schon jetzt eine interessante figur, das spüre ich, aber wir alle können uns vervollkommnen. sonst noch fragen?

AGI: Wer betreibt das hier? Wer steckt dahinter?

LUTHER: schwer zu sagen. die meisten gehen davon aus, dass die erfinder aus kalifornien sind. aber niemand kennt ihre identität.

AGI: Wie groß ist diese Welt?

LUTHER: also, es gab einen punkt vor etwa drei jahren, an dem LoL den ereignishorizont überschritten hat, so dass seine ausmaße nun nicht mehr zu bestimmen sind, nicht einmal von seinen programmierern. seine grenzen sind heute so dehnbar wie die grenzen der menschlichen phantasie. es wächst weiter, neues kommt hinzu, nicht nur die betreiber, auch die gamer machen geschäfte, errichten bauwerke, gründen gemeinschaften. es ist sogar möglich – wenn auch verboten –, skripte zu schreiben, die eine bestehende regel außer kraft setzen und damit neuerungen möglich machen. dabei sind wahre wunder herausgekommen, aber auch abscheulichkeiten. sittenlosigkeit.

AGI: Klingt alles ziemlich beängstigend.

LUTHER: sieh es als kollektive halluzination.

AGI: Hört sich an, als ob es jede Menge schräge Typen anlockt.

LUTHER: in der wirklichen welt werden die spinner immer weniger, und hier im virtuellen raum finden sie ein neues zuhause. wir suchen eine lösung, wie wir mit ihnen umgehen, und das gehört zu meiner aufgabe hier.

AGI: Bei dir klingt das alles sehr real. Aber es ist doch nur ein Spiel.

LUTHER: nur ein spiel? spiele stehen im mittelpunkt unseres lebens. wenn ein mensch sich in ein spiel vertieft, das ihm gefällt, dann gibt es für den verstand keinen grund, nicht daran zu glauben. jeder mensch sehnt sich danach, ohne zweifel zu leben.

AGI: Das klingt, als ob für dich dieses Spiel das ganze Leben ist.

LUTHER: die wirkliche welt ist und bleibt ein ort, den ich von zeit zu zeit gern besuche.

Was für ein Charakter. Ein Gelehrter in langen Gewändern, Wallebart, Worte wie von einem Tao-Meister. Man kann sich vorstellen, wie viel Spaß es ihm gemacht hat, sich zu erfinden, sich einen Ton auszudenken, der klingt, als triefe er von fernöstlicher Weisheit, versponnenen Gedanken und dem Konsum von entschieden zu vielen Kung-Fu-Folgen im Fernsehen. Aber wer ist dieser Bursche wirklich? Ein Autoschlosser aus dem Nachbardorf? Eine Lesbe aus Montreal? Ein australischer Farbenverkäufer? Ein pickliger Versicherungsangestellter aus Chicago? Womöglich ein völlig durchgeknallter Irrer, der via DSL von einem Sanatorium in den Schweizer Alpen aus schreibt? Heutzutage kann man tatsächlich nicht mehr wissen, wer jemand wirklich ist. Die Welt ist inzwischen ein Paradies für Lügner.

LUTHER: ich kann dir den weg zum rechten pfad weisen, doch nur du allein kannst ihn gehen.

Jim kann sich nur mit Mühe beherrschen. Nur er allein kann ihn gehen.

AGI: Verstehe. Natürlich. Ty. Ja, jetzt verstehe ich. Aber wie fange ich an?

LUTHER: zuerst bezahlst du mich. dann folgst du mir.

Luther erklärt weiter, dass AGI virtuelles Gold mit nicht-virtueller Währung kaufen kann – Jims Kreditkarte aus dem echten Leben »reicht schon« (na hoffentlich, denkt Jim). Und mit diesem Gold kann Jim Luther für seine Dienste als Führer im physischen, spirituellen oder welchen Sinn auch immer bezahlen und sich kaufen, was er in dieser Dämmerzone des Daseins sonst noch braucht.

Also erwirbt Jim etwas Gold, zückt tatsächlich seine Kreditkarte (seinen Namen gibt er nicht an) – es kostet ihn zehn echte Pfund, und er bekommt eine erste Ahnung, woher Jeffs Einkünfte stammen. Ein Stapel schimmernder gelber Münzen erscheint auf dem Bildschirm, bis Jim sie allesamt auf Luthers Konto überweist. Klick. Das Geld ist weg. Dann machen sie sich auf den Weg, der Führer und der Newbie, hin zu etwas, das Teleporter heißt.

Wenn eine Ehe in die Brüche geht, dann war von Anfang an der Wurm drin. Und dann helfen alle Versprechen dieser Welt, all die schönen Worte nichts mehr.

Etwas ist Renata dieser Tage aufgegangen:

Die Ewigkeit dauert auch nicht mehr so lang wie früher.

Am Freitag hat sie unter polizeilicher Aufsicht ihre Autobahnbotschaft an Jeff übertüncht. Das Übermalen hat viel länger gedauert als das Schreiben, denn die Buchstaben kamen immer wieder durch. Endlich waren die Polizisten zufrieden, und sie durfte nach Hause gehen.

Heute kauft sie im Biomarkt ein. Sie manövriert ihren Einkaufswagen durch die Gänge, vorbei an mageren Frauen in Jogginghosen (Frauen, die fest entschlossen sind, ewig zu leben) mit kleinen Wasserflaschen in der Hand, legt Spirulina, Walnüsse, Pinienkerne, Bio-Mozzarella hinein und denkt: *Wie glücklich hätte meine Ehe mit einem stattlichen, gutaussehenden ehemaligen Basketballspieler und jetzt erfolgreichen Anwalt sein können.*

Einem jungen Mann, der keine Angst vor dem hatte, was er hinter der Stirn eines Mädchens wie ihr entdeckte. Zwei Kinder gehörten zum großen Los dazu, Geld, zwei Autos, ein schönes Haus, Luxusurlaube, gesellschaftliches Ansehen, so makellos wie neue Kleider – »Die ganze Katastrophe«, wie es einer ihrer Lieblingsschriftsteller so schön ausgedrückt hatte. Niemand hatte Renata gewarnt, dass diese romantischen Träume in einem Zweikampf darüber enden würden, wessen Bedürfnisse erfüllt werden, dass es mit den Komplimenten irgendwann vorbei ist, dass aus dem Liebhaber ein Widersacher wird, dass ein Vorrat an Glück, der nur für eine Person bemessen war, jetzt für zwei reichen musste.

All die Anstrengungen, die man am Anfang unternimmt,

um mehr über seinen Liebhaber zu erfahren, sind nichts im Vergleich zu den Mühen, die man später mit dem hat, was man nicht wissen will.

Ein Gedanke, der Renata, die inzwischen an der Kasse angekommen ist, nicht gefällt, den sie aber immerhin zur Kenntnis nimmt. Niemand warnt einen vor dem ganzen Kummer der Ehe. Aus ihren Internetrecherchen weiß Renata, dass ein durchschnittliches Ehepaar sechs Jahre lang unglücklich ist, bevor es sich um eine Therapie oder sonstige Hilfe bemüht. Das durchschnittliche Paar ist höchstwahrscheinlich unglücklich, aber auf eine so unspektakuläre Weise, dass niemand es zur Kenntnis nimmt.

Am Anfang schenken wir Liebe, Charme, unbegrenzte Aufmerksamkeit – aber zu dem Zeitpunkt trauen wir uns auch gar nicht, das nicht zu tun.

Ja, denkt Renata. Im Kern des Liebeswerbens steckt nackte Angst: die Angst davor, dass man zurückgewiesen wird. Deshalb werden wir zu Schauspielern, aber nur so lange, bis wir den Preis bekommen haben; wir setzen eine Maske auf, statt dass wir die harten Fakten unseres ganz und gar nicht liebenswerten Wesens präsentieren. Und wir alle kennen die Gefahr, denn das Unvermeidliche wird nur verschoben, die Stunde, in der die Maske fallen muss. Je länger dieser Moment hinausgezögert wird, desto größer der Schock, wenn unsere Schrullen, Ticks und Marotten, unsere *Erbärmlichkeit* schließlich ans Licht kommen. An diesem Punkt sind Jim und ich jetzt angekommen, denkt Renata, wir wissen nicht, wie wir die Erbärmlichkeit des anderen ertragen sollen. Die ganze Katastrophe.

Ebenfalls aus ihren Recherchen weiß sie, dass es zwei

Arten des Weinens gibt. »Flaches Weinen« ist die weiter verbreitete, schlechtere Variante, die weder heilt noch Erleichterung verschafft, keinen Schmerz und keine Spannung abbaut, so dass nichts besser wird. Die andere Variante ist das »tiefe Weinen«, die Variante, um die man sich wirklich *bemühen* sollte, wenn man sich überhaupt die Mühe macht zu weinen, denn dieses reinigende Weinen spült alles aus uns heraus, und wenn man das richtig macht, lässt die Hoffnung, ein wahrer Regenbogen der Hoffnung, nicht lange auf sich warten. Sagen die Experten.

Renata versucht tief zu weinen. Es gelingt ihr nicht. Hauptsächlich weil sie zu müde ist, sie hat nicht mehr die Energie, und so schnieft sie sich von einem flachen Schluchzer zum nächsten. Es gibt praktisch nichts, was keinen solchen Weinanfall auslösen kann: ein altes Schulzeugnis von Donald, ein verlorengeglaubter Ledergürtel, zu lang für seine mageren Hüften, so dass sie mit einem Nagel ein Extraloch hineinstechen mussten. Erst gestern hat sie im Keller einen Wasserball gefunden, den er im vergangenen Sommer aufgeblasen hat und der also noch seinen Atem enthält. *Knacks* machte es in ihrem Herzen. Sein Atem, aufbewahrt in einem bunten Kunststoffball! Wie lange das wohl noch so weitergeht, diese schmerzlichen Erinnerungen, die nur darauf warten, dass man sie findet? Diese Ereignisse, die ihr Innerstes aufwühlen wie mit einem Gartenrechen?

Vom Parkplatz des Supermarkts aus macht sie einen Umweg zu Jeffs Schule. Es ist Wochenende, der Schulhof leer. Auf dem Rückweg von der Polizeiwache hatte sie bis zum Schulschluss vor dem Tor gewartet, bis die vielen Teenager herauskamen, und sich durch die Menge gedrängt,

Jeffs Klassenzimmer gesucht. Der Lehrer, Mr. Tims, hatte immer noch nichts von Jeff gehört, ebenso wenig wie seine Mitschüler. Und obwohl er sich um einen besorgten, hilfsbereiten Tonfall bemüht hat, ist ihr der Ausdruck von Genervtheit in seinem Gesicht nicht entgangen. »Vielleicht ist es besser, ich rufe künftig Sie an – falls ich etwas erfahre.«

Sie fährt nach Hause. Macht sich einen Becher Fertigsuppe. Überlegt, ob sie noch einmal bei der Polizei anrufen und Jeff offiziell als vermisst melden soll, damit sie die Sache ernst nehmen. Aber man hat ihr immer wieder gesagt, dass Jeff mit seinen achtzehn Jahren niemandem mehr Rechenschaft ablegen muss, wo er gerade ist. Sie lässt die Einkäufe in der Küche und geht nach oben, um sich ein wenig hinzulegen.

Sie schläft fast auf der Stelle ein, und sofort ist das Bild von Donald da.

Der Junge erscheint tatsächlich am Fußende ihres Betts.

Und Donald ist genau wie früher. Hat immer noch seinen beißenden Humor, wirkt aber ruhiger, abgeklärter. Der Tod hat ihn richtig erwachsen gemacht.

DONALD: Hallo Ma.

RENATA: Hallo Liebling.

DONALD: Scheiße.

RENATA: Kann man sagen, Liebling, kann man sagen. Scheiße.

DONALD: Ja, total. So, jetzt pass mal auf, Ma. Wir machen jetzt Folgendes –

RENATA: Du sagst mir, was wir jetzt machen? Sag es mir. Bitte.

DONALD: Dann hör zu.

RENATA: Ich höre.

DONALD: Wir lassen jetzt los. Wir lassen jetzt einfach los.

RENATA: Wir lassen los?

DONALD: Wir lassen los. Es muss sein.

RENATA: Ich dachte, ich könne das. Aber ich bringe es einfach nicht fertig. Ich liebe dich zu sehr.

DONALD: Scheiße, Ma, reg dich ab. Sei doch mal cool. Jesus!

RENATA: Du sollst nicht fluchen, Liebling.

DONALD: Ja, okay. Aber das bringt euch noch alle um.

RENATA: Vielleicht könntest du dann mit den anderen auch mal reden.

DONALD: Nein. Ich kann nur mit dir reden. Wer hätte das gedacht?

RENATA: Ich liebe dich.

DONALD: Jetzt hör doch mal zu –

RENATA: Das mache ich doch.

DONALD: Ma, jetzt halt endlich mal die Klappe, und hör mir zu.

RENATA: Okay. Okay.

DONALD: Ich schicke dir ein Zeichen. Einverstanden? Ein Zeichen. Für dich spiele ich das ganze Toter-schickt-den-Lebenden-aus-dem-Jenseits-ein-Zeichen-Spiel. Weiß noch nicht, was für ein Zeichen das wird. Ich lass mir was einfallen. Und wenn du das Zeichen siehst, dann erinnerst du dich an das, was wir hier gesagt haben, und daran, dass es mir gutgeht, und daran, dass es *dir* gutgeht und dass es euch allen bald wieder richtig gutgeht.

Dir. Und Dad. Und Jeff.

RENATA: Du fehlst mir so.

DONALD: Ich bin einfach nur gestorben. Das Leben ist eine verdammte Tür, durch die wir durchmüssen, Ma – warum bist du denn da überrascht, wenn jemand sie aufmacht und rausgeht? Keine große Sache. Also, ich schick dir ein Zeichen. Dann werden Dad und Jeff dir glauben. Wär doch cool, oder? Irgendwas Unheimliches, wie bei *The Sixth Sense* oder so, oder, Mann, wie in *Ghost*, mit diesem Patrick-Swayze-Typen. Okay? Abgemacht?

RENATA: Wusstest du, dass Patrick Swayze jetzt ebenfalls gestorben ist? Auch an Krebs?

DONALD: Es ist eine Tür, Ma. Eine Tür.

RENATA: Was wird das für ein Zeichen sein, Liebling?

DONALD: Irgendwas Cooles, verlass dich drauf. Nichts Schmieriges. Vielleicht irgendwas mit Blut. Ein Blutzeichen. Das wär doch toll.

RENATA: Nein, das hört sich schrecklich an. Bitte kein Blut.

DONALD: Okay, okay. Dann halt ein Kreuz. Das Zeichen für dich wird ein Kreuz. Passt doch zu dir. Und jetzt schlaf weiter. Sschh.

RENATA: Ein Kreuz? Hast du gesagt »ein Kreuz«?

DONALD: Da bist du froh, was? Jetzt schlaf.

RENATA: Aber schlafe ich denn nicht?

DONALD: Also … nein. Das ist kompliziert.

Renata erwacht. Das Zimmer ist leer. Keine Morgendämmerung hinter den Vorhängen. Trotzdem fühlt sie, dass Donald ganz in der Nähe ist. War es einfach nur ein besonders lebendiger Traum? Ein Zeichen. Ja. Und Donald wird ihr ein Zeichen schicken. So ein lieber Junge. Hat er gesagt, *Blut*? Nein, nein, ein Kreuz, das war es. Das Zeichen des

Kreuzes. Natürlich. Das hat er versprochen. Oder? Ach, ihr lieber kleiner Junge, was haben sie sich für Schlachten geliefert, als er noch am Leben war. *Sschh, sschh,* sagt sie jetzt zu ihm, nicht mehr die Amateurmedizinerin, die ihm verrückte Heilmittel aufdrängen wollte, die sie im Internet gefunden hatte – Grashalme auf dem Schulbrot, flaschenweise Kombucha, Kristalle auf dem Nachttisch, Elixiere, bestimmte Arten von Musik, Gedichte, vom Buchclub empfohlene Bücher. *Sschh,* sagt sie nun und denkt daran zurück, wie sie ihn im Arm gehalten hat, nach seinem letzten Atemzug im Krankenhausbett, ein Opfer der Metastasen in seinem Gehirn; wie sie *ssch, sschh* geflüstert hat, bis Jim kam und ihr sagte, dass sie jetzt aufhören könne, dass er nicht mehr da sei. Und dann hat sie aufgehört und schweigend mitangesehen, wie die Schwester die Armbanduhr von Donnys Handgelenk abgemacht hat.

Ihr Sohn, der Künstler. Fort. Ein großartiger Zeichner, der schon mit 14 seine Berufung gefunden hatte, schon früh ein Talent vervollkommnet, das eines Erwachsenen würdig war. Das Meisterwerk seiner jungen Jahre war ein Comicstrip, eine lange Erzählung, in eine Schulkladde gezeichnet, ein komplexer Comicroman, zugleich voller Wut und voller schwarzen Humors, beunruhigend pornographisch für elterliche Augen und Gemüter. Später wurde die Geschichte dann sanfter, gefühlvoller, ließ Licht und Schönheit zu, ein Ton, der von den letzten Erfahrungen des Jungen geprägt war.

Sschh, sschh, sagt Renata, genau wie damals, als ihr Sohn sie schon nicht mehr hören konnte, als er endlich reglos in ihren Armen lag. Jetzt, im Halbdunkel, in ihrem halbleeren

Doppelbett, von niemandem gehört und von niemandem getröstet, wünscht sie sich, dass jemand auch für sie solche Laute machen würde.

Jeff. *Wo bist du? Komm nach Hause. Mach die Tür auf, und komm einfach rein.*

Teleporter auf Level eins – Spielbeginn.

Der Teleporter löst AGI in seine Atome auf. Er verschwindet. Und materialisiert sich wieder …

Draußen. Postapokalyptische Welt. Tag.

Ödland, verbrannte Erde. Bei den Häusern fehlen Außenwände, rußgeschwärzte Betonskelette. Kein Anzeichen menschlichen Lebens. AGI blickt über eine tote Landschaft.

Was soll ich hier?, fragt sich Jim. Wer bin ich? Wie geht es jetzt weiter? Und wo ist Luther? Luther hat versprochen, dass er sich gleich nach mir hierherbeamen lässt. Jim wartet. Kein Luther.

Die bombastische Hintergrundmusik, die glatt von Richard Wagner stammen könnte, wirkt lächerlich, weil absolut nichts geschieht. Luther soll ihm doch zeigen, wie es geht, wie man dieses Spiel spielt, wie man kämpft und überlebt. Ihm erklären, was das hier für eine Welt ist, wo die Gefahren lauern. Dann fällt Jim wieder ein, dass Luther gesagt hat, auf dieser Ebene werde sein Mut geprüft.

Er steht da, im Niemandsland, ohne Führer, ohne Aufgabe.

Dann geht er ein Stück vor.

AGI: wwwwwwwwwwwwww

Und jetzt geschieht etwas …

Ein Trupp futuristisch anmutender menschlicher Krieger erscheint. Die meisten sind in Rüstung, tragen Helme und Waffen des Raumzeitalters – alle bis auf einen, der weder Waffen noch Helm hat.

Jim hämmert auf die Tasten, fürchtet um sein »Leben« – w, a, s, d –, doch AGI kann sich nicht bewegen.

CAPTAIN FRIENDLY: Du kommst spät. Und du bist schwach. Wo sind deine Waffen, Soldat? Du musst deinen Freund Scotty für uns finden. Er hat sich unerlaubt von der Truppe entfernt. Er hat den Verstand verloren, hat Geheimnisse an den Clan verraten, unser aller Leben in Gefahr gebracht. Du bist der Einzige, dem er vertraut. Deshalb musst du ihn finden, bevor es noch mehr Tote gibt. Du musst ihn hierherbringen, damit wir mit ihm reden können. Hast du verstanden? Sag Scotty einfach, dass du mit ihm reden musst und dass er in einer Stunde vor der alten verlassenen Polizeiwache auf dich warten soll. Erwähne nicht meinen Namen. Ich stoße dann dazu und versuche, ihn zur Vernunft zu bringen, bevor es zu spät ist. Ich gebe deinem besten Freund eine letzte Chance, die Sache in Ordnung zu bringen, aber dieses Angebot endet in einer Stunde. Danach steht Soldat Scotty Burnett auf der Abschussliste. Verstanden? Dann los. Eine Stunde. Du rettest deinem Freund das Leben, wenn du ihn herbringst. Nimm die Waffe hier. Vielleicht versucht Scotty ja, dich zu töten. Und vergiss nicht, du bist schwach, also sieh dich vor.

So geht das also, denkt Jim in seinem westenglischen Cottage, so ziehen sie einen in das Spiel hinein. Und gar kein schlechtes moralisches Dilemma. Ein alter Freund hat den Verstand verloren, hat nicht mehr alle Tassen im Schrank, ist bis an die Zähne bewaffnet und gefährlich, und nur ich kann ihn retten. Aber bei diesem Versuch riskiere ich mein Leben. Ein hoher Preis für diese Rettungsaktion. Na dann mal nichts wie los. Sichern und laden.

Der Trupp marschiert ab, AGI bleibt allein zurück. Er bewegt sich durch die qualmende Landschaft, sieht jedoch nichts. Zeit verstreicht. Zuerst geht er in eine Richtung, dann in die andere. Er kehrt wieder an den Ausgangspunkt zurück. Wie nehme ich Kontakt mit Scotty auf? Woher soll ich wissen, wie man das macht? Zehn Minuten lang sucht er nach einem Anhaltspunkt, findet nichts.

Dann entdeckt er eine alte Telefonzelle. Er geht hin. Aber er weiß nicht, wie man die Tür aufmacht.

LUTHER: STRG+X. öffnet türen.

Da steht Luther. Jim lässt AGI eine Kehrtwendung machen.

AGI: Da bist du.

LUTHER: STRG+X. Versuchs.

Jim folgt der Aufforderung. Die Tür öffnet sich. Er geht hinein.

LUTHER: STRG+V. Damit greifst du nach sachen.

AGI greift zum Telefonhörer.

AGI: Wie wähle ich? Wie lautet Scottys Nummer?

LUTHER: wer ist Scotty?

AGI: Das weißt du nicht?

LUTHER: das spiel hat tausend varianten. das exakte spiel, das du jetzt spielst, hat vor dir noch niemand gespielt. unglaublich, was? wir alle haben ähnliche games gespielt, aber das hier ist deine ganz persönliche reise, mein freund.

AGI: Danke. Aber wie lautet Scottys Nummer? Ich soll ihn anrufen.

LUTHER: dann weißt du die nummer vielleicht schon.

AGI steht da, starrt das alte Münztelefon mit der abgegriffenen Zehnertastatur an. Legt den Finger an die Tasten. Tut nichts.

Ich versuche es einfach mal, denkt Jim. Das muss klappen.

Zuerst passiert gar nichts, dann werden Tasten von selbst in der richtigen Reihenfolge gedrückt. Blip, blip, blip …

Geduld. Ein sympathisch menschlicher Zug an diesem Spiel. Klug ausgedacht, das kann Jim nicht leugnen. Manches daran ist intelligent und interessant. Und kurios, wenn man bedenkt, wie Jims ureigene Charaktereigenschaften hier zum Zuge kommen: dieselbe Geduld, mit der er darauf warten kann, dass Renata sich von ihrem Kummer erholt, die Geduld, die er von seiner Familie erwartet, wenn er den Blinker schon eine Meile vor dem Linksabbiegen setzt; Geduld, die ein jüngerer Spieler niemals hätte.

AGI: Hat geklappt.

AGI dreht sich um. Aber Luther ist fort. Wo ist er geblieben?

Er hört ein Klicken, dann eine Stimme am anderen Ende. »Bist du das, Kumpel? Tut gut, deine Stimme zu hören. Ich bin verwundet. Du musst mich holen, bei der ehemaligen Chemiefabrik. Ach, ich bin so froh, dass du anrufst, Mann. Es gibt ein paar Sachen, die ich dir sagen muss. Aber nicht am Telefon. Ich sag's dir, wenn wir uns sehen. Wir zwei müssen zusammenhalten. Hörst du? Wir zwei müssen zusammenhalten, alter Junge. Mann, bin ich froh. (klick)«

Mit Hilfe der Minikarte findet er die Chemiefabrik. Keine Menschenseele. Er wartet. Sieht niemanden. Er durchforscht die labyrinthischen Gänge. Immer wieder verwundet von Scottys Kumpanen. Und dann findet er Scotty.

Scotty grinst. Er kommt AGI entgegen. Er hält sich den blutigen Arm, der schlaff herunterhängt. Schusswunde. Keine Rüstung, aber er hat eine Waffe in der unversehrten Hand. AGI legt die eigene Hand auf die Pistole in seiner Tasche.

SCOTTY: Schön, dich zu sehen, Mann. Hab schon gewartet, dass du dich meldest. Konnte mir nicht vorstellen, dass du bei dieser Mörderbande bleibst. Captain Friendlys Männer haben gestern Morgen ein ganzes Dorf des Clans ausgelöscht – Männer, Frauen, Kinder, Vieh, alles. Einfach entsetzlich. Ich hab versucht, sie zu verteidigen, und dabei hat es mich am Arm erwischt. Du musst mir helfen, diesen Friendly zu beseitigen. Wir bringen ihn um. Der muss dran glauben, sonst hört diese Gewaltherrschaft niemals auf. Ich will ein Rebellenkommando zusammenbekommen, aber ich brauche deine Hilfe, wenn ich … ich …

Tränen kullern ihm über die Wangen. Die unerträgliche Belastung …

AGI fordert Scotty auf, sich zusammenzureißen und ihm zu folgen.

Es folgen zwei Spielstunden, in denen … AGI den ahnungslosen Scotty zur alten Polizeiwache und zu dem Treffen mit Captain Friendly führt. Unterwegs werden sie von Söldnern beschossen. (Inzwischen hat AGI ein beträchtliches Arsenal erworben – ein Scharfschützengewehr, eine halbautomatische Maschinenpistole, Thompson Kaliber 45, mehrere Pistolen.)

Jim ist ganz in das Spiel vertieft, und es macht ihm Spaß, jeweils die passende Waffe für den Anlass zu wählen. Im wirklichen Leben hat er nie eine Waffe besessen und auch nur in seltenen Fällen geschossen, ein Mal beim Tontaubenschießen und einige wenige Male als Kind mit einem Luftgewehr.

Jetzt lässt er AGI sich im Kugelhagel zu Boden werfen. In dem Fall dürfte das Scharfschützengewehr die besten

Dienste leisten. Sein Alter Ego blickt durchs Zielfernrohr, mit brennenden, zusammengekniffenen Augen – Jim bemerkt, dass er selbst am Computer das Gleiche tut, spürt die Anspannung seiner Figur in der Kampfzone – und liegt ganz ruhig, damit die Söldner glauben, er und Scotty seien tot.

Mit welch kindlicher Begeisterung dieser Anwalt mittleren Alters schließlich seine wohlgezielten Schüsse abfeuert! Das Geräusch erinnert an ein Donnergrollen, und schon geht der Feind stöhnend zu Boden, Blut spritzt. Treffer. Ich hab den Kerl erwischt. Lässlicher Mord, von Jim mit ehrfurchtgebietendem Geschick verübt, und so aberwitzig es auch ist, er spürt tiefe Befriedigung, dass er seinen Avatar so hingebungsvoll lenken und sie beide zum Sieg führen kann.

Bumm!, macht die Flinte wieder, ein weiterer Feind verschwindet aus dem Fadenkreuz.

Endlich erreichen sie die alte Polizeiwache. Sie sind in Sicherheit.

Dann hallt ein einzelner Schuss. Und direkt neben AGI zerplatzt Scottys Kopf wie eine reife Tomate. Scotty stürzt zu Boden. Tot. Zu AGIs Füßen.

Dann tritt Captain Friendly aus der Polizeiwache. Wiegender Cowboygang. Er beißt in einen Apfel. Die tödliche Waffe in der Hand.

CAPTAIN FRIENDLY: Was ist denn hier passiert? Ich habe dir doch gesagt, du sollst ihn lebend herbringen. Du hast ihn getötet? Was machst du denn für Sachen, Soldat? Na, ein großer Verlust ist es nicht. Du hast unserem Sektor einen Gefallen getan. Gib mir jetzt deine Waffe. Gib mir die Waffe zurück.

Das gefällt mir nicht, denkt Jim. Blut schießt in die Bereiche seines Kleinhirns, die für das Moralempfinden zuständig sind. Dieser Offizier hat mich gerade übers Ohr gehauen und meinen Freund erschossen. Das war eine Falle, die haben mich missbraucht, um an Scotty ranzukommen – Scotty, der nur versucht hat, die Eingeborenen gegen diese üblen Tyrannen zu verteidigen. Der Londoner Anwalt in Jim erwacht zum Leben, und in seinem realen Delpe-Herz wallt jetzt das Blut eines Rebellen. Wie oft hat er miterlebt, wie die Guten dran glauben mussten. Wie oft musste er machtlos zusehen. Überall himmelschreiende Ungerechtigkeit. Und immer zu wenig Helden.

Er zückt seine Waffe und zielt geradewegs auf den Captain.

CAPTAIN FRIENDLY: Was soll das werden? Willst mich erschießen? Zwanzig Scharfschützen haben dich in diesem Augenblick im Visier. Wenn du mich erschießt, erschießen sie dich. Damit ist deine Mission gescheitert. Du kehrst zum Anfang des Spiels zurück und verlierst sämtliche Fertigkeiten und Kräfte und alles Ansehen, das du erworben hast. Wenn du mich aber NICHT erschießt, dann steigst du in die nächste Ebene auf, zum Level zwei. Du willst doch auf Level zwei, oder? Außerdem bekommst du 40 Goldmünzen, dafür, dass du diesen Irren seiner gerechten Strafe zugeführt hast. Lass es dir gesagt sein, Soldat, er war irrsinnig. Glaub kein Wort von dem, was er gesagt hat.

Jetzt muss er sich entscheiden. In diesem Spiel geht es schließlich um Entscheidungen. Soll er schießen? Oder dem Vorgesetzten die Waffe aushändigen? Soll er Scotty rächen und verlieren? Oder den Befehl ausführen, das Etappenziel erreichen und zum nächsten Level aufsteigen?

Ach, zum Teufel …

Eigentlich sollte er das nicht tun, aber Jim schießt dem Offizier mitten ins Gesicht.

Peng …

Rote Blutfontänen spritzen. Und es tut verflucht gut, dieses Arschloch zu erledigen.

Nachdem der Kopf des Captain die Tomatennummer gemacht hat, wird der Bildschirm schwarz, pechschwarz, bis ein paar Worte erscheinen:

Vertrau dem Zeugnis deiner Sinne. THOMAS VON AQUIN

Wer zum Teufel denkt sich so etwas aus? Wird er jetzt von Heiligen instruiert?

Dann verblassen die Worte, und ein neuer Schriftzug erscheint: Herzlichen Glückwunsch – du hast Level Eins erfolgreich abgeschlossen. Du kannst TerraNova jetzt verlassen und zum zweiten Level aufsteigen.

Hat er tatsächlich gewonnen? Er hat sich auf sein Bauchgefühl verlassen, statt an seine eigene Sicherheit zu denken, und irgendwie hat er damit gewonnen, gerade als er mit einem Sieg am wenigsten rechnete.

RENATA: Sind Sie noch da?

GOTT: Mhm.

RENATA: Ich hab so viele Fehler gemacht, kleine zwar, die aber dennoch auf die falsche Entscheidung rausliefen. Unser Leben ist nichts als eine Folge von Jas und Neins, eine Folge von Entscheidungen. Welten geraten aus den Fugen. Ganze Welten! Drei falsche Entscheidungen in Folge – das passiert so schnell, und man sollte niemandem deswegen einen Vorwurf machen –, und schon sieht man, wie grausam dieses Spiel sein kann.

GOTT: Stimmt.

RENATA: Ich brauch jetzt was Heißes zu trinken. Ich bin immer so früh wach.

GOTT: Was trinkst du denn: Tee oder Kaffee?

RENATA: Kaffee. Am besten intravenös.

GOTT: Gute Idee. Es ist ohnehin Zeit, dass wir mit unserer Beichte zu Ende kommen.

RENATA: Mein Mann ist heute wortlos aus dem Haus gegangen. Er geht mir aus dem Weg.

GOTT: Was wolltest du ihm denn sagen?

RENATA: Letzte Frage, ich versprech's: Was ist das Wichtigste, was eine Ehe zusammenhält?

GOTT: Wahrhaftigkeit.

RENATA: Echt?

GOTT: Fake that and party (ganz alter Witz).

RENATA: Sie sind aber gut drauf heute.

GOTT: An manchen Tagen geht's besser, an manchen schlechter, man weiß es vorher nie.

RENATA: Sollte man immer die Wahrheit sagen?

GOTT: Grundsätzlich schon. Aber die Wahrheit ist nicht beliebt und wird nie verstanden. Bei einer schmeichelhaften Lüge verhält es sich genau umgekehrt.

RENATA: Wollen Sie damit sagen, dass Lügen zulässig sind?

GOTT: Die Wahrheit wirkt sich nicht immer positiv aus – mehr will ich damit nicht sagen. Manchmal hindert uns die Wahrheit daran, ein Tor zu durchschreiten, das für uns bestimmt war.

Als Renata sich ausloggt – wie immer ganz aufgewühlt nach diesen Treffen mit dem Unbekannten –, greift sie zum Telefon und wählt. »Hallo, ich bin's. Ich sitze hier, und mir geht durch den Kopf, was für eine Schande es ist, dass wir damals nicht mehr gegen diesen Sendemast unternommen haben. Ich denke oft, dass der vielleicht mit dafür verantwortlich war, dass Donald Krebs bekommen hat.«

»Und was gibt es sonst so?«, fragt Jim, und sein munterer Tonfall lässt keinen Zweifel, dass er nicht schon wieder eine neue Theorie darüber hören will, weshalb ihr Haus vom Unglück heimgesucht wurde. »Irgendwelche Neuigkeiten?«

»Also, ich habe Jeffs Freund Lenny angerufen, den Jungen, mit dem er immer zum Eislaufen gegangen ist. Er war nicht leicht zu finden. Der hatte auch nichts gehört. Wusste nicht mal, dass Jeff verschwunden ist.«

»Er ist nicht verschwunden. Er versteckt sich vor uns.«

»Woher willst du das wissen? Kann man legal denn wirklich nichts tun?«

»Er ist erwachsen. Er muss uns nicht mehr um Erlaubnis fragen.«

»Ich bin die gespeicherten Nummern auf seinem Handy noch mal durchgegangen. Hab sie alle angerufen.« Ein tiefer Seufzer macht die lange Reise von ihrem Haus bis zu Jim. »Und ich habe noch einmal mit Mr. Tims gesprochen. Sie haben Jeff von der Schülerliste gestrichen. Ganz offiziell. Dann ist mir noch etwas eingefallen. An dem Abend, bevor er verschwunden ist, hat er gesagt, er trifft sich mit einem neuen Mädchen. Den Namen hat er nicht erwähnt.«

»Saskia.«

»Nein. Er hat gesagt, mit Saskia trifft er sich nicht.«

»Kelly? Kelly.«

»Irgendjemand Neues, hat er gesagt. Es ist nicht fair. Wie

kann er so grausam sein? Bloß weil ich einen von seinen Briefen aufgemacht habe. Einen einzigen! Wie lang will er mich dafür denn noch bestrafen?«

»Es ging nicht nur um den Brief. Er hat es einfach nicht mehr ausgehalten.«

»Was hat er nicht mehr ausgehalten?«

»Mich. Dich. Wir hatten nichts mehr für ihn übrig außer Ärger. Kontrolle ohne Liebe. Druck ohne … ach, ich weiß nicht … ohne Zuwendung.«

»So habe ich ihn nie behandelt.«

»Der ältere Bruder, das Gefühl, dass seine Eltern den jüngeren mehr geliebt haben als ihn.«

»Glaubst du das wirklich?«

»Nein. Aber ich glaube, dass *er* das glaubt.«

Sieh mal an, wie tapfer Jim durch ein wenig Abstand zwischen ihnen geworden ist, denkt Renata. »Warum sagst du das alles gerade jetzt?«

»Weil es am Telefon leichter geht. Vielleicht liegt es auch an der sauberen Luft auf dem Land. Zeit zum Nachdenken. Wir haben ihn nicht genügend beachtet. Und dann war er plötzlich alt genug, um das zu ändern.«

Langes Schweigen.

»Bist du noch da?«, fragt Jim schließlich.

»Ich habe von Donald geträumt.« Schweigen. »Es war alles so real. Fast so, als stünde er tatsächlich am Fußende meines Betts.«

»Hmmmm.«

»Er hat mit mir gesprochen.«

Weiteres Schweigen, dann: »Hmmm-hm.«

»Hat mir gesagt, dass es ihm gutgeht. Es war unglaublich. Er klang wunderbar. Er hat gesagt, er schickt uns ein Zeichen. Irgendein Zeichen.«

Keine Antwort von Jim. Nichts.

»Jim?«

Endlich: »Ich bin noch da.«

»Hast du gehört, was ich gesagt habe? Es muss doch möglich sein, dass ich dir etwas erzähle. Oder willst du das nicht? Ich fühle mich Lichtjahre von dir entfernt.«

»Also, ich muss jetzt Schluss machen.«

»Jim, warte –«

»Ich muss los. Und zieh die Belohnung für Informationen über Jeff zurück. Wir wissen beide, dass wir es uns nicht leisten können, jemandem so viel Geld zu zahlen.«

»Lass uns erst mal abwarten, ob sich jemand Ehrliches meldet.«

»Das geht nicht. Wenn sich jemand meldet und etwas weiß, sind wir verpflichtet zu zahlen. Es ist eine einseitige Abmachung.«

»Zwei Leute haben sich bereits gemeldet. Aber …«

»O Gott!«

»Ganz ruhig! Es war alles Fake, sie konnten keine meiner Fragen beantworten. Miese Zyniker. So gemein.«

»Was hast du denn anderes erwartet, wenn du wildfremden Leuten so viel Geld unter die Nase hältst? – Heute noch, Rena, um Himmels willen, du musst die Belohnung heute noch zurückziehen.«

»Na gut, einverstanden.«

»Ich muss jetzt Schluss machen. Ich habe einen Termin mit einem Klienten.«

Klick. Sie seufzt. Der ganze Kummer der Ehe.

Dann klopft jemand an die Haustür. Ein Polizist.

Endlich nehmen sie ihre Befürchtungen ernst.

»Mrs. Delpe?«

»Ja?«

»Es geht um Ihren Sohn Donald.«

Donald? Sie starrt den Beamten an. »Donald?«

»Wir haben ihn drüben auf der Wache. Er ist ein bisschen in Schwierigkeiten. Vielleicht könnten Sie mit uns hinfahren. Donald. Ihr Sohn. Er ist in Polizeigewahrsam.«

Als sie auf der Wache ist, führt man sie in einen Vernehmungsraum. Ein Junge mit kahlgeschorenem Kopf sitzt rittlings auf einem Stuhl. Der Polizist sieht sie an. Sie schüttelt den Kopf.

»Danke, dass Sie gekommen sind«, sagt der Polizist und begleitet sie hinaus.

Sie sitzt vorn im Streifenwagen, der sie wieder nach Hause bringt, und der Polizist am Steuer erklärt ihr, dass die Kids aus den Wohnblocks nur darauf warten, dass jemand in ihrer Altersgruppe stirbt. Sobald sie davon erfahren, fälschen sie seine Papiere und machen Schulden im Namen des Toten. Dieser Knabe mit dem Strass-Ohrstecker und dem Ganovengesicht hat sich als Donald Delpe ausgegeben und unter seinem Namen DVDs ausgeliehen, um sie anschließend auf der Straße zu verhökern. Identitätsdiebstahl sei an der Tagesordnung, fügt der Polizist hinzu, und wenn die betreffende Person tot sei, dann sei es sehr schwer für die Familie des Verstorbenen.

Renata steht am Bordstein und sieht zu, wie der Streifenwagen wegfährt. Dann erst wird ihr klar, dass sie nicht gesagt hat, dass sie einen zweiten Sohn hat und dass der verschwunden ist. Und dass ihm womöglich etwas Schreckliches zugestoßen ist.

Zwei Schritte hinter der Haustür lässt Renata ihren Gefühlen freien Lauf. Wusch! Es bricht aus ihr heraus. Und diesmal ist es kein flaches Weinen. Diesmal ist es, wie die Experten sagen, »richtig echt«.

Level fünf
Führungsqualitäten

AGI: aaaaaaaaaaaaaaaaaaaaaaaaaaaaaaaaa

AGI: Hi. Schön, dich wiederzusehen.

MERCHANT OF MENACE: ich hab zu tun

AGI: Macht es dir was aus, wenn ich zusehe? Ich interessiere mich selbst für Unterrichtsstunden bei dir.

MERCHANT OF MENACE: für den grundkurs kampftechniken muss man zahlen. geh zum schwarzen brett und trag dich für meine kurse ein

AGI: Übrigens, ich habe Level zwei erreicht.

MERCHANT OF MENACE: ich bin bei der arbeit. du musst jetzt gehen

AGI: Pardon. Dann bis später.

MERCHANT OF MENACE: wo willst du hin?

AGI: Level zwei. Mal sehen, wie es da so ist.

AGI: wwwwwwwwwwwwwwwwwwwwwwwww

Gleich wird AGI sterben.

Die Sonne versinkt hinter den Bergen, Dunkelheit legt sich über alles, und er ist allein auf einer apokalyptischen Straße. Wo ist er? Welches Zeitalter? Die Häuser sehen römisch aus. Dann bleibt er an einer Taverne stehen, in der Licht brennt. Späht durch einen Fensterladen nach drinnen. Der Schein brennender Holzscheite fällt auf eine Frau auf einem Schemel, die dort mit gespreizten

Beinen sitzt, ihr Rock eine Art Hängematte für die Schüssel, in der sie mit einem Holzlöffel rührt. Ein Schweinskopf brodelt in einem viel zu kleinen Kessel über den Flammen. In der Mitte des Raums liegt ein Körper, der in ein blutiges Tuch gehüllt ist. Ein Leichnam? AGI soll das offensichtlich alles sehen. Er geht zum Eingang der Hütte. Versucht, die Tür zu öffnen. Sie bleibt zu.

Seine Stiefel poltern schwer auf dem harten Boden, als er sich entfernt. Der Mond spiegelt sich in einem Wassertrog. Eine Ziege, die tot am Wegesrand liegt – ist das Wasser vergiftet? Schafe mit bimmelnden Glocken stieben auseinander. Aus dem Kamin einer Hütte steigt Rauch. AGI findet ein Schwert auf dem Weg und nimmt es mit. Offenbar will jemand, dass er sich verteidigen kann.

Vor ihm eine Statue. Er nähert sich von hinten. Sie ist groß, ein marmorner Koloss auf einem mächtigen Sockel. Und als er sie umrundet hat und zu ihr aufblickt, sieht er zu seiner Verblüffung, dass es eine Statue seiner selbst ist. Auf dem Sockel steht: AGI.

Wieso? Wofür wird er geehrt? Was soll das? Womit hat er verdient, dass man ihm ein Denkmal setzt? Das Marmorgesicht mit dem kalten Lächeln der Überlegenheit deutet auf einen mächtigen Führer hin, und die gewaltigen Ausmaße der Statue lassen erahnen, dass das Volk es aus Liebe zu einem wahrhaft bedeutenden Mann errichtet hat.

Was für ein Trick, denkt Jim in seinem Büro, dessen Tür am heutigen Montagvormittag geschlossen bleibt. Was für ein schlauer Trick, mit dem der Spieler hier verführt wird, wie brillant das Spiel seinem Ego schmeichelt. Sofort geht man in die Falle. Man kommt sich vor wie ein großer Mann, der nach Hause zurückkehrt, sich an nichts erinnert …

Obwohl er an einem Fall arbeiten müsste, kann er der Versuchung nicht widerstehen und spielt weiter.

Zwei tränenförmige Lichtpunkte kommen auf ihn zu. Zwei Kinder mit Fackeln. Gekleidet wie römische Bauern. Sie spielen beim Näherkommen, hüpfen, kichern. Dann sehen sie ihn und erstarren.

AGI: Hallo.

Die Kinder zücken Messer und stürzen sich kurzerhand auf ihn.

CIMBEL VERSETZT AGI EINEN MESSERSTICH, 4 SCHADENSPUNKTE

ABEO VERSETZT AGI EINEN MESSERSTICH, 4 SCHADENSPUNKTE

CIMBEL TRIFFT AGI MIT EINEM FAUSTHIEB, 2 SCHADENSPUNKTE

AGI hat keine andere Wahl. Mit seinem Schwert holt er aus. Ein Kind fällt. Er schlägt noch einmal zu. Beide Kinder liegen tot zu seinen Füßen.

Zwei tote Kinder. Wie grauenvoll. Was für ein abscheuliches Spiel. Warum? Warum haben sie ihn angegriffen? Und warum waren sie so leicht zu töten? Er wollte sie nicht töten.

Während das Blut der Kinder zu seinen Füßen große Lachen bildet, sieht er zwei weitere Fackeln in der Ferne. Diesmal werden sie nicht von Römern getragen, sondern von Leuten in ganz normaler Kleidung, anderen Spielern wahrscheinlich. Vielleicht können die ihm erklären, was zum Teufel hier vorgeht.

AGI: Könnt ihr mir helfen? Wo sind wir? Wisst ihr, was wir hier machen sollen? Sprecht ihr Englisch? Wen stellen wir vor? Soldaten?

WEEVIL VERSETZT AGI EINEN SCHWERTHIEB, 4 SCHADENSPUNKTE

AGI: He! Ich wollte –

BOROGROVE VERSETZT AGI EINEN SCHWERTHIEB, 4 SCHADENSPUNKTE

AGI: – doch nur

WEEVIL SCHLEUDERT AGI ZU BODEN, 8 SCHADENSPUNKTE

Die bringen mich um. Noch ein paar Schläge, dann kann ich wieder ganz von vorn anfangen. Dann lande ich im Reinkarnationszentrum.

BOROGROVE VERSETZT AGI EINEN SCHWERTHIEB, 4 SCHADENSPUNKTE

Scheißkerle, denkt Jim, damit verliere ich auch die Zugangsberechtigung zu Level Zwei. Die ganze Arbeit umsonst. Wie komme ich wieder auf die Beine?

WEEVIL VERSETZT AGI EINEN SCHWERTHIEB, 4 SCHADENSPUNKTE

Jim merkt, wie die Wut in ihm aufsteigt. Mist, sein Status ist ihm *wichtig*. Er will ihn nicht verlieren. Wie schlägt man zurück? Er weiß es nicht mehr. Verzweifelt hämmert er auf Tasten, F1, F5, F9, und steckt immer weitere Schläge ein, aber das Einzige, was ihm gelingt, ist dass er irgendwie wieder auf die Beine kommt, woraufhin –

WEEVIL VERSETZT AGI EINEN SCHWERTHIEB, 4 SCHADENSPUNKTE

AGI VERSETZT WEEVIL EINEN SCHWERTHIEB, 2 SCHADENSPUNKTE

Als AGI am Ende seiner Kräfte ist, naht ein Retter: Merchant of Menace!

MERCHANT OF MENACE VERSETZT WEEVIL EINEN SCHWERTHIEB, 4 SCHADENSPUNKTE

WEEVIL: Wer bist du arschloch?

MERCHANT OF MENACE: ich? ich bin die vierte dimension, ich bin der 13. apostel, der fünfte Beatle. ich bin der zorn gottes. und jetzt verpiss dich

WEEVIL: he. voldemort… was glaubst du eigentlich, was das hier ist? so ne art gangbang? wir waren zuerst hier

BOROGROVE VERSETZT MERCHANT OF MENACE EINEN SCHWERTHIEB, 8 SCHADENSPUNKTE

MERCHANT OF MENACE: tut mir leid ihr a-löcher. das sind

schlimme zeiten und ich bin der letzte reiter der apokalypse. macht dass ihr wegkommt. letzte warnung

WEEVIL: he, kommst du nicht zu spät zu irgend nem faustficker-festival?

BOROGROVE SCHLÄGT ZU, ABER MERCHANT OF MENACE DUCKT SICH

Merchant of Menace zückt ein Schwert. Und was für ein Schwert! Ein Krummsäbel höllischer Gerechtigkeit.

WEEVIL: drei wörter – scheiß auf …

WUSCH. WUSCH. WUSCH. WUSCH.

WEEVIL STIRBT

MERCHANT OF MENACE: das war nur einer

Großartig, denkt Jim, während er diese Heldentaten von der Seitenlinie beobachtet. Mein Sohn. Mein Erstgeborener! Jetzt ist ihm wieder zumute wie früher, als Jeff noch in der Schulmannschaft Basketball spielte und einen unmöglichen Treffer landete, während er ihn von der Tribüne aus anfeuerte. »Zeig's ihnen, Junge! Zeig's ihnen!«

BOROGROVE: … dich!

WUSCH. WUSCH. WUSCH. WUSCH

BOROGROVE STIRBT

MERCHANT OF MENACE: drei falsche wörter

Leichen. Leichenteile. Überall.

AGI: Das war großartig. DANKE!!!

MERCHANT OF MENACE: du solltest dir schnellstens einen lehrer suchen. du bist eine katastrophe

AGI: Und wenn du mich unterrichten würdest?

MERCHANT OF MENACE: geh auf privatkanal 6

AGI: OK.

MERCHANT OF MENACE: geh und such Luther. er hat mir erzählt, dass er mit dir gearbeitet hat. er ist teuer, aber er hat mir alles beigebracht, was ich weiß. bei ihm bist du am besten aufgehoben

AGI: Er hat mir viel geholfen. Trotzdem hatte ich gehofft, dass du jetzt mein Mentor wirst. Ich zahle dir, was du für angemessen hältst.

MERCHANT OF MENACE: ich will ihm seine newbies nicht wegnehmen. ich hab eh schon zu viel zu tun

MERCHANT OF MENACE: ich muss jetzt weiter. ich bin dann mal weg. geh und such luther. ohne ausbildung kommst du über dieses level nicht hinaus. es wird schwerer, je weiter du nach oben kommst

AGI: Warte. Bevor du gehst – Warum gibt es hier eine Statue, die aussieht wie ich?

MERCHANT OF MENACE: was für eine statue?

AGI: Die hier. Direkt hier!!!!!

MERCHANT OF MENACE: ich sehe nichts. die gehört zu deiner eigenen geschichte. deine geschichte ist anders als die von jedem anderen. manchmal überschneiden sich geschichten. du gerätst irgendwie in die geschichte von jemand anderem oder andere geraten in deine. dann musst du entscheiden, ob du dich ablenken lässt oder ob du lieber bei deiner eigenen mission bleibst

AGI: Ich weiß noch nicht, was meine Mission ist.

MERCHANT OF MENACE: lektion eins, blödmann. cool, was?

MERCHANT OF MENACE: wwwwwwwwwwwwwwwwwwwwwww

Und schon ist er weg. Jeff the Kid.

Unerkannt sieht Jim seinem Erstgeborenen nach, stolz und plötzlich ein wenig traurig, dass er nicht einfach mitkommen kann, sondern hier stehenbleiben und ihn gehenlassen muss, so wie zahllose Väter auf Bahnhöfen und

Flughäfen ihren Söhnen beim Abschied nachgesehen haben und bei sich dachten: *Da geht das, was ich der Zukunft weitergeben will, der Einzige auf der Welt, mit dem ich meine Saat aussäe.*

Renata. In den Vierzigern, immer noch jugendlich. Letzten Mai hat sie ihr langes blondes Haar abgeschnitten, weil sie fand, dass reife Frauen mit langem Haar umso älter wirken. Sie ist jetzt in dem Alter, wo ihr Polizisten jung vorkommen.

Am Dienstagmorgen hat sie Jim gebeten, sich den Tag freizunehmen, weil sie nicht allein sein wollte. »Das geht nicht«, hat er geantwortet. Er hat geklagt, dass er zu viel zu tun hat. Ein Tag, ausgefüllt mit Hausarbeit, vorüberziehenden Wolken, unausgesprochenen Selbstvorwürfen und dem Gefühl von Leere.

Am Mittwoch beschließt sie, einen Ausflug zu machen; sie will in Richtung Süden fahren und an der Themse spazierengehen. In einem Pub kauft sie ein Sandwich, das sie essen will, während sie den Ruderern auf dem ungesund aussehenden Wasser zusieht, aber es schmeckt nicht gut, und so wirft sie es nach ein paar Bissen in den Müll. Sie denkt daran, wie zerstreut Jim momentan wirkt. Sie ist einsam, sehnt sich nach langen, intensiven Gesprächen, aber wie üblich ist niemand da, mit dem sie reden könnte.

Am Donnerstag erzählt sie Jim nachträglich von dem Identitätsdiebstahl. Er will wissen, warum sie ihm das nicht früher gesagt hat. Sie zuckt die Achseln: »Ich dachte, es interessiert dich nicht.« Er fragt nicht nach Einzelheiten.

Nachmittags fährt sie auf der Suche nach Jeff mit dem Bus, mit dem er immer von der Schule nach Hause gefahren ist. Es ist eine verrückte Idee, aber etwas anderes als verrückte Ideen bleibt ihr jetzt nicht – wenn sie aufhört, solche Dinge zu tun, wird es ihr vorkommen, als habe sie kapituliert, und das kommt für sie nicht in Frage. Schulkinder in Uniform, ordentlich, pflichtbewusst, steigen aus und ein. Keins davon ist ihr Kind. Während sie aus dem Fenster schaut und den Blick über die Straßen gleiten lässt, reißt das Piepsen einer eingehenden SMS sie aus ihren Gedanken.

Es kommt aus ihrer Handtasche, und es ist Jeffs Handy, nicht ihr eigenes, das eine Nachricht empfangen hat. Sie betrachtet das Gerät in ihrer Hand – das sündhaft teure Weihnachtsgeschenk ist schon völlig zerkratzt, mit Stickern beklebt, die Beschriftung auf den Tasten vom rasenden Tippen abgewetzt. Im Posteingang wartet eine Nachricht auf Jeff. Da das Telefon vermutlich immer noch die beste Chance ist, ihren Sohn zu finden, gestattet sie sich, das Handy aufzuklappen, und das Display leuchtet auf. Aber es ist nur Werbung von einem Provider.

Im Posteingang sind viele andere Nachrichten. Von wem? Die gespeicherten SMS hat sie noch nicht angesehen. Hat sie das Recht, sie zu lesen? Ja, es ist ihr gutes Recht. Schließlich hat Jeff selbst seinen Anspruch auf Privatsphäre verwirkt, als er mit der Geheimnistuerei anfing. Und nachdem ihr Ehemann versagt hat, auf der ganzen Linie versagt, nachdem er nichts getan hat, hat sie vielleicht Erfolg, wenn sie die Liste der SMS durchgeht, die er vor seinem Verschwinden versendet hat.

Sie klickt sich durch das Menü mit seinen vielen Symbolen: Hauptmenü – Nachrichten – Neue Nachricht – Posteingang – Postausgang – Gesendete Nachrichten. Letzteres wählt sie aus. Und was sie da sieht, lässt ihren Atem stocken, denn zwischen den vertrauten Namen, den Schulfreunden, denen Jeff in den letzten Tagen vor seinem Verschwinden geschrieben hat, ist einer, den sie dort niemals vermutet hätte.

He, Blödmann. Wo treibst du dich rum? Na, wenn du nicht antworten willst, dann lass es halt bleiben.

Die ungelenken Finger drücken weitere Knöpfe. Optionen – Details.

Das Datum. Versendet vor gerade mal drei Wochen.

Ihre Hand fährt an den Mund. Das Herz droht zu zerspringen. Der Daumen arbeitet fieberhaft – Zurück – Zurück – Zurück – bis zu der Liste der versendeten SMS, und beim Scrollen sieht sie, dass er noch weitere Nachrichten verschickt hat an »Donny«, an »Donny«, an »Donny«… wie viele insgesamt?

Ich kann dir sagen. Hier regnet's Rasierklingen, und ich hab bloß einen löchrigen Schirm.

Für mehr bleibt jetzt nicht die Zeit, denn der Bus kommt gleich an die Haltestelle, wo sie ihr Auto abgestellt hat. Zurück – Zurück – Zurück – zur Startseite. Sie klappt das Telefon zu. Drückt auf den Halteknopf im Bus.

Ach, Jeff – ihr großer, schlaksiger, gutaussehender Jeffrey – tut nach außen hin so, als ob ihm all das nichts anhaben kann, als ob er seine Traurigkeit überwunden hat, kein Zeichen, dass auch er den Schmerz spürt, dass ihm sein kleiner Bruder fehlt.

Jetzt fällt es ihr wie Schuppen von den Augen, und sie

erinnert sich an Donalds Begräbnis, sie waren zusammen zum Bestatter gefahren, die ganze Familie, um Donny noch ein letztes Mal zu sehen. *Natürlich!,* denkt sie. Deshalb hatte er Donalds Handy in den offenen Sarg gelegt, am Tag vor der Einäscherung. Die blumengeschmückte Kapelle, leise Orgelmusik, zwei Bestatter in schwarzen Anzügen, die Hände vor dem Schritt gefaltet, erwarteten sie am Eingang wie Türsteher in einer Disco und baten sie herein: der Leichnam sei bereit. Renata hatte nach Atem gerungen, als sie den toten Donald sah. Die Wangen waren ausgepolstert und gaben Donnys Gesicht eine Rundlichkeit zurück, die der Krebs in seinen letzten Wochen gnadenlos weggezehrt hatte. Die geschlossenen Augen wirkten friedlich; das Haar war falsch frisiert, mit einem exakten Seitenscheitel, den Donald gehasst hätte. Mit dem Geschick eines Bildhauers hatte sogar jemand seine Lippen zu einem kleinen Lächeln zurechtgedrückt, einer steifen, künstlichen Heiterkeit. Renata hatte sich abwenden müssen, von Jim gestützt, doch als sie von der Tür der Kapelle zurückblickte, sah sie Jeff in den Sarg starren, auf dieses künstlerisch gestaltete Abbild eines Bruders, und dann hatte er Donalds Handy aus der Tasche geholt und es Donald in die Jeanstasche geschoben …

Jetzt versteht sie. Das Telefon, das mit Donald ins Feuer wanderte, ist in Jeffs sentimentalen Gedanken noch am Leben, eine moderne Version des Klingelzugs, den man in früheren Jahrhunderten manchmal in den Särgen der Verstorbenen anbrachte – eine Verbindung zwischen den Lebenden und den Toten, die hier von geheimem Schmerz, von Verlust und uneingestandener Trauer spricht.

Wie ähnlich sie und Jeff sich doch sind. Denn da ist etwas, das Jeff nicht von ihr weiß: Insgeheim zahlt sie noch immer Donalds Handyrechnung, £ 22.50 jeden Monat! So sieht es aus! Ha! Sie und Jeff sind aus dem gleichen Holz geschnitzt.

Renata steigt aus dem Bus.

Als sie allein auf dem Bürgersteig steht, trifft sie eine Entscheidung. Solange Jeffrey nicht gefunden ist, zieht sie nicht aufs Land.

An diesem Freitag fährt Jim wieder hinaus aufs Land. Er kommt spätabends an und geht gleich ins Bett. Als er von Hammerschlägen geweckt wird, wirft er einen Blick auf die Armbanduhr – erst Viertel vor acht. Ein Wunder. Lance ist zu früh da.

Steif hievt Jim sich von der Matratze auf dem Fußboden. Er öffnet das Schlafzimmerfenster im Obergeschoss, legt den Unterarm auf das Fenstersims, 90 Grad angewinkelt wie ein Falkner, und ruft gutmütig hinunter: »He, nicht so laut! Heute ist Samstag.«

Lance treibt mit dem Vorschlaghammer eine Stahlstange in die Erde. Jetzt dreht er sich um und ruft grinsend nach oben: »Wollte euch Stadtleuten nur mal zeigen, wie ein echter Arbeiter aussieht! Aber freuen Sie sich nicht zu früh! Ich komme nur ein paar Werkzeuge holen, muss heute ein bisschen was bei mir zu Hause erledigen!«

Jim ruft hinunter, dass er nicht gleich wieder wegfahren soll. Barfuß tappt er die Steintreppe hinunter und findet seine Schuhe getrocknet neben dem Herd – aber sie sind so steif, dass er seine Füße nicht hineinzwängen kann, und er muss die Hacken heruntertreten. Er setzt Kaffeewasser auf. Renata setzt ihn massiv unter Druck; sie weigert sich jetzt, umzuziehen, ehe Jeff gefunden ist. Glaubt, der Umzug wäre eine Art Kapitulation. Aber er behält seine Wochenendausflüge aufs Land bei. Da ist er ungestört und hofft, dass er als Spion bald einen Durchbruch schafft.

Während er wartet, dass das Wasser kocht, lauscht er dem Klang der Kirchenglocken, die mit veralteter Technik die Gläubigen rufen. Soll er in die Kirche gehen? Auf diese uralte SMS antworten? Nein. Es ist eine anglikanische Kirche. Und außerdem ist es noch zu früh, um sich unter die Dorfbewohnern zu mischen. Er wird mit Lance Kaffee trinken, dessen unkomplizierte Gesellschaft er allmählich schätzen lernt.

Heute Abend wird er sich vielleicht noch einmal bei Life of Lore einloggen und zusehen, dass er diesen Luther wiederfindet, oder einfach seinem Sohn im Web nachspionieren. Heimliche Aktivitäten wie diese fühlen sich irgendwie natürlicher an, wenn man ganz allein im Haus ist.

»Der Kaffee wird immer schlimmer«, sagt Lance nach dem ersten Schluck.

»Zwei Teelöffel Pulverkaffee, drei Stück Zucker. Oder?«

»Ein Löffel Kaffee. Aber ist schon in Ordnung. Hab sowieso einen Kater. War gestern Abend mit den Jungs unterwegs. Schwer was los.«

Lance berichtet Jim unzensiert und in allen Einzelheiten von seiner Sauftour, dem Frauenaufreißen, der haarscharf vermiedenen Schlägerei und schließlich den betrunkenen

Heimweg mit Zwischenstopp an der Kebabbude: »Ein klasse Abend.«

»Ich dachte, Sie hätten schon eine Freundin. Sie ist schwanger, haben Sie gesagt.«

»Tolles Mädel. Aber ich kann's nicht lassen. Das ist wie 'ne Sucht. Ist schon so, seit ich vierzehn war. Ich war schon sexsüchtig, da gab's den Ausdruck noch gar nicht. Kann bei einem Mädel nicht lockerlassen, bevor ich nicht den Gummi von ihrem Höschen an meinem Handrücken spüre, diesen ganz leichten Druck, hier, auf dem Rücken von allen vier Fingern an der rechten Hand, wenn ich ihr die ins Höschen schiebe.« Er hält die rechte Hand hoch und zeigt die Stelle. »Wenn ich das geschafft hab, dann hab ich genug. Entweder bums ich sie dann oder auch nicht, ist mir ehrlich gesagt egal, wenn ich erst mal an dem Punkt bin, an dem ich *weiß*, dass ich sie haben kann. Schrecklich, nicht? Wie ein Hund.« Der Mann grinst, stolz auf seine Vorlieben, seine Schwächen: Er freut sich königlich über sein Laster. »Aber mein Mädchen, Sandy, da lass ich nichts drauf kommen, die ist ein Schatz. Süß ist die. Ich zeig Ihnen mal ein Foto. Geiles kleines Ding. Und ich bin ein Köter. Ein Aufreißer. Sie ist zu gut für mich.« Jim sagt nichts darauf, und Lance trinkt seinen Kaffee aus.

»Na, dann seh ich mal zu, dass ich weiterkomme. Ich streiche heute mein Wohnzimmer, damit alles fertig ist, wenn Sandy und das Baby einziehen. Die sollen es schließlich schön haben. Genau wie Sie's hier für Ihre bessere Hälfte machen. Bis morgen dann. Morgen kommen die Rohre in die Erde, und dann schließen wir den ganzen Krempel an. Sie werden sehen, Licht am Ende des Tunnels.«

Als Lance wieder fort ist, beschließt Jim, mit dem Hund spazieren zu gehen. In den Wald oder in das noch unerkundete Dorf? Er kann sich nicht entscheiden. Er wählt das Dorf. Auf dem Weg gehen Jim all die Standardfloskeln der Dichter durch den Kopf, alles zu Licht, Meer, Wolken und den Blättern im Herbst. Heute ist ein schöner Tag. Und er kann die Dinge wahrnehmen, er kann sie in Worte fassen. Er hat sich gewaschen, ein frisches Hemd angezogen, seine Stadtschuhe klackern auf der asphaltierten Landstraße.

Während der Hund ihn voranzerrt, lugt Jim über die niedrigen Steinmauern. Vorgärten mit makellos geschnittenen Hecken, wie riesige Salons mit einem sorgsam gedeckten Teetisch. Garagen mit allerlei antiken Werkzeugen: Sensen, Sägen, zweischneidige Äxte. Auf einem Hügel in der Ferne thront ein gepflegtes Herrenhaus, von seinen neuen Besitzern aus der Stadt wieder perfekt instand gesetzt – Besitzern, die sich zu finanziellen Sklaven dieses Anwesens gemacht haben. Und Jim ist keinen Deut anders. Wer hier ein Haus besitzt, lebt in einem Museum. Für andere Völker, wie Franzosen und Italiener, ist diese Vorliebe der englischen Oberschicht für alte, zugige Häuser unverständlich. Aber nicht für Jim Delpe, für den sind Abgeschiedenheit und hohes Alter der Inbegriff von Luxus.

Stinker bleibt stehen und leckt Wasser aus einem Schlagloch. Ein Flugzeug fliegt hoch über den dicken, weißen Wolken in Richtung Westen, unterwegs nach New York oder Chicago. Jim senkt den Blick und betrachtet den Kirchturm. »Komm weiter«, sagt er zu dem Hund.

Gemeinsam betreten sie den Friedhof. Jim betrachtet die

düsteren Buntglasfenster mit den biblischen Szenen, eine verkehrte Welt, wenn man sie von außen sieht. Stinker zerrt ihn weiter zu den alten Gräbern, und Jim liest von der ganzen Vielfalt des Todes: »Feuersbrunst«, »nach langer Krankheit«, »Wunden empfangen in der Schlacht von –«, »in der Blüte ihrer Jahre«, »im gesegneten Alter«. Die vertrauten Wendungen: »bis ans Ende aller Tage«, aber auch weniger vertraute: »ohne Seufzer, ohne Klagen«, und schließlich, damit sich ein Pharisäer wie Jim nicht zu wohl in seiner Haut fühlt: *»Hör der Gräber Schreckensklang / Freund, schon balde wird's dir bang / Weil auch du schon heute siehst / Wo du morgen selber liegst.«*

Am meisten rühren Jim jedoch die Grabinschriften, die er nicht mehr entziffern kann, verwittert bis zur Unkenntlichkeit, alle Rechenschaft, alles Zeugnis vergangen in Wind und Regen, verzehrt von den gefräßigen grünen und weißen Flechten. Renata, denkt er plötzlich, wir brauchen wieder Sex. Wir müssen wieder bumsen. Im selben Bett schlafen. Das Leben ist zu kurz für Kälte. So, wie er hier steht, auf einem Erdboden, der kalt genug ist, auf Erde, die ihn schon jetzt ruft, kann Jim kaum der Versuchung widerstehen, sein Handy herauszuholen und Renata in London zu sagen, dass sie ihr Höschen ausziehen und zusehen soll, dass in der Beziehung wieder was passiert. Und wenn sie kein Verlangen mehr nach ihm hat, wenn der Teil von ihr abgestorben ist, dann soll sie es ihm ehrlich sagen – und dann geht er.

Thoreaus Gedanke kommt ihm in den Sinn: dass es falsch ist, wenn man »hier liegt die Seele von« auf solche Steine schreibt. Eine Seele bleibt nicht unter dem Rasen liegen wie ein Leichnam. Dass man also besser schreiben soll: »hier erhebt sich«.

Die Kirche ist kühl und leer, als er sie betritt, und wirkt weitaus größer, als es von außen den Anschein hatte. Jetzt strömt strahlendes Sonnenlicht durch die viktorianischen Buntglasfenster, und das verstärkt den Eindruck von Weiträumigkeit, und es ist, als müsste Gott selbst ganz in der Nähe sein. Ob das der eigentliche Zweck eines solchen Gebäudes ist? – Schöne Illusionen schaffen, so wie heute das Kino? Jim setzt sich eine Weile auf eine Kirchenbank. Keine Spur von einem Pfarrer oder einem Küster. Er fragt sich, ob die Ewigkeit wirklich nur ein einziges großes Nichts ist.

Er formuliert im Geist seine Gedanken: *Bei den Atheisten gibt es eine einzige Schwachstelle in ihrer ansonsten hieb- und stichfesten Argumentation gegen einen Schöpfergott (der Mangel an Beweisen!). Sie müssen davon ausgehen, dass wir – und überhaupt all das Wunderbare, das existiert – ein Zufall sind. Eine Laune der Evolution. Die Chancen stehen eins zu drei Milliarden, dass die Elemente und die chemischen und atmosphärischen Bedingungen gerade so und nicht anders zusammengekommen sind. Doch wie kann das menschliche Bewusstsein – immerhin hervorgebracht durch ein Gehirn von solcher Komplexität, dass bis heute niemand so recht sagen kann, wie es funktioniert – zufällig aus dem Urschlamm eines Planeten hervorgegangen sein, der selbst auch gerade erst entstanden ist? Wie groß ist die Wahrscheinlichkeit, meine Damen und Herren Atheisten, dass eine zufällige Aneinanderreihung von Kohlenstoffmolekülen einen Gedanken, ein Gefühl produziert? Aus Mineralien Bewusstsein? Die Liebe ein Zufall? Wo bleibt da der empirische Beweis? Wenn wir nicht gerade sagen wollen, dass sämtliche Materie aus Emotionen besteht – wofür es ebenfalls keinen Beweis gäbe –, ist dann dieses Argument nicht ebenso weit hergeholt wie das der Religionen?* Jim ist von Natur aus ein Ungläubiger, doch einer, der nicht in der Lage ist, seinen Unglauben konstant aufrechtzuerhalten. In die Ritzen, die sich auftun, sickern Ehrfurcht, Staunen, Hoffnung.

Er steht wieder auf, schlendert den Gang hinunter. Ein kleiner Rest Rom funkelt noch in einer Messingplatte, die alle anglikanischen Reformen unbeschadet überstanden hat: ein Katholik, der »zwei Guineen« zum Kirchenbau gestiftet hat.

Jim ist allein. Er bemerkt die Stellen, wo der Lack am Rücken der Kirchenbänke von gefalteten Protestantenhänden abgewetzt ist, riecht den Duft von gerade erst gelöschten Kerzen, sieht das halbgefüllte Taufbecken. Er hebt ein Kissen an, findet darunter ein Bonbonpapier, das ein Chorknabe dort versteckt hat. Auf dem Messingpult die riesige aufgeschlagene Bibel. Er erinnert sich – nicht an eine Predigt, sondern an einen Schlagabtausch aus seinem Lieblingscomic:

HOBBES: »Glaubst du an Gott?«

CALVIN: »Also irgendjemand *hat* es auf mich abgesehen.«

Hier, in diesem Augenblick, wird Jim in seinem Unglauben wieder einmal schwankend, gibt von neuem dem Gefühl nach, dass eine Macht hinter allem walten muss, die nicht einfach nur Zufall sein kann. Vielleicht ist sein (fadenscheiniger) Glaube nichts als die Feigheit eines Kindes, die es ihm unmöglich macht, sich von den Formeln abzuwenden, mit denen die Kirche so fein säuberlich so viele teuflische Fragen beantwortet. Aber welcher Dummkopf entscheidet sich für etwas Komplexes, wenn er auch etwas Einfaches haben kann? Und das für alle Zeit?

Jim schließt die schwere eichene Kirchentür, bindet den Hund los, der begeistert ist, dass es weitergeht, und tritt aus dem Schatten des massigen normannischen Kirchturms. Sie nehmen den noch grasbewachsenen Mittelstreifen eines tief ausgefahrenen Feldwegs zurück nach Hause, denn so fühlt es sich allmählich an. Auch wenn es noch unmöbliert ist (mit Ausnahme von Eames-Sessel, Matratze und dem einen wackligen Schemel an der Küchenbar), wird das Haus immer mehr *seins* – das Zuhause des neuesten Landjunkers von Blackstable. Er mag es mit Nagern und unzähligen Insekten und einem Hund teilen, aber er gehört doch jetzt schon dorthin.

Den Rest des Tages verbringt Jim mit Arbeiten im Haus; er beseitigt den Staub in den anderen Schlafzimmern und putzt das gesamte Obergeschoss. Er ruft sich in Erinnerung, dass er noch seine Schwester Elsbeth anrufen will. Sie und Renata stehen regelmäßig in Verbindung, doch Bruder und Schwester hören kaum voneinander.

Jim fällt ein, dass sie inzwischen geschieden sein muss. Er mochte ihren letzten Mann, den Ethikprofessor, und hatte gehofft, dass Elsbeth vielleicht beim dritten Mal Glück haben würde. Hatte sie aber nicht: Der Professor hatte sich als Scheißkerl entpuppt. So viel zum Thema *Ethik.*

Als Kinder hatten Jim und Elsbeth sich immer gut verstanden. Wenn es schneite, setzte sie sich vor ihm auf den Schlitten, und dann ging es wie im Flug den Hang hinunter, und ihre langen Haare wehten ihm ins Gesicht. Die arme Elsbeth, immer auf der Jagd nach dem Glück. Findet es, verliert es wieder. Er könnte sie einladen, sich das neue Haus anzusehen. Das würde sie aufmuntern. Wäre doch schön, zu hören, was sie davon hält.

Als es Abend wird, macht er die letzte Dose Bohnen auf. Brät etwas Speck. Sieht zu, wie er in der Pfanne brutzelt. Die Zeit vergeht auf angenehme Weise, sein Verstand wird klar, unbeschwert. Er muss einkaufen, ein paar Vorräte anlegen. Er schneidet eine Scheibe Brot ab, mit einem Opinel-Messer, das er in der Dordogne gekauft hat. Macht Toast direkt auf der heißen Herdplatte. Das Essen schmeckt wunderbar. Er spült es mit starkem Tee hinunter. Dann zieht er einen Scheuerhandschuh an und macht Topf und Pfanne sauber. Sein Verstand läuft nun im Schongang, er genießt diesen Zustand kontemplativer Muße. *Ist das der Gemütszustand, dem wir mit solcher Hast nachjagen?* Doch dann blickt er auf seine Uhr. Ihm fällt wieder ein, dass er noch etwas vorhat. Die Welt mit all ihrer Komplexität kehrt zurück. Höchste Zeit zum Einloggen.

Und er reiht sich wieder ein unter die Millionen von Spielern in einer anderen Realität.

Die Minikarte verrät ihm zwar, dass der Merchant of Menace gerade ebenfalls eingeloggt und im Spiel unterwegs ist, doch als Jim sich ihm mittels der Karte an die Fersen heftet und an dem Gebäude anlangt, in dem er sich nach seinen Informationen befinden soll – ein Bau, der von Rockmusik und Lichtern pulsiert –, kann er trotz STRG+X nicht eintreten. Die Tür bleibt fest verschlossen. Stattdessen erscheint ein Hinweis: ZUTRITT NUR FÜR LEVEL VIER ODER HÖHER.

»Mann, das stinkt mir«, sagt Jim so laut, dass der Hund interessiert den Kopf hebt und mit dem Schwanz wedelt. Jims Plan klappt nicht so gut, wie er gehofft hatte. Was hat er bisher über Jeffreys Aufenthaltsort erfahren? An der Türe abgewiesen, für noch nicht würdig befunden, bleibt AGI der Zutritt zu diesem Gebäude verwehrt, bis er noch weiter aufgestiegen ist. Er hat keine andere Wahl, als sich wieder auf die Suche nach Luther zu machen, der, wie sich herausstellt, ebenfalls gerade auf Level eins (TerraNova) ist und mit zwei anderen Figuren spricht.

LUTHER: grüß dich agi.

AGI: Du weißt noch, wer ich bin.

LUTHER: du hast also level zwei überlebt? bravo.

AGI: Nur weil der Merchant of Menace mir geholfen hat. Sonst wäre ich erledigt gewesen.

LUTHER: du kannst von glück reden, dass du einen so guten krieger an deiner seite hattest. er ist erfahren in der strategie und auch im kampf.

AGI: Er sagt, du hast ihm alles beigebracht, was er weiß.

LUTHER: wenn der schüler am schluss nicht besser ist als der meister, dann war die arbeit des meisters vergebens.

Meine Güte, denkt Jim. Er stellte sich den Mann als Kalifornier vor. Hinter der Svengali-Maske steckt vielleicht ein nicht mehr ganz junger Unternehmer aus dem Silicon Valley, vielleicht jemand, der selbst Spiele entwirft und ganze Herden über die Klippe in den elektronischen Abgrund treibt. Vielleicht ist er sogar einer der Schöpfer dieses Spiels. Warum nicht?

AGI: Er sagt, du seist der Beste, von dir habe er alles gelernt.

LUTHER: er war ein sehr guter schüler. ich habe ihm bei ein paar sachen geholfen, im spiel und auch außerhalb.

Sofort packt Jim eine rasende Eifersucht. Luther hat seinem Sohn auch *außerhalb* des Spiels geholfen? Wobei? Was für eine Art zu erfahren, dass man als Lehrer und Vorbild seines Sohnes ausgedient hat! Und an die Stelle tritt so ein Scharlatan – ist denn nichts mehr heilig? Hat dieser Mann Jeffrey womöglich sogar geraten auszuziehen, ihm gesagt, dass er, um zu höheren Spielebenen aufzusteigen, das Haus seiner Eltern verlassen muss? Ist er schuld daran, dass Jeffreys nobler Versuch, als »Kitt« zwischen seinen Eltern zu Hause zu bleiben, gescheitert ist? *Ich werde diesen Pseudo-Guru entlarven, jawohl! Dafür sorgen, dass er seine Lehren preisgibt, und dabei exakt das lernen, was mein Sohn gelernt hat.*

Jim tippt seine Antwort, jetzt wieder auf einer heißen Spur.

AGI: Vielleicht kannst du mir dann die Dinge zeigen, die du ihm gezeigt hast. Ich möchte exakt den gleichen Weg gehen. Ich zahle, was du verlangst.

LUTHER: wenn du zum lernen bereit bist.

Ohne zu zögern:

AGI: Mehr als bereit. Glaub mir. Aber sag mir eins. Warum gibt es in TerraNova Orte, die man nur mit höherem Status betreten kann?

[Lange Pause]

LUTHER: unabhängig vom status, den man erreicht, kehren wir alle nach TerraNova zurück, zum ersten level, und zwar zum vergnügen. das ist hier der gesellige bereich. man kann mit seinem vermögen häuser bauen, man kann sachen verkaufen, sich mit gleichgesinnten zusammentun. manche von diesen gemeinschaften lassen nicht jeden ein. aber der einzige grund, weswegen in Life of Lore zugang verwehrt werden darf, ist der spielstand des gamers. wer level sechs erreicht hat, die höchste ebene, der hat eine menge zeit in diese welt hier investiert, und man kann davon ausgehen, dass so jemand vertrauenswürdiger ist und andere eher respektiert. in der regel gilt: je höher der status, den man zum eintritt erreicht haben muss, desto interessanter die dinge, die drinnen passieren.

AGI: Interessanter?

LUTHER: sagen wir mal, die leute geben mehr von sich preis, je weiter man nach oben kommt.

Ha! Das ist der Schlüssel! Jim muss aufsteigen, und zwar so schnell wie möglich. Wenn Jeffrey mehr von sich preisgibt, wird er auch Geheimnisse ausplaudern. Jim muss da sein und zuhören.

Stinker starrt Jim an, den Kopf schiefgelegt, Augen wie zwei Muscheln, als ob er sich fragt, warum sein neues Herrchen dauernd auf einem Stück Plastik herumklappert, *klack, klack, klack, klack*.

»Sieh mich nicht so an«, murmelt Jim in Richtung Hund. »Irgendein Arschloch hat was mit meinem Sohn angestellt. Ist das zu glauben, Junge? Kannst du dir so was vorstellen?« Der Hund legt den Kopf auf die gekreuzten Pfoten, die Ohren zucken, als das *klack, klack, klack, klack* wieder losgeht.

Mit nur einem einzigen Hopser via Teleporter folgt AGI seinem Lehrer in die Irrealität und landet auf einem Übungsplatz, der nach dem Vorbild einer afrikanischen Landschaft südlich der Sahara gestaltet ist. Dort spricht Luther den Novizen an.

LUTHER: und? was willst du erreichen?

AGI: Erreichen? Ich möchte Leute treffen, die was von sich preisgeben.

LUTHER: du willst deinen spaß haben? ehrlich? oder willst du nur zeit totschlagen? oder willst du rausfinden, warum so viele vernunftbegabte erwachsene playstations und x-boxes kaufen und spiele ausleihen, anstatt an einem kalten mittwochabend auf ein bierchen in den pub zu gehen? vielleicht willst du auch einfach nur mal weg von deiner familie, ohne dass du dazu aus dem haus gehen musst, mal was anderes sehen als immer nur fernsehköche?

AGI: Du liest in mir wie in einem offenen Buch. Ich muss vorsichtiger sein.

LUTHER: ich würde vermuten, du bist verheiratet und hast kinder. wahrscheinlich bist du um die vierzig, fünfzig. du bist alte schule, das sehe ich daran, wie du noch großbuchstaben verwendest, grammatik, keine abk., du hältst dich zurück mit den ausrufezeichen.

AGI: Wow!!!!!!!!!!! Stimmt haargenau!!!!!!!!!!

LUTHER: und eindeutig ein mann.

LUTHER: und immer noch hip, hörst Springsteen, U2, hab ich recht??? aber du weißt auch, wer die red hot chilli peppers sind, coldplay, bruno mars, richtig? könnte mir vorstellen, du willst eine brücke zwischen den generationen schlagen und kommst dir ein bisschen komisch dabei vor, aber du hast gründe, warum du dich bei uns umsehen willst. vielleicht nur aus neugier, vielleicht steckt auch mehr dahinter, etwas in dir selbst, das du erforschen willst im dunkel der anonymität. jedenfalls sind onlinespiele für dich noch irgendwie was unanständiges, und du denkst dir, eigentlich solltest du ja lieber in der wirklichkeit bleiben. und jetzt kommts. das hier IST die wirklichkeit.

AGI: Du kannst hellsehen.

LUTHER: willkommen in der neuen wirklichkeit.

LUTHER: :)

AGI: ty. Das muss ich erst mal verarbeiten.

LUTHER: warum erzählen wir geschichten?

AGI: Ist das als Frage gemeint?

LUTHER: damit wir nicht vergessen, dass es unser ziel ist, über uns hinauszuwachsen.

Unglaublich, dieser Typ, denkt Jim. Was für ein Ego. Ein selbsternannter Guru. Jim schaudert es beim Gedanken an Jeffrey, der in die Fallstricke dieses Mannes geraten ist, sich betören lässt von dessen Halbweisheiten. Er muss etwas tun, damit dieser Mann keinen Einfluss mehr hat, und zwar schnell!

LUTHER: geschichten sind die landkarten für die erziehung des herzens. sie warnen uns. sie locken uns. sie führen, beflügeln, tadeln. sie sind großartige ratgeber.

AGI: Das ist schön.

LUTHER: was?

AGI: Großartige Ratgeber. Das merke ich mir, wenn ich demnächst ein Buch lese.

LUTHER: wenn du die welt von LoL betrittst, wirst du teil des größten und faszinierendsten echtzeit-erzählexperiments, seit gutenberg die druckerpresse erfunden hat.

AGI: Also so formuliert …

LUTHER: und in dieser welt wirst du der held oder antiheld von myriaden von erzählungen sein, du durchlebst prüfungen, aus denen du etwas über dich erfährst, gewinnst erkenntnisse, die, wenn du sie zu nutzen lernst, dich zum herrn über die geschehnisse machen – du wirst selbst die kontrolle über dein geschick übernehmen, dein blick wird sich weiten, und du trittst hinaus in die freiheit.

AGI: Und sonst nichts?!!!!!!

LUTHER: erst wenn du einen zustand vollkommenen gleichmuts und vollkommener selbsterkenntnis erreicht hast, bist du herr deiner selbst und stehst im dienste des lebens und der gesamten …

AGI: Wow. Wo muss ich unterschreiben?

LUTHER: odysseus, luke skywalker und du. jetzt zeige ich dir mal ein paar waffen. zu den schwertern kommen wir später, zuerst einmal musst du wissen, wie man leute umbringt.

AGI: Gehört das immer dazu, das Töten?

LUTHER: es ist nur eine metapher.

Jim wendet sich zu dem Hund um, seinem einzigen Gefährten. »Da staunst du.«

Auf dem Weg nach unten kommt Renata an dem Spiegel auf dem oberen Treppenabsatz vorbei. Normalerweise bleibt sie stehen und wirft einen kurzen Blick auf ihr Morgengesicht, aber heute fühlt sie sich einfach nicht stark genug für noch mehr Hiobsbotschaften und geht schnell vorbei.

Physisch ist sie dieser Tage nur zu 70 % präsent. Entweder fordert die Depression ihren grausamen Tribut, oder – wie sie jetzt vermutet – die Wechseljahre zehren auf arrogante, aggressive Weise an ihren Kräften und machen ihr die kleinste Aufgabe zur Last.

In der Küche ist es warm. An der Frühstücksbar mit Granitplatte (vor der sie ein wenig Angst hat, seit sie dank Google weiß, dass Arbeitsplatten aus Granit *immer* radioaktiv sind, weil sie Uran enthalten) klappt sie ihren Laptop auf. Sie neigt den Bildschirm so, dass sie ihr Spiegelbild nicht sehen muss, und fängt an zu tippen.

Sie weiß die Adresse der Seite, auf die sie will, auswendig. Weiß, mit wem sie sich gern wieder einmal unterhalten möchte. Weiß auch, dass das, was sie tut, Unsinn ist. Aber Teufel noch mal – warum soll sie nicht die Saiten verstimmen? Die Uhr verstellen? Den Telefonhörer abnehmen, auch wenn keiner dran ist?

GOTT: Willkommen zurück.

RENATA: Ich möchte noch einmal beichten.

GOTT: Dann wollen wir beginnen.

RENATA: Ich muss sagen, ich finde das ziemlich seltsam, diese ganze Idee. Sehr unnatürlich.

GOTT: Den Reinen ist alles rein. Titus 1,15. Wie geht es dir heute?

RENATA: Mein älterer Sohn ist weggelaufen.

GOTT: Verstehe. Erzähl weiter …

RENATA: Ich habe festgestellt, dass er vom Handy aus SMS an seinen jüngeren Bruder geschickt hat. Sein jüngerer Bruder ist tot.

RENATA: Er hat an einen Bruder geschrieben, der seit über einem Jahr tot ist.

GOTT: Erzähl weiter.

RENATA: Und ich habe versucht herauszufinden, warum. Warum ist er so wütend auf uns? Und warum die Nachrichten? Warum vermisst er Donald plötzlich so sehr? Jeff war immer so gemein zu Donald. Wirklich widerlich.

GOTT: Widerlich? Inwiefern?

RENATA: Zum Beispiel hat er Donald für drei Stunden an einen Baum gebunden. Drei Stunden lang!!! Hat ihn einfach dagelassen, im Garten hinter dem Haus, und Donald hat geweint, und Jeff ist ins Haus gegangen und hat sich eine ganze DVD von *Der Zauberlehrling* angesehen, und die ganze Zeit über war sein kleiner Bruder an einen Nussbaum gefesselt. Oder wenn Donald bei einem Lied mitgesungen hat – und er konnte wirklich schlecht singen –, dann hat er gesagt: »Mann, das ist Klasse. Das ist wirklich große Klasse.« Nach einer Weile hat Donald begriffen, dass er sich über ihn lustig macht, und danach hat er kein einziges Mal mehr gesungen. Das war Jeffs Werk, und er war offensichtlich stolz darauf, dass er seinem Bruder etwas so Natürliches ausgetrieben hatte. »Ich hab ihm das Singen ausgetrieben«, hat er sogar gesagt. »Also behauptet nicht, ich hätte nie etwas Gutes für diese Familie getan!« Er war gemein. Und seit der Beerdigung hat er kaum Anteilnahme gezeigt.

GOTT: Es ist ganz natürlich, dass ein Erstgeborener den Zweitgeborenen nicht mag.

RENATA: Ich hatte sogar das Gefühl, dass er insgeheim froh war, dass Donald nicht mehr da war.

GOTT: In gewissem Sinne mag das so sein.

RENATA: Das ist doch entsetzlich.

GOTT: Aber es heißt nicht, dass sein Bruder ihm nicht trotzdem fehlt und dass er ihn nicht geliebt hat.

RENATA: Das verstehe ich nicht.

GOTT: Kain und Abel, Jakob und Esau, Isaak und Ismael. Die uralte Geschichte. Die Mutter betet den Erstgeborenen an. Lässt zu, dass er sich für Gott hält. Bis der Zweitgeborene kommt und ihm den Rang abläuft. Der Erstgeborene kommt vielleicht nie darüber hinweg, dass er die Mutterliebe jetzt teilen muss.

RENATA: Das ist interessant.

GOTT: Unter Katholiken entscheiden sich seit je viele erstgeborene Söhne für das Priesteramt, denn am Altar können sie wieder im Mittelpunkt stehen. Aber es ist nicht leicht für einen Erstgeborenen, eine gute Beziehung zu Gott aufzubauen – denn sie halten sich ja immer noch für Gott!

RENATA: Ha! :)

GOTT: Vielleicht werden sie auch Rockstars. Oder Politiker. Jemand, den man bewundert. Weil sie ihr Leben lang verehrt werden wollen.

RENATA: Ja, das stimmt. Das sehe ich bei Jeff. Der will auch ins Unterhaltungsgeschäft.

GOTT: So wie Jeff wütend auf Donald war, weil er ihn vom Thron gestoßen hat, hat Donald mit Sicherheit Jeff verehrt, auch wenn er immer wieder einmal wütend über seine Grausamkeit war. Wahrscheinlich hätte Jeff Donald für drei Jahre an den Baum binden können, und Donald hätte seinen großen Bruder immer noch angebetet.

RENATA: Ja! Das stimmt!

GOTT: Für ein jüngeres Kind ist das ältere das erste, das in die Welt hinausgeht, das Erste, das sich bewähren muss und aus dessen Fehlern das Jüngere lernen kann. Für Donald ist Jeffrey nicht der Böse, er ist der, der ihm vorangeht. Er ist sein Pfadfinder. Sein Vorbild. Sein Held. Das Leben macht seine Experimente an Jeff, und Donald muss nur zusehen und daraus lernen. Das ist der Keim von Donalds Verehrung für Jeff. Und jetzt fehlt Jeff diese Verehrung.

RENATA: Genau!! Ganz genau!!!

GOTT: Und dann wird Donald euch genommen. Jeff hat nun gar niemanden mehr, der ihn bewundert. Indem er seinem Bruder Nachrichten schickt, hält er, wenn auch künstlich, die Verbindung aufrecht.

RENATA: Aber ich kann mir nicht vorstellen, dass das alles dermaßen kalt und mechanisch funktioniert.

GOTT: Kalt? Ist das denn kalt? Weißt du noch, wie Jakob seinen älteren Bruder Esau um das Recht des Erstgeborenen betrogen hat? Jahre später treffen sie sich auf dem Schlachtfeld wieder. Wir fragen uns: Werden sie einander jetzt umbringen? Doch was geschieht? Der jüngere Bruder geht auf den älteren zu, packt ihn mit einer ruppigen Geste, und dann küsst er ihn. Er küsst ihn. Aber was für ein Kuss! In der Bibel heißt es »und küsset ihn«, aber wenn du dir das Hebräische anschaust, es ist die einzige Stelle in der gesamten Thora, in der über jeder einzelnen Silbe ein Punkt ist. Der Punkt bedeutet, dass die Worte heftig gelesen werden sollen, mit Nachdruck. Ein heftiger Kuss. Auf den Hals. Eine Verbindung aus der größten Liebe und dem tiefsten Hass eines ganzen Lebens. Egal, wer von beiden als Erster stirbt, diese Verbindung wird länger leben.

GOTT: Die Liebe ist ein heftiger Kampf.

GOTT: Ein Austausch von heftigen Küssen.

GOTT: Bist du noch da?

GOTT: Renata?

GOTT: Dann erklären wir diese Unterhaltung für beendet.

GOTT: Renata?

GOTT: Vielleicht spreche ich noch einmal mit dir.

GOTT: Falls du noch da bist, dann Gottes Segen. Und du kannst mich jederzeit unter meiner privaten Mail-Adresse erreichen.

GOTT: nb1435@aol.com

[Zeitlimit erreicht]

Arbeit und Spiel buhlen um seine Aufmerksamkeit. Und gegen ein solches Spiel – fesselnd, kampfbetont, legitimierbar – kann die Arbeit nur den Kürzeren ziehen.

Unerledigte Akten stapeln sich, doch an seinem Schreibtisch in der holzvertäfelten Kanzlei in Watford, die abgestandene Luft schwer vom Geruch alter Teppiche, der schon vom Einzugstag an da war, probt Jims Verstand (samt seinen Fingern) geheimnisvolle Tastaturbefehle – STRG+X, STRG+UMSCHALT+4, ALT+UMSCHALT+A, die alle nicht das Geringste mit dem Abfassen eines juristischen Gutachtens zu tun haben.

Während der gesamten Rückfahrt aus den Cotswolds am Sonntagabend und später, als er wieder in seinem Bett in Donalds altem Kinderzimmer lag und sich hin und her warf, sah er nur Luther: Luther, der ihm Waffen und Winkelzüge präsentierte, Kniffe, Strategien, ihm Mut machte; Luther, diesen Bewohner höherer Spielebenen, der ihm sagte, dass er sich diesmal wirklich anstrengen müsse, aufstehen und es noch einmal versuchen, einsehen, dass Verteidigung bisweilen besser ist als Angriff; Luther, der ihn zu einem Initiationstempel mitnahm, einer Mischung aus Kloster und türkischem Bad, wo er von einer Geisha-Figur gewaschen und später aufgefordert wurde, aus sechs verschiedenen Dampfstrahlern einen zu wählen, aus dem er einatmen sollte, jeder mit einem anderen Attribut – *Persönlichkeit, Kampfgeist, Magie, Heiligkeit, Orientierungssinn* und *Verschlagenheit.* Jim wählte *Kampfgeist* und atmete tief ein, in der Hoffnung, dass er sich mit martialischer Meisterschaft rasch zu den höheren Ebenen emporkämpfen kann und Zugang zu jenen verschlossenen Bereichen erhält, wo er endlich hinter die Geheimnisse seines Sohnes kommt, bevor die Familie noch mehr unter Luthers verderblichen Einfluss gerät.

Er hat stundenlang gespielt, trainiert. Immer wieder hat er seine Kreditkarte gezückt, um noch mehr Fertigkeiten zu erlernen. Die Zeit verging wie im Flug. Und die Erfahrung lässt ihn verstört zurück. Wie kann etwas, das in einer anderen Dimension geschieht, ihm derart zusetzen?

Dieses Spiel macht mich zum Kind, begreift Jim. *Schau dir doch an, wie mich das allmählich zersetzt, mich davon abhält, echte Arbeit zu tun, mich mit Traumwelten umgarnt, mit welcher Raffinesse es den Erwachsenen in die Erlebniswelt eines Kindes zurückversetzt, mich mit seinem Spektakel, seiner Geschäftigkeit verführt, bis kritisches Denken allmählich unmöglich wird.* Er muss an eine Sendung auf Radio 4 denken, die er auf der Fahrt in Richtung Westen gehört hat, über Internet-Dating, Blogs, Onlinespiele, Facebook, Twitter, das ganze postmoderne Zeug. Eine Geschichte über japanische Kinder, die ihre Eltern nicht einmal mehr ansehen, denen man das Essen vor die Zimmertür stellt, während die Kleinen in einem Meer von Pixeln versinken. Da sie nicht mit anderen interagieren können, entwickeln sie eine Abwehrhaltung gegenüber echten Beziehungen. Sie können nicht einmal in einen Laden gehen und jemandem in die Augen sehen. Stattdessen schließen sie Selbstmordpakte. Entwickeln kuriose Krankheiten. Isolieren sich vollkommen.

Und westliche Erwachsene sind kaum besser, überlegt Jim. Wenn wir im Internet nach Sexualpartnern suchen, sind wir doch schon auf dem gleichen Weg! Um wie viel besser sind wir denn noch als diese Kids aus Hokkaido, die genauso mit Supermarktstrategien Liebe finden wollen, unterwegs zwischen den digitalen Regalen? Leute, die alles von sich preisgeben, an Wildfremde, bevor sie sich überhaupt je gesehen haben. Und das soll – ja, wozu soll das führen? Überraschungen, Entdeckungen, Staunen?

Er muss dringend arbeiten. Er lehnt sich auf seinem Stuhl zurück, verschränkt die Hände hinter dem Kopf. Wenn er zum Fenster hinausblickt, sieht er Satellitenschüsseln, Sendemasten, blinkende Lichter. Auch seine Gedanken sind Wellen, aber wer kann sie empfangen? Nur er selbst. Dem Himmel sei Dank dafür – dafür, dass unsere Gedanken *sub rosa* sind. Ein entflogener Luftballon zieht in einer langen schrägen Linie durch sein Blickfeld. Er sieht ihm nach, bis die dichten Wolken ihn verschlucken.

Der Anwalt in ihm legt sich zwei Plädoyers zurecht, zunächst das der Verteidigung: *Junge Leute, die in der Lage sind, mit dem Internet umzugehen, die zukunftsorientiert denken, denen die herkömmliche Kommunikation von Angesicht zu Angesicht nicht mehr genügt. Wer kann ihnen verdenken, dass sie die traditionellen Formen zum Teufel schicken wollen? Diese jungen Leute liegen nicht auf der faulen Haut, sie drücken sich nicht vor dem Leben, sondern sie sind Pioniere, Pfadfinder, die sich mit Haut und Haar der Erforschung neuer Grenzen der menschlichen Identität verschrieben haben. Sie sind bereit in Frage zu stellen, ob wir Menschen materielle Wesen sind; vielleicht sind wir ja wandlungsfähiger als wir denken, bereit, jede neue, bessere Form anzunehmen, die wir finden können. Anders ausgedrückt, wir sind programmierbare Wesen. Rasse, Hautfarbe,*

Geschlecht, politische Einstellung, alles kann die Grenzen von Vererbung, Natur und Tradition überwinden. Die Technik sorgt dafür, dass die alten sentimentalen Regeln über die Unverletzlichkeit des Ichs nicht mehr gelten. Wie aufregend, in einer solchen Zeit online zu leben!! Wenn man in den prägenden Stunden »verbunden« ist, lässt man das Irreale tief in sein Inneres eindringen. Es ist etwas, das unser ganzes Leben formt, wir atmen es ein, es wird Teil unseres Systems, dieses phantastische Über-Ich (denn es fühlt sich so real an), unser Weg zur Befreiung.

Aber was ist das für eine Befreiung?, denkt Jim unwillkürlich.

Das Telefon klingelt. Er hat sich gerade erst warmgelaufen. Er hebt ab. »James Delpe.«

Der Mann, ein Mr. W–, möchte vertraulich mit ihm reden, *sub rosa*. Das wollen sie alle. Das Leben eines Anwalts besteht aus dermaßen vielen Geheimnissen, da ist die Gefahr groß, dass aus dieser Verpflichtung, das Privatleben seiner Klienten zu schützen, auch Geheimniskrämerei im eigenen Privatleben wird. Jim hört zu. Vereinbart einen Termin für nächste Woche.

Es klopft an Jims Bürotür.

Marcus Danby. 58. Frühaufsteher. Geschieden. Liebt Musik und Kunst. Trägt grauenhafte Anzüge. Hässliche Krawatten. Abscheuliche Schuhe. Klein, unsportlich, dafür zum Ausgleich die Stimme eines Athleten. Seine kleine Junggesellenwohnung am Chelsea Wharf ist vollgestopft mit abstrakten Bildern – teure Sachen, in die er sein Geld steckt und die zwischen Pizzaschachteln am Boden umherliegen.

»Hab ich dich wieder auf einer Pornoseite erwischt, Delpe. Leugnen ist zwecklos. So was kann zwanghaft werden, das weißt du. *Glaub mir.* Mäßigung, Mäßigung, bevor es zu spät ist.«

Jim lächelt. Danby: ein alter Lüstling mit der Arbeitsmoral eines Leviathans und einem verwegenen Lachen.

Arbeit ist sein Leben. Es bleibt kaum noch etwas, wenn man die Arbeit abzieht.

»Hatte gerade den Ehemann von irgend so einer Berühmtheit am Apparat. Erzählt mir: *Frauen sind schlecht*«, sagt Jim.

»Da könnte er durchaus recht haben. Keine Wut der Hölle und so weiter. Und wo wir schon von Berühmtheiten reden, hast du die Zeitung von heute gesehen? Da stehst du drin.«

»Ich?«

»Na ja, Danby, Delpe, Roland & Partner. Seite zwölf.«

VERFAHRENSFEHLER BESCHERT KOSTENLOSES PARKEN

Wer nach Watford zum Einkaufen kommt, kann vorübergehend kostenlos an den Straßen der Stadt parken. Dies verdanken wir einem falsch ausgefüllten Antragsformular. Die Kanzlei Danby, Delpe, Roland & Partner, die im Auftrag der Stadtverwaltung den Antrag bearbeitet hat, reichte ein fehlerhaftes Formular ein, was zur Folge hatte, dass die Stadt nicht mehr befugt ist, Parkgebühren zu erheben – alle Forderungen und Strafmandate sind ungültig. Das kostenlose Parken bleibt voraussichtlich noch bis November in Kraft und kostet die Stadt Watford geschätzte 1,2 Millionen Pfund. Außerdem …

»Wann wolltest du uns das verraten?«

Jim lässt die Zeitung sinken. »Ich hatte es vor.«

»Aber sicher.«

»So was kann doch mal passieren.«

»Aber nicht dir. Normalerweise nicht.«

Danby hat recht – seit Donalds Tod hat Jim tatsächlich Mühe, seine Gedanken beisammenzuhalten, und hat ein paar Dinge verpatzt, die er sonst im Schlaf geregelt hätte. Außerdem ist da noch die neue, zeitaufwendige Beschäftigung am Computer, der er in seinem Büro nachgeht.

»Jim, wir machen uns Sorgen um dich. Du siehst erschöpft aus.«

»Mir geht's gut. Ein kleiner Flüchtigkeitsfehler.«

Doch an der Art, wie Danby ihm ins Gesicht blickt, spürt Jim, dass es ernster ist. »Wir können nur hoffen, dass die Stadtverwaltung uns nicht für diesen Flüchtigkeitsfehler verklagt. Irgendwas Neues von Jeff? Hast du herausgefunden, wo er steckt?«

»Bisher nicht.«

»Und wie steht es mit dir und Renata?«

»Was hat das denn damit zu tun?«

»Ist sie wieder auf den Beinen?«

»Auf den Beinen?«

»Das arme Ding. Geht's ihr besser?«

Warum sollte Jim lügen? »Eigentlich nicht.«

»Ach herrje. Ich hatte mal eine Freundin, die war depressiv. Klinischer Fall. Im Bett sensationell, aber sonst, meine Güte. Du musst auf dich aufpassen. Das ist meine Botschaft an dich. Manche Frauen sind geradezu süchtig nach Trauer.«

»Marcus, jetzt gehst du zu weit.«

»Ich will doch nur helfen, alter Junge.«

»Bei Renata ist das nicht so. Da kann von Sucht keine Rede sein.«

Danby lässt sich in Jims Mandantensessel fallen, die kurzen, dicken Arme baumeln über die Lehnen, die weit gespreizten Beine stellen die Kreuzung der Hosennähte im Schritt zur Schau. Dazu noch der Krauskopf à la Einstein und der zerknitterte Anzug, das ist schon ein sehenswertes Bild. »Diese Freundin, die wollte am Ende gar nicht wieder weg davon. *Wollte* sich nicht erholen. Verstehst du, solchen Leuten verschafft das Elend das Gefühl, etwas Besonderes zu sein, eine gewisse Anerkennung. Jemand in so einer Lage, der bekommt Aufmerksamkeit, Fürsorge, plötzlich sieht man ihm jede Laune nach. Wer würde sich in einen solchen Zustand nicht verlieben? Schließlich ist man in gewisser Weise zum Star geworden.« Seine Augen zeigen keinen Anflug von Zweifel. »Sie stehen ganz oben auf der Rangliste des Leids.«

Was für eine widerliche Art, das zu sehen. Aber Jim muss zugeben, ein Körnchen Wahrheit steckt schon in Danbys Worten. Die Freundlichkeit, das geduldige Zuhören, die Wut, die man sich versagt – in Renatas Nähe geht tatsächlich jeder auf Zehenspitzen. Ob sie ihre Trauer womöglich auch künstlich in die Länge zieht? »Aber bei Renata ist das nicht so, Marcus.« Er spürt den Drang, sie zu verteidigen. »Die spielt uns nichts vor. Und ich muss sagen, ich ärgere mich über die Unterstellung.«

»Ach, sei nicht so empfindlich, Jim. Ich habe nicht von Renata geredet. Das war allgemein gesprochen. Die meisten meiner Mandanten sind langweilige Gestalten, bis sie etwas bekommen, worum sie sich Sorgen machen können.« Er kichert. »Erst dann werden *faszinierende* Menschen aus ihnen. Jedenfalls glauben sie das. Es besteht ein solcher Druck heutzutage, jeder muss interessant sein, da ist es doch kein Wunder, dass die Leute sich an so eine richtig schöne Krise klammern.«

Wie der redet, denkt Jim. Als ob er auf der Bühne stünde, eine Hauptfigur in der Reality-Show des Lebens. Kein Wunder, dass die Leute ihn als Verteidiger wollen, ihm Spitzenhonorare zahlen, genug, dass er sich Bilder von Gerhard Richter kaufen kann, die er dann auf dem Fußboden rumliegen lässt.

»Hör mal, was hast du so gegen drei Uhr heute Nachmittag vor?«, fragt Danby.

»Um drei? Da wird ein Fall von mir in erster Instanz verhandelt.«

»Die anderen Partner und ich denken nämlich, wir sollten uns mal zusammensetzen.«

»Und was besprechen?«

»Na ja. Dich.«

»Mich?«

»Jawohl, mein Junge. Dich und deinen Arbeitsrückstand.«

»Meinen Rückstand? Das ist doch …« Aber selbst jetzt, wo Danby als Inquisitor vor ihm sitzt und seine Konzentrationsfähigkeit in Zweifel zieht, wandern Jims Gedanken zu Renata, zu Jeff und zu Donny. *Washington Irving hatte recht. Die Trauer um die Toten ist die einzige Trauer, von der wir uns nicht befreien lassen wollen. Jeden anderen Schmerz versuchen wir zu heilen.*

»Jim?«

»Aha, ihr habt also schon darüber geredet. Hinter meinem Rücken.«

»Wir machen uns Sorgen. Wir haben das Gefühl, dass du nicht so ganz in Form bist.«

Jim spürt, wie sich seine Nackenhaare sträuben. Schweißperlen treten ihm auf die Stirn, er wischt sie mit dem Ärmel ab, und nun endlich klärt die Wut seine Gedanken. Was zum Teufel weiß Danby, in seiner gemütlichen Abteilung für Gesellschaftsrecht, über Jim, seine Fälle, seine Fähigkeiten, seine Schwierigkeiten und die »Form«, in der er ist? Was bildet er sich ein? Während Danby fette Boni dafür einstreicht, dass er Firmen beim Steuerbetrug behilflich ist, übernimmt Jim oft Fälle *pro bono,* reicht den Mittellosen eine helfende Hand. Jüngstes Beispiel: Eine Frau (verheiratet, zwei Kinder) begleitet eine Freundin in die Wohnung eines Fremden, nur ein Gläschen zur Nacht, und wird dort mehrfach vergewaltigt. Drei weitere Männer warteten dort. Entsetzliche Szenen. *Entsetzlich, Danby, du selbstgefälliges Arschloch!* Acht Stunden Folter. Sie nehmen sie dermaßen in die Mangel, dass sie zwei Orgasmen hat, eine rein körperliche Reaktion. Vor Gericht will sie das nicht erwähnen, und ihr Mann zweifelt deswegen ohnehin schon an ihrer Darstellung der Vorfälle, aber Jim will, dass die Geschworenen dieses Detail erfahren, die volle Wahrheit. Er sagt zu seiner Mandantin: »Es wird ihnen zeigen, dass Sie nichts verbergen.« Aber dem Gericht gefällt dieses Detail überhaupt nicht, es wird zu ihren Ungunsten ausgelegt. Zwei Orgasmen? Einer wäre schlimm genug gewesen, aber zwei, das klingt gerade so, als hätte sie es genossen (was ihr Mann ja auch insgeheim denkt). Jim hat den Prozess verloren. Kurz darauf wurde die Frau von ihrem Mann verlassen.

Jim denkt: Als Anwalt verliert man auch manchmal. Und das tut weh. Man lebt mit so einer Niederlage, man nimmt sie als persönliches Versagen. Und im Vergleich zu einem Fall wie diesem, der für die Kanzlei nicht einen Penny Verlust bedeutet … *Dir geht's nur ums Geld, Danby. Scheiß auf dich. Du mit deinem überheblichen Lächeln, den unaufgehängten Meisterwerken in deiner Wohnung in Chelsea. Mein Sohn ist tot, du Arschloch!,* würde Jim am liebsten schreien, das würde er dem Kerl gern mal klarmachen, damit er begreift, was los ist.

»Wir machen uns Sorgen, das ist alles«, wiederholt Danby. »Du weißt, dass wir uns Sorgen machen, Jim. Normalerweise schlampst du bei so etwas nicht, dazu bist du zu gut. Du bist nicht bei der Sache. Wir wissen natürlich, warum.«

»Mir fehlt nichts. Die Arbeit sorgt dafür, dass ich nicht den Verstand verliere.«

»Wir haben überlegt, dass du mal eine Auszeit nehmen solltest. Mit Rena zusammen überlegen, wie es weitergeht. Sie braucht dich jetzt. Das neue Haus auf dem Land in Schuss bringen. Wir halten dir hier den Rücken frei.«

»Jetzt aber mal halblang, Marcus. Ich bin doch kein Praktikant frisch von der Uni. Ich hoffe, du hast nicht vergessen, dass *ich* es war, der dir die Partnerschaft in *meiner* Kanzlei angeboten hat. Danke, dass ihr euch Sorgen macht. Es war ein Flüchtigkeitsfehler. Ein einziges Wort. Und sag du mir nicht, dass Rena mich braucht. Gerade eben hast du mir noch erzählt, dass sie *in den Glanz des Elends verliebt ist.*«

»Jim –«

»Schluss jetzt!« Jim kann seinen Zorn nicht länger im Zaum halten. Sein Gesicht ist rot angelaufen. »Ich habe genug! Raus hier. Ich – ich will jetzt einfach wieder meine Pornosite ansehen, ja? Ich habe zu tun.«

Der Versuch, diesem Vorfall eine humoristische Wendung zu geben, kommt zu spät. »Kann sein, dass du es vergessen hast«, antwortet Danby, »aber du hast uns versprochen, dass du der Erste bist, der es zugibt, wenn diese Sache anfängt, deine Arbeit zu beeinträchtigen.«

»Das habe ich nicht vergessen.«

»Tja, du bist nicht der Erste.«

Danby erhebt sich zum Gehen, streicht eine Krawatte glatt, die niemals ganz glatt sein wird. An der Tür: »Dann überlasse ich dich jetzt wieder deiner Arbeit.« Lässig zeigt er auf den Computer, und sein Lächeln kehrt zurück, noch scheinheiliger als vorher. »Versuch's mal mit bootycall.org. Die find ich gut. Aber gib nicht deinen echten Namen ein.«

Jim sitzt regungslos da, als hätte sich sein Programm aufgehängt.

Erst spät am Nachmittag löst sich diese Lähmung, und er kann wieder arbeiten. Er nimmt sich den Fall W– vor und legt die Akte an. Weist die Sekretärin an, dem Mann die Mandats- und Honorarvereinbarung zu schicken, dann reserviert er Zeit in seinem Arbeitsplan. Nachdem er drei Briefe entworfen hat, die seine Assistentin tippen soll, belohnt er sich mit einem Besuch bei Life of Lore.

Er will sehen, ob er seine neuerworbenen Fertigkeiten tatsächlich beherrscht.

Doch jetzt, wo er sich auf der Seite einloggt, fühlt er sich auf der Stelle schuldig. Nach seinem Plädoyer für die Internetgeneration sind jetzt die Argumente der Gegenseite an der Reihe, und diese Argumente liegen auf der Hand: *Pioniere? Pfadfinder? Geistige Freiheitskämpfer? Von wegen! Drückeberger sind das, ohne einen Funken Verantwortungsgefühl. Angsthasen, die ihre Schwäche hinter Firewalls verstecken. Zu feige, ihr wahres Gesicht zu zeigen. Unfähig zu entscheiden, wer sie überhaupt sind. Eine ganze Generation, die sich abschottet, unfähig zu denken, eine Generation, die onaniert, statt zu lieben, leere Gefäße ohne Geschichte, die ihre Köpfe mit Müll füllen, mit Banalitäten. Die Wissenschaft hat sogar festgestellt, dass die Teile ihres Gehirns schrumpfen, die für das Erinnerungsvermögen zuständig sind – ist das etwa ein evolutionärer Fortschritt? Und was Plastizität und fließende Identitäten angeht, frage ich die Geschworenen: Welche menschliche Gesellschaft beruht darauf, dass sie* nicht *menschlich ist? Dostojewskij sagt: »Lasst uns vortreten, wie wir sind, roh, wie wir auf die Welt kommen. Keine Verkleidung!« Aber diese Kinder, die* bestehen *nur aus Verkleidung. Es mag für die Sozialwissenschaften noch zu früh sein, endgültige Schlüsse zu ziehen – die Ältesten dieser Generation sind gerade einmal zweiundzwanzig Jahre alt –, aber es scheint, dass die Überfülle an Information uns zu Idioten macht. Was haben sie in ihren 10 000 Stunden in der Finsternis Vernünftiges gelernt?*

Das Spiel ist bereit, und er beginnt. Und trotz all seiner Vorbehalte – was für eine Herausforderung, was für ein Wechselbad der Gefühle Level drei doch ist, jetzt wo die erste Stunde in die zweite übergeht. Der Tag geht zu Ende, Jims Kollegen schauen auf dem Nachhauseweg kurz zur Tür herein und sehen Jim über seinen PC gebeugt, der Inbegriff des gewissenhaften Juristen, ganz in seine Aufgabe versunken, der Gerechtigkeit zum Sieg zu verhelfen.

AGI hat eine Statue gefunden, ein Denkmal, ihm zu Ehren errichtet, denn er hat das Land von einem tyrannischen Herrscher befreit. Doch durch seinen Sieg sind neue Probleme entstanden, denn der Tyrann hatte alles Vermögen des Landes darauf verwendet, eine skrupellose Elitetruppe, die Republikanergarde, aufzubauen, und nur die konnte das Land gegen einen bösen Drachen verteidigen. Jetzt wo der Tyrann entmachtet und die Garde aufgelöst ist, hat AGI unwillentlich die plötzlich wehrlosen Bürger einem Angriff des Drachen preisgegeben, und bei diesem Angriff ist die gesamte erwachsene Einwohnerschaft des Landes umgekommen. Nur die Kinder, die man versteckt hatte, entgehen dem Morden, und diese einzigen Überlebenden lasten den Tod ihrer Eltern nun AGI an. Der Held ist mit einem Mal zum Schurken geworden. Eins nach dem anderen greifen die Kinder ihn an. Seinem Mörder winkt höchster Ruhm.

Muss AGI, wenn er überleben will, nun Krieg gegen Kinder führen? Es kann doch nicht sein Auftrag sein, zu kapitulieren und sich töten zu lassen, aber er soll bestimmt auch keine Kinder töten. Er merkt, dass er den Kindermilizen besser aus dem Wege geht, dass er im Verborgenen operieren sollte, sich selbst auf die Suche nach dem Drachen machen und ihn töten.

Doch bei jedem Schritt setzen ihm die Kriegergören zu, stehlen seine Waffen, vereiteln jeden seiner Versuche, das Land zu durchqueren. Manchmal hat er keine andere Wahl, als den einen oder anderen Jugendlichen zu töten, der ihn herausfordert. Peng. Kind tot. Wusch. Ein weiteres geht zu Boden. Gott, denkt Jim, diese moralischen Dilemmata bringen einen noch um den Verstand. AGI wird immer rücksichtsloser, und wenn der verkannte Held nun noch auf Statuen stößt, dann sind sie geschändet, Arme abgeschlagen, mit Farbe beschmiert. Man hat ihn vom Sockel gestürzt…

Schließlich locken die Kinder AGI in einen Hinterhalt und überwältigen ihn. Sie stecken ihn ins Gefängnis, und er soll öffentlich hingerichtet werden. Doch bevor es so weit ist, wird die Stadt von dem Drachen angegriffen, und man lässt AGI frei, damit er die einzigen noch lebenden Erwachsenen kommandieren kann, einen Kader von Kriminellen, viele davon Mitglieder der ehemaligen Republikanergarde. Diese Soldatenganoven verweigern AGI den Gehorsam – viele nehmen es ihm nach wie vor übel, dass er ihren Anführer getötet hat –, doch schließlich verschafft er sich Respekt, indem er sich ganz allein dem Drachen zum Kampf stellt, ein Selbstmordkommando. »Sorgt für die Sicherheit der Kinder«, sagt er ihnen. »Wenn ich nicht zurückkehre, ist das eure einzige Pflicht.«

Der Drache lässt jeden zu Stein erstarren, der ihn anblickt. Als AGI das erfährt, begibt er sich zu den Höhlen, in denen der Drache haust, und dort findet er einen Schild, den ein früherer Held zurückgelassen hat. Der Schild glänzt so sehr, dass AGI sein Spiegelbild darin sehen kann.

Raffiniertes Spiel, denkt Jim. Der Perseusmythos, leicht abgewandelt. Aus seiner Schulzeit erinnert er sich, dass der griechische Held mit Hilfe eines glänzenden Schildes die Medusa besiegte, die schlangenhaarige Jungfrau, die jeden, der sie ansah, in Stein verwandelte.

Im Kampf mit dem Drachen setzt AGI diesen Schild erst im letzten Moment ein. Er hält ihn dem angreifenden Drachen wie einen Spiegel entgegen, und das Ungeheuer verwandelt sich selbst in Stein. Die Kinder strömen in Scharen aus ihren Verstecken. Für jeden Marktplatz werden neue AGI-Standbilder in Auftrag gegeben. AGI schließt Level drei erfolgreich ab.

Erschöpft loggt Jim sich aus und löscht den Browserverlauf. Aber so müde er ist, ist er doch auch begeistert, gerührt, und das Gefühl des Triumphes bleibt. Es ist acht Uhr abends, er ist allein in dem dunklen, verlassenen Büro. Sein Handy klingelt. Renata. Er hat das Abendessen vergessen.

Allein in dem leeren Haus in Watford, wo das Abendessen im Backofen verbrutzelt, gibt sie nb1435@aol.com ein und tippt:

Irgendwie ist es mir peinlich, das zu schreiben, aber ich wollte doch sagen, dass ich viel über das nachgedacht habe, was du neulich gesagt hast, darüber, dass das Zuhause ein Kriegsschauplatz ist, und ich muss zugeben, du hast recht. Es ist grausam. Ein Krieg, bei dem man nicht der Sieger sein möchte. Im Sieg verletzt man sich selbst, denn er produziert Hass in denen, die man besiegt. Und Hass darf es in einer Familie nicht geben. Jedenfalls war es eine interessante Diskussion. Danke.

Um acht Uhr – Jim ist immer noch nicht zu Hause – kommt eine Antwort. Wenn er Amerikaner ist, muss es mitten in der Nacht für ihn sein. Was schreibt er?

GOTT: Er küsste ihn.

Angehängt ist ein PDF:

וַיִּשָּׁקֵהוּ

Um halb neun piept ihr Handy. Eine SMS. Auf dem Display steht: Nummer unterdrückt. Sie öffnet die Nachricht.

Mach dir nicht so viele Sorgen! xxx Jeff

Sie weint.

Er lebt! Er lebt! Er ist am Leben. Als ihre Tränen versiegt sind, loggt sie sich in Donalds Facebook-Account ein und löscht ihr – zugegebenermaßen irrsinniges – Belohnungsangebot, das nicht das geringste Interesse geweckt hat. Jeffs SMS ist jetzt die einzige Information, die sie braucht, und die hat sie nichts gekostet.

Der Hund bellt, schon bevor die Haustür aufgeht. Es ist Jim, mit einem Päckchen in der Hand.

»Was ist das?«, fragt sie.

»Ein Navi.«

»Was willst du denn damit?«

»Ich bin es leid, mich andauernd zu verfahren.«

Fast hätte sie laut losgelacht.

Irgendwo hat sie gelesen, dass ein typischer Haushalt im Mittelalter noch nicht einmal hundert Haushaltsgegenstände hatte – heute beherbergt ein durchschnittliches Heim mehr als zehntausend. Bei den Delpes erweitert das Navigationsgerät ein Inventar an elektronischen Geräten, das unter anderem zwei Fernseher, zwei Digitalradios, zwei iPods, zwei Digitalkameras, drei Smartphones, zwei Desktopcomputer, einen Tabletcomputer, eine Xbox, ein Wii, drei Laptops, einen DVD-Player und eine Hi-Fi-Anlage umfasst, die samt und sonders zwei Jahre nach dem Kauf ein »Update« brauchen.

»Ein Navigationsgerät?«

»Wenn ich müde bin, will ich nicht überlegen müssen, wo ich langfahre. Und wenn Straßen verstopft sind, will ich die Alternativen wissen.«

Er sieht erschöpft aus. Einen Augenblick lang hat es den Anschein, als wolle er etwas Wichtiges sagen, doch als nichts kommt und er stattdessen den Kopf des Hundes tätschelt, beschließt sie, selbst etwas Wichtiges zu tun. Sie geht zu ihm hin, und was sie dann tut, ist unerhört.

Sie küsst ihn.

Seine Lippen bleiben starr, als die ihren darauf treffen. Eine Begegnung von trockenen Mündern, ein Druck, sonst nichts. Trockene Berührung, Haut auf Haut, eher symbolisch als ein Zeichen der Zuneigung oder Liebe – aber symbolisch wofür?

Für Renata ist dieser Kuss keine Kleinigkeit. Er erfordert Willenskraft. Sie weiß genau, wenn sie es nicht jetzt sofort tut, dann wird sie es überhaupt nicht tun, und die Gelegenheit wird verstreichen, vielleicht für immer.

»Er hat mir eine Nachricht geschickt.« Sie zeigt ihm Jeffs SMS. »Er ist in Sicherheit. Es geht ihm gut.«

Er nickt. »Das hab ich dir doch gesagt.«

Jim Delpe spielt mit dem Gedanken, seiner Frau noch mehr zu sagen, aber er tut es nicht.

Beim Abendessen lächelt sie, lacht sogar, erzählt eine lustige Anekdote. Danach macht sie einen Vorschlag: »Wir könnten doch ein paar Tage Urlaub machen. Einfach mal ausspannen. Biarritz. Nur du und ich. Weißt du noch, wie wir das letzte Mal dort waren, bevor die Kinder kamen? Da haben wir um drei Uhr früh splitternackt gebadet.«

»Wann soll das sein?«

»So bald wie möglich. Findest du das nicht gut?«

Er zuckt mit den Schultern, dann fällt sein Blick auf den Wasserball, den Renata aus dem Keller hochgeholt hat und der jetzt auf der Anrichte in der Küche liegt. »Was soll denn der hier?«

»Weißt du noch? Donny hat ihn in Saint-Jean-de-Luz aufgeblasen.«

Sie sieht ihn an, als erwarte sie, dass er das bemerkenswert findet. »Hm-hm.« Aber was er eigentlich sagen will, ist: *Na und?*

»Da ist immer noch sein *Atem* drin. Stell dir das vor. Sein Atem.«

»Sein Atem?«

»Er hat ihn aufgeblasen, erinnerst du dich? Ich wollte dich fragen, wie wir den auf Dauer aufbewahren können. Verhindern, dass noch mehr Luft entweicht. Kann man da irgendwas machen? Ist das nicht unglaublich traurig, die Vorstellung, dass in dem Ball tatsächlich sein Atem ist? Sein *konservierter* Atem.« Liebevoll blickt sie den Wasserball an, den Donald achtzehn Monate zuvor in Frankreich aufgeblasen hat, an einem sonnigen Tag, Sonnencreme auf der Nase, Strohhut auf dem Kopf.

Jim sieht Renata an. »Rena, das ist ein Wasserball.«

»Donnys letzter Atemzug.«

Jim geht aus dem Zimmer. Als er zurückkehrt, hält er demonstrativ nur ein einzelnes Weinglas in der Hand. Er gießt sich ein, dann fragt er: »Willst du auch ein Glas?«

»Nein.«

Er nimmt einen ersten Schluck, lässt den Wein auf der Zunge wirken, dann sieht er sie an. »Und wie ist es dir heute sonst ergangen?«

»Das war's also? Themenwechsel?«

»Rena, bitte. Wie ist es dir ergangen, abgesehen von dem Ball?«

»Gut, vergessen wir den Ball. Du willst also nicht in Urlaub fahren?«

»Das ist jetzt nicht der richtige Zeitpunkt. Wir sind im Endspurt mit dem Cottage. Sobald die Kanalisation angeschlossen ist, können wir die ersten Möbel hinschaffen. Ich glaube, ich sollte die nächsten Wochenenden lieber auf dem Land verbringen, dafür sorgen, dass dieser Bauunternehmer seine Arbeit tut.«

»Jedes Wochenende?«

Er wendet den Blick von ihr ab. »Das Navi gab's zum halben Preis. Ich hoffe nur, es funktioniert. Sieht man den Dingern ja von außen nicht an. Also, was hast du sonst noch gemacht, heute? Mit wem hast du gesprochen? Hast du mit jemandem gesprochen?«

»Mit Gott.«

»Gott?«

»Ich habe mit Gott gesprochen, ja. Immerhin ist der –«

Sein ganzer Körper verliert an Spannung. »Rena, bitte, ich hatte einen harten Tag. Ich versuche, ein Glas Wein zu genießen.« Er nimmt einen weiteren Schluck. »Also, wo hat Jeff sich verkrochen? Ich wette, da steckt ein neues Mädchen dahinter. Ich habe überlegt, vielleicht ist sie schwanger von ihm.«

Sie sieht ihn durchdringend an. »Warum sagst du das?«

Er lächelt, zufrieden über ihren melodramatischen Gesichtsausdruck. »Das könnte die Erklärung sein. Er will es uns nicht verraten, will das allein in Ordnung bringen, ohne dass wir uns einmischen, weil er denkt, wir machen ihm Vorhaltungen.«

Eine Zeitlang sagt sie nichts, dann: »Eine schwangere Freundin würde ihm keine Angst machen. Wahrscheinlich würde er sogar damit angeben.«

»Mit Sicherheit steckt eine Frau dahinter.« Jim nimmt jetzt schon einen größeren Schluck. »Da bin ich mir sicher. Und das Gute daran ist, dieses neue Mädchen, egal, wer sie ist, ist die Erste seit über einem Jahr. Das ist doch der Beweis, dass er wenigstens in dem Punkt wieder der Alte ist.«

»Heißt das, du machst dir keine Sorgen um ihn?«

»Ein richtiger Weiberheld. Weiß gar nicht, von wem er das hat. Ich hatte nur zwei Freundinnen vor dir.«

»Ja, ich weiß. Donna Dankworth und dann diese andere … die mit dem Vibrator.«

»Emma Makepiece. Als sie mir die Vibratoren gezeigt hat – mehrere! –, da war's mit meiner Unschuld vorbei. ›Sind das nun Kollegen oder Konkurrenten?‹, hab ich sie gefragt.«

Renata hört diese Story nicht zum ersten Mal. Die Sexualgeschichte ist nicht in der ständigen Ausstellung, aber sie gehört zur Sammlung. »Ich weiß.«

»Ich hatte zwei Freundinnen vor dir«, sagt er. »Und du, du hattest wie viele?« Sie wissen es beide. Es waren neun. Neun Männer vor Jim. Deswegen fragt Jim sich immer wieder, wie er wohl auf Frauen wirkt. Schneidet er im Vergleich zu Renatas früheren Liebhabern besser oder schlechter ab?

Er trinkt sein Glas in einem Zug aus. Gießt es noch einmal halb voll. Er würde gern noch ein Weilchen über Emma Makepiece reden. »Ein süßes Ding, diese Emma«, sagt er versonnen. »Zahnspange. Spielte Harfe. Emma Makepiece, Batterien im Preis inbegriffen. Und dann du. Das war alles.«

»Tut mir leid, wenn du was verpasst hast.«

»Liebeskummer habe ich verpasst, sonst nichts, und einen Haufen Restaurantrechnungen.«

»Sonst nichts? Du armer Kerl.«

Er zuckt mit den Schultern. »Vielleicht noch einen Tripper oder zwei. Eine ungewollte Schwangerschaft …«

Wieder ein bohrender Blick von ihr, als er fortfährt:

»Zehn Jahre Fertiggerichte, die perfekten Spaghetti bolognese in meiner Junggesellenbude. Mehr wär's nicht gewesen.« Er grinst, das erste Mal seit Ewigkeiten.

Aber Renata grinst nicht zurück. Ihre aufgekratzte Stimmung ist verflogen. Stattdessen denkt sie: *Ungewollte Schwangerschaft? Waren für dich nicht alle Schwangerschaften ungewollt? Du hast dich nie darum gerissen, Vater zu sein. Für Kinder muss man sich einsetzen, und du bist einer, der immer auf Distanz bleibt.* Sie würde ihm gern sagen, dass er den morgigen Tag frei nehmen soll, ihn mit ihr verbringen, ein Picknick einpacken und mit ihr auf den Primrose Hill steigen, damit sie reden können – sie muss endlich mit ihm reden –, aber er hat ihr diese Bitte schon einmal abgeschlagen.

»Du hast Jeff immer um seine Freundinnen beneidet, nicht wahr? Das waren die einzigen Gelegenheiten, bei denen du stolz auf ihn warst. Wenn du ihn nach seinen neuesten Eroberungen gefragt hast.«

»Na klar. Ich freue mich, dass die Mädchen ihn mögen. Warum denn nicht. Da ist doch nichts Schlimmes dran.«

»Du wolltest, dass Donny auch so wird, stimmt's? So wärst du selber gerne gewesen, ein großer Frauenheld.«

»Nein, das ist nicht wahr.«

»Doch, doch. Du hast es nur selbst nicht gewusst.« Sie nickt vielsagend, überzeugt, dass sie recht hat. Überzeugt, dass sie ihn besser kennt als er sich selbst. »Deshalb bist *du* begeistert, wenn gutaussehende Mädchen mit Jeff ausgehen. Du müsstest dich sehen. Es hätte nicht viel gefehlt, und du hättest dir selbst ein frisches Hemd angezogen und dir Rasierwasser ins Gesicht gespritzt, wenn sie hier aufgekreuzt sind. Als ob sein Erfolg bei den Frauen für dich der Beweis ist, dass du diesen Erfolg auch hättest haben können. Als ob du den Mädchen, denen er gefällt, auch gefallen hättest. Da kommst du doch noch auf deine Kosten, nur mit einer besseren Geschichte.«

»Das ist doch lächerlich.«

»Das waren die einzigen Male, wo du ihm freiwillig Fragen gestellt hast – wenn du dich erkundigen konntest, wie es mit der neuesten Beziehung lief. Sieh dich vor, Schatz, das ist Leben aus zweiter Hand.«

»He, jedem Vater geht das so. Und mach mir nicht das Leben aus zweiter Hand schlecht. Da spricht eine Menge dafür. Spart einem jede Menge Ärger.«

»Was für Ärger?«

Er nimmt einen Schluck Wein. Keine Antwort. Bloßgestellt, *zu* bloßgestellt, *zu* gut durchschaut – da muss er sich wieder mit mehr Geheimnis umgeben, muss sich wieder besser schützen.

Aber jetzt hat sie Blut geleckt. »Was denn für Ärger, der dir da erspart bleibt? Wolltest du mir damit etwas sagen?«

Geheimnisse. *Sub rosa.* Unter der Rose. Nein, jetzt bloß nicht alles unter dem Teppich hervorholen, unter dem Motto *Dinge, die ich Renata schon immer mal sagen wollte.* »Ich habe einen harten Tag hinter mir. Ich bin müde. Und ich gebe mir Mühe, wirklich Mühe, hier zu sitzen und mit dir eine angenehme Unterhaltung zu führen. Was soll das? Worauf willst du hinaus?«

»Ich wollte mit dir über *dich* reden. Du siehst so erschöpft aus.«

»Nein, das ist nicht wahr. Du willst über Jeff reden. Was wir noch unternehmen können, um ihn ausfindig zu machen. Und dann Donny. Don, Don – die Vergangenheit, das ist doch alles, worüber du jetzt noch mit mir reden willst. Du musst sehen, dass du wieder nach vorn blickst, Rena.«

»Unser Sohn ist irgendwo da draußen, und wir haben keine Ahnung, wie es ihm geht.«

»Mir ist das ernst. Es wird Zeit, dass du einen Schritt voran machst. Jeff geht es gut. Und Donny ist – du musst darüber wegkommen. Es wird Zeit.«

»Und du musst das Wimbledon-Turnier gewinnen. Da wünsche ich uns beiden Glück.«

»Mir ist das ernst«, sagt er noch einmal, nimmt einen weiteren Schluck Wein. »Wir müssen beide *weiterkommen.* Jeff ist erwachsen. Er hat uns einfach nicht zugetraut, dass wir uns *nicht* in sein Leben einmischen. Und Donny, der ist nicht erst gestern gestorben. Können wir nicht allmählich mal das Fenster aufmachen? Ein bisschen frische Luft reinlassen? Tief durchatmen? *Atmen?* Ich kann nicht so weitermachen. Zusehen, wie du auf der Stelle trittst.«

»Das tue ich also? Auf der Stelle treten?«

»In gewissem Sinne schon. Du tust, als ob dieser Schmerz etwas *Wertvolles* ist. Aber das ist er nicht. Er hilft nicht. Wir sind nichts *Besonderes* deswegen, und ich finde, es ist nicht richtig, wenn du durch einen solch tragischen Vorfall etwas wie … ja, etwas wie Prestige gewinnen willst.« Das verschlägt ihr die Sprache. »Die Art, wie wir uns gehenlassen. In unser Unglück fallen lassen. Das ist nichts Besonderes. Leute wie uns, Leute, die sind, wie wir ge*worden* sind, die sehe ich jeden Tag in meiner Kanzlei. Und jetzt sind wir einfach nur wie sie, zwei Menschen, die nicht zurechtkommen in einer Welt voller Menschen, die ebenfalls nicht zurechtkommen.«

Sie starrt ihn wortlos an.

Ihm geht auf, dass er gerade etwas gesagt hat, was in dieser Form hier bisher nicht gesagt worden ist. Zeit für eine Schlussbemerkung. »Jeff geht es gut.« Er macht eine Kunstpause. »Und Donny ist tot.«

»Warum sagst du das?«

»Jemand muss es sagen. Es ist sinnlos, was du machst. Es gibt hier niemanden mehr außer dir und mir. Du und ich. Mehr nicht. Das ist alles, was wir haben.«

»Er schreibt SMS an Donny. Jeff.« Sie geht an ihre Handtasche, holt Jeffreys Handy heraus, hält es in die Höhe. »Lies sie. Die Nachrichten, die er an Donny geschickt hat, vor kurzem erst, nach Donnys Tod.«

Jim greift nicht nach dem Telefon. »Nachrichten?«

»Er hat Donnys Handy in den Sarg gelegt. Weißt du noch? Das war der Grund. Damit er seinem toten Bruder Nachrichten schicken kann.«

»Ich weiß nicht, wovon du redest.«

»Lies sie. Hier.« Wieder hält sie ihm das Telefon hin.

»Nein. Das ist Jeffs Telefon. Das mache ich nicht.«

»Schön. Dann erzähle ich dir, was du fändest, wenn du sie lesen würdest.«

»Und was wäre das?«

»Gefühle.«

»Hast du gehört, was ich vorhin gesagt habe? Donny ist tot. Und Jeff ist fort.«

»Manchmal würde ich dich am liebsten schlagen. Mit Fäusten auf dich losgehen.«

»Du musst das begreifen.«

»Ich meine, ich möchte –«

»Was möchtest du?«

»Dich schlagen. So dass es weh tut.«

Ihm geht auf, dass sie das womöglich tatsächlich gleich tut. Ihre Augen verraten es. Wie würde er sich wehren? »Mach dich nicht lächerlich.«

»Ehrlich. Ich möchte dich schlagen, damit ich irgendwie an dich herankomme. Dir klarmachen, dass auch dir etwas weh tun kann.«

»Schluss jetzt, sage ich!« Es ist nicht seine Art, die Beherrschung zu verlieren, aber jetzt springt er auf und packt sie an den Schultern – der Küchenhocker schwankt, aber er kippt nicht. »*Schluss jetzt,* sage ich!«

»Ich könnte es jetzt auf der Stelle tun.« Sie hebt ihre rechte Hand, die Finger gespreizt.

»Das reicht!« Jetzt schüttelt er sie, ein einziger heftiger Stoß, seine Stimme ist laut geworden. Er hat sie noch nie so angefasst, kaum je gebrüllt, aber es sieht aus, als ob mit dem nächsten Satz, egal, was es ist und wer ihn spricht, das Ende gekommen ist; doch diese Bestätigung will er nicht, er will den tragischen Ausgang abwenden, und zwar mit einer Methode, die er noch nie probiert hat: er will seine Körperkraft zeigen, die Wut, die Rage, in die sie ihn bringt. »Er kommt nicht zurück. Er ist fort, Rena. Fort! Sprich mir das nach. *Fort.*«

»Lass mich los. Lass mich einfach nur los.«

»Du. Wirst. Ihn. Nie. Wiedersehen.«

Und siehe da, die urtümliche Kraft tut ihre Wirkung. Er hat Stärke gezeigt und damit seine Frau gebannt. Sie wehrt sich nicht mehr. Er hat sie für sich gewonnen. Sie starrt ihm ins Gesicht, in ein Gesicht, das sie beide nicht kannten. Erstaunlich ruhig gibt sie ihre Antwort: »Du musst mir nicht sagen, dass Donny tot ist, Liebling.«

»Ja, was zum Teufel ist denn dann das Problem?«

»Das Problem ist, dass ich gern *mit* Donald tot wäre.«

Jim reißt die Augen auf. Hat sie das tatsächlich gesagt?

»Das Problem«, redet sie weiter, »das Problem ist – dass ich die Hälfte meiner Zukunft verloren habe. Und jetzt habe ich auch noch die andere verloren. Ich habe zweimal verloren.« Ihr Ton hat genau die Kraft und Autorität, die seinem stümperhaften Experiment mit der Grobheit fehlten, als habe seine Wut nur dazu gedient, eine umso kältere Klarheit in ihr zu schaffen. »Das Problem ist – dass ich den einzigen Ehemann, den ich in meinem Leben haben werde, nicht mehr liebe. Das Problem ist – dass ich den Teil von mir verloren habe, der glücklich war. Das Problem ist dieses unheimliche Gefühl – dass ich jedes Mal, wenn das Telefon klingelt, denke, jetzt höre ich gleich, dass auch Jeff tot ist oder sonst jemand, den ich liebe. Das Problem, mein Lieber, das Problem ist, dass ich das Gefühl habe, dass so ziemlich alles, was mir in meinem Leben einmal wichtig war, jetzt nichts mehr bedeutet.«

In dem Abgrund, der sich mit diesen Worten aufgetan hat, sieht er ihr Leben nun, wie sie es sieht – es ist ihr tatsächlich gelungen, ihm das vor Augen zu führen –, doch aus seiner Antwort spricht nicht das kleinste bisschen Verständnis für ihre Lage. »Ich möchte dir etwas sagen. Und ich möchte, dass du das ernst nimmst. Ich finde, es wird Zeit, dass du zu einem Arzt gehst. Einem Therapeuten.«

»Ist das alles, was du zu sagen hast?«

»Ich helfe dir gern, einen zu finden, Rena. Ich muss einsehen, dass ich dir in dieser Sache nicht mehr weiterhelfen kann.«

»Du hast nie versucht, mir zu helfen. Darum geht es doch.«

Na, dann auf in die nächste Runde. James L. Delpe gegen Renata T. Delpe. Beide Delinquenten beteuern ihre Unschuld. Zwei Versionen derselben Ereignisse. Krieg zwischen zwei »Wahrheiten«. Beide Seiten haben recht, oder doch beinahe.

Sie sagt: »Dein Herz ist verschlossen. Es ist gebrochen, aber offen ist es deswegen noch lange nicht.«

»Bitte geh zu einem Psychologen.«

»Vielleicht würde mir das helfen. Vielleicht. Aber hast du mal dran gedacht, selber hinzugehen?«

»Ich? Mir fehlt nichts.«

»Bist du dir da sicher? Trauer ist etwas Natürliches. *Du* bist derjenige, der sich hier unnatürlich benimmt.«

»Mit mir ist alles in Ordnung. Glaub mir.«

»Wirklich alles? Und da bist du dir ganz sicher?«

»Vollkommen. Wie willst du denn sonst erklären, dass ich derjenige bin, der immer noch zur Arbeit geht und dafür sorgt, dass diese Familie nicht verhungert, während du den ganzen Tag lang hier bei zugezogenen Vorhängen im Haus sitzt, damit du nicht siehst, wie Donnys Klassenkameraden vorbeikommen? Wenn ich den lieben Tag lang nichts anderes täte als Wäsche in die Maschine stecken und ein paar Sachen einkaufen und zu irgendwelchen Bastelgruppen gehen oder mir Gedanken um einen Wasserball machen, der die Luft verliert, dann wäre ich auch ziemlich niedergeschlagen! Was ist eigentlich aus deinen Plänen geworden? Du wolltest doch Psychologie studieren. Mit mir mag ja nicht mehr viel los sein, aber immerhin *lebe* ich noch.«

»Deine äußere Hülle, die lebt vielleicht noch, Schatz. Aber unsere Schwierigkeiten liegen nicht an der Oberfläche. Ich versuche mit dem zu Rande zu kommen, was dahinterliegt.«

»Und was sind wir anderen dann? Angsthasen? Dafür hältst du mich? Für einen Angsthasen, weil ich mich nicht dem stelle, *was dahinterliegt,* wie nur die ach so heroische Renata es kann?«

»Erst im Schmerz spüren wir, was Freude ist. Das habe ich gelernt.«

Er schlägt die Hände über dem Kopf zusammen. »So ein Schwachsinn.«

»Wirklich.«

»Und was soll das nun wieder heißen? Im Schmerz spüren wir, was Freude ist? Glaubst du das wirklich, Rena? Ich hoffe, du hast das bloß irgendwo gelesen – lieber Himmel, ich kann nur hoffen, dass das vorbeigeht.«

»Es tröstet mich, wenn mir solche Dinge klar werden.«

Er schüttelt ungläubig den Kopf. »Erst im Schmerz … Sag mir, dass du diesen Schwachsinn nicht glaubst. Bitte!«

»Wenn ich … wenn ich heute Freude empfinde, dann hat das eine ganz neue Dimension, eine neue Tiefe, eine neue Bedeutung.«

Er dreht sich um und tritt einen Schritt zurück. Diese neue Einstellung – dass sie in tiefster Verzweiflung stolz auf ihr Leiden ist – bestätigt alles, was Danby über sie gesagt hat. Sie hat den Boden unter den Füßen verloren, sie ist verletzt, und sie verkörpert nichts als Leiden, aber diesmal ist er nicht bereit, sie aufzurichten.

Als Jim noch jung war, machte der Gedanke an die Ehe ihn nervös. Jetzt weiß er wieder, warum das so war. Seine jugendlichen Instinkte hatten recht gehabt. *Bleib frei.* Such dir jede Woche eine neue Frau, so wie Lance oder Jeff, und bums diese geilen Dinger zweimal am Tag. Amüsier dich. Warum sollst du deine Jahre mit einer unglücklichen Frau vergeuden? Selbstmord für die Psyche, nichts anderes ist die Ehe, eine Wunde, die jeden Tag schmerzt.

Renata hat noch einen letzten Satz anzubringen, und sie wird nicht zulassen, dass er davonkommt, ohne dass er ihn gehört hat. Mit den Fingerspitzen wischt sie sich die Tränen von beiden Wangen, systematisch, als wolle sie Makeup verteilen. »Der Schmerz hat dafür gesorgt, dass ich heute die kleinen Dinge des Alltags viel intensiver spüre als zuvor, mit einer Klarheit, so wie ich sie vorher nicht kannte. Es ist nicht alles nur Kummer. Das Leiden hat mir Tiefe gegeben. Ganzheit. Ich bin wacher geworden. Bewusster. Ich kann den Schmerz mit seiner ganzen Macht spüren, aber ich spüre auch die Wirklichkeit mit ihrer ganzen Macht. Ich arbeite hart an mir, an meinem Inneren. Ich lerne *innere* Dinge.«

Er wagt kaum, die Frage auszusprechen: »Was für Dinge?«

»Dass wir letzten Endes nichts sind. Dass wir im Grunde nicht zählen. Dass ein paar kurze Momente hie und da alles sind, was wir uns erhoffen können.«

Er starrt sie an und seufzt. Das ist einfach zu weit von dem entfernt, was ein gewöhnlicher Ehemann – ob er nun hart arbeitet oder nicht – daheim vorfinden will. »Gute Nacht, Rena. Ich gehe jetzt auf mein Zimmer. Ich habe noch zu tun. Und mir platzt fast der Schädel. Das habe ich dir zu verdanken.« Er trinkt sein drittes Glas Wein aus, erhebt sich und bleibt an der Tür noch einmal stehen. »Dann gute Nacht. Schlaf gut. Okay? Schlaf gut. Lass gut sein für heute, Renata. Ich brauche ein bisschen Ruhe. Ich kann nicht mehr, verstehst du? Ich bin auch nur ein Mensch. Auch wenn ich das nicht mit der Tiefe, die dir eigen ist, empfinden kann.«

Er ist weg.

Am Strand von Biarritz, in jener Nacht vor langer Zeit, waren sie weit hinausgeschwommen und hatten erst kehrtgemacht, als sie Angst bekam, dass etwas aus den wogenden Fluten auftauchen und sie beißen könnte, ein Ungeheuer, das in den Megatonnen schwarzen Wassers lauerte. Er war mit ihr wieder ins Flache geschwommen, und dort, unter den funkelnden Lichtern der Hotels am Ufer, bis zum Bauch an ihn gepresst, hatte sie die Beine um ihn geschlungen. Er hielt sie fest, sie war schwerelos, spürte zwischen ihren Beinen, wie er steif wurde, hatte mit der einen Hand sein Geschlecht in ihres gesteckt, und so waren sie dahingeglitten wie ein einziger Leib, im Mondlicht, unter den französischen Sternen, die nur so dahinflogen auf ihrem Weg südwärts nach Spanien.

JIM: Du bist wunderbar.

RENATA: Du auch.

Sie hatten sich geküsst.

Jim kommt aus dem Bad, geht an Jeffs Zimmertür vorbei. Sein Sohn ist nicht mehr da. Ist irgendwo draußen in der Welt. Was macht er da? Was sind das für Spiele, Kämpfe, Verfehlungen, was für eine Flucht vor der Realität, vor dem Ich, was für düstere Initiationsriten? Das Internet ist schuld. Es stellt alles in Frage: die Familie, die alten Grenzen – jetzt aufgeweicht, verschwommen, durchlässig –, die Bedeutung von Nähe, Gespräche, Erfahrung, Privatsphäre, Beziehungen, ein sinnvolles Leben. Er langt bei seinem eigenen Zimmer an, seiner Mönchszelle. Das armselige Leben eines Ehemanns, der im Zölibat leben muss. Er ist noch dabei, sich auszuziehen, da zirpt sein Handy.

»Eh, Jimbo!«

»Wie schön, dass du anrufst, Schwesterherz. Genau, was ich jetzt brauche.« Während Renata es immer wieder schafft, sich mit Elsbeth zu treffen, verpasst Jim sie jedes Mal. Aufgrund seiner langen Arbeitszeiten und der Feierabendbeschäftigung mit dem Haus auf dem Land hat er seit ein paar Monaten nicht mehr persönlich mit ihr gesprochen. Trotzdem sind sie sich nahe, und diese Nähe lässt sich nicht an der Menge von Handy-Nachrichten messen, an der Frequenz von E-Mails. »Wie lang ist es her?«

»Ich dachte schon, du willst nichts mehr von mir wissen.«

»Ich? Wie kommst du denn darauf?«

Beim letzten Mal, als Jim sie gesehen hat, trug sie Turnschuhe, und der Zipfel ihres Nachthemds lugte unter dem Pullover hervor. Ihre Augen waren rot, ihr Gesicht verquollen vor Wut. Als Evan sie belog, sie hinterging und sich davonmachte, griff sie zum Beaujolais und hat erst vor drei Monaten wieder aufgehört, auf Seite 65 von *Der Report der Magd*, um genau zu sein. Als sie auf dieser Seite angekommen war, hatte ihre Ungeduld mit der Heldin solche Ausmaße angenommen, dass sie laut »Jetzt mach doch endlich!« rief und dabei das (hoffentlich) letzte Weinglas ihres Lebens umwarf. Der Fleck auf dem pfirsichfarbenen Wollteppich war der Tropfen, der das Fass zum Überlaufen brachte. Seitdem ist sie »trocken«. Geht sie einmal die Woche zu den Anonymen Alkoholikern, hat wildfremden Menschen versprochen, *eine gründliche und furchtlose Inventur in ihrem Inneren vorzunehmen.* Ganz schön viel.

»Wo bist du?«, fragt er.

»Gute Frage. Normalerweise wissen das nur mein Navi und mein Pate bei den Anonymen Alkoholikern.«

»Wo steckst du, jetzt mal ehrlich. Zu Hause?«

»Natürlich. Es ist fast Mitternacht. Wo soll ich denn sonst sein? Auf einem Date mit George Clooney?«

»Könnte doch sein. Du siehst von allen in der Familie am besten aus.«

»Nur weiter so, Herr Verteidiger. Dachte mir, du bist bestimmt noch auf.«

»Was hast du auf dem Herzen, Elsie? Nachtgedanken?«

»Auf dem Herzen? Eigentlich nichts. Ich dachte nur einfach, es wird mal wieder Zeit für einen geschwisterlichen Plausch.«

»Na klar. Jederzeit. Wann und wo? Du musst es nur sagen.«

»Sag mir einfach, wo du in den nächsten paar Tagen steckst. Ich könnte kommen und dich besuchen. Ich habe den Alfa gerade frisch aus der Werkstatt. Hätte Lust auf eine kleine Spritztour.« Typisch Elsbeth. Immer will sie ihn trösten, selbst wenn ihr eigenes Leben chronisch kaputt ist.

»Am Wochenende bin ich in Gloucestershire. Arbeite am Cottage. Komm doch raus. Es ist eine schöne Fahrt.«

»Hört sich *phantastisch* an. Du und all die Schafe und Pferde. Prinzessin Anne wohnt gleich um die Ecke. Bestimmt lädt sie dich nach Gatcombe ein, *Liiiebling.*«

»Du kannst auch über Nacht bleiben. Es ist zwar noch ziemlich spartanisch, aber eine Luftmatratze und einen Schlafsack könnte ich dir anbieten, und natürlich ein Holzfeuer im Kamin, Waldspaziergänge. Wir könnten über alles reden. Ich hab da ein paar kleine Sorgen im Büro –«

»Über Nacht? Ja, warum eigentlich nicht. Ich packe eine Tasche, bringe eine Flasche Wein mit. Nur die eine.«

»Elsie!«

»Ich trinke wieder, aber in Maßen, das verspreche ich. Weißt du, ich bin drauf gekommen, dass ich in Wirklichkeit gar keine Alkoholikerin bin. Unglaublich! Ich habe einfach nur zu viel getrunken.«

»Kommt mir ziemlich tautologisch vor.«

»Spar dir dein Griechisch, Bruder. Lass uns einfach sagen, wenn du nichts anderes mehr hörst, dann komme ich am Freitag und besuche dich. Das wäre doch toll.«

»Finde ich auch. Ich maile dir noch eine Wegbeschreibung.«

»Der Postcode reicht, mehr brauche ich nicht.«

»Du wirst begeistert sein von dem Cottage. Steinmauern, fast einen Meter dick. Steinfußboden. Komm am Freitagabend. Ich fahre gleich nach der Arbeit in London los, sollte gegen sieben Uhr da sein.«

Die gute alte Elsbeth. Brüderlicher Beschützerinstinkt packt ihn wie eine große Welle, jedes Mal wenn er mit ihr redet. Sie hat Pech gehabt im Leben. Ihre Augen haben immer noch dieses schöne, sanfte Leuchten, aber ihre Haare werden schneller grau als seine, und die Haut an Brust und am Hals ist schon runzlig. Wie schnell unser Körper verfällt – er sieht diesen Niedergang am deutlichsten an seiner Schwester, vielleicht weil ihr Verfall seinen eigenen widerspiegelt.

Er bekommt Gänsehaut, wenn er sich Elsbeth auf einem Schlitten vor fünfundvierzig Jahren vorstellt, und er, mit einem Schneekragen auf den Schultern, zieht sie den ganzen rutschigen Hügel oberhalb von Benskins Brauerei in Croxley Green hoch, und, oben angekommen, will sie losfahren, bevor er sich überhaupt hinten auf den Schlitten gesetzt hat. Unterwegs klemmt er den vier Jahre alten Kamikaze mit den Beinen fest, sie ruft Oh! Oh! Oh! Oh!, bis schließlich ihr Tempo zu hoch für den winzigen Schlitten wird und sie beide durch den Schnee kullern. Jedes Mal ist es Elsbeth, die als Erste wieder auf den Beinen ist und ruft *Ach Jimmy, noch einmal, ach Jimmy, bitte bitte,* und er, ganz der Kavalier, hat stets nachgegeben.

Er legt das Telefon auf den Nachttisch. Schaltet das Licht aus. Tiefe Dunkelheit bis auf das kleine Licht am Computer, es blinkt wie die Lichter an den Tragflächen eines Flugzeugs, an, aus, an, aus, und wiegt ihn schließlich in den Schlaf.

Level sechs
Verantwortung

Er steht unter Beschuss.

Leuchtspurgeschosse zischen vorbei, bohren sich mit dumpfem Schlag in die Backsteinwand neben ihm. Er duckt sich, rollt zur Seite, geht in Deckung, sein Körper gibt kleine automatische Stöhnlaute von sich: *Urrrggg, urrrggg.* Maschinengewehrsalven schlagen scheppernd in das Blech des Autos ein, hinter das er sich duckt.

AGI ist in einer Stadt mit Hochhäusern, Wolkenkratzern, die Jim sich, außer vielleicht in Dubai, erst in der Zukunft vorstellen kann.

Jemand will AGI töten. Wer? Warum? Wie lautet sein Auftrag? Wer soll er sein? In seinem schlechtgeheizten Natursteinhaus, nach drei Stunden Fahrt von London im dichten Freitagsverkehr, sitzt Jim an der Küchentheke und hämmert wie besessen auf die leicht eingedellten Tasten seines Laptops. Sein Hund, der selig neben dem Herd schlummert, und eine große Schmeißfliege, die an der Innenseite des Fensters brummt, sind seine einzige Gesellschaft. Bei ihren Fluchtversuchen prallt die Fliege immer wieder geräuschvoll gegen die Scheibe, bis Jim schließlich aufsteht, das Fenster öffnet und sie freilässt. Dann kehrt er sofort wieder zu dem absurden Spiel zurück, seinem Pseudoleben unter schwerem Beschuss.

Ein Textfeld erscheint (die Spielgestalter haben doch noch ein Einsehen). Ein Führerschein. Name: AGI. Beruf: Physiker.

[Weiter] Eine Visitenkarte: AGI, Direktor für experimentelle Forschung. Quanta Corp.

[Weiter] Dann ein kleines Notizbuch und darin ein paar mathematische Formeln.

Jim hebt den Kopf, abgelenkt von dem lauten Summen einer weiteren Schmeißfliege, genauso groß wie die vorige, an derselben Fensterscheibe. Wieder steht er auf und lässt sie hinaus.

Hinter das Auto geduckt, muss AGI sich entscheiden. Er hat die Wahl. Töten oder getötet werden?

Er darf sich von diesem Heckenschützen nicht erwischen lassen. Aber er ist unbewaffnet. Wie soll er sich wehren? Er will herausfinden, woher die Schüsse kommen, doch dabei kriegt er beinahe einen Kopfschuss ab, eine Kugel, die von der Silberkarosse abprallt. Besser nicht nochmal versuchen. Er sieht sich nach einem Ausweg um. *Aus jeder Notlage gibt es einen Ausweg.* Plötzlich fällt ihm der Rückspiegel des Wagens auf, und als er die Hand hebt, sieht er darin ihr Spiegelbild. Dieser Spiegel muss ein Werkzeug sein, und als er die Hand danach ausstreckt [STRG+X], stellt er fest, dass er sich abnehmen lässt. Der Spiegel wartete auf ihn, er musste nur seinen Wert für das Spiel erkennen. Ein kleiner Triumph.

Jetzt hat AGI eine Art Periskop, mit dem er ungefährdet in alle Richtungen spähen kann, und so entdeckt er schließlich das hohe Fenster auf der anderen Straßenseite, von wo die sporadischen Schüsse kommen und wo er immer wieder das Mündungsfeuer blitzen sieht.

Auf seinem Computerbildschirm erkennt Jim einen einzelnen Schützen. Dieser aufmerksame Beobachter taucht in regelmäßigen Abständen auf. Ganz offensichtlich haben die Programmierer seiner Figur hier eine Aufgabe gestellt. Er zählt die Sekunden. Ja, zehn Sekunden zwischen den Schüssen. Erregt über die scharfsinnige Analyse seiner Lage, wartet er auf seine Chance.

Ping!

AGI springt auf und spurtet los, läuft mit schweren Schritten zu dem Haus, in dem sein Möchtegernmörder sich verschanzt hat. Er wird nicht getötet. Er hat es geschafft. Am Fenster hoch über ihm ist niemand mehr.

Aufregend ist es, das muss er zugeben. Kein Wunder, dass Kids stundenlang nicht aus ihrem Zimmer kommen, versunken in die Suche nach Strategien zum Überleben. Dass sie nicht kommen, wenn man sie ruft. Jim versteht nun viel besser, wie schwer es ist, ein solches Spiel mitten in einer Mission zu unterbrechen, gerade wenn es um alles geht, und das nur, um zum Abendessen zu kommen, die Figuren allein in der Gefahr zurücklassen, fast schon Menschen, deren Verschwinden oder Tod man betrauern würde. Ja, betrauern! Auch für ihn ist das Überleben seiner Figur wichtig. Die Sorge, dass AGI sterben könnte, hat längst reale Dimensionen angenommen. Für AGI – Jim selbst – steht mittlerweile viel zu viel auf dem Spiel. Er will nicht, dass AGI jetzt stirbt. Selbst im Schlaf verfolgen diese Dinge ihn jetzt, er träumt davon, durchlebt die Schlachten des Tages noch einmal. Auf Erfolgen muss man aufbauen, und er hat schon zu viel erreicht, worauf er stolz ist, geradezu lächerlich stolz.

Im Inneren des Gebäudes ist es dunkel. AGI findet die Treppe.

Jim wünscht, AGI hätte jetzt eine Waffe, ein Gewehr, ein

verdammt gutes. Aber die Programmierer haben offensichtlich einen Kampf mit bloßen Fäusten vorgesehen.

AGI kommt am oberen Treppenabsatz an und kriecht weiter, auf den Raum zu, in dem der Schütze stecken muss. Er muss diesen Mann entwaffnen und unschädlich machen, aber er muss exakt zum richtigen Zeitpunkt angreifen, dann, wenn der Schütze ihm den Rücken zukehrt.

Jim hofft, dass die Kampfkünste, die er von Luther gelernt hat, reichen, um einen solchen Killer zu überwältigen. Er zählt leise bis *vier* (der Scharfschütze muss jetzt neu laden), *fünf, sechs, sieben* (jetzt die Patronen in den Schacht stecken). Aber niemand schießt. Etwas ist anders. Jim wartet noch zwei Minuten, aber es fällt immer noch kein Schuss. AGI muss diesen Mann entwaffnen – Jim kann nicht ewig warten.

Schon wieder attackiert eine Fliege das Fenster. Was geht hier vor? Ist das womöglich immer dieselbe Schmeißfliege, kennt sie einen geheimen Weg zurück ins Haus und fliegt immer im Kreis? Jetzt reicht es ihm: Er nimmt einen Reklamezettel von Tesco, ein Sonderangebot für Rumpsteak, rollt ihn zusammen und schlägt zu. *Zack!* Die Schmeißfliege geht zu Boden. Tot. Echtes Blut auf dem Foto von rohem Fleisch. Schmierige Eingeweide kleben an der Fensterscheibe.

AGI geht zum Angriff über, stürmt durch die Tür, prescht vor und stürzt sich auf den Schützen, der mit dem Gesicht zum Fenster steht. Die Bewegung ist nicht leicht – Jim braucht dazu fünf Finger –, aber AGI meistert sie perfekt. Mit lautem (programmiertem) Schrei stürzt der Schütze zu Boden. Die Flinte fällt aus dem Fenster. Aber das Geräusch ist kein Männerstöhnen. Es ist das Keuchen einer Frau. AGIs Hand, schon zur Faust geballt, hält mitten im Schlag inne.

Der Schütze ist eine Frau. Sie sagt: »Tu mir nichts. Ich heiße Madison. Ich komme aus der Zukunft. Ich bin gekommen, um dich zu beschützen.«

Jims Handy klingelt. Er schaut nach, wer der Anrufer ist, doch als er sieht, dass es Elsbeth ist, geht er ran. »Elsie!« Jetzt fällt ihm auch auf, dass keine neuen Schmeißfliegen aufgetaucht sind.

Er hört eine Gespensterstimme, die Verbindung ist schlecht, selbst die Luft ist mit zu vielen Funkwellen verstopft: »Jimmy, der Verkehr ist ein Alptraum. Ich bin jetzt schon eine Stunde unterwegs und immer noch in London! Ich überlege, ob ich nicht lieber morgen Nachmittag komme. Wie wäre das? Und ich bleibe dann stattdessen die Nacht zum Sonntag.«

»Wunderbar, Schwesterherz. Ich bin ohnehin gerade beschäftigt. Da liegt … da liegt noch viel Arbeit auf dem Schreibtisch. Das passt wunderbar.«

»Ich freue mich auf dich, Jimmy. Und auf das Haus!«

»Ich besorge uns einen Fasan. Es ist Jagdsaison. Hier geht es zu wie an der Somme, den ganzen Tag über wird geballert. Und am Samstag gibt es vormittags einen Bauernmarkt in Stroud. Alles bio. Man könnte glatt denken, Hormone und Pflanzengift wären nie erfunden worden. Du wirst begeistert sein. Die Vögel und die Bienen. Fahr vorsichtig.«

»Ich schicke eine SMS, kurz bevor ich ankomme. Gegen drei.«

Die kleine Elsbeth. Ihr Unglück belastet ihn noch immer. Sie wäre eine gute Mutter geworden, aber sie hatte zu viele Frauenkrankheiten, viele davon psychisch. Warum hat sie so lange gewartet, bis sie es mit dem Kinderkriegen versucht hat? Waren ihre eigenen Eltern nicht liebevoll genug gewesen? War sie zu früh aufs Internat gekommen? Offenbar ist es nicht leicht, die Vertreter der Familie Delpe zu lieben. In ihrer Wohnung gibt es immer noch eine Kommodenschublade voll mit Babysachen. Wunderschöne Stücke. Viele davon selbstgestrickt. Wollkleidchen in Lavendel, Hellblau und Rosa zwischen Lagen von Seidenpapier. Aber das Seidenpapier vergilbt von Jahr zu Jahr mehr – richtig tragisch.

Jim kehrt zu Madison zurück …

… und die versichert AGI, dass sie nicht die Scharfschützin ist.

MADISON: Ich bin eine Zeitreisende. Ich bin aus der nahen Zukunft gekommen, um dich zu beschützen.

Bevor er ins Zimmer gestürmt sei, sei sie hereingekommen und habe den Schützen verwundet, doch der sei geflohen. Die jetzt aus dem Fenster gefallene Flinte habe nicht ihr, sondern dem Schützen gehört. Sie habe nur die Beretta, die sie jetzt in der Hand hält. Sie sei aus der Zukunft gekommen, um AGI zu *verteidigen*.

Soll AGI ihr glauben?

Jim lässt die junge Frau warten und macht sich eine Tasse Tee. Jetzt muss er erst einmal nachdenken. So eine kuriose, verwirrende Zwickmühle. Sagt Madison die Wahrheit? Als Anwalt muss er Tag für Tag entscheiden, ob er einen Fall übernimmt oder nicht, und ausschlaggebend ist dabei sein Gefühl, ob die Person lügt oder nicht. Madison weiß noch mehr.

MADISON: Die Leute, die dich umbringen wollen, sind Gegner

des Zeitmaschinenprojekts, das du bei Quanta Corp. leitest. Diese Widersacher sind religiöse Eiferer, die sich Ishvara nennen. Sie sind grundsätzlich gegen Zeitreisen und überhaupt gegen jede Einmischung der Wissenschaft in Gottes Walten. Sie wollen dich töten, bevor du die erste funktionsfähige Zeitmaschine fertigstellen kannst – und diesem Ziel bist du schon sehr nahe.

Noch komplizierter wird die Geschichte dadurch, dass auch die Ishvara aus der Zukunft hierhergereist sind, nachdem sie AGIs Zeitreiseformel von jemandem bei Quanta bekommen haben, der Geheimmaterial an die Ishvara weitergibt. Madison sagt, wenn AGI jetzt STRG+UMSCHALT+7 drückt, kann er ihr mitteilen, ob er ihr glaubt.

Jim denkt eine Weile über ihre Aussage nach, dann wählt er: Nein.

Er glaubt ihr nicht. Mit dieser Entscheidung hat er AGIs weiteren Schicksalsweg bestimmt.

Madison fängt an zu weinen. Sie sagt, sie kann beweisen, dass sie nicht lügt. Sie fordert AGI auf, sie mit Handschellen an den Heizkörper zu fesseln, damit sie nicht fliehen kann, und sich dann auf die andere Seite der Stadt zu begeben und ihre Mutter zu suchen, die zu diesem Zeitpunkt mit Madison schwanger ist. Und sie verrät AGI noch etwas: die Zeitreiseregeln von Quanta Corp. verbieten es, dass ein Reisender sich in eine Zeit begibt, in der er sein jüngeres Ich treffen könnte. Andernfalls könnte er dem Großvaterparadox zum Opfer fallen.

Ein Textfeld erscheint: Das Großvaterparadox: Wenn du in der Zeit zurückreist und dabei deinen eigenen Großvater tötest, bevor dein Vater zur Welt kommt, dann kannst du nicht existieren und folglich nicht deinen Großvater töten.

Mit Hilfe der Minikarte sucht sich AGI einen Weg durch die

Stadt. Er nimmt Madisons Beretta mit, trifft jedoch auf keine Ishvara.

Wo stecken diese angeblichen Attentäter, von denen sie gesprochen hat? Immer deutlicher sieht Jim, dass dies eine Falle ist, dass Madison ihn belügt, womöglich sogar für die Ishvara arbeitet.

AGI findet das Haus, in dem ihre Mutter sich angeblich aufhält. Er hat die Waffe im Anschlag. Gefechtsbereit. Als die Haustür sich öffnet, steht tatsächlich eine schwangere Frau vor ihm.

FRAU: Du kommst früher als erwartet, Liebling. Komm herein. Fremde Männer waren hier; sie suchen nach dir. Oh, und ich habe mir einen Namen für unser Baby ausgedacht. Madison. Gefällt er dir?

Madison ist meine Tochter? Dann muss ihre Geschichte wahr sein! Das heißt aber auch, dass die Ishvara echt sind, und dann ist sie in großer Gefahr. Jetzt begreift Jim, worin seine Mission besteht.

AGI darf nicht mit seiner Frau ins Haus gehen. Er muss sehen, dass er unversehrt wieder ans andere Ende der Stadt kommt, den Ishvara aus dem Weg geht, und muss seine Entscheidung rückgängig machen, muss sagen, dass er Madison – seiner Tochter – und ihrer Geschichte glaubt.

Kaum hat er den Rückweg angetreten, wird das Feuer auf ihn eröffnet. Er schlägt Haken und streckt jeden Angreifer nieder, der ihm in die Quere kommt.

»Hab ich dich, du Scheißkerl!«, ruft Jim laut in seiner Küche. Sein Hund jault kurz auf. »Erwischt!« (Wie er sich in diese ganze Sache hineinsteigert!) »Hast du etwa noch nicht genug? Na warte!« *Bumm Bumm Bumm.*

Doch als AGI wieder in Madisons Zimmer ankommt, liegt sie

dort in ihrem Blut. Seine Tochter ist tot, ein Schuss zwischen die Augen.

AGI hat die falsche Wahl getroffen. Er hat zugelassen, dass seine eigene Tochter, die durch die Zeit zu ihm gereist ist, getötet wird. Was soll Jim jetzt tun? Ist die Mission gescheitert? Kann es für ihn noch Gnade geben? Kann er es wiedergutmachen? AGI schaut sich um, sieht keinen Hinweis, was er als Nächstes tun könnte, dann bemerkt er einen Zettel in Madisons toter Hand. Jim nimmt es mit STRG+X. Da steht … was ist das? Eine Art mathematische Formel. Er sieht auch, was mit Blut dazugeschrieben ist: *die fehlende Gleichung.*

Auf seiner eigenen Visitenkarte findet AGI die Adresse, die er braucht. Er muss zu Quanta Corp. gehen. Wenn die Formel, die Madison ihm gegeben hat, das ist, was noch fehlt, um die Zeitmaschine zum Laufen zu bringen, dann kann er mit der Maschine zu dem Moment zurückkehren, in dem er sich entschlossen hat, Madisons Geschichte nicht zu glauben. Er kann sich anders entscheiden. *Statt an ihr zu zweifeln, kann er ihr glauben.*

Langsam, vorsichtig arbeitet er sich zur Quanta Corp. vor, hält sich immer im Schatten. Er darf nicht umkommen. Trotzdem gerät er immer wieder unter Beschuss. Er zielt und tötet fünf weitere Ishvara – »Ja!«, brüllt Jim bei jedem Treffer, und »Na los doch!«, und »Stirb, du Scheißkerl«, die schweißnassen Hände auf den Tasten, in ganz und gar echtem Kampfeifer. Er … stiehlt ein Auto. Findet einen Raketenwerfer. Nimmt ihn mit. Als sie von einem Hubschrauber aus auf ihn feuern, schießt er das Ding damit ab. Die Explosion ist gewaltig.

Jim kann über seine Leistungen nur staunen. Der Kampfhubschrauber verwandelt sich in einen Feuerball und stürzt wie ein Meteor auf ein Fabrikgelände. Er wünschte, er könnte jemandem erzählen, was er da gerade geleistet hat. Wahnsinn! Vielleicht sind das ja Erfahrungen, die ihm gefehlt haben, Erfahrungen, die man braucht, um ein wirklich runder Charakter zu werden? Kann es sein, dass man sich, wenn man nie unter Beschuss geraten ist, im Grunde gar nicht kennt? Naheliegender Gedanke für einen Mann, dessen Vater (Royal Navy, Stabsfeldwebel, seegestütztes Radar) in einem echten Krieg gewesen ist. *Dr. Johnson, vielleicht hast du recht. Ein Mann ist kein ganzer Mann, wenn er nie Soldat gewesen und nie zur See gefahren ist.* Hat Jim bisher einfach das gefehlt, was in der Generation seines Vaters als Bewährungsprobe galt?

Bei der Quanta Corp. findet AGI sein Labor mit einer ganzen Zahl von Mitarbeitern, die erleichtert sind, dass er wieder da ist.

ASSISTENT: Sie hatten uns eine große Entdeckung angekündigt, und dann waren Sie verschwunden. Haben Sie etwas für uns?

AGI übergibt ihnen den Zettel.

ASSISTENT: Das ist die Formel, nach der wir gesucht haben! Sie haben es geschafft!

Allgemeiner Jubel. AGI wird als Genie gefeiert.

ASSISTENT: Dafür wird man Ihnen den Nobelpreis verleihen.

[AGI beginnt automatisch zu sprechen]

AGI: Machen Sie die Maschine bereit, stellen Sie die Zeitdilatation ein, und öffnen Sie entgegen allen Behauptungen der speziellen Relativitätstheorie ein nutzbares Wurmloch, bei dem Photonen *zeitgleich* durch zwei Prismen feuern, welche in Idealdistanz voneinander aufgestellt sind. Diese Partikel sind schneller als das Licht und werden durch ein Magnetfeld in stabilem Zustand gehalten, wodurch eine Zyklotronschwingung entsteht – anders ausgedrückt: ein Quantentunnel.

Herrlicher Unsinn, denkt Jim. Wie leicht wir uns von Worten und technischen Details, die wir nicht verstehen, umgarnen lassen. Wie gutgläubige Kinder werfen wir jeden Zweifel über Bord.

AGI: [brüllt] Los!

Der Tunnel ist nicht mehr als die Lücke zwischen zwei Prismen, gerade so breit, dass ein Erwachsener hindurchpasst.

ASSISTENT: Ja, Sir.

AGI beobachtet, wie sein Mitarbeiter eine Billardkugel in den Tunnel schießt, doch leider erwischt er einen Winkel, bei dem die Kugel bei der Rückkehr aus der Zukunft mit ihrem ursprünglichen Ich kollidiert. Beide Kugeln verschwinden mit einem Knall.

AGI: Was war das?

ASSISTENT: Verdammt. Ein Paradox, Sir. Wenn die ursprüngliche Kugel von ihrem zukünftigen Ich am Eintritt in den Tunnel gehindert wird, kann sie logischerweise kein zukünftiges Ich geschaffen haben.

AGI: Aber das hat sie doch gerade getan.

ASSISTENT: Ja, Sir. Wir haben keine Erklärung dafür.

AGI: Spielen Sie Snooker? Sie müssen den richtigen Winkel treffen. Diese Kugeln kosten eine Menge Geld.

ASSISTENT: Ja, Sir.

Köstlich. Jim lacht. Die Programmierer dieses Spiels hatten wirklich ihren Spaß, als sie sich den ganzen Firlefanz ausgedacht haben.

Ein zweiter Testlauf. Diesmal wird die Billardkugel in einem Winkel in den Tunnel geschossen, bei dem die zukünftige Kugel, wenn sie wieder auftaucht, die frühere lediglich streift. Dieser Streifstoß verändert die Flugbahn der früheren Kugel, aber nur so weit, dass sie in der Zeit zurückreist und genau im richtigen Winkel zurückkehrt, um ihrem früheren Ich den ursprünglichen Streifstoß zu versetzen. Der Kreis ist geschlossen.

AGI: Perfekt. Kein Paradox, Sir.

Die Billardkugel aus der Zukunft kullert auf den Fußboden des Labors. Sie ist identisch mit der Kugel, die sie abgeschossen haben. *Voilà: Eine Zeitreise!*

AGI: Feierabend für heute, ich gebe euch den Rest des Tages frei. Gefeiert wird später. Ich muss sofort einen Bericht für die Royal Society schreiben, und dafür brauche ich Ruhe. Als die Angestellten gegangen sind, verschließt AGI die Tür. Allein. Er stellt die Koordinaten auf die jüngste Vergangenheit ein – eine Frage des Winkels, mit dem man in den Quantentunnel eintritt. Je spitzer der Winkel, desto weiter reist man in der Zeit zurück …

Jim hält inne, nimmt einen Schluck Tee, versucht sich auszumalen, was geschieht, wenn er sich in der Zeit rückwärtsbewegt, doch bald überstürzen sich die Paradoxa in seinem Verstand dermaßen, dass er rasch wieder aufgibt. Besser man klickt einfach und wartet.

AGI tritt aus dem Technicolorstrudel des Wurmlochs unversehrt hervor und stellt fest … dass er sich selbst sehen kann … sein früheres Ich sehen kann, wie es hinter einem Zukunftsauto in Deckung geht, um sich vor dem Kugelhagel in Sicherheit zu bringen.

Er muss aufpassen, dass sein früheres Ich ihn nicht entdeckt. Als Beobachter seiner eigenen, erst kürzlich vergangenen Erlebnisse hält AGI sich zurück, vermeidet all die Fehler, die er jetzt bei seinem früheren Ich sieht.

Klug im Nachhinein beobachtet Jim, wie der zukünftige AGI seinem Zwillingsbruder aus der Gegenwart dabei zusieht, wie der das Gebäude stürmt. Er sieht Madison, die am Fenster im ersten Stock den Scharfschützen überwältigt. Und dann, nach mehreren Minuten Wartezeit, kommt AGI und entwaffnet Madison.

Dann folgt die obligatorische Szene, die darin gipfelt, dass AGIs früheres Ich wieder aus dem Haus herauskommt und losläuft, um – wie Jim nun weiß – eine schwangere Frau zu finden, die ihn »Liebling« nennt. In der Zwischenzeit begibt sich der spätere AGI, der Zeitreisende – gesteuert von Jim – in das Haus, steigt die Treppe hinauf und geht zu Madison, die, wie erwartet, mit Handschellen an den Heizkörper gefesselt ist.

Neuerlich vor die Wahl gestellt, ob er ihrer Geschichte Glauben schenken soll, antwortet AGI: »Ja.« Diesmal weint sie Freudentränen, als sie ihm eröffnet, dass sie seine Tochter ist, und berührt ihn mit ihrer freien Hand. Vater und Tochter umarmen sich.

Berührt, wirklich tief berührt, vermerkt Jim, dass es ihn nicht kaltlässt, als er dieses Wesen von einem Heizkörper losmacht, an den es sein jüngeres, weniger kluges und minderwertigeres Ich gefesselt hat. Fehler der Vergangenheit wiedergutmachen, das ist eine tolle Sache. Aber noch großartiger ist es, wenn man jemanden retten kann – der alleinige Retter ist. Es rührt ihn, dass Madisons – fast echte – Tränen der Dankbarkeit ihm gelten.

MADISON: Oh, Daddy. Du bist zurückgekommen. Du bist wunderbar.

AGI: [spricht automatisch] (aber er sagt, was Jim in diesem Augenblick gerne sagen würde) Liebes, auch ich bin in der Zeit zurückgereist, um dich zu befreien, bevor du von den Ishvara getötet wirst. Jetzt aber nichts wie weg von hier.

MADISON: [lächelt] Ich habe schon immer gewusst, wie nützlich so ein Vater sein kann. Aber ich brauche meine Beretta. Hast du sie? Dein jüngeres Ich hat sie mir eben weggenommen.

AGI: Ja, aber das ist die einzige Waffe, die wir haben. Ich gebe sie dir, sobald wir hier raus und in Sicherheit sind.

MADISON: Ich bin die bessere Schützin. Gib sie mir.

Ein Eingabefeld öffnet sich: Gibst du ihr die Pistole? Ja / Nein

Jim zögert nicht. Er klickt auf Ja.

Madison nimmt die Beretta, doch dann verzieht sie das Gesicht. Eine weitere Skriptsequenz beginnt:

MADISON: Das Magazin ist leer.

AGI: Tut mir leid. Ich habe die ganze Munition für die Ishvara verbraucht.

Jim weiß, dass sich dieses Spiel immer weiter verzweigt, um Variablen wie etwa ein leergeschossenes Magazin einzubauen; wenn die Pistole geladen wäre, würde sich vor ihm eine ganz andere Geschichte abspulen. Er ist fasziniert von der komplexen binären Architektur von LoL.

Er unterbricht das Spiel und geht ins Bad. Die virtuellen Verwicklungen wirbeln in seinem Kopf, als er sich mit heruntergelassener Hose auf dem Klo niederlässt. Er hat jetzt eine Mission: Er muss um jeden Preis seine gerade erst gefundene Tochter beschützen. Da fällt ihm wieder ein, dass er für Elsbeths morgigen Besuch noch etwas zu essen besorgen muss. Aber keinen Wein. Wenn sie bei ihm übernachtet, wird es sein wie in alten Zeiten. Er muss für sich die Luftmatratze aufpumpen. Alles so machen, wie sie es erwartet.

MADISON: Komm jetzt. Ich weiß einen sicheren Ort, wo wir mehr Waffen finden. Sobald wir bewaffnet sind, kümmern wir uns endlich um diese verdammten Rezidivisten.

AGI: Rezidi – was?

MADISON: Jetzt mach schon, Dad.

Sie stürmt aus dem Zimmer, und er folgt ihr im Laufschritt. Ein ganz normaler Vater, der mit seiner Tochter losrennt, um irgendwelche Wunderwaffen zu beschaffen, denkt Jim.

Sie hasten durch die Straßen, von Scharfschützen unbehelligt. Madison kennt sämtliche Schleichwege. Sie klettern eine Feuerleiter hoch, laufen über Dächer, springen von Haus zu Haus, kriechen durch Tunnelröhren. Sie kennt die Codes für sämtliche Sicherheitsschlösser. Und dann kommen sie zu einem massigen, beinahe fensterlosen Gebäude. Ein Iriserkennungsgerät scannt Madisons rechtes Auge, und die metallenen Schiebetüren gleiten zur Seite. Sie geht hinein, also geht er auch.

Aber es ist eine Falle.

Das kleine Miststück führt ihn in einen Raum, wo zwanzig ihrer Mitrebellen und deren Anführer ihn mit gezückten Waffen erwarten.

MAHABHARATA: Gute Arbeit, Madison. Willkommen AGI.

MADISON: Danke, Sir.

MAHABHARATA: Das ist also der große Wissenschaftler!

AGI [zu MADISON]: Du bist nicht meine Tochter?

MADISON: Tut mir leid. Das Kind, mit dem deine Frau schwanger ist – Madison –, ist ein Junge. Du hättest reingehen und mit ihr reden sollen.

Ein Sohn, denkt Jim. *Auch im zweiten Leben nichts als Söhne.*

AGI: Kommst du denn aus der Zukunft?

MADISON: Nein. Natürlich nicht. Die Ishvara weigern sich, in der Zeit zu reisen. Was wir heute sind, ist alles, was wir je sein werden. Fehler müssen unwiderruflich bleiben, wenn wir je etwas lernen wollen.

Jim ist verwirrt. Bis dahin ist das Spiel in völlig logischen Bahnen verlaufen. Aber wenn Madison und die Ishvara nur Rebellen der Jetztzeit sind und wenn sie folglich die entscheidende Formel für den Quantentunnel nicht kennen konnte, wer hat dann den Zettel geschrieben, den er in ihrer toten Hand gefunden hat? Und wer hat sie umgebracht, wenn es nicht die Ishvara waren?

MAHABHARATA: Genug geplaudert. Madison, geh zurück auf deinen Posten. Du musst AGIs frühere Version aus dem Weg räumen. Also, wer will den ersten chronotorischen Übeltäter dieser Welt erschießen?

Viele Hände heben sich. Viele Köpfe nicken.

MAHABHARATA: Na gut. Dann teilen wir uns den Spaß. Wählen Sie Ihre Waffen, meine Damen und Herren. Nieder mit allen, die die Zeit zu einer Spielwiese machen wollen. Tod den Spaltern des Schicksals. Den Multiplikatoren des Moments!

Viele Pistolen werden gleichzeitig schussbereit gemacht.

MAHABHARATA: Zielen …

In dem Augenblick erinnert sich Jim an eine Strategie, die Luther ihm beigebracht hat, für den Fall, dass man in der Minderzahl ist. Nicht fliehen. Stattdessen im Zentrum angreifen. Dafür sorgen, dass der Feind den Überblick verliert.

Bevor der Feuerbefehl ertönt, macht AGI einen Satz in Richtung Mahabharata.

AGI WIRD DREIMAL GETROFFEN, 12 SCHADENSPUNKTE

An Arm, Bein und Hüfte verwundet, stürzt er und reißt Mahabharata mit sich. Die Schützen nehmen die eigenen Leute unter Beschuss. Ein Glück, dass seine Gegner furchtlos und dumm sind. Nachdem AGI Mahabharata zu Fall gebracht und ihm die Beretta entwunden hat, rollt und läuft er behende zum nächstgelegenen Ausgang. Geschwächt und blutend, dreht er sich am Ende des Korridors um, feuert wild um sich und tötet jeden Ishvara, der ihm unter die Augen kommt.

»Los, los«, schreit Jim Delpe, seine Finger flitzen über die Tastatur, während sein friedlicher Hund ihn von den warmen Fliesen neben dem Herd aus beobachtet; sein Schwanz bewegt sich auf und ab und schlägt dumpf auf den Boden.

AGI zielt jetzt schnell und treffsicher. Und erst als die Munition alle ist, stürmt er los, so schnell, wie es seine Wunden erlauben, läuft zu dem Quantentunnel am anderen Ende der Stadt, dem einzigen Ort, wo er die versammelten Fehler, derentwegen er auf diesem Level zu stranden droht, korrigieren kann. Denn er kennt jetzt die Lösung des Rätsels. Den Zettel mit der fehlenden Formel hat er selbst geschrieben. Sie stand die ganze Zeit in dem Notizbuch, das er seit Beginn des Spiels in der Tasche hatte!

Wie dumm von ihm, nicht an das Notizbuch zu denken. Und jetzt wird Jim noch eines klar: Die Person, die der toten Madison die fehlende Formel in die Hand gedrückt hat, das war er selbst, sein zukünftiges Ich, das dem früheren Ich helfen wollte. Mit anderen Worten, der, der er jetzt ist, hat sich um denjenigen gekümmert, der er vorher war.

Er muss zu dem Quantentunnel zurückkehren und noch einmal in die Vergangenheit reisen, ein letztes Mal in das Zimmer des Scharfschützen eindringen, die Seite aus seinem Notizbuch reißen, mit Blut die nötigen Anweisungen darauf schreiben und sie Madison in die Hand drücken.

Jim lässt AGI diese Aufgaben erledigen. Ziemlich geschickt dirigiert er AGI wieder in das Labor, lässt ihn zum dritten und letzten Mal zurück in das Zimmer des Scharfschützen im ersten Stock reisen. Und dort, in der entscheidenden Zeitspanne zwischen dem Aufbruch seines früheren Ichs (um die schwangere Ehefrau aufzusuchen) und der Rückkehr der jetzigen Version seiner selbst, jagt AGI der verräterischen, mit Handschellen gefesselten Madison eine Kugel zwischen die Augen (sie ist ja keine wirkliche Person, sagt sich Jim; wenn er sie beseitigt, dann ist das moralisch nicht verwerflich). Anschließend reißt AGI die Seite mit der Formel aus seinem Notizbuch, stopft sie der Toten in die Hand und beseitigt so die zahllosen Widersprüche, die die Zeit in ein ungereimtes Chaos verwandelt hätten.

Um der fatalen Begegnung mit sich selbst aus dem Weg zu gehen, lässt Jim AGI rasch aus diesem allzu häufig frequentierten Raum schlüpfen und ins Labor eilen, von wo er schließlich in den sicheren Hafen seiner eigenen Zeit zurückkehrt. Und damit schließt sich der Kreis.

Das Bild löst sich auf. Der Bildschirm wird weiß, und dann tauchen drei beglückende Worte auf:

MISSION ERFÜLLT. GLÜCKWUNSCH!

Jim schaltet den Computer aus. Ein Nervenbündel. *Kein Wunder, dass diese Gamerkids so bleich aussehen, so ausgelaugt, geschlechtslos, wie hypnotisiert.* Er schaut auf die Uhr. Vier Uhr morgens. Wo sind die Stunden geblieben? Jim fühlt sich betrogen, wie wenn man mit dem Flugzeug die Datumsgrenze überquert und einen ganzen Tag verliert.

Jetzt erst mal schlafen.

Schlaf – der ultimative Zeittunnel. Jim legt sich hin, schließt die Augen. Gestattet seinem Körper, langsamer zu werden und Feierabend zu machen. Morgen oder übermorgen wird er sich erneut auf die Suche nach seinem Sohn machen, denn jetzt hat er die nötigen Statuspunkte, um die Bereiche aufzusuchen, in denen Jeff sich herumtreibt. Aber nicht heute Nacht.

Er hackt Holz. Halbrunde Scheiben aus Kastanien-, Eichen- und Eschenholz, gespalten mit schweren Schlägen. Er hält inne und atmet schwer. Über ihm sammeln sich Schwalben für den Zug nach Süden. Rauch vom Feuer des Nachbarn, den er noch nicht kennt und der sein Unkraut verbrennt.

Elsbeth. Zu den Dingen, die immer wieder aufkommen, vor allem dann, wenn sie besonders viel getrunken hat – vielleicht eine Ausgeburt der verzerrten Wahrnehmung und des verminderten Urteilsvermögens einer Alkoholikerin –, gehört es, dass sie ihren Vater beschuldigt, er habe sie sexuell missbraucht. »Als ich neun war, ist er zu mir ins Bett gestiegen. Betrunken. Hat masturbiert. Mein Nachthemd war ganz verschmiert. Als ich einundzwanzig war, hat er mich geküsst, mit der Zunge. Seiner Zunge. Er hat sie mir in den Mund gesteckt.«

Jim macht beim Holzhacken eine Pause. Wischt sich die Stirn. Trinkt einen Schluck aus der Milchflasche (hier wird die Milch noch in Glasflaschen geliefert) und fragt sich, ob ein Gericht diese beiden Vorkommnisse als sexuellen Missbrauch werten würde. Bis zu einem gewissen Grade vermutlich schon. Machen diese beiden Ereignisse – und sie hat ihm versichert, dass es die Einzigen waren – Ellie zu einem Missbrauchsopfer? Jim erinnert sich an den Abend, an dem sie ihm ihr Geheimnis offenbarte – sein Entsetzen, die brüderliche Empörung. Und er hatte nicht an Elsies Behauptung gezweifelt, so betrunken (drei Flaschen Wein) sie auch war. Jim fand – und findet – es schwierig, ihre Anschuldigung mit dem Bild zu vereinbaren, das er (und alle Welt) von ihrem sanften, bücherlesenden Vater hat: Kronanwalt im Ruhestand Jarvis Delpe, nach dreißig Jahren im Dienste der Königin ein Krüppel im elektrischen Rollstuhl, ein Mann, der nicht mehr lange zu leben hat. Sein eigener Vater ein Sittenstrolch. Ein schwerer Brocken für einen Sohn! Über einen alten Mann zu Gericht zu sitzen, ihn für schuldig zu befinden und zur Einsamkeit zu verurteilen. *(Und Jeff, wo immer du bist, mühst du dich auch mit derart schweren Brocken ab?)*

Auf Elsbeths Frage, ob sie Anzeige erstatten solle, hatte er gesagt: »Natürlich nicht.« Einmal Wichsen und ein Zungenkuss würden kein Gericht davon überzeugen, dass ein Vater das Leben seiner Tochter zerstört hat. Außerdem werde der Tod schon bald das härteste Urteil fällen. Trotz seiner eigenen Empörung hatte er Elsbeth geraten, sie solle versuchen zu vergessen, und ihr versprochen, mit dem alten Mann zu reden. Und was war aus dem Versprechen geworden? Immerhin war er nach Leicester gefahren, wutentbrannt, und hatte seinen Vater um ein Gespräch unter vier Augen gebeten. Aber dann, in dem mit uralten Büchern vollgestopften Arbeitszimmer, hatte der alte Herr auf einmal so klein und zerbrechlich ausgesehen. Jarvis Delpe in seinem Rollstuhl, ein harmloser Krüppel, die Zunge in dem faltigen Mund keine furchteinflößende Waffe, sondern ein armseliges, schlaffes Etwas.

»Ja, ich habe versucht, mit ihm zu reden«, hatte er Elsbeth später gesagt, »aber ich bin nicht an ihn rangekommen. Auf einmal war er vollkommen abwesend. Ich habe es versucht, aber ich kam nicht durch. Ich glaube, er war nicht mehr in der Lage, zu begreifen, was er getan hatte. Ich habe ihn gefragt, ob er sich an die beiden Vorfälle erinnern kann – er sah beunruhigt aus, aber er antwortete, er hätte keine Ahnung, wovon ich rede. Und ich glaube, das stimmt. Ich glaube, wir müssen einfach nach vorn blicken und die Sache auf sich beruhen lassen.«

Aber tief im Inneren ist Jim überzeugt, dass er Elsbeth an diesem Tag verraten hat. Er war der einzige Mensch auf der Welt, dem sie vertraute, den sie um Rat gefragt hatte, ein älterer Bruder, bestens bewandert in Fragen der Gerechtigkeit, Fragen von Schuld und Sühne, und er hatte den alten Mann ungeschoren davonkommen lassen, weil es ihm nicht gelang, zu ihm durchzudringen. Anstatt seinen an den Rollstuhl gefesselten Vater am Revers zu packen und ihn zu schütteln und zu schreien: *Wie konntest du so etwas tun! Deine eigene Tochter!*, hatte er schließlich das Thema gewechselt und gefragt: »Was meinst du, wie viel würde man bei einer Versteigerung für deine Erstausgabe von Trollope bekommen?« Statt *Du hast neben ihr masturbiert, als du glaubtest, sie schliefe? Du hast ihr einen Zungenkuss gegeben?*, nur die Frage »Zwanzig-, vielleicht sogar fünfzigtausend Pfund?«

Die Axt ist mörderisch schwer. Er hebt sie hoch über den Kopf und lässt sie mit Schwung heruntersausen. Die Holzscheite spritzen auseinander, wie von einem Federmechanismus getrieben, ein unglücklich verheiratetes Paar, das erleichtert ist über die Trennung. *Man braucht ein Y-Chromosom, um die Befriedigung zu spüren, die mit diesen Axthieben einhergeht,* denkt Jim. *Die Muskeln im Körper arbeiten in perfektem Einklang, tun sich zusammen, um die scharfe Klinge mit größtmöglicher Wucht zuschlagen zu lassen – zack –, und aus einem Holzstück werden plötzlich zwei.* Die Arme entblößt im fahlen Sonnenlicht, mit dicken Blasen an den Händen, arbeitet Jim weiter, während der Vorrat an ungehacktem Holz schwindet und der Haufen aus gespaltenen Scheiten sich immer höher türmt, bis man meinen könnte, es sei doppelt so viel wie vorher. Diese Art von Arbeit hat etwas Erhabenes, erkennt Jim.

Mr. Delpe? Sie sprechen von der Herausforderung der Gegenwart, der sich jedermann stellen muss? Können Sie das erklären?

Die Herausforderung? Sie besteht darin, dass wir unser Leben buchstäblich wieder selbst in die Hand nehmen müssen. Irgendwie. Ich für mein Teil bin aufs Land gezogen, um genau das zu tun, um mir die Hände schmutzig zu machen – ich will graben, zu Fuß gehen, ächzen, stöhnen, körperlich arbeiten. Nackte Hände in der nackten Erde. Einfache manuelle Arbeit. Die Kunst des Lebens besteht darin, dass man seine Fähigkeiten ausgewogen, gekonnt und klug zum Einsatz bringt. Wer zu sehr auf seinen Verstand hört, zu hohe Ansprüche stellt, der ist schnell reif fürs Irrenhaus, für Depression, Korruption, Aggression, die zahllosen Fehlbildungen einer gescheiterten Spezies, mit denen ich als Rechtsanwalt Tag für Tag zu tun habe.

Er hält inne, um zu verschnaufen. Er ist längst nicht so gut in Form, wie er es gerne hätte. Durch seine geblähten

Nüstern dringt der Geruch von Erde, von wilden Kräutern, von Kuhdung und aushärtendem Beton in den Gräben, die der Bauunternehmer ausgehoben hat. Jim erinnert sich an die neunjährige Elsbeth, an ihre Strickmütze, daran, wie sie ihn im Winter mit Schneebällen bewarf. Dann taucht das Gesicht seines Vaters auf. *Wie konntest du bloß zu ihr ins Bett steigen und so etwas tun?* Er erinnert sich an Elsie mit einundzwanzig. *Mit der Zunge. Das muss man sich mal vorstellen, die eigene Tochter. Mit deiner widerlichen alten Zunge bist du an diesen unschuldigen Ort vorgedrungen!* Ist das vielleicht der Grund, warum Elsbeths Ehen gescheitert sind? Haben diese Vorfälle sie aus der Bahn geworfen? Können solche kleinen Übergriffe, wenn sie von einem Elternteil kommen (dem ersten und letzten Zentrum des Vertrauens), ein ganzes Leben überschatten?

Jim blickt auf, als der Wind plötzlich auffrischt. Er will noch ein paar Scheite spalten, ein Feuer in dem großen Kamin anzünden. Das Haus ist noch nicht warm genug für Gäste. Er hackt und hackt und hackt. Denkt: *Eines Tages wird mein Körper von Flammen verschlungen. Aber noch ist er im Vollbesitz seiner Kräfte. Soll er es genießen. Zack! Zack! Zack! Alter Dreckskerl! Zack! Zack! Zack! Was ist das bloß für ein Vater?*

Und dann ein Auto. Hält an. Durch die Ligusterhecke sieht er, dass es Elsbeth ist, mit Sonnenbrille und einer roten Steppjacke sitzt sie lächelnd am Steuer ihres Sportwagens, das Verdeck offen. Wunderbar, dass sie gerade jetzt kommt, dann kann sie ihn im Unterhemd Holz hacken sehen, sein Körper glänzend wie Amselgefieder. Die nächsten paar Scheite spaltet er mit besonders viel Schwung, aber sie braucht länger als erwartet, und er wird müde. Die Axt trifft nicht mehr richtig, prallt an der Seite des Holzstücks ab und bohrt sich in den Lehmboden. Just im Augenblick des Versagens hört er hinter sich ihre Stimme: »He, Rambo!« Noch ein Hieb, ein gut gezielter, um ihretwillen – *zack!* –, das Holzscheit bricht auseinander, splitterlos, und gestattet ihm, sich mit heroischer Miene umzudrehen: »Hallo Schwesterherz! Da bist du ja!«

Elsbeth. Wie schön, dass sie da ist.

»Ich glaube, ich hab dich noch nie so machomäßig gesehen, Jimmy.«

»Ich hacke nur ein bisschen Holz. Ich dachte, wir machen uns nachher ein schönes großes Feuer. Willkommen im Paradies.«

»Hab mich doch noch verfahren. Du hast dich wirklich gut versteckt hier.«

»Genau das war meine Absicht.«

Er geht zu ihr. Ein Kuss auf die Wange. Er spürt, wie sein Herz vor Begeisterung klopft, wie die Wärme in seiner Brust aufsteigt. »Komm rein. Ich zeig dir das Haus.«

Er schlüpft in sein feuchtes Hemd und führt sie herum. Sie ist ein mustergültiger Gast und hat immer die passenden Kommentare auf Lager: »Wow«, »Unglaublich« und »Die sind einfach wunder-wunder-schön«, »Da habt ihr Glück gehabt, da habt ihr wirklich Glück gehabt!«. Die Hand fest mit einem Geschirrtuch umwickelt, öffnet er die Backofentür und zieht eine Fasanenpastete heraus. Renata hat ihm das Rezept per SMS geschickt, und er ist früh aufgestanden, um alles vorzubereiten, hat die winzigen Knöchelchen herausgepult, fein wie Lachsgräten. Oben auf der Pastete steht ›ELS‹, geschrieben mit Buchstaben aus Teig. Dafür bekommt er noch einen Kuss auf die Wange. Sie hakt sich bei ihm unter. »Lass uns reden. Wir haben so viel zu reden. Erzähl mir, wie es dir so geht. Du sagst, du hast Probleme auf der Arbeit?«

Er versichert ihr, dass es nur ein paar kleine Fehler waren, nichts wirklich Wichtiges. Aber was Renata angeht, ist er mit seinem Latein am Ende. Seit Jeff verschwunden ist, ist es schlimmer geworden mit ihr. Er hat alles versucht. Aber diese Wochenenden auf dem Land sind ein wahrer Segen für ihn. Hier hat er Zeit für sich. Er hatte gar nicht gewusst, wie sehr er so was braucht. Er muss auch wieder zu sich kommen.

Während der Kaffee durchläuft, zeigt Jim seiner Schwester den Wald von Blackstable. Unter dem Baldachin aus niedrigen Eschen, Birken und Ulmen beginnt der Hund, sobald er von der Leine ist, mit seiner täglichen Routine. Die Nase am Boden, läuft er von Baum zu Baum, schnüffelt, markiert sein Revier, sammelt Informationen. »Er ruft seine Pipi-Mails ab«, meint Jim. »Bringt sich auf den neuesten Stand.«

Elsbeth lacht fröhlich. »Er ruft seine Pipi-Mails ab! Das gefällt mir.«

Ein Eichhörnchen, das sich an einen Baumstamm schmiegt, betrachtet argwöhnisch das Geschwisterpaar auf dem schlammigen Reitpfad – Fußabdrücke von Menschen und Tieren, in denen sich Wasser gesammelt hat. Die Welt ist so lautlos wie fallendes Laub, Blätter, die nur herunterfallen, weil ihr Stiel verdorrt ist, nicht weil ein Lufthauch sie ablöst. »Hast du dich schon mit den Einheimischen angefreundet – oder hast du vor, hier wie Salinger zu leben?«, fragt sie.

»Bislang habe ich erst einen von ihnen kennengelernt, er wohnt zwei Häuser weiter und geht morgens auch hier mit seinem Hund spazieren. So schließt man Bekanntschaften auf dem Land, über die Hunde. Na, er ist so eine Art Hippie. Aber steinreich. Macht jede Menge Kohle mit einer Schrifttype, ob du's glaubst oder nicht. Er hat eine Schrift erfunden. Verstehst du?«

»Ich weiß, was eine Schrifttype ist, Liebchen. Helvetica ist meine Standardschrift. Baskerville für persönliche Briefe. Und wenn ich übermütiger Stimmung bin, Desdemona.«

»Also die Schrift von diesem Burschen, die basiert – ob du's glaubst oder nicht – auf in Holz geschnittenen Buchstaben. ›Artisanica‹ nennt er sie. Er sagt, wenn man einen Text in seiner Schrift liest, fühlt man sich zurückversetzt in eine Zeit der traditionellen Handwerkszeuge, und die verbinden uns mit der Natur. Angeblich verschafft einem seine Schrift ›eine Auszeit aus der digitalen Welt‹. Jeder kann sie herunterladen. Er bekommt Tantiemen. Leicht verdientes Geld.«

Der Schlamm ist zu viel für Elsbeths Stadtschuhe, und sie machen kehrt. In der Küche gießt Jim Kaffee ein. Zeigt seiner Schwester, was er schon getan hat und was noch zu tun bleibt. Einige der ältesten Sachen wie zum Beispiel die Kellertür mit dem gotischen Spitzbogen sind neu hinzugekommen, ein Beutestück aus einem Benediktinerkloster und vermutlich 600 Jahre alt. Er erklärt, dass die Metallbeschläge feindliche Eindringlinge und Ketzer daran hindern sollten, sie zu durchbrechen. Jim lebt jetzt in der Geschichte. *In einer Vielzahl von Geschichten.*

Er ist versucht, ihr von dem Spiel zu erzählen, beschließt aber, dass die Zeit noch nicht reif ist. Also bringt er das Gespräch wieder auf das 21. Jahrhundert und fragt, wie es ihr geht. Elsbeth lächelt und sagt: »Mir geht's gut.« Aber so leicht lässt er sich nicht täuschen. Er kennt ihre Gedanken ebenso gut wie den Klang ihrer Schritte. Sie kann ein Gefühl vortäuschen, aber er weiß immer, was sich dahinter verbirgt. »Nun sag schon. Wie geht es dir?«

»Etwas besser, glaube ich.« Ihr Gesicht ist gerötet von dem Spaziergang. Wangen und Nasenspitze glühen. »Um ehrlich zu sein, könnte ich eine Auszeit aus der digitalen Welt gut gebrauchen. Ich arbeite zu viel. Immer das Gleiche.« Elsbeth wird fürstlich dafür bezahlt, dass sie große Mengen von Dingen sehr billig für eine große Zahl von Personen einkauft. Flugtickets – 25 000 bei einer Transaktion –, geleaste Autos – 2000 auf einen Rutsch –, Computer – gleich 15 000 Stück; riesige Mengen zu Schleuderpreisen, auf die die Verkäufer sich einlassen, weil sie Angst haben, einen so guten Kunden zu verlieren. Sie wird zum Essen eingeladen. Bekommt Reisen nach Barbados spendiert. Mehr als 150 Tage pro Jahr in der Luft, isst sie ledrige Omelettes in der Business Class und spült sie mit Pol Roger hinunter, während sie über das systematische Sammeln von Daten zur Prognose von Käuferverhalten nachdenkt und in ihr Diktaphon spricht. Wenn Jims Schwester kommt, rollt man den roten Teppich für sie aus, dabei war sie mit zwölf Jahren noch Bettnässerin und versteckte die zusammengeknüllten, nach Ammoniak stinkenden Laken im Kleiderschrank, wo ihre Mutter sie Wochen später fand. Und das Ergebnis aus der Kombination von so viel frühem Leid und spätem Erfolg ist ein unglücklicher, hochbezahlter Single, der versucht, vom Alkohol loszukommen.

»Ich beschränke mich auf ein Glas Wein gegen sieben Uhr abends, und das bekommt mir gut.«

»Das ist wunderbar, Elsie. Halte durch.«

»Aber es gibt nicht einen einzigen Abend, an dem ich nicht am liebsten die ganze Flasche leer trinken würde.«

»Und wie steht es mit Männern? Gibt es da jemanden? Ich will Namen.«

»Nein, es gibt niemanden. Hoffnungslos. Aber ich brauche auch wirklich keinen Mann, um mich schlecht zu fühlen. In der Hinsicht bin ich völlig autark.« Beim Lachen sieht man ihre kleinen Zähne und das Zahnfleisch, rosafarbene Halbmonde. In Elsbeths Mund lebt das Lächeln ihrer verstorbenen Mutter weiter. »Aber ich bin immer noch dankbar für mein Leben«, sagt sie. Und meint damit, dass es ihr lieber ist, als tot zu sein.

»Na klar. Wir sind Glückskinder. Unter den fünf Prozent, denen das Glück hold ist. Weißt du, wir gehören zu den Arschlöchern, die fünfundneunzig Prozent des Wohlstands auf der Welt besitzen.« Während er das sagt, denkt Jim an eine andere Statistik: Dass wir zu fünfundneunzig Prozent Tiere und nur zu fünf Prozent menschlich sind und dass dieser kleine Prozentsatz für den ganzen Ärger verantwortlich ist. Er fügt hinzu: »Es wäre verdammt unanständig, wenn Leute wie wir unglücklich wären.«

»Und trotzdem sind wir verdammt gut auf dem Gebiet. Ich jedenfalls. Ich bemühe mich, meine Vorteile zu sehen, aber manchmal sind sogar Vorteile eine Last. Ist das nicht verrückt? Die Vorstellung, dass man zum Glücklichsein verpflichtet ist – entsetzlich. Manchmal muss ich mich einfach elend fühlen. Und ich glaube, deswegen kann ich Renata verstehen.«

Doch bei diesen Worten funkelt in ihren Augen ihre ganz eigene, traurige, einzigartige Entschlossenheit zum Überlebenskampf.

»Wir haben alle unsere schwachen Augenblicke, Elsie. Aber wir haben beide ein tolles Leben. Mal ehrlich.«

»So toll nun auch wieder nicht. Keiner von uns hat ein tolles Leben, Jimmy. Wir haben ein *privilegiertes* Leben, aber das ist nicht das Gleiche. Wir leiden beide darunter, dass wir als Kind keine wirkliche Liebe erfahren haben. Keine *echte* Liebe. Und deshalb suchen wir uns unbewusst gefühlskalte Menschen, weil das das ist, was uns vertraut ist. Wir fühlen uns am wohlsten bei denen, die sich weigern, uns wirklich zu lieben.« Elsie hat das alles von ihren Therapeuten – Jim sieht die Kleenex-Schachtel geradezu vor sich, die sie geleert haben muss, ehe diese Erkenntnis Gestalt annahm. Und doch lässt ihn der Gedanke nicht los. Er legt sich die Hände ans Gesicht, als sie fortfährt: »Weißt du noch, wie Mum und Dad sich von uns verabschiedet haben, wenn wir ins Internat fuhren, dieses fürchterliche kleine Winken von Mummy? Wie sie ›Ich liebe dich‹ gesagt hat und dann im gleichen Atemzug ›Lebwohl, mein Schatz‹? Jahrelang habe ich bei den Worten *Ich liebe dich* an Abschied gedacht. Ist es da ein Wunder, dass meine Beziehungen immer scheitern?«

Elsbeth ist gut im Erinnern. Oft zwingt sie Jim, sich an

Dinge zu erinnern, die er am liebsten vergessen hätte. Wenn er mit ihr zusammen ist, fühlt er sich immer in die Kindheit zurückversetzt.

Es klopft. Auf Strümpfen öffnet Jim die Tür und sieht den Bauunternehmer. Lance. Eine lehmbeschmierte Jacke aus Nylonfleece. Dichte Stoppeln auf Kinn und Wangen. »Ich dachte, ich arbeite noch ein, zwei Stunden. Noch ein paar Meter Rohre verlegen oder so. Bin heilfroh, wenn ich das erledigt habe, wissen Sie. Hab langsam die Nase voll. Zieht sich alles viel zu lang hin.«

Jim nickt. Bittet ihn herein. Stellt Elsbeth vor. Lance ist der Typ, der stolz darauf ist, wenn man sich an ihn erinnert, und versucht deshalb immer Eindruck zu schinden, egal, ob im guten oder schlechten Sinn. »Sie sind gerade aus London gekommen? Also ich für mein Teil hasse London. Kann es nicht ausstehen. Früher bin ich jedes Wochenende hingefahren und hab mir die Birne zugeknallt, aber damals war ich nicht ganz bei Trost. Ich war stadtbekannt. Jetzt bin ich zahm. Wie der kleine Hund da. Lammfromm. Ist er nicht süß? Ich mag Hunde. Haben Sie auch einen Hund?«

Elsbeth lächelt und verneint.

»Dann sollten Sie sich einen zulegen. Einen besseren Freund kann eine Frau nicht haben. Wunderbare Tiere. Meiner, ein kleiner Terrier, legt nachts den Kopf auf mein Kissen, ehrlich. Hab ihn zum Fressen gern. Aber ich muss jetzt los. Kann mich nicht den ganzen Tag unterhalten. Ziemlich kalt, was? Bleiben Sie beide ruhig hier drin im Warmen.«

Lance grinst und schließt augenzwinkernd die Tür. Elsbeth lacht. »Lieber Himmel, man vergisst ganz, wie die Leute auf dem Land so sind. Das ist eine andere Welt hier, stimmt's? Und du hast auch schon was von einem Landjunker, Jimmy. Oder soll ich dich ›Master James‹ nennen? Hast du dich heute eigentlich gekämmt? Ich glaube, du hast tatsächlich das Zeug zum Exzentriker.«

Jim lächelt, richtig, ein seltenes Duchenne-Lächeln. In Elsbeths Gegenwart kommt ihm die Entscheidung für dieses Haus viel vernünftiger vor. »Du musst mich jetzt öfter besuchen. Als ich das Haus gekauft habe, habe ich an dich gedacht. Oben gibt es ein Gästezimmer. Ich werde ein Schild an die Tür hängen, auf dem ELSIE steht, und dafür sorgen, dass das Bett immer bezogen ist. Also, wann immer du eine Auszeit brauchst –«

»– eine Auszeit von der digitalen Welt?«

»Dann kommst du hierher. Wir kochen zusammen und zünden ein Feuer an und stellen die Welt wieder auf die Füße, und um sieben Uhr abends trinken wir ein Glas Wein, sofern du darfst. Oh, da fällt mir was ein. Das Feuer.«

»Und ich dachte, du schlägst jetzt vor, dass wir eine Flasche Wein aufmachen.«

Sie rauchen beide nicht mehr. Donnys Krebstod hat ihnen das Rauchen verleidet. Jim macht sich auf die Suche nach Streichhölzern, um sie mit dem Luxus eines hoffnungslos untüchtigen offenen Kamins zu beeindrucken. Als er mit leeren Händen zurückkommt, sieht er, dass Elsbeth draußen ist und mit Lance eine Zigarette raucht.

Er lässt sich Streichhölzer geben, zündet das Feuer an. Das Papier beginnt zu brennen. Das Holz, vor zwei Jahren geschlagen, brennt rasch an. Der Kamin tut einen tiefen Atemzug. Jim spürt eine urtümliche Freude. Vielleicht sollte er Elsbeth ja *sub rosa* von seinen Ausflügen in den Cyberspace erzählen, von seinen bizarren Begegnungen mit Jeffs Alter Ego in der Welt der neuen Medien. Seine Brust ist so voll von dieser Geschichte, dass er fast platzt, und der Druck schadet womöglich seiner Psyche. Elsbeth kommt wieder nach drinnen, reibt sich die kalten Hände; nun sind sie beide wieder allein, wie in alten Zeiten – genau der rechte Augenblick für ein Geständnis. Doch dann bringt sie das Gespräch auf Lance. Auch der Bauunternehmer sei Mitglied bei den Anonymen Alkoholikern gewesen. Früher. »Er ist ein ziemlich gewitzter Bursche, glaube ich, auch wenn er so viel quasselt.«

»Na ja, man muss schon intelligent sein, wenn man ein Haus bauen will. Die ganzen Berechnungen. Alles muss hundertprozentig stimmen. Er hat eine Dachkonstruktion aus Stahl entworfen, die fünfhundert Meilen von hier gefertigt wurde. Als sie ankam, passte sie auf den Millimeter genau.«

»Ich hoffe, du hast nichts dagegen, dass ich ihm eine Tasse Kaffee angeboten habe.«

»Das mache ich jeden Tag. Mehr als einmal.«

»Drei Stück Zucker. Scheiße noch mal, drei Stück Zucker!«

»Solche Leute verbrennen das in null Komma nichts; kommt von der körperlichen Arbeit.«

Sie wendet den Kopf, schaut aus dem Fenster zu Lance, der bis zur Taille in einem Graben steht und Erde herausschaufelt. »Kann ich mir vorstellen.«

Ist es möglich, überlegt Jim, dass sie mit Lance flirtet? Er erinnert sich an die Zeit, als Elsbeth nach Osttimor fuhr und mit einem einheimischen Freiheitskämpfer zurückkehrte, der kein Wort Englisch verstand. Es brach ihr fast das Herz, als das Innenministerium ihrem Verehrer kein Visum erteilte und ihn wieder abschob. Erst nach zwei Tagen intensiven Zuredens und literweise gutem Burgunder war es Jim gelungen, sie zu überzeugen, dass es töricht wäre, in den Dschungel zurückzukehren.

Sie bringt Lance seinen Kaffee. Bleibt draußen im Wind. Jim kümmert sich um das Feuer, wartet. Er schichtet Scheit auf Scheit. Als sie wieder hereinkommt, vom Wind zerzaust, verkündet sie, dass sie Lance zum Abendessen eingeladen hat. »Das ist doch in Ordnung?«

»Mach mir ja keine Dummheiten, Schwesterherz.«

»Was willst du damit sagen?«

»Lass die Finger von diesem Burschen – ehrlich. Er hat eine schwangere Freundin.«

»Namens Sandy. Aber das ist vorbei. Sie will das Baby allein bekommen. Er hatte Tränen in den Augen, als er es mir erzählt hat. Er wollte immer Kinder, und jetzt trennt sie sich von ihm. Er ist nach Hause gegangen, um sich umzuziehen, und bringt etwas zum Nachtisch mit. Reicht die Fasanenpastete für drei? Hast du genügend Geschirr?«

»Und er war im Knast. Zwei Jahre. Wegen Körperverletzung. Beim nächsten Mal kriegt er zehn Jahre.«

»Hab ich alles schon gehört. Er hat die Ehre eines Freundes verteidigt.«

Jim erinnert sich, dass Lance ihm erzählt hat, er habe nie so viel gevögelt wie nach seiner Entlassung aus dem Gefängnis. Diese Gefängnisstorys seien wie ein Aphrodisiakum. Die Frauen seien hin und weg. Ist Elsbeth ebenfalls hin und weg? »Elsie, der Mann ist ein Schwindler.«

»Klar ist er das. Aber er ist ein Schwindler, der für dich arbeitet und der nichts zu Mittag gegessen hat und dessen Freundin sein Baby lieber allein großziehen will. Also hab ich ihn gefragt, was er zu Abend isst, und er hat gesagt, einen Kebab auf dem Heimweg. Einen Kebab. Was blieb mir da anderes übrig? Einen Kebab.«

»Was ist denn so schlimm an einem Kebab?«

»Tut mir leid. Ich hätte dich erst fragen sollen.«

»Ich wollte, dass wir beide zusammen essen. Und ich habe so viel mit dir zu bereden. Die Pastete war für dich und mich.«

»Dann gib mir seine Handynummer. Ich rufe ihn an. Sage die Sache ab. Ich fühle mich schrecklich. Es war ein Fehler.«

»Nein. Vergiss es. Nicht mehr zu ändern. Wir essen zusammen; danach sehen wir zu, dass wir ihn so schnell wie möglich loswerden, und dann reden wir.«

»Es tut mir so leid. Ich hab es vermasselt.«

»Hör auf. Es ist in Ordnung. Wir können noch stundenlang reden.«

Abendessen für drei. Jim und zwei ehemalige Anonyme Alkoholiker. Elsbeth schenkt Wein ein. »Jeder nur ein kleines bisschen.« Aber Lance braucht keinen Alkohol, um seine Geschichten zu erzählen – er ist offenbar ganz begeistert, dass die Delpes ihn zum Essen eingeladen haben, hat sich sogar die Haare gekämmt –, und als eine Geschichte zur nächsten führt, schwindet auch Jims Unmut über den gestohlenen Abend. Lance hat ein aufregendes Leben geführt. Nicht nur Flaschen auf den Köpfen anderer Leute zerschlagen, sondern auch selbst welche abgekriegt. Sein Erwachsenenleben begann mit vierzehn. Sieben Lehrjahre unter einem strengen Meister. Tausende von Stunden mit Schaufel, Hammer, Pickel und Putzlatte. Wie jedem Lehrling wurde ihm oft übel mitgespielt. Schon als Teenager hat er Jeans und Kugelschreiber nach Russland geschmuggelt und gegen Goldmünzen eingetauscht. Die verschluckte er dann und brachte sie in seinem Verdauungsapparat außer Landes. Später, als er wegen Körperverletzung im Gefängnis Belmarsh in Untersuchungshaft saß, lernte er Ronnie Biggs kennen, den berühmten Eisenbahnräuber. »Der netteste Mensch, den man sich vorstellen kann.« Jim sieht keinen Grund, warum er diese Geschichten nicht glauben sollte. Und wenn es alles Phantasiegespinste sind, was soll's? Ist er jetzt nicht auch ein Experte in puncto Phantasie? Er kann der Versuchung nicht widerstehen und fordert Lance auf, Elsbeth zu erzählen, wie er im Hof des Gefängnisses von Gloucester einen Kinderschänder mit dem Schraubenzieher niedergestochen hat. Lance lässt sich nicht lange bitten. All das geschieht mit einem spitzbübischen Grinsen, als seien Verbrechen ein Spiel für Genies, für Leute mit einem Übermaß an Phantasie, das es ihnen einfach unmöglich macht, sich an Recht und Ordnung zu halten. »Morgen surfe ich auf der Severn Bore.«

»Was ist das?«, will Elsbeth wissen.

Die Severn Bore. Eine Gezeitenwelle, zweimal im Jahr bei Tagundnachtgleiche. Dann wälzt sich eine einzelne, bis zu zwei Meter hohe Welle von der Mündung des Severn flussaufwärts, zwanzig Meilen weit. Wenn ein Surfer die erwischt, kann er zwei Stunden auf ihr surfen, der längste Wellenritt der Welt. »Seit ich fünfzehn war, mache ich das einmal im Jahr. Ist für mich der Höhepunkt des Jahres.«

»Oh, das würde ich gerne sehen!«, ruft Elsbeth.

»Dann kommen Sie doch einfach mit. Schauen Sie zu. Ein Riesenspaß.«

Um neun Uhr gibt Jim sich geschlagen und geht nach oben, um seine E-Mails abzurufen. Als er um halb zehn wieder herunterkommt, sieht er, wie Elsbeth die Luft anhält, lächelt und Lance den Joint zurückgibt. Das bringt das Fass zum Überlaufen. Jim geht schlafen. Wenn Elsbeth so ist, dann ist nichts zu machen. Elsbeth springt auf, umarmt ihn und wünscht ihm gute Nacht. Sie verspricht, dass sie Speck und Eier zum Frühstück macht. Es ist doch alles in Ordnung mit ihm? »Na klar«, antwortet er. »Bis morgen früh. Und, Lance, wir sollten versuchen, die Gräben zuzumachen und das Abwasserrohr noch diese Woche anzuschließen, ja?« Lance versichert ihm, dass die Arbeiten Dienstag oder Mittwoch abgeschlossen sind.

Auf seiner Luftmatratze kann Jim nicht einschlafen. Ab und zu dringt Gelächter durch die Bodendielen, wird lauter und eindeutiger, bis er nach einer verräterischen Pause von mehr als zehn Minuten einen weiblichen Schrei hört. Und dann das Stöhnen eines Mannes. *Elsbeth! Hast du denn überhaupt kein Schamgefühl? Du kannst doch nicht… du kannst es doch unmöglich mit diesem Kerl treiben? Einen Ex-Knacki und Frauenheld vögeln, noch dazu auf der Couch deines Bruders?*

An Schlaf ist jetzt nicht mehr zu denken. Die Rückseite von Lances Fingern auf dem Weg zum Ziel – Fingern, die wieder den Druck des Gummibands spüren, aber diesmal gehört es Jims eigener, geliebter Schwester. Die lange Dürrezeit von Nächten ohne Liebe hat Elsbeths weiches Herz schwachgemacht. Der Joint kann ihr Verhalten nur zum Teil erklären. Er hätte das unterbinden sollen, Lance auf der Stelle nach Hause schicken. Wieso hat er nichts gesagt? Nicht gehandelt? Soll er jetzt noch nach unten gehen? Nein, es ist zu spät. Schließlich ist sie eine erwachsene Frau. Wenn man in ihrem Alter Fehler macht, dann tut man das in vollem Bewusstsein. Sie kann vögeln, mit wem sie will.

Er rollt sich von seinem Lager – die Matratze verliert immer mehr Luft – und legt in der Dunkelheit seine trockenen Lippen an das Gummiventil. Der Atem, den er in das schlaffe Etwas pumpt, erzeugt jedes Mal ein Geräusch wie ein Unterwasserortungsgerät, und die zurückströmende Luft bläht seine Wangen auf wie die eines Posaunenspielers. Während seine Schwester es mit seinem Bauunternehmer treibt, pustet er in der Dunkelheit, bis ihm schwindlig wird. Genug. Auf den harten Dielen wird er sich mit einem halbweichen Bett abfinden. Er verschließt das Ventil und legt sich wieder hin, doch jetzt hört er nichts mehr aus dem Erdgeschoss. Ist es vorbei? Ist es geschehen? Welcher Schaden auch immer angerichtet wurde, er ist irreparabel.

Endlich werden seine Augen schwer. Jetzt, wo keine verräterischen Geräusche mehr von unten kommen, kann er einschlafen. Aber dann wacht er auf, als eine Autotür zufällt und ein Motor angelassen wird. Es ist Lances Lieferwagen – er fährt weg. Jim schaut auf die Uhr. Drei Uhr früh. Dann klappern Absätze auf der Steintreppe im Haus.

Geräusche dringen aus dem Badezimmer. Ihre Zimmertür geht zu. Stille. *Ach Elsie.*

Am nächsten Morgen benehmen sie sich anfangs wie Fremde. Reden gespreizt, während Elsbeth das Frühstück macht. Jims Muskeln schmerzen von der Arbeit am Vortag; er sieht ihr beim Kochen zu. Sie essen fast wortlos an der Küchentheke, trinken zusammen einen ganzen Krug Saft. Er erwähnt den letzten Abend nicht. Ebenso wenig wie sie. Er würde gern sagen: *Ich kann bloß hoffen, dass du wenigstens dafür gesorgt hast, dass er ein Kondom benutzt.* Sagt es aber nicht. Es ist ein schöner Tag. Er öffnet Türen und Fenster, lässt die frische Landluft herein.

»Die Anonymen Alkoholiker sind ein interessanter Verein«, sagt sie schließlich, leckt sich die Marmelade vom Finger. »Manchmal behandeln sie einen wie ein Kind. Aber Sucht ist ja auch ungeheuer kindisch.«

»Da hast du wohl recht.«

»Viele richten sich mit den Anonymen ein, bleiben dabei; Unabhängigkeit ist für sie unvorstellbar. Einmal Alkoholiker, immer Alkoholiker. Der Gedanke an Heilung gerät ganz aus dem Blick. Die Leute werden süchtig nach der Sucht.«

»Das klingt fast, als wolltest du Renata beschreiben«, erwidert Jim. »Ich glaube, genau das ist mit ihr passiert. Genau wie du es beschreibst. Süchtig nach der Sucht. Sie bringt fast überhaupt nichts mehr zustande.«

»Renata wird es erst wieder bessergehen, wenn sie begreift, dass es nicht mehr besser wird.«

»Lieber Himmel«, sagt Jim.

»So ist es nun mal, Bruderherz. Sie wird einfach für immer ein bisschen schwermütig bleiben. Und du auch. Das ist völlig normal.« Elsbeth beißt in ihren Toast. Schluckt. »Aber im Unterschied zu dir hat sie Angst davor. Sie möchte unterwegs bleiben, nie an ihrem Bestimmungsort ankommen. Ein bisschen wie ich. Deshalb verstehe ich sie so gut. Wir wollen für immer in Therapie bleiben. Psychiatrische Kliniken kennen das nur zu gut. Irgendwann setzen sie ihre Patienten vor die Tür und sagen: ›Schluss jetzt! Raus! Macht, dass ihr weiterkommt.‹ Und sie haben vollkommen recht.«

»Du bist die Einzige, die das versteht, Elsie. Wir sollten öfter miteinander reden.«

»Das sagen wir jedes Mal, aber irgendwie wird dann doch nichts draus.«

»Und ich wäre wirklich froh, wenn du mir helfen würdest, Renata zu überreden, dass sie mit mir hier herauszieht, sobald das Haus fertig ist. Jetzt gerade will sie aus Watford nicht weg, solange wir nicht wieder von Jeffrey gehört haben, mehr als die eine SMS.«

»Ihr könnt nicht ewig darauf warten, dass Jeff erwachsen wird. Ihr dürft euch von ihm nicht so unter Druck setzen lassen.«

»Könntest du ihr das sagen? Sag ihr das, bitte.«

»Ja, sicher. Das Leben muss weitergehen.«

»Danke, Elsie. Das wäre wunderbar. Also, wie sind deine weiteren Pläne? Fährst du mit zum Surfen? Zur Severn Bore?«

»Nein. Nein, ich muss zurück nach London. Zurück ins Hamsterrad. Das Leben geht weiter und so.«

Jim ist erleichtert. Würde am liebsten *Ich liebe dich* sagen, aber alles, was er herausbringt, ist: »Am meisten vermisse ich dich, wenn wir zusammen sind. Dann kann ich mir gar nicht vorstellen, dass ich nicht jeden Tag mit dir spreche.«

»Und du fehlst mir auch schon, Bruderherz. Also – lass uns zusehen, dass wir ein bisschen mehr Kontakt halten.«

»Wir schreiben SMS. Öfter mal eine Mail.«

»Ha! Wie sollten Familien sonst miteinander Kontakt halten?«

Heute ist einer von den Tagen, an denen Jim gern den Deckel von seinem Herzen öffnen und etwas Wunderbares sagen würde.

»Ich habe jetzt eine Flatrate ohne alle Beschränkungen«, fügt sie hinzu.

»Ich auch. Ich glaube, die hat jetzt jeder. Es gibt keine Beschränkungen mehr.«

»Ja, dann – bei einer Flatrate ohne Beschränkungen steht uns doch nichts mehr im Wege, oder?«

Sie gehen nach oben. Während sie ihre paar Sachen zusammenpackt, beteuert er noch einmal, dass sie sich seinetwegen keine Sorgen machen muss, und auch, dass sie gut auf sich aufpassen und die Finger vom Alkohol lassen soll. Kurz darauf stehen sie neben ihrem schmucken roten Alfa und verabschieden sich. Und wohin fährt sie? Nach London, wie sie behauptet? Oder doch an den Severn? (Teufel oder Beelzebub?) Er fragt nicht nach Einzelheiten. Sie hüllt sich in Schweigen. Nur ein Kuss. Ein aufheulender Motor. Dann Vogelgezwitscher.

Bevor er selbst nach London zurückfährt, muss er sich erst einmal beruhigen, ein paar Stunden allein sein. Die

Nacht mit Elsie und ihren verrückten Eskapaden hat ihn aus der Bahn geworfen. Er setzt sich auf einen umgedrehten Eimer in dem aufgewühlten Garten und lässt sich die Sonne auf die geschlossenen Lider scheinen. Dann öffnet er die Augen und beobachtet, wie Stinker sich leckt, ein Hinterbein in die Höhe gereckt wie eine Hammelkeule. Zweimal unterbricht er seine Morgentoilette, das erste Mal, als er einen Igel rascheln hört, das zweite Mal, als der Schnellzug von London nach Cardiff am Horizont entlangzischt. Beide Male neigt der Hund den Kopf und lauscht, das eine Ohr aufgerichtet, während das andere auf etwas ganz anderes hört.

RENATA: Wer sind Sie?

GOTT: Das darf ich Ihnen nicht sagen.

RENATA: Sie sind aber doch Priester?

GOTT: Tut mir leid, das darf ich nicht sagen.

[Lange Pause]

GOTT: Bist du noch da?

RENATA: Ich glaube, ich lebe in zwei verschiedenen Welten. Und ich kann nicht sagen, welche von beiden die realere ist.

GOTT: Jeder spirituelle Mensch lebt in zwei Welten.

RENATA: Gestern Abend kam ich mir so verloren vor, da habe ich einen Spaziergang gemacht. Ich habe es im Haus einfach keine Sekunde länger ausgehalten. Jim ist auf dem Land, arbeitet an dem neuen Haus, Jeff kommt nicht mehr her, und Donald ist nicht noch einmal erschienen.

GOTT: Ah ja. Sein Gespenst, meinst du.

RENATA: Seinen Geist.

GOTT: Jeder achte Trauernde hat Halluzinationen, hört die Stimmen der Toten, ihre Schritte oder sieht sie sogar.

GOTT: Bist du noch da, Renata?

RENATA: Ich bin spazieren gegangen. Ich könnte nicht sagen, was ich mir davon erhofft habe. Ich bin durch das Viertel gegangen, wo wir früher gewohnt haben, Cassiobury, sehr schöne Wohngegend, alles Mittelschicht; ich bin vor dem Haus stehengeblieben, wo die Prestons gewohnt haben, bevor sie sich scheiden ließen, und plötzlich kamen mir die Tränen. Das Leben der Menschen – so sinnlos, so trivial. Dann bin ich weitergegangen bis nach Temple Close. Da hört man die M25 tosen, der Boden vibriert von Millionen von Autos.

[Lange Pause]

RENATA: Und bei vielen Häusern habe ich in die Fenster gesehen. In einem sah ich ein tanzendes Paar. Eng umschlungen. Die Musik war nicht zu hören. Ich habe mich gefragt, was das wohl für Musik war, nach der sie tanzten. Ich bin näher rangegangen, um es herauszufinden, doch dann hat ein Hund mich verbellt. Da habe ich begriffen, dass es mit Jim und mir vorbei ist. Es gibt keine Leidenschaft mehr.

GOTT: Das ist keine Sünde. Es ist nichts, was du beichten musst.

RENATA: Immer weiter bin ich gegangen, bei immer neuen Leuten habe ich zum Fenster hineingeschaut. Wenn man die Menschen von außen sieht, sehen sie alle so glücklich aus. Man sieht nicht, dass sie sich nicht verstehen, kann es sich nicht einmal vorstellen. Alle so glücklich. Alle haben sie ihr Zuhause. Als ich auf meine Uhr sah, war ich schockiert, wie spät es war. Zwei Uhr morgens.

RENATA: Ich glaube, ich wollte herausfinden, wie andere Leute das machen.

GOTT: Was machen?

RENATA: Leben. Ich habe vergessen, wie man das macht.

GOTT: Ich will dir mal etwas sagen.

RENATA: Bitte.

GOTT: Hamlets Mutter. Nach dem Tod von Hamlets Vater sagt sie: Wirf, guter Hamlet, ab die nächt'ge Farbe / Such' nicht beständig mit gesenkten Wimpern / Nach deinem edlen Vater in dem Staub: / Du weißt, es ist gemein: was lebt, muss sterben / Und Ew'ges nach der Zeitlichkeit erwerben.

Renata loggt sich aus, wartet nicht auf die Formel der Vergebung, die sonst diese Sitzungen beendet. Sie bleibt am Computer und googelt nach der vollständigen Fassung der *Hamlet*-Stelle, und so stößt sie auf den Ratschlag, den Hamlets Onkel (sie hört ihn mit Jims Stimme reden) dem gar zu bekümmerten Hamlet gibt.

Es ist gar lieb und Eurem Herzen rühmlich, Hamlet,
Dem Vater diese Trauerpflicht zu leisten.
Doch wisst, auch Eurem Vater starb ein Vater;
Dem seiner, und der Nachgelass'ne soll,
Nach kindlicher Verpflichtung, ein'ge Zeit
Die Leichentrauer halten. Doch zu beharren
In eigenwill'gen Klagen, ist das Tun
Gottlosen Starrsinns; ist unmännlich Leid;
Zeigt einen Willen, der dem Himmel trotzt…

Um sieben Uhr kommt Jim nach Hause. Der Hund läuft freudig zu Renata, doch er stößt nicht auf Gegenliebe.

»Sie hat mit dem Bauunternehmer geschlafen. Mit Lance.«

»Nein! Das kann ich nicht glauben.«

»Kaum dass ich ins Bett gegangen war.«

»Das hat sie dir erzählt?«

»Nein. Das war nicht nötig.«

»Du hast sie beim Fick erwischt?«

Dass sie dieses Wort benutzt, überrascht ihn. Erregt ihn sogar ein wenig. Das Wort »Fick« aus Renatas Mund erinnert ihn daran, wie sexy sie früher war, vielleicht sogar immer noch ist. »Nein, ich habe sie nur gehört.«

»Gehört? Und du bist dir sicher?«

»Es gibt Laute, die hört man von Menschen nur, wenn sie's tun. Und genau so klang es.«

»Ach, Elsbeth«, seufzt Renata.

Jim sagt, er habe schon gegessen, und geht direkt auf sein Zimmer. Um neun ist im Haus alles still. Renata ist noch auf, allein, todmüde. Liest in einem Internetartikel über Geistererscheinungen bei Trauernden. Eine Bloggerin schreibt: *»Als der Geist meines Mannes nicht mehr kam, da war es, als hätte ich ihn zum zweiten Mal verloren.«*

Sie dreht sich um. Der Hund steht da. Blickt sie an. Fast hätte sie geschrien. Zwischen den Zähnen hält er etwas Schlaffes, das aussieht wie eine bunte Zunge.

Es ist der Wasserball aus Saint-Jean-de-Luz.

Sie schlägt sich die Hand vor den Mund.

Die Partner in seiner Kanzlei lassen um Punkt neun Uhr die Schlösser ihrer Aktenkoffer aufschnappen, je zwei Pistolenschüsse, und machen sich daran, die Rechtsfälle von Öffentlichkeit und Privatmann aufzurollen – nur Jim Delpe stattet klammheimlich dem winzigen Büro von Nathan einen Besuch ab, setzt sich auf den niedrigen Stuhl und gibt ihm einen Abriss seines Triumphes auf Level vier.

Nathan hört aufmerksam zu, nickt bei jeder neuen Wendung in Jims Abenteuern, als hätten sie sich nur ein paar Straßen weiter zugetragen. »Und was haben Sie dann gemacht?«, fragt Nathan begierig, sagt »Oh, Shit« an prekären Punkten, macht sich echte Sorgen, kratzt sich am Kinn, springt von seinem Stuhl auf, tigert im Zimmer auf und ab und gibt all die passenden Laute von sich, die man macht, wenn einem ein Freund von einer persönlichen Tragödie erzählt. Es ist eine neue Welt, und Jims Geschichte ist für Nathan genauso echt wie alles, was im *Daily Express* steht. Das Einzige, was Nathan interessiert, ist die Frage, was als Nächstes in *Life of Lore* passiert.

Danach kehrt Jim in sein eigenes Büro zurück, und er denkt dabei nicht an Mandanten, sondern an die Ishvara, an Scharfschützen, an Parallelwelten und an seinen Beitrag zur Verwirklichung von Zeitreisen. Auch wenn sein Sieg mehr Glück als Verstand war, kann ein Mann doch im privaten Reich seines Verstands einen gewissen Ruhm für sich beanspruchen. Es war eine Prüfung. Und er hat diese Prüfung bestanden. Das schafft Zufriedenheit, und dieses Gefühl unterscheidet sich gar nicht so sehr von Glück.

Das Einzige, was er Nathan nicht erzählt hat, sind seine Pläne, wie er seinen Status als Absolvent von Level vier zu nutzen gedenkt.

Elsbeth meint es gut. Wirklich. Aber sie ist einfach nur die Letzte in einer langen Reihe von Leuten, die im sanften Morgenlicht an Renatas Küchentisch sitzen und nicht wissen, was sie sagen sollen.

Wie viele von ihnen (überwiegend Frauen) sind in den vergangenen anderthalb Jahren da gewesen und haben genau da gesessen, wo Elsbeth nun sitzt, mit beiden Händen einen Kaffeebecher hält und Dinge sagt wie »Vielleicht solltest du mal in ein Fitnessstudio gehen«, oder »Ich kenne da einen sehr guten Yogalehrer«, und »Hast du mal an eine Umschulung gedacht?«.

So viel Fürsorge lässt Renata dahinwelken. Und wie schwierig es für die Besucherinnen ist, selbst für ihre beste Freundin Elsbeth, die richtigen Worte für eine Frau zu finden, für die es keine richtigen Worte gibt.

Heute ist Elsbeth gekommen, um von ihrem Treffen mit Jim zu berichten. »Er hat sich dieser Herausforderung nicht gestellt, nicht so wie du. Aber Männer tun das nie. Sie glauben, wenn sie nicht darüber reden, dann denken sie auch nicht daran. Aber er leidet. Das sieht man ihm an. Er ist auch dünner geworden.«

»Er will noch mehr abnehmen. Wieder fit werden.« Renata reibt sich verlegen den einen Handrücken mit den Fingern der anderen Hand. »Hat er irgendwie Verdacht geschöpft, dass ich dich gebeten hatte, ihn zu besuchen?«

»Warum sollte er?«

Sie tauschen einen verschwörerischen Blick unter Frauen, dann fügt Renata hinzu: »Er glaubt, *ich* sei diejenige, die Hilfe braucht. Hat *mir* empfohlen, ich soll zum Analytiker gehen.«

»Ich glaube, er hat wirklich keine Ahnung, wie angeschlagen er ist.«

»Ich bin froh, dass du das auch so siehst. Er ist gar nicht mehr er selbst.«

»Allerdings, der Ärmste. Und er steckt in Schwierigkeiten, das spüre ich.«

»Du wirst nicht glauben, was er mir erzählt hat.«

Elsbeth hebt ihre schwer gezupften, hauptsächlich aufgemalten Augenbrauen. »Was denn?«

»Er hat mir erzählt, du hättest mit Lance, dem Bauunternehmer, geschlafen.«

Die Augenbrauen erreichen ungeahnte Höhen. »*Was* hat er gesagt?«

»Ich habe ihm natürlich nicht geglaubt.«

Elsbeth sitzt stocksteif. Ist ein ganzes Stück größer geworden. »*Das* hat er dir erzählt?«

»Er sagt, er hat euch gehört. Wie ihr miteinander geschlafen habt. Er war vollkommen sicher, dass du und Lance –«

»Meine Güte. Er ist wirklich ein Fall für den Psychiater. Allein das reicht schon, um sich Sorgen zu machen.«

»Er sagt, er sei schlafen gegangen, und dann hat er gehört, wie ihr beide –«

»Renata!«

»Ich weiß, ich weiß.«

»Lance und ich ... Gott ...« – sie bläht die Wangen auf –, »wir haben über die Anonymen Alkoholiker geredet, haben ein paar Witze gemacht, und dann ist er wieder nach Hause gefahren. Das war alles. Jim hat mich mit ihm allein gelassen, ist einfach zu Bett gegangen. Alles ziemlich krampfig. Ich wusste nicht, wie ich ihn wieder loswerden sollte. Um Himmels willen, der Kerl war im Gefängnis. Wie konnte Jim überhaupt auf so eine Idee kommen?«

Renata streckt die Hand aus, legt sie auf die von Elsbeth. »Nimm es nicht persönlich. Nur ein Beweis mehr, dass ich mir zu Recht Sorgen mache.«

»Unglaublich«, murmelt Elsbeth.

Renata hebt eine Geschenkpackung mit Süßigkeiten hoch. »Hier. Kandierter Ingwer. Wir essen immer noch an dem, was die Leute uns bei der Beerdigung zum Trost geschenkt haben. Kannst du dir das vorstellen?«

»Eins nehme ich, aber dann muss ich los.« Elsbeth sucht ein Stück Konfekt aus, kaut es nachdenklich, immer noch verärgert.

Die arme Elsbeth, denkt Renata, jetzt muss sie wieder ans andere Ende von London fahren, zu ihrer Arbeit, dem übervollen Terminkalender, den Alkoholikertreffen, ihrer Dreizimmerwohnung, den Joghurtbechern mit Thymian und Basilikum auf dem Fensterbrett. »Vielen Dank, Elsie. Es hilft, wenn man die eigenen Ängste auch mal von anderen bestätigt bekommt.«

»Ich bin froh, dass du mich angerufen hast. Dafür sind Freundinnen schließlich da. Ich werde ihn jetzt besser im Auge behalten. Und in der Zwischenzeit lass dich nicht beirren, Rena. Um dich mache ich mir keine Sorgen. Du schaffst das. Trink Tee. Viel Bewegung. Yoga. Sonne, geh so oft wie möglich raus in die Sonne. Und Weinen. Weine so viel, wie du kannst. Lass dich von keinem daran hindern. Und gib Jimmy nicht auf. Er ist ein guter Kerl, und er ist mit den Nerven fertig, wie ich's noch nie bei ihm gesehen habe; aber er ist stur. Der kommt nicht und bittet dich um Hilfe. Du musst ihm die Hand reichen. Versuch es. Ihr zwei, ihr müsst aufeinander aufpassen. Und ich bin sicher, das Landleben wird euch guttun. Es ist so ruhig da. Zieh aufs Land, und zwar bald.«

»Jeffrey –«

»Du wirst es überleben.«

»Überleben? Überleben ist nicht schwer.«

»Nein.«

»Leben, das ist schwer.«

Elsbeth nickt wissend.

Als Elsbeth gegangen ist, wirft Renata einen müßigen Blick auf die Zeitung, die aufgeschlagen auf dem Tisch liegt. Sie seufzt. Ihr Blick wandert zum Datum, 26. September. Wie alt ist sie? Wie alt wäre Donny jetzt? In neun Tagen ist Donalds Todestag.

Die vier Wände ihres Zuhauses halten die spaltbaren Elemente des Familienlebens nicht mehr in einem stabilen Zustand, und kaum kommt Jim um sieben von der Arbeit, finden die letzten beiden verbleibenden Elemente einen Weg, wie sie aus ihren berechenbaren Umlaufbahnen ausbrechen können: Das Zentrum – der Kern – hält nicht mehr.

Zum Abendessen regruppieren sich Jim und Renata vorübergehend, doch dann sorgen die zerstörerischen Kräfte der Physik rasch wieder dafür, dass sie auseinanderdriften. Nur die schwache Anziehung einer Reality-Show mit Prominenten holt sie zu später Stunde wieder gemeinsam vor den Fernseher.

»Ich will etwas machen, um Donalds Todestag zu begehen.«

Jim wendet den Kopf. »Hmm?«

»Ich will etwas machen, um Donalds Todestag zu begehen.«

Ein kalter Ausdruck von Enttäuschung auf seinem Gesicht. »Seinen Todestag? Ist das nicht ein bisschen, na du weißt schon …«

»Was?«

»Makaber? Sollen wir nicht warten bis zu seinem Geburtstag?«

»Ich will Luftballons steigen lassen. Seine Freunde einladen, Mike und Raff. Zum Grab gehen. Einen Kuchen anschneiden.«

Jim seufzt tief bei diesem tristen Programm. »Einen Kuchen? Auf dem Friedhof?«

»Ich mache es auf jeden Fall. Du kannst gerne mitkommen, wenn du willst.«

Sie steht auf. Lässt ihn mit der Fernbedienung auf dem Sofa sitzen. Irgendwo knallt eine Tür.

Jim versteht nicht viel von Atomphysik. Aber eins weiß er: Wenn sich ein Atom spaltet, kann sich jedes Teilchen seinerseits immer und immer wieder teilen und dabei Energie freisetzen – Hitze, Licht, höhere Energiezustände –, eine unaufhaltsame Kettenreaktion. Chaos bricht aus. Entsetzliche, exponentiell zunehmende Unordnung.

LOGIN:

Mit Hilfe der Minikarte findet AGI den Merchant of Menace auf Level eins, nicht weit von der Stelle, wo Mentoren auf neue Schüler warten.

Zu dieser späten Stunde, in seinem Zimmer, ist Jim aufs Neue erstaunt, dass er einen heimlichen, geradezu genialen Weg gefunden hat, die Entfernung zwischen sich und seinem verschwundenen Sohn auf fast null zu verringern. Wenn es ihm nur gelänge, ein paar echte Fakten in Erfahrung zu bringen: eine Adresse, eine Telefonnummer.

MERCHANT OF MENACE: du schon wieder

AGI: Ja, ich bin's. Hi, Menace.

AGI: Ich habe Level vier geschafft.

MERCHANT OF MENACE: ist ja großartig

AGI: Aber ich könnte immer noch ein paar Tipps gebrauchen. Wenn du nichts dagegen hast.

MERCHANT OF MENACE: bist du nicht einer von luthers jungs? was willst du denn dauernd von mir?

AGI: Ich will überhaupt nichts von dir.

[Lange Pause]

AGI: Was bedrückt dich?

MERCHANT OF MENACE: bist du jetzt unter die seelenklempner gegangen?

Gar nicht so viel anders als die Gespräche, die sie im wirklichen Leben führen könnten, denkt Jim.

[Lange Pause]

Versuch was anderes, denkt Jim.

AGI: Ich hatte auch einen schlechten Tag. Echt beschissen. So eine dusselige Kuh auf der Arbeit hat sich mit mir angelegt.

MERCHANT OF MENACE: wie alt bist du?

AGI: 22

MERCHANT OF MENACE: red doch keinen scheiß. du klingst wie meine oma. wie heißt der leadsänger von Apache Nation?

[Pause]

AGI: Jason Remeck.

MERCHANT OF MENACE: arschloch. das hast du gerade gegoogelt

AGI: Was denn sonst???

MERCHANT OF MENACE: vielleicht bist du ja doch 22

AGI: Und du? Wie alt?

MERCHANT OF MENACE: 18

Ehrlichkeit, an diesem unehrlichsten aller Orte.

AGI: Cool. Wohnst du noch bei deinen Eltern, oder hast du ne eigene Wohnung?

MERCHANT OF MENACE: ich sorg für mich selbst

Ich muss dranbleiben, muss die Rolle des Zweiundzwanzigjährigen perfekt spielen. Kein leichtes Vorhaben, wenn diese Kids mir ungefähr so fremd sind wie die M-Theorie.

AGI: Ich wohne noch bei meinen Eltern. Ätzend.

MERCHANT OF MENACE: eltern sind wirklich das letzte

AGI: Allerdings!!!

Nicht übertreiben. Das ist vielleicht die letzte Verbindung, die er je zu seinem Sohn haben wird.

MERCHANT OF MENACE: bist du engländer?

AGI: Nein, ich bin Kiwi.

AGI: Neuseeländer.

MERCHANT OF MENACE: ist bei euch da unten jetzt winter?

AGI: Nö. Frühling.

MERCHANT OF MENACE: schafe

AGI: Ein oder zwei Millionen.

AGI: Scheißeltern, eh?

MERCHANT OF MENACE: erzähl mir von ihnen

AGI: Wie sind deine denn so?

MERCHANT OF MENACE: das übliche. mein alter ist ein wichser

Jims Herz macht einen Hüpfer. Ihm war von Anfang an klar gewesen, dass es nicht ungefährlich sein würde, Jeff auszuspionieren, aber das hat er nicht vorausgesehen. *Wichser?* Ein Schlag in die Magengrube. Dass ein Sohn so über seinen Vater denkt! Ein Vater sollte so etwas nicht wissen. Ist das der wahre, der verborgene Grund, warum Jeff so plötzlich ausgezogen ist? Wird er das je vergessen können? Nein. Nie. Dieser eine Satz hat entsetzlichen Schaden angerichtet.

Jim tippt seine Antwort, und die Buchstaben auf dem Bildschirm lassen nicht erahnen, wie sehr seine Hände zittern.

[Lange Pause]

AGI: Wieso? Warum ist dein Alter ein Wichser?

MERCHANT OF MENACE: er ist feige

Noch ein Schlag. Aber er muss das jetzt durchziehen, ganz gleich, was er dabei herausfindet. Und er darf nicht zeigen, wie verletzt er ist.

AGI: Wieso feige?

MERCHANT OF MENACE: einfach so

[Lange Pause]

Wie kann er an mehr Details kommen? Wieso hasst Jeff ihn so? Was hat er verbrochen? Wie lautet die Anklage? Beim Tippen erfindet er eine Geschichte für sein Alter Ego.

AGI: Meiner auch. Mein Alter ist ein totales Arschloch. Hat sich mit 'ner Nutte aus dem Staub gemacht. Meine Mutter ist jetzt tablettensüchtig. Schmerzmittel, Nurofen Plus. Vierundzwanzig Stück am Tag.

Jim hat diese Biographie von einem Mandanten geklaut, mit dem er vor kurzem zu tun hatte.

MERCHANT OF MENACE: ehrlich??? das ist scheiße

[Pause]

Jetzt ist Jeff an der Reihe. Jim wartet.

MERCHANT OF MENACE: was war das denn für ne nutte?

AGI: Brasilianerin. Affengesicht. Hast du Geschwister? Soll sich mein Alter doch verpissen. Ich hoffe, er krepiert an der Scheiß-Syphilis.

MERCHANT OF MENACE: krass

Warum soll er es nicht riskieren?

AGI: Ich bin drüber weg. Ich red nicht mehr mit denen. Wie ist das bei dir?

MERCHANT OF MENACE: dito

AGI: Ich sollte ausziehen.

MERCHANT OF MENACE: unbedingt. war das beste, was ich je gemacht habe

AGI: Ja? Dann sollte ich das wohl auch tun. Die wollen immer ganz genau wissen, was ich mache. Waren deine Alten auch so? So misstrauisch?

MERCHANT OF MENACE: die haben mich völlig fertiggemacht. immer gefragt, was ich grade mach, wo ich bin, wann ich zurückkomme, wann ich aufs scheißhaus gehe

AGI: Wow.

Das dauernde ›Wow‹ sollte er sich abgewöhnen.

MERCHANT OF MENACE: die hätten mir auch gleich ne fußfessel anlegen können

AGI: Fußfessel?

MERCHANT OF MENACE: wie bei den strafgefangenen. das war ich nämlich in dem haus. ein gefangener. leb dein eigenes leben

AGI: Mach ich. Wie ist deine Mutter so?

[Pause]

MERCHANT OF MENACE: wozu willst du das wissen?

Gefährliches Terrain, aber jetzt geht es ums Ganze, darum, wie nah er an die unzensierten Gefühle seines Sohnes herankommen kann.

AGI: Wollte einfach hören, ob sie in Ordnung ist.

[Lange Pause]

MERCHANT OF MENACE: von in ordnung kann keine rede sein. seit mein bruder gestorben ist, sind die beiden völlig durch den wind

Keine direkte Kritik an Renata also. Jeffs Hass richtet sich nur gegen Jim.

AGI: Dein Bruder ist tot?? Was ist mit dem passiert?

MERCHANT OF MENACE: krebs

AGI: Wow. Scheiße. Kein Wunder, dass deine Eltern da durchdrehen.

MERCHANT OF MENACE: kompletter systemabsturz. ich wünschte, ich hätte für die beiden so eine rückgängig-funktion

AGI: Rückgängig?

MERCHANT OF MENACE: STRG+Z, verstehst du? rückgängig rückgängig rückgängig, bis die beiden wieder so sind, wie eltern eigentlich sein sollen

Ja, Renata bekommt ein deutlich besseres Zeugnis als Jim. Sie wird nicht als Feigling bezeichnet, als elende Schlampe. Der Junge hat noch einen Rest Mitgefühl, und den hebt er sich für seine Mutter auf. Jim ist froh: immerhin ist die Mutter-Sohn-Beziehung noch intakt.

AGI: Und dann bist du ausgezogen?

MERCHANT OF MENACE: hab ne bude gefunden

AGI: Ist sie schön?

MERCHANT OF MENACE: mir gefällts

AGI: Und wo? In London?

MERCHANT OF MENACE: wen interessierts. also ich mach mich jetzt vom acker

Er hat ihn verloren.

AGI: Warte.

Jim hat ihn zu sehr bedrängt.

MERCHANT OF MENACE: immer locker bleiben

AGI: Loggst du dich aus? Lass uns noch ein bisschen chatten.

MERCHANT OF MENACE: ich hab hier noch zu tun

AGI: Kann ich mitkommen? Ich weiß nie, wo's langgeht in LoL. Hat das Spiel nicht auch eine gesellige Seite – in der Zeit zwischen den Herausforderungen? Ich bezahle dich auch. Wenn du mich herumführst. Wieviel verlangst du?

MERCHANT OF MENACE: bist du einer von diesen webstalkern?

AGI: Webstalker? Was ist das denn?

[Pause)

AGI: Okay, ich kann mich auch allein umsehen. Kein Problem.

[Pause]

MERCHANT OF MENACE: zwanzig für ne halbe stunde

AGI: Im Ernst?

MERCHANT OF MENACE: das ist billig. & bar auf die kralle

MERCHANT OF MENACE: im voraus

AGI: Alles paletti, Kumpel.

Und so wechseln zwanzig echte, ganz reale britische Pfund den Besitzer. Dafür zeigt Merchant of Menace AGI Level eins.

MERCHANT OF MENACE: und wofür interessierst du dich so?

AGI: Nix Spezielles.

Was für eine Lüge.

MERCHANT OF MENACE: okay. eine halbe stunde. los gehts

Sie machen sich auf den Weg und erkunden die bizarre, windstille Welt von LoL. Mitten in einer Wüstenlandschaft erheben sich die Ausgeburten von Programmiererhirnen: missgestaltete, fluoreszierende Gebäude mit hell erleuchteten, von geschäftigem Treiben erfüllten Räumen, Brücken über schnell fließendem Schmelzwasser, das aus Bergkulissen zu Tal schießt. Avatare stolzieren vorbei, steif wie Marionetten, und ihre unsichtbaren Lenker sind auf der Suche nach sozialen Kontakten, begierig darauf, Wildfremde mit banalen oder obszönen Bemerkungen zu behelligen, getippt in einem schlampigen, *phonetischen* Englisch. Das hier ist kein neues Athen, erkennt Jim. In diesen Niederungen hört man keine sokratischen Dialoge. Nur Dinge wie: Wenn du mit mir kämpfst, zeig ich dir, was ich draufhabe, oder dein großer harter schwanz macht mich so geil, oder Tipp: halt die tastatur senkrecht und drück mit der kante gegen deine muschi. Schieb sie langsam hoch und runter. Fang ganz langsam an & sei VORSICHTIG! Diese Welt ist der moderne Ersatz für die Wände einer öffentlichen Toilette.

Menace will AGI einen Club zeigen. Der Eigentümer heißt Luther. Menace glaubt, dass es AGI gefallen wird.

Der Luther? Dieser aufgeblasene Guru ist auch Barbesitzer? LoL ist wirklich ein Paradies für Schizophrene. Mit gemischten Gefühlen folgt Jim seinem Sohn nach drinnen.

Drinks, serviert von prallbusigen Sexbomben mit knabenhaften Prinz-Eisenherz-Frisuren. Das Mädchen hinter der Bar verlangt echtes Geld für die Drinks, die Menace bestellt, LoL-Dollars, konvertierbar in echte Pfund.

Ganz schöne Abzocke, denkt Jim. Luther muss sich eine goldene Nase verdienen.

MERCHANT OF MENACE: das hier gehört alles luther, er hat ein ganzes imperium aufgebaut. die nummer mit dem buddhistischen guru ist nur ein nebenjob. er ist ziemlich ausgebufft. ein pionier des internethandels

Wenn das nichts ist! Da sitzt du an einer Bar mit deinem Sohn – wie du es im echten Leben nie getan hast –, geheimnisumwittert, unerkannt. Jim weiß genau, worüber er mit Jeff reden möchte, aber es ist schwer, das Gespräch unauffällig in die gewünschte Richtung zu lenken.

AGI: Wieso waren deine Eltern eigentlich so misstrauisch?

MERCHANT OF MENACE: die haben geglaubt, es gibt da was, was ich ihnen nicht erzähle

AGI: Und stimmt das?

[Lange Pause]

MERCHANT OF MENACE: die würden ausflippen. total ausflippen

Also hat Jeff tatsächlich ein Geheimnis! Ein Geheimnis von solcher Tragweite, dass er es verbergen muss. Wie schlimm ist es? Jim zögert nicht lange:

AGI: Was sind das für Dinge, die du ihnen nicht sagen kannst? Spann mich nicht so auf die Folter.

MERCHANT OF MENACE: sagen wir mal, mein alter herr würde nen herzinfarkt kriegen, und meine mutter müsste bis an ihr lebensende in therapie. ich habe kein großes interesse daran, dass meine eltern mich hassen

Der wahre Grund für Jeffs Verschwinden, ein Geheimnis, das so ungeheuerlich ist, dass es *Hass, Herzinfarkte* und *Therapie bis ans Lebensende* nach sich zieht! Was hat der verrückte Junge jetzt angestellt? Endlich ist Jim dem Geheimnis von Jeffs Verhalten auf der Spur. Er unterdrückt seine Wut, seine Frustration und tippt nur freundliche Worte.

AGI: Jetzt hast du mich aber echt neugierig gemacht!!

In dem Augenblick klopft es an Jims Schlafzimmertür, ein ganz reales Klopfen. Rasch minimiert Jim LoL auf seinem Monitor, öffnet eine neue Seite, einen Sekundenbruchteil, bevor Renata hereinkommt und ihn fragt, was er macht.

»Ich arbeite an einem Fall.« Sie sieht zu, wie er tippt. Wenn sie gekommen ist, um ihm etwas Bestimmtes zu sagen, hat sie es sich anders überlegt, und er wendet sich wieder der Tastatur zu, um einen unsinnigen, an niemanden gerichteten Satz zu schreiben.

»Kannst du nicht schlafen?«, fragt er. Er tippt einen zweiten Satz, dann einen dritten, dann hört er, wie die Tür hinter ihm ins Schloss fällt. Er dreht sich um. Sie ist weg.

Sie ist misstrauisch, schließt er. Hat irgendwas auf der Seele, und das hat vermutlich damit zu tun, dass er plötzlich so viel Zeit online verbringt. Aber er kann sich jetzt nicht um Renata kümmern. Er tut das ihretwegen. Ja, ihretwegen. Schließlich hat ihr Misstrauen ihn überhaupt erst dazu gebracht, und jetzt ist er kurz davor herauszufinden, ob ihre Ängste begründet waren. Er geht zurück auf die Seite von LoL. Ja, sein Sohn wartet noch auf ihn.

MERCHANT OF MENACE: lass uns hier abhauen. willst du mal was richtig cooles sehen?

MERCHANT OF MENACE: bist du noch da? oder bist du afk?

[Lange Pause]

AGI: afk?

MERCHANT OF MENACE: away from keyboard, nicht am rechner

AGI: Zeig mir was richtig Cooles.

Menace führt AGI aus dem Nachtclub, über eine rote Sandfläche zu einem kleinen, würfelförmigen Gebäude. Wie sich herausstellt, gehört es nicht Luther – es gehört Menace.

AGI: Cool. Was ist da drin?

MERCHANT OF MENACE: Kunstgalerie

Sie gehen hinein.

MERCHANT OF MENACE: gefallen sie dir?

Die Bilder sind alle vom selben Künstler. Anfangs kann Jim sie nicht allzu gut sehen. Aber als AGI direkt davorsteht, erkennt er sie sofort. Sie sind alle von Donny. Der Künstler ist Donald H. Delpe. Es sind die Superhero-Skizzen aus seinem Notizbuch, dem Comicroman, den er kurz vor seinem Tod abgeschlossen hat.

Jim navigiert hin und her, betrachtet jedes Bild eingehend. Er fühlt sich ganz krank vor Trauer.

[Lange Pause]

AGI: Von wem stammen die?

MERCHANT OF MENACE: von meinem bruder. ich kümmere mich darum, dass er nicht in vergessenheit gerät

[Lange Pause]

MERCHANT OF MENACE: da bist du sprachlos, was?

Fünfzehn gerahmte Bilder, allesamt aus dem Notizbuch – Donalds verschlüsseltem Tagebuch. Es ist eine Art Heiligtum im Haus der Delpes. Wenn ein Feuer ausbräche, wäre es das Erste, was Renata retten würde. Im Familienkreis haben sie davon gesprochen, dass sie versuchen sollten, etwas mit dem Buch zu machen, es einem Verlag zur Veröffentlichung anzubieten, aber sie haben nichts unternommen. Bis jetzt.

Jim gibt sich einen Ruck. Er stellt sich dumm und tippt:

AGI: Sieht aus wie aus einem Cartoon.

MERCHANT OF MENACE: die stammen aus dem superhero-comic, den er gezeichnet hat. Miracleman und die Rückkehr von Gummifinger. supercool. donny war so ne art genie

Wie wahr. Und zum ersten Mal spürt Jim, dass seine Kräfte versagen. Er stößt an seine Grenzen. Sein Herz kann das alles nicht verkraften. Gefühle, vielleicht sogar Tränen, wallen in ihm auf.

AGI: Und die Leute bezahlen diese Preise?

MERCHANT OF MENACE: das sind originalkunstwerke, mann!!! ich verkaufe jedes nur ein einziges mal. sie bezahlen, geben mir eine adresse, und dann schicke ich ihnen einen druck in hoher auflösung. manche kunden wollten auch nur eine digitale version für ihr haus im LoL

AGI: Die zahlen Geld für ein virtuelles Gemälde?

MERCHANT OF MENACE: die leute wollen kunst, auch in ihrem virtuellen leben. und mein bruder hat inzwischen einen ziemlichen ruf als ortsansässiges genie hier in LoL. seine sachen passen einfach perfekt hierher. ich wache über seinen namen, seinen ruf

[Lange Pause]

Ortsansässiges Genie? Wie bizarr. Fast schon komisch, wenn es Jim nicht so traurig machen würde. Damit verdient Jeff also sein Geld. Neben seiner Tätigkeit als Mentor hat Jeff Donnys Bilder eingescannt und verkauft sie als Drucke, macht Kasse mit seinem toten Bruder und will es dann auch noch hindrehen, als ob er ihm Tribut damit zollt. Jim hat das untrügliche Gefühl, dass Jeff eigentlich kein Recht hat, diese Bilder zu verkaufen, dass sie der Familie gehören und dass er ihn und Renata vorher hätte fragen müssen.

Na ja, es könnte schlimmer sein. Zumindest macht Jeff sich damit nicht strafbar. Es ist nichts Abartiges oder wirklich Gruseliges. Und es ist ungeheuer anrührend, wie Jeff versucht, Donalds Vermächtnis am Leben zu halten. Ein Zeichen einer tiefen brüderlichen Liebe und der Beweis dafür, dass Jeff doch das Herz auf dem rechten Fleck hat.

Jim reißt sich zusammen und lässt AGI hinter Menace von Bild zu Bild gehen; er sieht die vertraute Geschichte eines Comic-Helden, der nicht sterben kann, obwohl er sich nichts sehnlicher wünscht, stets im Kampf mit seinem Erzfeind, dem niederträchtigen Chirurgen Gummifinger, der es auf die Knochen des Helden abgesehen hat, weil ihr einzigartiges Mark das Elixier des ewigen Lebens enthält. Donald hatte seine Onkologen immer gehasst und deshalb seine ganze Abneigung in die diabolische Gestalt des Gummifingers einfließen lassen.

AGI bleibt vor den letzten beiden Bildern stehen. Jim studiert sie erneut. Der Held im Liebesakt mit seiner Freundin, unmittelbar vor dem Ende. Donalds eigenes Ende spiegelt sich unmissverständlich in dem Sinneswandel des Helden, der schließlich doch leben will, ausgerechnet in dem Moment, als Gummifinger ihm eine Kugel ins Herz jagt. Ein tragischer Höhepunkt.

AGI: Fragst du dich manchmal, was dein Bruder sagen würde? Dazu, dass du die hier so verkaufst?

MERCHANT OF MENACE: wenn es ihm nicht passt, dann soll er es mich wissen lassen, denn es wird viel über ihn geredet. und das kann nach draußen schwappen ins echte leben. bei jerome taylor hat es auch in second life angefangen, und jetzt ist er ein megastar

Kann Jim ihm glauben, dass es bei all dem nicht nur darum geht, schnelles Geld zu verdienen? Ja. Selbst wenn Jeff ein Meister auf dem Gebiet der Moralverdrehung ist, hat der Junge an diesem seltsamsten aller Orte etwas Wunderbares getan. Vergiss, dass er mit diesen Verkäufen Geld verdient, Jeff trägt seine Schulden ab, schließt auf sentimentale Weise Frieden mit dem verlorenen Bruder, gegen den er so lange gekämpft hat. Jetzt endlich fließen die Tränen. Jim Delpe wischt sie mit dem Handrücken ab, dann kehren seine Finger auf die Tastatur zurück.

AGI: Das hier ist also dein Geheimnis? Das, was du vor deinen Leuten versteckst?

MERCHANT OF MENACE: aber nein, das ist was ganz anderes. wahrscheinlich würden sie sich sogar freuen, wenn ich ihnen von der sache hier erzählen würde

AGI: Und was ist dann dein großes Geheimnis?

MERCHANT OF MENACE: kümmer dich gefälligst um deinen eigenen kram!

Jim ist schon wieder zu weit gegangen. Rasch tippt er:

AGI: Scheiße, Mann, dass dein Bruder gestorben ist. Vermisst du ihn?

MERCHANT OF MENACE: so ist das eben. irgendwann sterben wir alle

AGI: Er ist ein großer Künstler.

MERCHANT OF MENACE: donny hat immer gesagt, das leben ist eine geschlechtskrankheit – die leute verbreiten sie mit sex, und irgendwann stirbt man daran. er war verdammt klug. meine mum findet, ich habe nicht richtig um ihn getrauert. aber was heißt das schon: trauern? wir sind alle sterbenskrank. donny hatte ein tolles leben. warum sollte ich deswegen traurig sein? er hat mir beigebracht, dass man sich ranhalten muss, die häkchen an der richtigen stelle setzen. und er hat sämtliche häkchen gesetzt, die für ihn bestimmt waren. jetzt muss ich nur seinem beispiel folgen

Jim lässt nicht locker, auch wenn er wieder einmal fürchtet, dass er zu weit geht.

AGI: Und was sind das für Häkchen?

MERCHANT OF MENACE: mann, du kannst einem echt ein loch in den bauch fragen

[Pause]

MERCHANT OF MENACE: zeit ist um

AGI wird nach draußen geführt, wo Menace sich mit einem »bis demnächst mal« davonbeamt.

Jim schiebt seinen Bürostuhl vom Schreibtisch zurück, steht auf und atmet tief. Wieder einmal ist Jeffrey ihm entwischt, ohne dass er ihm verraten hat, wo er steckt, aber es gibt neue und dringende Gründe, warum Jim seine Mission in LoL fortsetzen muss. Jeff gibt ihm jetzt noch mehr Rätsel auf als zuvor – und was ist ein Vater, der den eigenen Sohn nicht versteht? *Ein Feigling, ein Wichser?* Was ist das für ein anderes Geheimnis, das Herzinfarkt, Hass, Wahnsinn auslösen würde? Jim ist auf eigenes Risiko in die Privatsphäre seines Sohnes eingedrungen, hat schwere Schläge eingesteckt und ist auf eine Weise verletzt worden, von der er fürchtet, dass er sich nie wieder davon erholt. Aber er muss noch viel mehr herausfinden, so er denn die Kraft hat, dieses Wissen zu ertragen.

»In der Horizontalen war mein Urteilsvermögen bei Frauen nie sonderlich gut«, sagt Danby bei einem Besuch in Jims Büro. »Und ich bin da kein Einzelfall. Im Liegen sind wir alle Optimisten. Wir können unsere Mitmenschen besser einschätzen, wenn wir aufrecht stehen. Ich habe meine drei Frauen allesamt im Bett gefragt, ob sie mich heiraten wollen. Horizontale Fehleinschätzung.«

Jim weiß darauf nichts zu sagen.

Der neue Tag ist in vollem Gange. Arbeit überschwemmt die Kanzlei von RDD & P. Leute prozessieren, klagen auf Unterstützung, auf Unterhalt oder gegen ein Urteil, legen Berufung ein, beteuern lauthals ihre Unschuld. Jims Krawatte baumelt lose an seinem Kragen, der Kragen schlottert um seinen Hals. Er hat abgenommen. Das kommt vom vielen Graben und Holzhacken in den Cotswolds.

Danbys schiefes Gesicht. Der Mann setzt Fett an, typisch Junggeselle. Zu viele fettige Fertiggerichte, die er auf dem Heimweg bei Marks & Spencer kauft. Hühnchen marokkanisch, in schwarzen Plastikschälchen, die sich im heißen Backofen verformen und aufblähen und Krebs verursachen.

»Mein Sohn hält mich für 'nen Wichser.«

»'nen Wichser? Wer? Jeffrey? Hast du von ihm gehört?«

»Sozusagen.«

»Ich bin sicher, dass er das nicht so meint.«

»Doch. Er hat es mir gesagt.«

Jim muss jemandem von seinen Erlebnissen erzählen, aber die genauen Einzelheiten gehen Danby nichts an.

»Er hat es dir gesagt? Ist Jeff wieder da?«

»Ich habe ihn ... getroffen. Renata darf davon nichts erfahren.«

Danby schüttelt seinen massigen Kopf. »Er hat dir wortwörtlich gesagt, dass du ein Wichser bist?«

»Und ein Feigling.«

»Ins Gesicht?«

Jim überlegt einen Augenblick. »Ja, mitten ins Gesicht.«

Danbys Urteilsspruch lässt nicht lang auf sich warten. »Dann geht es dabei um Renata. Er macht dich für ihren Zustand verantwortlich. Wirft dir vor, dass du in einem anderen Zimmer schläfst, dass du seine Mutter abgeschrieben hast. Aber in dem Punkt ist er noch ein Kind. Er versteht nicht, dass kein Mann eine Frau heilen kann – wir nicht dazu geschaffen sind, uns mit Gefühlen auszukennen. Und Frauen erwarten das auch gar nicht von uns. Im Grunde halten sie nichts von Männern, die zu einfühlsam sind. Aber woher soll ein Grünschnabel wie Jeff so was wissen? Er kann es nicht wissen. Also macht er dir Vorwürfe. Dir. Dem unschuldig Angeklagten. Dem Wichser. Klarer Fall.«

Typisch Danby. Nie um eine Antwort verlegen. Ein gescheiterter Ehemann. Ein lascher Frauenheld. Ein Versager auf dem Gebiet zwischenmenschlicher Beziehungen. Und doch weiß er immer Bescheid, ein Meister des Worts, zumindest nach eigener Einschätzung. »Tut sich da was? Bei Renata? Ich vermute mal nein, oder?«

»Ich will das jetzt nicht diskutieren. Ich weiß, wie du über Renata denkst.«

»Versprich mir, dass du dich nicht unterbuttern lässt.«

»Mach ich. Glaub es mir. Bei den wichtigen Fragen. Aber ich bin nicht bereit, mich wegen jeder Kleinigkeit zu streiten. Dann gehe ich lieber. Hör mal, ich sollte langsam weitermachen. Ich ersticke hier in Arbeit.«

»Okay. Aber lass mich noch eine Sache sagen. Zu deinem eigenen Guten. Ein Rat unter Freunden – du bist mir wichtig. Ich bin sicher, Renata hat das Gefühl, dass sie von allen am meisten zu leiden hat. Ich bin sicher, sie denkt: ›Ihr lebt alle einfach weiter, beschäftigt euch mit trivialen Dingen, während ich, ich ganz allein, mich mit den letzten Fragen des Lebens abmühe, nämlich der Tatsache, dass es endet.‹ Der Tod, es gibt nichts Schlimmeres, keine Frage. Kein Wunder, dass sie da all diejenigen ein wenig verachtet, die sich mit weniger profunden Dingen abgeben. Depressive Menschen können einem ganz schön zusetzen, Jim. Sie geben uns das Gefühl, dass wir nicht wirklich ernsthaft sind. Für sie sieht es so aus, als ob wir tanzen, während nur sie bemerken, dass das Schiff untergeht – sie sind wütend auf uns. Und wir halten den Mund und haben das Gefühl, dass wir ihren Zorn verdienen, wir fassen sie mit Samthandschuhen an. Versprich mir, dass du dich nicht ins Bockshorn jagen lässt, Jim.«

Jim hört zu, nickt sogar, doch in Wirklichkeit kann er es kaum erwarten, dass Danby endlich verschwindet. Trotzdem muss er zugeben, dass Renata ihm tatsächlich mächtig zusetzt. Er kann fühlen, was er will, es ist nie genug.

»Du darfst dich nicht davor fürchten, deinen Willen durchzusetzen, andere Saiten aufzuziehen, einen neuen Anfang zu machen«, schließt Danby. »Übernimm wieder die Herrschaft. *Behaupte* dich!« Dazu ballt Danby die Faust. Er hat den Höhepunkt seines Plädoyers erreicht. »Du bist hier der Gesunde.«

»Ich habe alles unter Kontrolle«, erwidert Jim. »Meine Herrschaft, wie du es nennst, hat nie in Zweifel gestanden.«

»Das beruhigt mich«, sagt Danby, aber sein Gesicht lässt erkennen, dass auch er womöglich denkt: *Feigling*, wenn nicht gar *Wichser*!

»Jetzt aber raus mit dir, Danby. Ich muss an die Arbeit.«

»Wovon du einen reichlichen Vorrat hast, wie ich sehe.«

»Wundert dich das? Wenn du mir die ganze Zeit Vorträge hältst? Wofür hältst du dich eigentlich? Bertrand Russell?«

»Nein, für den Erzbischof von Canterbury.«

Die Tür fällt ins Schloss, aber wie der letzte Glockenschlag klingen Danbys Worte ihm in den Ohren nach – *Angst. Herrschaft. Sich behaupten. Tod. Renata.*

Renata betritt das Sprechzimmer ihres Arztes.

ARZT: »Haben Sie's Ihrem Mann gesagt?«

Eine Stunde später parkt sie an der Gade Avenue, die Kehle wie zugeschnürt. Geht in den Cassiobury-Park, spaziert über das kurzgeschorene Gras, meidet die Brunnenkresse, wo Schnepfen, Eisvögel, Krickenten und Waldwasserläufer nisten. Eine Roteiche lässt die ersten ihrer Viertelmillion Blätter fallen. Ein Frosch suhlt sich in einem seichten Tümpel. Sie beobachtet einen Aurorafalter, der seinen Tag in der Sonne genießt. Der Kreislauf von Werden und Vergehen, so kurz – Renata erkennt, wie sehr alles auf ein Ziel gerichtet ist. Eine kurze Lebensspanne. Dann das Ende.

Auf dem Heimweg hält sie an und kauft ein. Auberginen.

An diesem Abend schlägt sie das Italien-Kochbuch von

Jamie Oliver auf. Pasta mit Tomaten, Aubergine und Mozzarella.

»Ich hatte Besuch von Elsbeth, während du im Büro warst«, erzählt sie Jim, als er nach Hause kommt.

»Das ist schön.«

»Und sie hat bestritten, rundheraus bestritten, dass sie mit Lance geschlafen hat.«

Er wirft ihr einen tadelnden Blick zu. »Du hast sie darauf angesprochen? Das sollte unter uns bleiben.«

»Ich wüsste nicht, warum ich es nicht tun sollte. Jedenfalls sagt sie klipp und klar, sie hat mit dem Kerl nicht gevögelt. Sie kann sich beim besten Willen nicht erklären, wie du auf so eine Idee gekommen bist.«

»Rena, ich weiß, was ich gehört habe.« Er zieht sein Jackett aus, setzt sich zu ihr an den Tisch, schneidet Tomaten. »Die könnten sonst was gemacht haben.«

»Ich glaube, ich kenne die Geräusche, die Erwachsene beim Sex von sich geben. Ich habe das ein- oder zweimal in meinem Leben gehört, wenn auch nicht in jüngster Zeit.« Spiel läuft. *Herrschaft. Angst. Sich behaupten.*

Sie schüttelt langsam den Kopf. »Also, sie sagt, es stimmt nicht. Sagt, du musst dir das eingebildet haben. Vielleicht hast du es ja geträumt.«

Jims Messer zerteilt die Eiertomaten. »Ich weiß, was ich gehört habe.«

»Weißt du, was?«, sagt Renata. »Mir ist plötzlich der Appetit vergangen. Viel Spaß beim Kochen.«

Weg ist sie.

Allein mit einem aufgeschlagenen Kochbuch, holt Jim seine Brille aus der Jacketttasche und liest: *Entfernen Sie die Stiele von den Auberginen, schneiden Sie sie in ein Zentimeter dicke Scheiben und legen Sie sie beiseite.*

Er tut wie geheißen.

Als das Essen endlich fertig ist, isst er allein, schaufelt sich Rigatoni in den Mund. Er steht auf, nimmt seinen halbvollen Teller und kratzt die Pasta in den Mülleimer, dann verlässt er die Küche. *Feigling!*

Als er zwei Stunden später im Wohnzimmer in seinem Sessel sitzt und liest, sieht Jim, dass die grünen LED-Lämpchen am familieneigenen Funkrouter blinken und rege Internetnutzung signalisieren. Ein Stockwerk höher, in ihrem Zimmer, muss seine Frau auf datenintensive Webseiten zugreifen, Sachen hochladen, Dateien herunterladen, andere Welten in dieses Haus einschleusen. Jim hält sich hartnäckig an seine Zeitung, bleibt offline, doch beim Versuch, sich auf das gedruckte Wort zu konzentrieren, wächst seine Wut und seine Abneigung gegenüber dieser digitalen Vereinnahmung des Familienlebens ebenso stetig wie die Statusbalken auf dem Bildschirm seiner Frau. Er greift zum Handy.

»Entschuldige, dass ich so spät noch anrufe.«

»So spät ist es doch noch gar nicht. Was ist los, Jimmy? Alles in Ordnung?«

Jim weiß genau, dass er seine Schwester geweckt hat. Sie geht immer sehr früh schlafen. »Ich hab mit Renata gesprochen«, sagt er, »und sie hat mir gesagt, dass ihr euch über die Sache mit Lance unterhalten habt. Ich hätte es selbst zur Sprache bringen und dir sagen sollen, dass es ganz allein deine Sache ist, mit wem du schläfst. Du bist schließlich erwachsen.«

»Aber ich habe nicht mit ihm geschlafen.«

»Das hat Renata mir auch gerade gesagt.«

Jim und Elsbeth. Aufgewachsen in einer kalten, zerrütteten Familie. Beide haben sie versucht, sich von diesem Makel zu befreien. Es ist hochwichtig, dass sie absolut ehrlich zueinander sind.

»Ich habe dir gesagt, was war«, versichert sie ihm.

»Elsie, ich weiß, was ich gehört habe, klar? Ihr habt es direkt unter meinem Zimmer getrieben.«

»Jim!«

»Renata tut gerade so, als ob ich den Verstand verliere oder so was.«

»Sie macht sich ein wenig Sorgen um dich, stimmt. Das tun wir alle.«

»Dann hört damit auf. Wenn ich Hilfe brauche, lasse ich es euch alle wissen.«

Er legt auf. Der erste Streit mit seiner Schwester seit wer weiß wie vielen Jahren. Er muss sich hinlegen, schlafen, seine Datenbanken bereinigen. Das ist alles zu viel.

Auf dem Flur stößt er auf eine schläfrige Renata, die im Nachthemd zum Badezimmer tappt. Unter der Baumwolle sind ihre Brustwarzen zu sehen. Ein Blitz alter Leidenschaft durchzuckt Jim. Einen kurzen Augenblick lang überlegt er, ob er ihr alles erzählen soll. Stattdessen:

»Gute Nacht.«

Jim geht in sein Zimmer, lässt die Tür ins Schloss fallen.

Renata steht da.

»Haben Sie's Ihrem Mann gesagt?«

»Nein.«

»Und werden Sie es ihm sagen?«

»Ich weiß nicht.«

Der Merchant of Menace erscheint im Ergebnisfeld von Jims Minikarte. Wütend darüber, dass sein Sohn ihn für einen – einen *was*? – hält, sagt Jim laut: »Da bist du ja, du rücksichtsloser, egoistischer Arsch«, während er geschickter denn je in der Stille seines Zimmers tippt.

Ein Nachtclub. AGI erfährt von seiner Karte, dass der Merchant of Menace sich dort aufhält. Diesmal hebt sich die Samtkordel für Jim, denn er hat ja jetzt Level-vier-Status.

Drinnen drängen sich die Leute und simulieren Vergnügen. Irgendwo in diesem Gewimmel sein Sohn. AGI bahnt sich einen Weg durch eine Menschenwand, die genauso widerwillig nachgibt wie eine echte Menschenmenge.

AGI: wwwwwwwwwwwwww

AGI: dddddddddddddd

AGI: sssssssssssss

Technomusik. Blinkende Lichter. Fast nur Männer, viele davon in Lederkluft. Ein virtueller Club. Schließlich entdeckt er doch ein paar Frauen, aufgepumpte Titten unter hauchdünnem Stoff, und sie reden mit anderen Frauen. Zigarettenqualm liegt wie Nebel über allem; AGI arbeitet sich vor zur Bar, und der Bartender fragt, ob er einen Drink will. Als er mit »Nein« antwortet, wird er aufgefordert, Platz zu machen, und gerade da erblickt er endlich den Merchant of Menace.

Was hat Jeff in so einer Spelunke zu suchen? AGI beobachtet aus der Ferne, wie Menace (*sub rosa,* auf einem privaten Kanal) mit anderen Männern chattet. Dann kommt ein weiterer Mann und geht auf Menace zu. Der Neuankömmling küsst ihn auf den Mund. Und Menace erwidert den Kuss.

Jim kann es deutlich sehen, kein Zweifel möglich. Und mehr noch, die beiden sind immer noch dabei. Als die Lippen voneinander lassen und der Mann sich umdreht, sieht AGI durch die Menge hindurch, dass es Luther ist. Luther! Die Lederweste bis zum Nabel offen, den haarigen Arm um die Schulter von Menace gelegt; er drückt Menace an sich. Luther, der Herr von Life of Lore, küsst den Avatar seines Sohns auf den Mund!

Als der virtuelle Kuss endet, geht Jim auf, was er vorher nicht bemerkt hat – dass die Bar voller Leute ist, die sich küssen, Küsse von Mann zu Mann und von Frau zu Frau. Es ist eine Schwulenbar. Ja, natürlich.

Jim spürt, wie sein Puls sich so beschleunigt, wie er es sonst nur vom Sport her kennt. Wer außer einem Schwulen geht denn in einen Schwulenclub? Das ist ein Ort für Homosexuelle, für Schwule, die schwule Avatare steuern. Himmel, nein, Jeff, denkt er.

LUTHER: was machst du denn hier?!

Erwischt. Fast gerät Jim in Panik, lässt AGI in Richtung Ausgang gehen, doch dann fällt ihm wieder ein, dass ihn hinter seiner Maske niemand erkennen kann.

AGI: Oh. Hi.

Während Luther Drinks für seine »Freunde« bestellt, zwingt sich Jim, mitzuspielen. Ihm ist immer noch schwindlig von dem, was er gesehen hat.

LUTHER: kann ich dir einen drink spendieren?

AGI: Nein. Ich trinke nicht. Bin Alkoholiker und versuche trocken zu bleiben.

LUTHER: respekt. da solltest du unser online-zwölfpunkteprogramm nutzen.

AGI: So was gibt es?

LUTHER: komm, ich stell dich ein paar leuten vor und erzähl dir alles darüber.

AGI: Nein danke. Ich muss jetzt weiter.

LUTHER: bleib doch noch.

AGI: Man sieht sich.

AGI: wwwwwwwwwwww

Nichts wie raus.

In seinem Schlafzimmer schiebt Jim den Laptop weg. Sein Herz rast. *Jeff ist schwul?* Das ist doch unmöglich. Bei all den Freundinnen. Was ist mit den ganzen Knutschflecken ringsum am Hals, auf die er so stolz war? Ist je ein Kid in der Geschichte jugendlicher Verirrungen mehr hetero gewesen als er? Aber Jeff kann jeden täuschen. Wie viele von diesen Knutschflecken stammten von Jungs? Der Gedanke setzt sich fest. *Jeff ist schwul.* Na und? Warum soll er nicht schwul sein? Jim hat nichts gegen Schwule. Ist doch nicht weiter schlimm. Schlimm ist, dass Jeff das die ganzen Jahre verheimlicht hat, ganz und gar verheimlicht. *Jeff ist schwul.* Nein, Jim ist noch nicht reif für diese Erkenntnis. Als Vater braucht man eine gewisse Vorwarnzeit, wenn man in solchen Dingen cool bleiben will – zehn Jahre, das wäre wohl das Minimum, denn sonst hätte er das Gefühl, dass er ein vollkommener Trottel ist, weil er nicht das Geringste gemerkt hat. Was für ein Vater muss Jim sein, wenn ihm etwas dermaßen Wichtiges entgangen ist?

Er sitzt da, wie benommen. *Mein Sohn. Schwul.* Noch einmal probiert er den Gedanken aus. Und wieder passt er nicht – nicht in Jims Leben und auch nicht in das von Jeff. Und doch würde es erklären, was Menace gemeint hat, als er von »etwas, das ich ihnen noch nicht gesagt habe« sprach. Wenn er ein Geheimnis hat, dann vermutlich dieses.

Aber er geht zu weit. LoL ist ein *Spiel*, nichts weiter, eine

Plattform, auf der Leute so tun *als ob.* Wir sprechen hier von zwei Web-Objekten, denkt Jim, bestehend aus binärem Code, die zum Spaß Bildschirmgesichter aneinanderdrücken – sonst nichts. Ende der Geschichte. *Jeff ist nicht schwul.* Natürlich nicht. Aber andererseits …

Heiliger Himmel. Wo bist du, mein Sohn? Wo zum Teufel bist du?

II

DIE MITTE

Level sieben
Bewährung

Eine Frauenstimme, amerikanisch, freundlich, vertraulich und doch künstlich:

Links abbiegen

Das neue Navi ist per Saugnapf am Armaturenbrett befestigt, genau da, wo alte Katholiken wie Jims Eltern früher ein Medaillon des Christophorus angebracht hatten, des Schutzpatrons der Reisenden. Jetzt ist an die Stelle des Glaubens an den Nothelfer ein Cartoon auf einem kleinen Bildschirm getreten.

Als Jim das Gerät zum ersten Mal eingeschaltet hat, war er sicher, dass er es grässlich finden würde. Schon bald aber hatte er sich mit der sympathischen Stimme angefreundet, und jetzt muss er zugeben, dass er diese »Frau«, die virtuelle Beifahrerin, die ihn auf jeder einsamen Fahrt begleitet, ins Herz geschlossen hat. Er hat sie Alexandra getauft, sich sogar halbherzig eine Biographie für sie ausgedacht – tagsüber Juniorpartnerin in einer Kanzlei der Konkurrenz, am Abend Luxus-Domina –, und von dieser kompetenten Kopilotin lässt er sich Befehle geben. Er stellt sich vor, dass sie seine Geliebte ist und im Bett sogar noch bestimmter auftritt: **Jetzt die Hände südwärts, links abbiegen, nach zwanzig Zentimetern rechts abbiegen, geradeaus weiter, an der Kreuzung die zweite Ausfahrt nicht nehmen, stopp. Hier**

nicht einbiegen. Nehmen Sie die erste Ausfahrt, weiter, weiter, weiter, und schließlich die Belohnung: **Sie haben Ihr Ziel erreicht.** Was macht er da? Phantasiert sich eine Gespielin aus einer Stimme, die aus einem Kästchen für £ 95 an seinem Armaturenbrett quakt? Er muss sich fernhalten von Computern, vom Internet, von dieser ganzen Welt – es ist einfach zu schädlich für seine Phantasie.

Die Londoner Ausfallstraßen sind wie immer verstopft. Jim hatte schon viel früher losfahren wollen. Arbeit, die vor dem Wochenende unbedingt noch erledigt werden musste, hat ihn aufgehalten. Dann war er noch nach Hause gefahren, um den Hund zu holen. Und jetzt sind die Straßen ein Alptraum.

Ein Song namens *Pituitary Retards,* schleimende Spastis, läuft im Radio, von einer Band namens Shotgun Historians. Da das Auto ohnehin steht, kann Jim einen anderen Sender suchen. Er isst ein Sandwich, das Renata für ihn gemacht hat, und sieht zu, wie die Angestellten nach Feierabend aus einem verglasten Büroturm strömen. Er blickt nach oben, wo außer Wolkenkratzern nichts mehr ist. Ein Kondensstreifen, die weiße Spur eines Düsenflugzeugs, das längst anderswo ist, verliert sich am blauen Himmel. Die Autoschlange bewegt sich wieder drei Meter vorwärts. Die neue Völkerwanderung. Alle haben es ganz, ganz eilig. Aber es geht nicht voran. Und mittendrin, wie ein Boot, das im Packeis des Winters festsitzt, beißt Jim Delpe in ein Käsesandwich, ohne Liebe geschmiert.

Jim dreht sich um. »Na, Junge, alles in Ordnung?« Auf dem Rücksitz versucht Stinker noch immer, die Schnauze durch einen Spalt im Seitenfenster zu zwängen, durch den nicht mal ein Tennisschläger passen würde. »Was riechst du? Wild? Riechst du die Wildnis?«

Jim fragt sich: Wenn Jeff schwul ist, wie schwul ist er dann? Nur ein kleines bisschen schwul? Oder dermaßen schwul, dass er – wie Danby einmal einen verweichlichten Praktikanten beschrieben hatte – Regenbogen kackt?

Angeblich ist es ja genetisch bedingt. Ja, das hat er gelesen. Wenn es genetisch ist, schlummern diese Gene dann auch irgendwo in ihm? Hat Jim je an einen Kuss (oder mehr) mit einem anderen Mann gedacht? Nein. Nicht einmal in seinen einsamsten Tagen auf dem Internat. Jim stellt es sich vor, wie er sich als Vater eines schwulen Sohnes bemüht, bei der Parade am Christopher Street Day ein glückliches Gesicht aufzusetzen, in einem T-Shirt, auf dem steht: »Ich ♥ meinen Homo-Sohn« oder, wie er es einmal gesehen hat, »Mein Sohn ist ein Schwanzlutscher. Reg dich nicht auf.« Wieder sieht er Luther und Jeff vor sich, wie sie sich küssen. Er löscht dieses Bild, STRG+ALT+Entf, und befiehlt sich, die Ruhe zu bewahren.

Sie haben Ihr Ziel erreicht

Jim hält vor dem Cottage. Heute findet er, dass es unfertig aussieht, deprimierend, als wäre die Renovierung zwischenzeitlich rückgängig gemacht worden. Der Garten sieht entsetzlich aus. Eine mitten im Garten aufgeschüttete Müllhalde aus Steinbrocken und Plastikrohren, aus Dosen und Holzabfällen, was den ersten Eindruck vom ländlichen Luxus vollkommen zerstört. Wie viel hat er für dieses Haus bezahlt? Über eine dreiviertel Million Pfund. Wahnsinn.

Drinnen geht er noch einmal durch die Zimmer, versucht sie zu sehen wie bei der ersten Besichtigung mit dem Makler, und ihm fallen wieder die oben spitz zulaufenden gotischen Türen auf, die Steinfußböden, die Balkendecken in den Schlafzimmern, die ihn so beeindruckt hatten. Eine Weile müht er sich, bis er einen historischen Türverschluss offen hat – ein wunderbar stimmiges Detail, aber vielleicht doch etwas, das eher an ein Gartentor gehört. Immer wieder hebt Jim den mittelalterlichen Riegel, lässt ihn fallen und zweifelt wieder einmal an dem ganzen Projekt – dem Hauskauf, der Wahl, die er getroffen hat, seinem Urteilsvermögen, an der ganzen Idee, dass Ruhe und Frieden und ein einfaches Leben für Ruhe, Frieden und ein einfaches Leben sorgen können.

An der Toilettentür im Erdgeschoss hängt ein Zettel: »Nicht benutzen!« Er geht nach oben. Dort hängt nichts, aber dafür liegt in der Toilettenschüssel eine tote Maus. Die Giftköder, die Jim ausgelegt hat, haben den verdurstenden kleinen Kerl auf der Suche nach Wasser dorthin geführt. Da die Maus klein ist, spült Jim sie weg. Das Wasser wirbelt in der Schlüssel und trägt den kleinen Kadaver mit sich fort.

Jim geht ins Bad und prüft das warme Wasser. Eine Weile läuft es kalt über seine Hand, dann wird es siedend heiß.

»Wir haben warmes Wasser!«, ruft er (auch wenn er weiß, dass nur der Hund ihn hört).

Nun schon wieder ein wenig besser gestimmt, schaut Jim sich die Arbeiten draußen an. Jetzt wo Wasser und Abwasser wieder laufen, bleiben nur noch die letzten Maler- und Putzarbeiten, die abschließende Kosmetik. In ungefähr vier

Wochen kann die Familie (oder das, was von ihr übrig ist) einziehen.

Jim räumt den Wagen aus, dann geht er mit dem Hund im Wald spazieren. Anschließend bringt er in der Küche den Herd in Gang und wärmt einen tiefgekühlten Eintopf auf. Das Aroma von Renatas Gewürzen erfüllt schon bald die Küche, und ein wohliges Gefühl von Zuhause breitet sich aus – des Zuhauses, das sie schon haben, in London. Jim erinnert sich, dass der Immobilienmakler ihnen gesagt hat, wenn man ein Haus verkaufen will, dann soll man Kaffee kochen, Kuchen backen – die Interessenten kommen herein, riechen Familienleben, Ordnung, Sicherheit, sie riechen *Glück*, und schon zücken sie die Brieftasche. Hunde und Hauskäufer – beide folgen ihrer Nase.

Jim isst auf der Terrasse, setzt sich auf einen umgedrehten Farbeimer; auch Stinker, der geduldig zu seinen Füßen sitzt und wartet, bekommt ein wenig Eintopf ab. Der Köter schlabbert den Happen mit seiner rauhen Zunge auf. »Das gefällt dir, was? Jaaaa. Wann gebe ich dir denn nun endlich einen Namen?«, fragt Jim. »Hmmm? Junge? Ich muss sagen, Stinker gefällt mir. Und du bist doch auch ganz zufrieden damit, oder? Stimmt's, Stinker?« Der Hund dreht die Ohren nach vorn. Weiß, dass er angesprochen wird. Auf Anhieb glücklich und durch nichts davon abzubringen. »Dann ist es hiermit offiziell. Stinker.«

Nunmehr offiziell getauft, tollt der Hund davon, schnüffelt an den Löwenzahnknospen, die schon wieder aus der aufgewühlten Erde sprießen.

Das Tal ist erfüllt vom Abendgesang der Vögel. Eine Kuh muht. Auf einem Hügel in der Ferne sammeln sich Schafe zu weißen Flecken. Ob Rena es mögen wird, ob sie diesen Frieden spürt, diesen Luxus einer Privatsphäre, der nun ihnen gehört? Wahrscheinlich nicht. Ein Jammer, dass Jeff nicht mehr dabei ist, bei diesen Plänen für die vielen Jahre, für die seine Eltern sich noch etwas ausdenken müssen.

Er geht wieder ins Haus. Spült seinen Teller. Zunehmend nervös, nun, wo es dunkel wird, ruft er auf dem Handy Renata an und berichtet (ganz ruhig), dass er gut angekommen ist und sich früh schlafen legen will.

»Wie war der Eintopf?«, fragt sie.

»Wunderbar.«

»Gut. Den muss ich vor einem Jahr gekocht haben.«

»Oh. Noch etwas.« STRG+ALT+Entf ~~Unser Sohn ist möglicherweise schwul.~~ »Ich habe beschlossen, dass der Hund von jetzt an Stinker heißt. Es passt zu ihm. Das ist damit offiziell.«

»Ist es nicht. Gute Nacht, Jim.« Aufgelegt.

»Ist es nicht«, wiederholt Jim.

Jim kann nicht schlafen. Irgendwo, Gott weiß wo, ist Jeff vielleicht in diesem Augenblick online, treibt sich wieder in diesem Homosexuellenclub herum. Und was macht er da noch, außer Küssen? Was tun Jeff und Luther da sonst noch? Jim fällt wieder ein, dass Nathan ihm erzählt hat, diese Gamertypen könnten »Skripte« schreiben oder kaufen, mit denen ihre Gestalten sämtliche Regeln eines Spiels unterlaufen. Das Küssen muss wohl so ein Skript sein, und wenn das geht, was haben sie dann sonst noch auf Lager?

Aber vielleicht ist Jeff auch in einer echten Schwulenbar. Dafür braucht er kein Skript. Da gibt es nichts, was Jeff daran hindert, das zu tun, was er will.

Jim wälzt sich auf seiner Matratze, Panik steigt in ihm auf. Noch vor einem halben Jahr war er der Vater eines Schuljungen, der auf Mädchen stand. Und jetzt spioniert er auf eigene Faust seinem Sohn hinterher, einem schwulen Kunsthändler, der gestohlenes Gut verkauft und in seiner Freizeit mit Männern in Lederklamotten schmust! Und wem kann er davon erzählen? Mit wem diese Bürde teilen? Jim fehlt seine Frau. Oder wenn nicht die Frau selbst, dann immerhin Vertrautheit, Liebe, Leidenschaft, Verständnis, menschliche Wärme. Heute Abend wünschte er sich sehnlichst einen Menschen, der ihm sagt, dass er besser und sensibler ist, als er denkt, und dass er Frieden verdient, Vergebung und Erlösung. Trotz all seiner vielen Vorzüge wird er nicht so geschätzt, wie er es eigentlich verdient. Seine Frau behandelt ihn schlecht, kastriert ihn, er hat diese Strafe nicht verdient. Wer soll ihn jetzt von seinen Qualitäten überzeugen? Die Plastiktasten eines Computers sind seine einzige Verbindung zum Leben, und er *braucht* Leben. Das sieht man doch schon daran, wie er jetzt, obwohl er todmüde ist, nicht einschlafen kann, wie er schon spürt, dass er noch einmal online gehen will, weil er einfach das Gefühl hat, dass er etwas verpasst, wertvolle Informationen, die ihn zu seinem Sohn führen könnten und so die Leere in seinem Herzen füllen, irgendetwas Entscheidendes. Stattdessen liegt er einfach nur da, offline, außerhalb des Hexenzirkels der modernen Kommunikation.

Eine Täuschung, das weiß er, alles nur eine einzige große Täuschung. Aber er spürt diese Dinge, und sind diese Gefühle nicht wert, dass man sich mit ihnen beschäftigt? Wenn er sich wieder einloggt – morgen und nicht früher, denn jetzt ist er wirklich hundemüde –, wird er Jeff mit allem konfrontieren, was er weiß. Dafür wird es Zeit. Unter dem Deckmantel des Merchant of Menace wird Jeff niemals preisgeben, wo er realiter steckt, wie sein jetziges Leben aussieht, das ist klar. Und wie lange hält Jim es noch aus, sich von seinem Sohn sagen zu lassen, was der wirklich von seinem Vater denkt? *Wichser, Feigling?*

Und eines bleibt bei LoL in jedem Falle noch zu tun. Er muss dieses Arschloch Luther ausfindig machen, sich an seine Fersen heften und ihn genau beobachten. Wie kann ein erwachsener Mann (mit Sicherheit älter als Jeff), der sich als Szene-Svengali ausgibt, in Wirklichkeit aber ein Ganove ist, es wagen, Jugendliche auszubilden, um sie – Jeff – dann auf schlüpfrige sexuelle Abwege zu locken? Selbst wenn das alles nur virtuell ist, alles nur ein Rollenspiel, und selbst wenn keiner von beiden in Wirklichkeit schwul ist – aber bei Luther ist Jim sich sicher, dem merkt man es doch förmlich an –, fordert der Jurist in Jim, dass Luther entlarvt wird, dass es zu Verhör und Verhandlung kommt, dass publik wird, welch schlechten Einfluss er auf seinen Sohn ausübt. Und er muss bestraft werden, jawohl, bestraft. Es wird eine Schlacht um Jeffreys Seele. Der Zeitpunkt für die Kriegserklärung ist gekommen.

Im strahlenden Morgenlicht drückt Renata den Klingelknopf und hört im Haus das Halbstundenläuten von Westminster. Wie vornehm. Wie *ernst* diese Leute ihr Leben nehmen. Die Tür öffnet sich.

»Hallo Liz. Ich wollte fragen, ob Raff zu Hause ist.«

»Renata! Hallo!«

»Ich wollte nur ... wegen Donalds Todestag.«

»Todestag?«

»Raff hat gestern angerufen und gesagt, er kommt nicht zur Party an Donalds Todestag. Und ich wollte wissen, warum. Dachte, ich rede mal mit ihm. Donny würde sich wirklich freuen, wenn er käme.«

»Donny?« Liz macht ein betroffenes Gesicht. »Willst du nicht reinkommen und darüber reden, Renata? Raff ist hier. Michael auch. Bitte, komm doch rein.«

Und so geht sie ins Haus. Das ganze Haus strahlt perfekte Ordnung aus, was zweifellos von einer gutorganisierten Familie zeugt. Irgendwo spielt Raffs kleiner Bruder Beethovens *Für Elise.* Ein weiteres Kind, eine Tochter, das lange Haar zurückgekämmt und zum Pferdeschwanz gebunden, schon um 10 Uhr morgens eine Plastikperlenkette um den Hals wie ein Kindermodel für *Mademoiselle,* sitzt am Esszimmertisch brav über Hausaufgaben. Liz führt offenbar ein strenges Regiment. Hat sie schon immer getan. Sie ist überzeugt, dass unermüdliche Wachsamkeit, die Aufmerksamkeit für jedes Detail, zu Lebensglück von nie gekannten Ausmaßen führen wird. Es darf nicht sein, dass unter diesem Dach jemand Schwierigkeiten hat. Niemand trinkt zu viel. Niemand nimmt zu viele Zusatzstoffe im Essen zu sich. Niemand brüllt obszöne Flüche. Niemand lässt seinen Nächsten im Stich. Stattdessen ist alles eitel Sonnenschein, sie lachen und scherzen, ein glücklicher Familienevent jagt den nächsten, alle halten zusammen in einem gutorganisierten Familiennetzwerk. Und Renata kann nicht leugnen, dass sie hier mit ansieht, wie ihre eigenen Träume sich für jemand anderen erfüllen – ein Film, dessen Drehbuch sie geschrieben hat, doch Liz spielt ihre, Renatas, Rolle.

»Ich wollte einfach mal mit Raff persönlich reden.« Sie kann es gar nicht erwarten, wieder nach draußen zu kommen, aber sie ist auch wütend. »Mir erklären lassen, warum er nicht kommt.«

Liz ruft nach hinten im Haus: »Rachel, kannst du mal Raff holen? Danke, Liebes.« Und, während Raff gesucht wird: »Aber sag, wie geht es dir?«

»Gut.«

»Na, das ist doch schön.«

»Danke.«

»Das ist doch schön. Das freut mich für dich.«

Renatas Blick fällt auf einen Zettel am Kühlschrank. »Esse m. Bill. Um 9 zurück. X.« Sie stößt einen tiefen Seufzer aus. Zum Glück erscheint Raff gleich, mit Michael im Schlepptau. Die beiden kommen die Treppe heruntergepoltert. Um wie viel größer sie in den letzten zwölf Monaten geworden sind. Das schnürt Renata die Kehle zu. Fast schon erwachsen. Was für ein tolles Trio sie gewesen wären, wenn Donny jetzt bei ihnen wäre, wenn er nicht …

»Hallo, Mrs. Delpe«, begrüßt Raff sie jovial. »Was liegt an?«

»Hallo Raff. Ich wollte dir einfach nur sagen, wie traurig ich war, als du gesagt hast, du hättest keine Lust, auf Donnys Party zu kommen.«

»Ja, also.« Raff blickt hilfesuchend zu seiner Mutter, doch Liz hat den Blick gesenkt, betrachtet ihre Schuhe, findet offenbar, dass Raff mit dieser Sache allein fertigwerden soll. »Fühlt sich einfach irgendwie gespenstisch an, das ist alles. Und wir haben doch irgendwie – ich weiß auch nicht, na ja, einfach gespenstisch.«

Kann sie diese Jungs überreden, es sich anders zu überlegen? »Ihr wart seine besten Freunde.«

Michael meldet sich zu Wort. »Klar, waren wir das. Er war der Größte. Ohne ihn, da ist nichts mehr wie früher. Aber wir …, also ich weiß nicht, wie ich das sagen soll.«

»Wenn es euch nichts ausmacht – und ich hoffe, dir macht es auch nichts aus, Liz –, dann möchte ich euch noch einmal fragen, ob ihr nicht doch mitkommen wollt.«

Jetzt muss Liz sich doch zu Wort melden. »Renata, ich –«

»Das wollte ich euch nur sagen. Deswegen bin ich gekommen. Es wird eine schöne Feier. Wir essen Kuchen und lassen Ballons steigen, und bei all dem denken wir an ihn. Das ist alles. Mehr ist es nicht. Aber uns würde es viel bedeuten.«

»Das geht nicht«, sagt Raff hastig.

»Das verstehe ich nicht. Warum geht das nicht? Habt ihr etwas anderes vor?«

»Ja, genau«, sagt Mike.

»Nein«, sagt Raff.

»Also eigentlich nicht«, sagt Mike. »Aber …«

»Hör mal, Renata …« Liz streicht sich nervös über den Hinterkopf. Es wird Zeit, dass eine zweite Mutter hier für Ordnung sorgt. »Ich finde, ihr solltet eure Party für euch allein machen. Ohne die Jungs. Es bringt sie in Verlegenheit.«

»Was bringt sie denn da in Verlegenheit? Es ist eine Party. Zur Erinnerung an Donald. Nächsten Mittwoch ist der erste Jahrestag seines Todes.«

»Woran du uns gern erinnerst.«

»Was soll das heißen?«

»Das findet doch auf dem Friedhof statt, oder? Die Party.«

»Und?«

»Wir finden, da sollten nur du und deine Familie dabei sein.«

»Warum?«

»Also, was du vorhast, das klingt irgendwie nach … Addams Family.«

»Addams Family?«

Renata hätte es wissen müssen, als sie die Westminster-Glocke hörte.

Die Kehrseite von zu viel Ordnung ist die Angst vor der Unordnung.

Und für Liz muss Renata der Inbegriff von Unordnung sein. Ein gesundheitsgefährdendes Maß. »Das ist da, wo seine Asche begraben liegt. Gibt es dagegen etwas einzuwenden?«

»Ich finde, das solltet ihr allein machen, nur du und deine Familie.«

Renata begreift, dass sie als Todesbotin in diesem Vorstadtidyll gesehen wird und damit das allgemeine Wohlbefinden bedroht. »Verstehe.«

»Tut mir leid«, sagt Michael leise.

Und Raff ergänzt: »Ja, tut uns echt leid, Mrs. Delpe.«

»Bist du zu Fuß oder mit dem Auto hier?«, fragt Liz. »Ich kann dich nach Hause fahren.«

»Nein, ich gehe gern zu Fuß.«

Beinahe hätte sie den perfekten Abschied geschafft, aber

auf der Türschwelle kann Renata sich dann doch nicht beherrschen.

»Du hast ein hübsches Haus, Liz. Eine großartige Familie. Darauf kannst du stolz sein. Noch vor einem Jahr hatte ich das auch. Da war ich wie du. Aber jetzt bin ich anders. Aber auch wenn ich euch peinlich bin, auch wenn ich ein bisschen daneben bin, bin ich nicht schwachsinnig. Ich sehe Dinge, die ihr nicht seht. Ich habe neue Erfahrungen gemacht. Andere Erfahrungen. Ich habe Dinge begriffen. Sehe das Leben mit neuen Augen.«

»Ich wollte doch nicht –«

»Lass mich nur noch eins sagen. Sei dir deiner selbst nicht so sicher. Sei dir nicht immer so sicher, dass alles, was du tust, genau das Richtige ist.«

Vor Entrüstung hat Liz dermaßen die Stirn gerunzelt, dass ihre Augenbrauen sich in der Mitte fast treffen. »Renata, was hat denn das für einen Sinn? Dass du herkommst und uns solche Sachen sagst?«

»Offenbar keinen.«

»Lieber Himmel, es ist so ein schöner Samstagmorgen.«

Das stimmt. Da hat sie recht. Sehr schön. Aber Renata kann nicht anders. Sie drückt noch einmal den Klingelknopf. Wieder der Halbstundenschlag von Westminster, tief und wohlklingend und vollkommen. »Hübsch«, sagt sie. »Aber ein bisschen wie bei den Munsters, findest du nicht auch?«

Rasch dreht sie sich um und geht durch das Gartentörchen, dann die Straße entlang.

Nur hundert Schritte, dann ist sie um die nächste Ecke, und all das wird Erinnerung sein, ein Fehler, an den sie mit Bedauern denkt. Aber sie wollte Liz wirklich etwas Wichtiges sagen, dort auf der Türschwelle, auch wenn sie nicht die richtigen Worte gefunden hat. Liz hatte bisher Glück gehabt, aber Glück hält nicht ewig. *Das* hätte sie ihr sagen sollen: dass es mit dem Glück auch einmal vorbei sein kann. Dass man alles verlieren kann.

Ihre Brüste sind zu groß. Sie ist auf allen vieren. Durchsichtige rosa Reizwäsche. Sie wäre so gut wie nackt, wären da nicht die Schmuckstücke, die ihre erdbeerroten Brustwarzen bedecken, und die große Gürtelschnalle mit dazugehörigem Keuschheitsgürtel. Oh, und sie trägt ein Hundehalsband. Darauf, mit Strasssteinen geschrieben: »Böses Mädchen«.

Von diesem Kragen führt eine Kette zum Gürtel eines Mannes um die 60, Typus Landjunker mit Tweedkappe, der sich die Nasenflügel mit dem Kopf einer brennenden Pfeife reibt.

Diesmal sind ganz andere Leute in dem Nachtclub, als AGI bei seinem letzten Besuch hier gesehen hat. Und wo immer er auf der Suche nach dem Merchant of Menace hinblickt (seine Minikarte verrät ihm, dass er irgendwo hier steckt), sieht er Variationen dieses Herr-und-Sklave-Themas. Manchmal sind es die Männer, die auf allen vieren kauern und (über öffentliche Kanäle) ihre Herrinnen um Vergebung anflehen, Frauen, von denen sie getreten, ja geschlagen werden. Manchmal ist die Verteilung der Geschlechter umgekehrt, und manchmal sind auch beide vom gleichen Geschlecht, Frauen, die Frauen erniedrigen, und Männer demütigen Männer.

Was ist das für ein widerwärtiges Ritual? Jim sitzt da und liest Wortwechsel, die in einer anständigen Welt privat bleiben sollten.

HERZOG: bitte sei nicht wütend auf mich

ALIBI: schweig, sklave

HERZOG: und wenn ich nicht schweige?

ALIBI: dann schlage ich dir ins gesicht

HERZOG: schlag. ich verdiene es

ALIBI: sag mir, dass du mich liebst

HERZOG: ich vergöttere dich

ALIBI: du machst mich krank. jetzt halt den mund, und benimm dich

Jim war am späten Nachmittag dieses Sonntags zurück nach London gefahren. Er hatte Renata mit kaum mehr als einem Dutzend Worten begrüßt. Renata selbst war müde. Sie wollte früh zu Bett gehen, wie sie es inzwischen immer tat. Und da konnte Jim nicht länger widerstehen:

AGI bahnt sich einen Weg durch diese groteske Menge. Mehrmals sieht er Sklaven, die um Gnade winseln, in einem Fall eine Frau, die in einer schwarzen Leder-Zwangsjacke steckt, so dass sie sich selbst umarmen muss, und darum fleht, dass sie wieder Sklavin sein darf, dass ihr Herr sie behält, statt dass er sich eine neue Sklavin sucht, dass er nur sie verspottet, verflucht und missbraucht.

Was ist das für ein schwarzes Zerrbild der Liebe? Aber wenn AGI sich diese Leute ansieht, dann hat Jim nicht den Eindruck, dass diese Leute das perverse Spiel um Macht und Unterwerfung zum ersten Mal spielen. Er schließt aus ihren Dialogen, aus der Intensität, mit der sie reden, dass all dies feste Beziehungen sind, womöglich sogar so etwas wie virtuelle Ehen, in allen Details ausgeformte Charaktere, die sprechen und streiten wie echte Paare, in denen jeder die Schrullen des anderen kennt, doch das alles im Licht der Öffentlichkeit auf eine verzerrte, verstörende Art. Jim findet es entsetzlich, diese innige Beziehung zwischen Perversen, die eine so abstruse Möglichkeit gefunden haben, das zu sein, was sie wirklich sein wollen – Opfer und Unterdrücker.

AGI drückt sich an einem massigen Mann mit blankem Oberkörper und Conan-Frisur vorbei, in glänzender Latexhose, mit Gauchoschnurrbart, Monokel, Zigarettenspitze im Mundwinkel, vorbei an Frauen mit Peitschen, Domina-Typen in Lycratrikots, Hintern und Brüste zur Hälfte entblößt, vorbei an mittelalterlichen Jungfrauen und an Geschäftsfrauen, die auf ihre Smartphones schauen und dabei auf den Männern wie auf Hockern sitzen und ihre Manhattans schlürfen.

AGI: wwwwwwwwwwwww

AGI: dddddddddddddd

AGI: ssssssssss

Und da steht sein Sohn, mitten in diesem Gomorrha. Wie sehr er sich auch wünscht, die Angaben der Minikarte wären falsch – sie stimmen. Es ist Menace, und auch Jeffs Avatar trägt ein Hundehalsband um den Hals!

Der Anblick versetzt Jim einen ungeheuren Stich. Und auch wenn in diesem Fall niemand das andere Ende der Kette hält und auch wenn Jeff nicht auf allen vieren kriecht, sondern mit zwei weiteren Männern zusammensteht und mit ihnen redet – bei diesen beiden scheint jeder der Sklave des anderen zu sein, sie sind aneinandergekettet –, sieht Jim dennoch, dass sein Sohn niemandes Herr ist, sondern selbst Sklave. Das heißt, dass es einen Eigner geben muss.

Es bricht Jim fast das Herz. Gott, was hat er bloß falsch gemacht? Wie lässt sich ein Weg zurück zur Unschuld finden, zu den unschuldigen Zeiten, als man ihm das Neugeborene, glitschig und nass, nach der Geburt in die Arme legte, weil Renata noch nicht wieder voll bei Bewusstsein und er der einzige verfügbare Elternteil war? Der Erste, der mit ihm sprach. Und was hat er gesagt? »Du lebst.«

Ein Sklave!

Er muss etwas tun. Nur was?

Feigling.

Luther: wieso spionierst du ihm nach?

AGI dreht sich um. Da steht Luther. Schon wieder hat Luther AGI erwischt.

Jim ist vollkommen durcheinander. Er bekommt kaum noch Luft.

LUTHER: dir ist hoffentlich klar, dass cyber-stalking eine ungesunde beschäftigung ist.

AGI: Ich spioniere niemandem nach.

Was soll er bloß machen? Was?

Luther: ich habe dich beobachtet. halte ein auge auf dich. sei aufrichtig zu dir selbst. aufrichtigkeit, darum geht es doch hier in dieser versammlung. warum kannst du nicht aufrichtig zu dir selbst sein?

AGI: Ich will

LUTHER: was willst du, agi?

AGI: möchte

LUTHER: was?

Die Idee kommt aus dem Blauen. Jim tippt. Drückt die Eingabetaste.

AGI: Herr des Merchant of Menace sein.

Selbst Luther mit seiner angsteinflößenden Art, jeden von Jims Schritten vorauszuahnen, scheint überrascht von diesem Vorschlag.

LUTHER: menaces herr? das willst du sein?
AGI: Ja.
LUTHER: hast du mit ihm darüber gesprochen?
AGI: Noch nicht.
LUTHER: also da sehe ich ein problem auf dich zukommen
AGI: Und welches?
LUTHER: er hat schon einen herrn. und zwar mich.

Genau, was Jim vermutet hatte. Er drückt die Escape-Taste, dann den Ausschaltknopf. Bruchlandung. Mit zitternder Hand löscht er sogar den Browserverlauf. Sein Herz rast wie wild, er atmet viel zu schnell, hyperventiliert. Kann sich tatsächlich nicht mehr erinnern, in welchem Tempo man normalerweise ein- und ausatmet. Ist das eine Panikattacke? Er hat das Gefühl, es kommt nicht genug Sauerstoff in sein Hirn. Zum Glück gibt es ja keine Möglichkeit, an Jims wahre Identität zu kommen. Das ist immerhin etwas Gutes an Life of Lore. Niemand weiß, wer man ist.

Er muss sich das noch einmal genau überlegen. Im Augenblick kann er nicht viel unternehmen. Ihm brummt der Schädel, und er hat das Gefühl, er würde umfallen, wenn er jetzt aufstehen wollte. Also beugt er sich ganz tief hinuter, den Kopf zwischen die Knie, so wie er es als Teenager auf dem Basketballfeld getan hat, wenn er außer Atem war. Er schließt die Augen, aber er ist gezwungen, sie wieder zu öffnen, als die Bilder nur so auf seinen Verstand einstürmen, mentale JPEGS von Hundehalsbändern und Ketten. Donald litt am Ende seines jungen Lebens an Panikattacken. Einmal war Jim dem Jungen nachts zu Hilfe geeilt, hatte das Reglan nicht gefunden und stattdessen einen Joint angezündet, hatte ihn mit dem Jungen geteilt, Vater und Sohn stoned, gemeinsam, auch wenn es billiges Pot war, trocken, schwach, schlecht. Ein wunderbarer, vollkommener Moment – Donny und Jim ganz füreinander da –, und der Rauch, den er in die Luft blies, als er neben dem Jungen in seinem Kinderbett lag, vermischte sich mit dem seines Sohnes. Nie wieder waren sie einander so nahe gewesen. Es hatte keinen zweiten solchen Moment mehr gegeben. Jim hat Tränen in den Augen.

Ein Sklave?

Mehr habe ich nicht zustande gebracht?

RENATA: Was hat das Leben für einen Sinn?

[Lange Pause]

GOTT: Ich kann mich erinnern, dass mein Sohn mich das auch einmal gefragt hat. Mir fiel keine vernünftige Antwort ein, deshalb habe ich die Frage einfach an ihn zurückgestellt. Er dachte einen Moment lang nach, runzelte die Stirn – ich weiß noch, er saß hinten im Wagen und trank eine Cola –, und dann sagte er: »Ich glaube, es kommt darauf an, dass andere glücklich sind, dass man lebt.«

[Lange Pause]

RENATA: Ja, das ist gut. Leben, damit andere dankbar sind für die positive Wirkung, die man auf sie hat. Das ist sehr gut.

GOTT: Ich habe nie eine bessere Antwort gefunden.

RENATA: Ich danke dir. Jetzt muss ich aber los.

GOTT: Ich wünsche dir einen schönen Tag.

RENATA: Ich tue mein Bestes. Vielleicht kann ich ja jemand anderen glücklich machen, dadurch, dass es mich gibt.

Jeder bekommt einen Luftballon. Renata hat an alles gedacht, hat sogar Filzstifte mitgebracht. Jeder soll auf seinen Ballon etwas schreiben, eine kleine Botschaft, einen Gedanken, bevor sie sie fliegen lassen.

Raff und Michael sind nicht aufgekreuzt. Renata will nicht länger warten.

Jim, finster, verschlossen, die Augen geblendet von der Helligkeit der tiefstehenden Septembersonne, schreibt einen alten Basketballspruch auf seinen Ballon: *Wurf. Und Korb!*

Renata überlegt lange. Dann schreibt sie mit bedächtigen Großbuchstaben etwas auf das Gummi – *quietsch, quietsch, quietsch* –, hält es aber verdeckt.

Jim will es sehen. »Was steht bei dir drauf?«

Ein wenig widerstrebend dreht sie ihren Ballon.

ICH LASSE DICH LOS.

Jim sieht enttäuscht aus, und sie weiß genau, was sein Blick bedeutet: Er findet ihre Botschaft schöner als seine eigene, ihr Gefühl dem seinen überlegen. Aber das ist für beide nicht überraschend. Insgeheim wetteifern sie nun schon seit gut zwanzig Jahren darum, wer das Bessere sagen, tun, denken kann, und sobald es um Gefühle geht, behält sie immer die Oberhand. Da landet jeder Wurf im Korb.

»Okay, wenn du so weit bist«, sagt sie, »dann auf mein Kommando.«

Aber dann halten sie doch noch inne. Sie hören ein Geräusch. Gesang. Irgendwo zwischen den Ulmen des Friedhofs. Wer kommt da? Ein Trauerzug? Nein.

Es ist Raff. Michael. Und drei Mädchen. Eine Prozession, und Donnys Freunde singen ein Kirchenlied; jeder mit einer Kerze in der Hand, suchen sie sich einen Weg zwischen den Grabsteinen hindurch und kommen auf sie zu. Eins der Mädchen, Shelly, Donalds erste und letzte Freundin, erste und letzte heimliche Geliebte, ist zu einer schönen jungen Frau geworden, wie sie es Donald versprochen hat.

Renata gehen die Augen über. Sie schlägt die Hand vor den Mund.

Jim schluckt: »Also, hat man so was ...«

Schließlich stehen sie im Kreis um das Grab. Das Lied verklingt. Kerzen flackern im Wind. Renata verteilt die vier Ballons, die sie noch hat. Raff und Michael, beide in Anzugjacken, nehmen einen Filzstift und schreiben: *HE, WIE GEHT'S DA DRAUSSEN?* und *sChUle ist ECHt sCHeiße – iSts im HIMMel beSSeR?* Shelly will nicht zeigen, was sie schreibt. Die beiden anderen Mädchen teilen sich einen Ballon: *WIR ♥ DICH.*

»Ich danke euch«, sagt Renata zu den jungen Leuten. »Ich danke euch.«

Donalds Grab besteht nur aus einer einfachen Messingplakette im Rasen, unter der ein wenig von seiner Asche (ein Donald-H.-Delpe-Konzentrat) bestattet ist. Seine Lebensgeschichte ist auf der Plakette eher schlecht als recht zusammengefasst, ein Strich zwischen zwei Daten. Jeder mit einem dünnen Bindfaden in der Hand, der die Heliumballons daran hindert, vor der Zeit davonzufliegen, umringen sie die Plakette, blicken auf die Inschrift, alle Häupter gesenkt.

Renata zieht einen Zettel aus der Tasche und liest die Botschaft, die sie vorbereitet hat: »Liebling, wir sind heute hier zusammengekommen, um deiner zu gedenken und den Tag zu begehen, an dem du von uns gegangen bist. Da, wo du warst, bleibt eine Wunde in mir, und diese Wunde wird niemals heilen. Jetzt bist du mein Lehrer, und in meinem ersten Schuljahr habe ich nur schlechte Noten nach Hause gebracht, doch im nächsten Jahr will ich es besser machen und mir mehr Mühe geben.« Donnys Klassenkameraden kichern. Renata lächelt sie an und sagt, nun ohne Zettel: »Deine Freunde Raff und Michael sind hier, auch Shelly und zwei Freundinnen. Sie sind alle hier, aber das weißt du ja, denn du bist immer noch bei uns. Daran glaube ich. Ich persönlich bin überzeugt, dass du uns in diesem Augenblick zusiehst. Dass du immer bei uns bist. Und dass du uns immer noch zeigst, was wir in unserem Leben lernen können. Hör nicht auf, Donny. Gib uns nicht auf. Wir sind schwer von Begriff. Aber wir können dazulernen. Mach's gut.«

Raff, Michael und Shelly nicken, Tränen in den Augen. Renata sieht Jim an und sieht, wie er sich mit einer langsamen Bewegung abwendet und zu einer anderen Gruppe von Trauernden hinübersieht, die plötzlich unter einem romanischen Portal erschienen ist, als seien diese Fremden die Einzigen, die er ohne Gefahr ansehen kann.

»Okay«, kommt Renata zum Schluss. »Dann können wir jetzt die Ballons fliegen lassen. Sind alle bereit?«

Daumen und Zeigefinger geben sechs Luftballons frei, und sie steigen mit flatternden Schnüren empor, wimmeln wie Spermien. Der Wind erfasst sie. Sie fliegen über Hausdächer, steigen in höhere Sphären, und bald schlagen sie eine Route westwärts ein, nach Harlow, Chelmsford, Felixstowe an der Küste und von dort über das Wasser, Gott weiß wohin.

Als die Ballons endgültig außer Sichtweite sind, verteilt Renata den Kuchen (kalorienarmen, salzfreien Kuchen ohne eine einzige gesättigte Fettsäure, so gesund, wie nur Renata ihn bäckt), und dann verlassen sie das Grab; ein Stück von dem Kuchen lassen sie auf einem Pappteller mit einer Plastikgabel auf der Plakette zurück.

Jim unterhält sich mit Mike und Raff über ihre Zukunftspläne, Shelly und ihre Freundinnen schreiben SMS. Als Jim stehen bleibt und weitere Plaketten liest, geht Renata zu ihm. »Hallo, Fremder.«

Er lächelt mit geschlossenen Lippen.

»Schade, dass Jeff nicht hier war«, sagt sie. »Ich frage mich, ob er weiß, dass es jetzt ein Jahr her ist.«

»Hmmm.«

»Lass uns doch am Wochenende zusammen wegfahren. Wir zwei müssen wieder Verbindung aufnehmen. Wie wäre es mit Brighton? Oder Paris? Wir reisen einfach den Ballons nach. Oder Rom?« Sie hält sich für stark genug für einen solchen Ausflug. Sie würde es zumindest versuchen, wenn er auch bereit dazu ist.

Aber Jim sagt, er muss sich um das Haus auf dem Land kümmern. Er hat dem Bauunternehmer versprochen, ihm beim Füllen der Gräben für die Abwasserrohre zu helfen; Putz- und Malerarbeiten stehen an, und er muss dafür sorgen, dass der Bursche da ist und seine Arbeit tut. »Sonst wird das nie fertig.« Außerdem kommt jemand von der Gemeinde zur Bauabnahme; wenn das nicht ordnungsgemäß gemacht wird, bekommen sie einen Haufen Ärger, wenn sie das Haus irgendwann wieder verkaufen wollen. »Wenn Lance spitzkriegt, dass ich am Wochenende nicht da bin, tut er die ganze Woche nichts.«

Sie nickt, aber ihr Gesichtsausdruck gibt ihm zu verstehen – wenigstens diese stets verlässliche stillschweigende Kurzschrift hat die Ehe ihnen beschert –, dass sie im Protokoll festhalten will, dass sie es versucht hat. Dass sie die Letzte war, die es versucht hat.

In zweihundert Metern links abbiegen

Renata seufzt. Sie sind auf der Rückfahrt. »Ist das wirklich nötig?«

Jim schaltet das Navigationsgerät wieder aus, dann sagt er noch: »Was ist schon wirklich nötig?«

Level acht
Die abgelenkte Generation

Jeffrey Hardwick Delpe kam in exakt dem Jahr und dem Monat zur Welt, in dem ein unbekannter Computerwissenschaftler namens Tim Berners-Lee der Öffentlichkeit einen kleinen Dienst mit dem Namen WorldWideWeb vorstellte. Jeff kennt kein Leben ohne Computer, und der seltsame Code der ersten Webadresse aller Zeiten – http://info.cern.ch/hypertext/www/TheProject.html – ist für jemanden seiner Generation so selbstverständlich und so trostreich wie für die Generation seiner Eltern Micky Maus.

Im Morgenlicht liegt Jeff angezogen auf seinem Bett. Letzte Nacht hat er nur sechs Stunden geschlafen. Gestern Abend hat LoL ihn wieder gepackt, und am heutigen Abend wird es nicht anders sein. Bilder, Ströme von Bits, spuken durch seinen Kopf, werden geladen, bleiben hängen, werden neu geladen, erscheinen auf dem Schirm, und er überlegt verzweifelt, was er tun kann, um sich *nicht* wieder einzuloggen. Nach seinem letzten Turboritt durch LoL, bei dem sein Avatar einen völlig neuartigen, unheimlichen und erregenden Status erworben und der die Bügelfalten der Persönlichkeit, für die er sich hält, ziemlich zerknautscht hat, hat er ein kleines Gelübde abgelegt und sich vorgenommen, nicht ganz so viele Stunden inworld zu verbringen und häufiger afk zu bleiben. Heute Morgen beim Aufwachen hatte er das sichere Gefühl, dass er zu weit gegangen war, und war entschlossen, einen Rückzieher zu machen. Doch der Computer steht da auf dem Tisch, lockt ihn, flüstert *weck mich auf*, und er spürt viel zu deutlich, dass er nur ein paar Klickweit entfernt ist von der Rückkehr zu den Abenteuern, die den Puls höher schlagen lassen.

Verdammt, denkt Jeff, *ich kann sozusagen den Teufel auf Knopfdruck haben.* Kein Wunder, dass es schwer (so gut wie unmöglich) ist, bei diesem superschnellen Zugang – 300 kB/sek und mehr – auf Entzug zu gehen und plötzlich die ganzen Online-Skills, die man sich angeeignet hat, ungenutzt zu lassen, im Bett zu liegen und nichts Heldenhaftes zu tun, einfach nur mittelmäßig zu sein, schwach, unverbunden. Es ist ein solcher Abstieg im Ansehen, in den Fähigkeiten, und das Einzige, was er will, das ist …

Scheiß drauf. Er loggt sich wieder ein. Schon strecken sich die Finger nach der Tastatur aus, Finger, die noch vor einem Jahr halbherzig im Dunkel des Multiplexkinos in der Colson Street den Schritt einer Mädchenjeans gekrault hätten, da wo die vier Nähte aufeinandertreffen, die jetzt aber »Life« in die Adresszeile eines Browsers tippen, der sogleich errät, wonach er sucht: Programm starten

wb [welcome back]

Es gibt so viel, was man den Leuten beibringen muss, wenn sie eine Chance haben wollen, in dieser entsetzlichen Welt zu überleben.

Taktiken, Techniken, Strategien – sie brauchen Kampfausbildung, müssen lernen, wie man sich duckt, wegtaucht, abrollt, komplizierte Bewegungen ausführt und so weiter. Und für zwanzig Eier liefert Jeff eine halbe Stunde Grundlagen der Überlebenskunst. Danach bleibt der Schüler sich selbst überlassen, muss sehen, wie er durchkommt, in der Hölle, in die es ihn verschlägt …

… in einem brennenden Dorf

… auf einem Zombiefriedhof

… in einem Burgfried, von Goten belagert

… in einem rattenverseuchten Abwasserschacht

Jeff loggt sich ein …

Heute trifft er sich mit zwei Noobs, die, ganz gleich wie viel er ihnen beibringt, schon bald als Happy Meal eines Monsters enden werden. Jeffs Aufgabe – und er wird gut dafür bezahlt – besteht darin, diesen tragischen Gestalten einzureden, dass man, wenn man smart genug ist, sogar dem Tod entrinnen kann.

Wie verabredet, treffen die drei sich in TerraNova. Auf einer weiten, offenen Ebene, wo die Gefahr nicht ganz so groß ist, dass man von Vandalen oder Griefern behelligt wird, bringt Jeff zwei Kandidaten, einem Mann und einer Frau, Angriffs- und Verteidigungstaktiken bei: den Umgang mit Schwert und Handfeuerwaffen, verschiedene Arten, in Deckung zu gehen, Tritte, Schläge, Abwehr und so weiter, und greift dabei auf das große Arsenal von Fähigkeiten zurück, das er in mehreren tausend Stunden Spielzeit erworben hat.

Zwei Stunden später loggt er sich aus.

Kein einziger Besucher in der Merchant's Gallery. Ein schlechter Tag für die Kunst.

Jeff hätte gedacht, dass unter den 75 000 Menschen, die in diesem Augenblick bei LoL online sind, wenigstens ein Einziger ist, der sich für die super-sexy limitierten Drucke des früh verstorbenen Meisters Donald Francis Delpe interessiert. Doch nein. Eine dicke fette Null.

Da stimmt etwas nicht. *Sex sells*, heißt es doch immer. Und Donalds letzte Werke triefen nur so vor Sex. Was für originelle Charaktere. Vergesst Marvel. Vergesst DC. »Mit Donalds Werk hat der Comicroman seinen ersten Leonardo da Vinci gefunden« – das ist Jeffs Marketingspruch. »Bevor er dieses Leben so früh verließ, hat der Junge wahre Meisterwerke geschaffen: Porträts, Charakterstudien, die eines Caravaggio würdig wären.« Jeff hat seine Hausaufgaben gemacht, hat sich von Luther und anderen beraten lassen, hat seine Sprüche gestimmt wie die E-Saite von Lennys Paul Reed Smith Custom 24. »Von der großbusigen Krankenschwester mit nichts als einem Bodystocking am Leib – bis auf den einen Körperteil, den eine Krankenschwester wirklich bedeckt halten sollte (ihren Mund) –, über den schmierigen Chirurgen, der mit der Schlachterschürze zur Arbeit antritt, über das Mädchen von nebenan, unter dessen Minirock sich ein ganzes Arsenal von schicken Waffen verbirgt, bis hin zu Donalds Helden, Miracleman, der das Leben verachtet, die Menschheit verflucht, dem seine Unsterblichkeit zum Schicksal wird und der einfach nur auf anständige Art sterben möchte.«

Wieso kauft das keiner?

LUTHER: hey. kunst ist nichts für die kleingläubigen.

MERCHANT OF MENACE: das sagst du immer

Luther ist gerade aus dem Nichts eingeschwebt.

LUTHER: hat hier einer ne wasserstoffbombe hochgehen lassen?

MERCHANT OF MENACE: das wüsste ich gern von dir

LUTHER: wir müssen reden, sklave.

MERCHANT OF MENACE: hey keine sklavengeschichten hier, okay? ich bin bei der arbeit

LUTHER: du hast dir einen cyber-stalker zugelegt.

MERCHANT OF MENACE: ich? woher willst du das wissen?

LUTHER: der bursche, den ich ausgebildet habe. AGI. erinnerst du dich an den?

MERCHANT OF MENACE: klar. der hängt an mir wie ne klette

LUTHER: er beobachtet dich. schleicht dir nach. ich hab ihn erwischt, wie er dich im club ausspioniert hat. wollte sogar dein herr sein, aber ich hab ihm erklärt, dass die rolle vergeben ist. und schon war er weg.

MERCHANT OF MENACE: das ist doch nur ein newbie

LUTHER: inzwischen muss er mindestens level 4 sein, sonst käme er da nicht rein. also, was weißt du über ihn?

MERCHANT OF MENACE: seit ein paar wochen lässt er mir keine ruhe. will unbedingt, dass ich sein lehrer werde. ich schicke ihn immer wieder zu dir. du solltest mehr wissen als ich, du hast ihn ausgebildet

LUTHER: ich hab das gefühl, das ist jemand, den du im echten leben kennst.

MERCHANT OF MENACE: unmöglich

LUTHER: kennt irgendjemand online deine wahre identität?

MERCHANT OF MENACE: niemand!!! nicht mal du!!!

LUTHER: noch nicht!!!! da kommen wir noch drauf zurück. aber erst mal zu AGI. ich denke, das ist jemand, den du kennst. ein guter freund. jemand aus deiner familie. ich hab so was schon früher erlebt, freunde oder familienmitglieder, die gamern nachschleichen.

MERCHANT OF MENACE: ich habe keinem was verraten

LUTHER: vielleicht warst du einfach mal afk… jemand setzt sich an deinen platz, findet raus, wer dein avatar ist. so was kommt vor.

MERCHANT OF MENACE: unmöglich!!! ich bin nie afk wenn ich eingeloggt bin. und zwar genau aus diesem grund. ich bin so verflucht paranoid. ganz besonders wenn meine eltern ins spiel kommen. no way!

LUTHER: du bist n paranoider typ?

MERCHANT OF MENACE: allerdings. nicht nur paranoid, ich habe auch ein geringes selbstwertgefühl. ich werd den gedanken nicht los, dass absolut niemand da draußen hinter mir her ist

LUTHER: :) :)

LUTHER: bin froh dass du unter solchen umständen noch witze machen kannst. das zeigt deine kraft.

MERCHANT OF MENACE: hör auf, mach mich nicht verrückt

LUTHER: in 8 von 10 fällen ist der webstalker jemand, den man im rl kennt.

LUTHER: überleg doch mal. AGI schreibt zu langsam für einen teenager. er ist älter. konservativer typ. ich hab das gefühl der ist n grufti. wenn es niemand aus der familie ist, wer könnte es dann sein?

MERCHANT OF MENACE: es ist niemand aus meiner familie!! die haben von games keinen blassen schimmer. als mein dad seinen ersten computer bekam hat er gedacht die schublade vom cd-laufwerk ist ein tassenhalter!!

LUTHER: schön ruhig bleiben. denn wer die fassung verliert, verliert auch den kampf.

MERCHANT OF MENACE: meiner mutter habe ich mal gesagt sie soll eine beliebige taste drücken und sie hat zwanzig minuten nach der beliebigen taste gesucht!!

LUTHER: :) lol

MERCHANT OF MENACE: glaub mir, AGI ist einfach nur ein irrer. das nächste mal wenn mir dieser bescheuerte newbie vor die flinte kommt knall ich ihn ab, schick ihn zurück ins reinkarnationszentrum, status und fähigkeiten zurück auf null. dann kann er mir nicht mehr nachschleichen

LUTHER: und was ist mit freunden?

MERCHANT OF MENACE: da gibt es einen, bei dem wohne ich, aber der ist cool. der würde niemandem nachschleichen. MEINE ELTERN? NIE IM LEBEN!!!!!!!!

LUTHER: hey MR. FESTSTELLTASTE, reg dich ab. den kriegen wir. lass uns erst mal sicherstellen, dass es niemand aus deiner familie ist, ok?

Verdammte Scheiße, denkt Jeff. Paranoid? Seit seinem Chat mit Luther wird er den Gedanken nicht los, die schleichende Erkenntnis, dass es tatsächlich vorstellbar ist, dass sein Vater (die Mutter kann er ausschließen) sein Alias herausbekommen, sich mit LoL vertraut gemacht hat und ihm jetzt im Web nachschleicht. Jeff kann es nicht fassen. DAD – AGI?

Scheiße.

Er tigert durch die Wohnung. Wo könnte sein Vater den Umgang mit LoL gelernt haben? Den ganzen Tag lang wird

Jeffs Verstand nun eine einzige große Idee downloaden und entzippen, so langsam wie eine ATI Radeon 9200 SE-Grafikkarte. Als der Tag zu Ende geht, kann er die Datei endlich öffnen: mein Vater ist auf LoL gewesen. Mein Vater hat LoL gespielt. Mein Vater. War auf LoL. Mein eigener Vater hat mir nachspioniert. Mein Vater war auf LoL – wie oft war er da? –, und zwar ausdrücklich, um mir dort nachzuspionieren. Mein Vater hat mich in Luthers Club gesehen. Mein Vater ist ein Schnüffler. Mein Vater weiß alles. Er weiß alles, alles, alles …

Ein Gedanke wie ein Virus. Ein Virus, der alles verändert, alles verdirbt. Jeff versucht, einen inneren Knopf AKTUALISIEREN zu drücken, aber der gleiche Gedanke erscheint sofort wieder neu. Er geht wieder online. Wartet eine halbe Stunde, bis Luther antwortet.

MERCHANT OF MENACE: ich glaube, der spion ist mein vater!

LUTHER: wieso bist du dir da so sicher?

MERCHANT OF MENACE: ich hab mir alles noch mal durch den kopf gehen lassen. hatte gleich das gefühl, dass der älter ist und engländer. nie und nimmer 22 und kiwi

LUTHER: du musst dich vergewissern.

MERCHANT OF MENACE: genau das habe ich vor

Er bleibt bei LoL eingeloggt. Wartet, bis AGI sich zeigt.

AGI: Hi.

MERCHANT OF MENACE: hi

AGI: Schön, dich zu sehen.

MERCHANT OF MENACE: ja und dich auch

Jeff verlässt seinen Computer – afk! – und tippt die Handynummer seines Vaters ein; die eigene Nummer unterdrückt er. Er schaltet bei seinem eigenen Handy den Lautsprecher ein und legt es neben die Tastatur. Jeff tippt:

MERCHANT OF MENACE: wie war dein Tag?

Dann drückt er an seinem Telefon auf ANRUFEN. Rrrring, rrring, rrring…

AGI: Gar nicht – warte mal.

Die Stimme seines Vaters am Telefon: »Hallo?«

Jeff schaut auf den Bildschirm, die Stelle, wo AGI mitten im Satz aufgehört hat zu tippen, und hört seinen Vater sagen: »Hallo? Ist da jemand? Hallo?«

Jeff tippt:

MERCHANT OF MENACE: bist du noch da?

MERCHANT OF MENACE: was ist passiert?

»Hallo? Wenn Sie mich hören können, dann rufen Sie noch einmal neu an«, sagt Jim. »Die Verbindung ist schlecht.«

Fünfzehn Sekunden darauf:

AGI: Sorry. Telefon. Wie geht es dir?

AGI: Bist du noch da?

AGI: Irgendwas nicht in Ordnung?

AGI: Merchant, bist du da?

Jeff, inzwischen schweißgebadet, googelt ›wetter neuseeland‹. Behält die Seite offen.

[Lange Pause]

MERCHANT OF MENACE: mir gehts gut. ich warte nur auf jemanden

AGI: Da hast du ein bisschen Zeit?

MERCHANT OF MENACE: sag, wo genau in neuseeland lebst du eigentlich?

AGI: Wellington. Der Hauptstadt.

MERCHANT OF MENACE: dann ist es bei dir also jetzt morgen

AGI: Ja. Es ist Morgen.

MERCHANT OF MENACE: regnets bei euch da unten oder habt ihr sonne?

[Lange Pause]

Natürlich kommt jetzt eine lange Pause. Das bestätigt nur, was Jeff längst weiß. Er starrt auf die Seite mit dem Wetter in Wellington: aktuell 9°, maximal 14°. Schließlich kommt die Antwort:

AGI: Die Sonne scheint.

MERCHANT OF MENACE: hat ja ne weile gedauert

AGI: Sorry. 9 Grad hier. Geht hoch bis 14.

AGI kann also offenbar auch googeln.

Eins ist inzwischen klar. Jeff braucht ganz dringend einen neuen Dad.

Level neun
Alle Maschinen lügen

Die Regierung in Westminster wird nicht von denen gestellt, für die Jim gestimmt hat. Er hat die Opposition gewählt, so dass er nun sozusagen selbst in Opposition ist, grundsätzlich gegen die Richtung, die sein Land einschlägt. Insgeheim brennt er darauf, von Misserfolgen dieser neuen Regierung zu hören, freut sich über den wirtschaftlichen Niedergang, die kurzen Ausbrüche von Chaos, und er weiß, es ist die sinnlose Rachsucht des typischen Wählers, der nicht bekommen hat, was er sich am Wahltag gewünscht hat, aber er würde viel dafür geben, wenn sich seine eigene Weltsicht als die einzig zukunftsfähige erwiese.

Im Taxi, auf dem Rückweg von einem Gerichtstermin, blättert Jim in der Zeitung. Bleibt bei den internationalen Meldungen hängen: Klimawandel, Bankenpleiten, Skandale in der Kirche, das Übliche in Palästina, die Achterbahn der Börsenkurse, Völkermord, alles hat er schon tausendmal gesehen, doch dann fällt ihm ein Artikel auf:

Zur Empörung des österreichischen Städtchens Fucking hat das EU-*Markenamt einer deutschen Brauerei grünes Licht gegeben, ein Bier namens »Fucking Hell« zu patentieren.* Hell *ist in Österreich die Bezeichnung für eine Leichtbiersorte, und einem Bier, das in Fucking gebraut wird, kann das Recht, Fucking Hell zu heißen, nicht abgesprochen werden.*

Sobald er aus dem Taxi gestiegen ist, wirft Jim die vordere Hälfte der *Times* in den erstbesten Papierkorb. Er ist spät dran. In der Kanzlei gibt es eine Panne zu besprechen, an der er anscheinend schuld ist. *Schuld ist!* Ärger ohne Ende für Jim Delpe, LLM – wie viel soll er noch ertragen? Kurz konzentriert er sich auf den Fußweg vor sich. Wie immer kann er nur staunen über die Menge an Kaugummi, die von Millionen Füßen auf jeden Quadratzentimeter Londoner Bürgersteigs festgestampft werden, münzförmige weiße Flecken von geradezu metallischer Härte, als ob ein steinreicher Gott irgendwo am Himmel ein Loch in der Tasche hätte und Tag für Tag ein Vermögen verlöre. Die Stadtverwaltung hat alles versucht, um die Leute daran zu hindern, dass sie ihre Kaugummis auf den Gehweg werfen. Nichts fruchtet. Die Menschen sind wie die Tauben, sie scheißen überallhin.

Er langt an seinem Bürogebäude an. Betritt das Foyer aus poliertem Marmor und fährt mit dem Aufzug höher und höher hinauf. Er hasst die verspiegelte Kabine. Er sieht dieser Tage nicht gut aus und will das nicht dauernd bestätigt bekommen. Übertreibt er es mit dem Abnehmen? Sein Gesicht wirkt angespannt. Das Haar grauer. Die Augen sind gerötet. Schlaf, erholsamen Schlaf, den bräuchte er. Er ist erleichtert, als er aussteigen kann. Er stößt die gläsernen Schwingtüren auf, die die Außenwelt von seiner Arbeitswelt trennen. Die klimatisierten Käfige von Delpe, Danby, Roland & Partnern.

Partnerversammlung: Jim steuert auf Danbys Büro zu, wo Danby, Roland und Maurice, ein weiterer Partner, bereits auf ihn warten.

»Wusstest du, dass es in Österreich eine Stadt namens Fucking gibt?«

»Wusstest du, dass du wegen Nachlässigkeit angeklagt wirst?«

»Wovon redest du?«

»Delpe, Danby, Roland & Partner werden auf…« – Danby schlägt die Akte auf, die er vor sich liegen hat – »Moment – 3,5 Millionen Pfund Schadenersatz verklagt.«

»Watford? Die Stadtverwaltung?«

Danby stößt einen verächtlichen Lacher aus. Jim sieht Roland und Maurice an, die ihn mit steinerner Miene mustern.

»Nein«, sagt Danby, »nicht die Stadtverwaltung. Diese hübsche Kleinigkeit hier ist gestern eingetrudelt. Du wirst namentlich genannt. Ein Scheidungsfall von dir.«

Danby reicht Jim die Akte. Und tatsächlich ist er dort als Beschuldigter genannt: James Leonard Delpe. Er überfliegt die Zusammenfassung. Der Kläger, Mr. W–, wirft Jim vor, eine mündlich getroffene Vereinbarung, die zu Mr. W–s Vorteil gewesen wäre, nicht rechtzeitig in rechtsgültige Form gebracht zu haben; die Zeit, die er verstreichen ließ, hat seiner Ex-Frau Gelegenheit gegeben, es sich anders zu überlegen und die Sache vor Gericht zu bringen, wo Mr. W–, inzwischen von einem anderen Anwalt vertreten, zur Zahlung einer Abfindung verurteilt wurde, die um 3,5 Millionen Pfund über der zuvor vereinbarten liegt. Diesen Betrag fordert Mr. W– nun von DDR & P zurück.

Jim lässt die Akte sinken. »Hört mal, das war ein kompliziertes Fall. Ich musste Informationen aus dem Umfeld einholen, so was braucht Zeit. Und er kann nicht beweisen, dass seine Frau es sich nicht so oder so anders überlegt hätte, egal, wie schnell ich gewesen wäre.«

Roland ergreift als Erster das Wort. »Wir machen uns alle Sorgen um dich. Du siehst erschöpft aus.«

»Mir geht's gut.«

Doch die Art, wie sie ihn ansehen, verrät Jim, dass diese Männer keine Geduld mehr mit ihm haben und dass die Machtverhältnisse sich bereits zu seinen Ungunsten verschoben haben. Man hat sich verständigt, hat Entscheidungen hinter seinem Rücken gefällt. Für sie ist er jetzt ein Risiko.

Danby nimmt den Faden auf. »Wie auch immer, du hast's vergeigt. Du bist nachlässig gewesen, das kannst du nicht leugnen. Er hat für deine Aufmerksamkeit gezahlt. Er hat sie nicht bekommen. Du bist mit deinen Gedanken nicht bei der Sache, das wissen wir alle. *Wo* du mit deinen Gedanken bist, das weißt nur du, aber es ist verdammt noch mal nicht hier, in deinem Büro, an deinem Schreibtisch, bei der Arbeit für diese Kanzlei. Oder willst du das bestreiten? Sei ehrlich, kannst du das bestreiten?« Danby starrt Jim an, bis der es nicht mehr aushält, dann wendet er den Kopf und blickt zum Fenster hinaus, als ob er Jim einen großen Gefallen täte, indem er sich seine Gefühle jetzt nicht anmerken lässt. »Ruh dich aus. Dann kommst du zurück. Wir wollen dich wieder ganz oben sehen. Oder wenn dir das lieber ist, können wir auch über die Übernahme deines Anteils reden. Wir würden dich auszahlen, wenn du das vorziehst. Wir können dich nicht mehr decken. Wir haben uns deine Mails angesehen. Der Bursche hier ist nicht der Einzige, der nicht zufrieden mit dir ist.«

»Hinter meinem Rücken?«

»Wir sind Partner. Da gibt es keinen Rücken. Und ich habe dir ja schon beim letzten Mal gesagt, dass wir uns Sorgen machen. Nimm das nicht auf die leichte Schulter, Jim.«

»Der Kerl kann diesen Prozess nicht gewinnen. Ich habe festgestellt, dass seine Firma wesentlich mehr wert ist, als er mir angegeben hat. Wahrscheinlich hat die Frau zu Recht so viel gefordert.«

»Nimm eine Auszeit. Wir bestehen darauf.«

»Tatsächlich?«

Danby kommt zurück, nimmt Jim die Papiere aus der Hand und liest vor: *»Mr. Delpe hat wenig oder nichts unternommen, die notwendigen Informationen professionell und termingerecht zusammenzustellen.* Jim, ich habe mit diesen Leuten gesprochen. Du hast auf Mails nicht geantwortet. Nicht zurückgerufen. Sie haben kommen sehen, dass das vor Gericht endet, und jetzt ist dieser Bursche um dreieinhalb Millionen ärmer, und wir sind das vielleicht bald auch.«

Roland und Maurice nicken unisono, Engländer, die sich als Engländer geben, weniger interessiert an Jims Wohlergehen als daran, dass die Form gewahrt bleibt. Sie wollen, dass er geht.

Was hat Jim für eine Wahl? Er muss eine Entscheidung treffen, genau wie AGI im Spiel. »Schön. Dann setze ich für eine Weile aus.«

»Wir hatten schon vermutet, dass dir das lieber ist. Und

während du fort bist, versuchen wir, diese Schadenersatzklage abzuwehren. Wir haben Sutton drangesetzt. Charlie hilft. Es wird uns hoffentlich nicht zu viel kosten, aber mit Sicherheit kostet es Einiges.«

»Ich habe eine Reihe von Fällen, wo die Verhandlungstermine schon festgesetzt sind. Aber ich trete ein paar Wochen kürzer, keine neuen Mandanten. Um ehrlich zu sein, ich kann eine Verschnaufpause brauchen. Aber ich lasse nicht einfach alles fallen. Das muss klar sein. Und verschwört euch nicht noch einmal hinter meinem Rücken und erzählt mir, ich soll meinen Anteil verkaufen. Verstanden?«

Jim kann immer noch kämpfen, und das wird er tun. Sie unterschätzen ihn.

Maurice und Roland blicken Danby an, der anscheinend die entscheidende Stimme hat. Danby nickt. Abgemacht. Doch er hat noch etwas, das er nachlegen kann. »Aber lass uns vorher prüfen, was von dir rausgeht. Noch so ein Vorfall, und wir können zumachen. Es geht hier längst nicht mehr nur um dich.«

Wie bringe ich das Renata bei? Erst später, als er wieder in seinem Büro ist, begreift Jim, dass er ihr das überhaupt nicht erzählen wird. Das würde sie nur in ihrer Überzeugung bestätigen, dass er schlechter dran ist als sie. Er wird einfach mehr Zeit auf dem Land verbringen, das ist schließlich das, was er jetzt braucht. Und sobald die Arbeiten am Haus abgeschlossen und sie umgezogen sind, kehrt er wieder zur Vollzeitarbeit zurück. Mehr als das muss niemand wissen.

Sein Mittagessen verzehrt er im Park. Die Hälfte des

Thunfischsandwichs verfüttert er an ein wachsendes Heer von Tauben, und auch wenn seine Gedanken wirr und zunächst voller Selbstmitleid sind, formiert sich in ihm der Widerstand. Alle unterschätzen ihn: seine Frau, sein Sohn, seine Partner in der Kanzlei, seine Schwester. Alle hacken auf ihm herum. Halten ihn für einen Feigling. Einen Wichser. Und woran liegt das? Sein Leben lang hat er viel zu oft nachgegeben. Aber damit ist jetzt Schluss! Von nun an wird er sich wehren, auch wenn er auf diesem Gebiet wenig Erfahrung hat und bestimmt Fehler macht.

Jim merkt, dass er schwitzt. Er hat einen Winteranzug an – die Sommeranzüge sind alle in der Reinigung –, und während er seine Stirn mit der Papierserviette abtupft und die Vogelschar sich um das letzte Stück Sandwich balgt, erscheint eine Gestalt vor seinem inneren Auge: Luther. Das Gesicht, die Figur, der Charakter, alles nimmt Gestalt an. Wenn er denn eine Zwangspause bei der Arbeit einlegen muss, dann wird er als Erstes neues Projekt Luther umbringen. Da wird er mit seinem Kampf ansetzen – und er wird Jeff retten. Was für eine großartige Idee. Luther töten. Ihn und das lächerliche Imperium, das er aufgebaut hat, zerschlagen. Jetzt, wo ihm klar ist, dass Jeff ihm nie seinen wahren Aufenthaltsort verraten wird, ist ihm das plötzlich sonnenklar. Er wird diesen Avatar töten, diese künstliche Person, und wer weiß, vielleicht wird sein Sohn dann wieder zu ihm zurückkehren.

Als Jim am Abend den Volvo in der Hauseinfahrt abstellt, fällt sein Blick auf den Basketballkorb, den er an der Garagenwand befestigt hat, damit seine beiden Söhne das Spiel spielen können, das er selbst so liebt. Keiner wirft heute mehr einen Ball, das Netz hängt zerschlissen und grau. Der eine Sohn tot, der andere *ein Sklave*! Das Wort ist wie ein Schlag, ein Angriff auf seinen Stolz. Er zieht die Handbremse, steigt aus dem Wagen, stellt seinen Aktenkoffer unter dem Korbbrett ab, von dem längst die Farbe abblättert. In einem Blumentopf liegt ein schlaffer Basketball. Er nimmt ihn in beide Hände. Früher ist er gegen beide Jungs angetreten, zwei gegen einen. Er titscht den Ball, der nur noch knapp bis zur Ausgangshöhe zurückkommt, hechtet mit einem Hüftschwung zum Korb, vorbei an niemandem. Die Jungen sind nur noch Gespenster.

Er geht zurück bis an die Freiwurflinie, beugt die Knie, lässt den Ball dreimal hüpfen und nimmt dann die Vorderkante des Reifens ins Visier. Mit sechzehn war Jim Verteidiger, aber als er immer größer wurde, machte der Trainer ihn zum Stürmer. Vorne, da wird mit Körpereinsatz gekämpft. Kein Job für Weicheier. Der Gegner war brutal, und da musste man selbst brutal sein. Er hebt den Ball, zielt und wirft. Er fliegt mit leichtem Rückwärtsdrall, genau wie es der Trainer ihnen immer eingeschärft hatte. Mitten ins Ziel. *Wurf… und Korb!* Damals war das Leben noch einfach.

Mit dem Ball unter dem Arm geht er ins Haus. Er teilt Renata mit, dass er beschlossen hat, mehr Zeit auf dem Land zu verbringen. Lügt ungeschickt. Die Abflussrohre seien nach wie vor nicht richtig angeschlossen, sagt er, und er müsse immer noch das Klo im Wald benutzen. »Sobald alles angeschlossen ist, musst du auch rauskommen.«

Sie ist überrascht, dass er so kurzfristig Urlaub nehmen kann. »Ich dachte, bei dir stapeln sich die Fälle. Kommen die denn ohne dich zurecht?«

»Eine Menge von den Sachen kann ich da draußen erledigen.«

»Na, vielleicht brauchst du das«, sagt sie und wendet sich wieder ihrem Computer zu. Dann ruft sie: »O nein!«

»Was ist?«

»Immer wenn ich ein D im Adressfeld meiner Mail eintippe, ergänzt es *Donny.* Immer wieder. Das ist so schrecklich.«

»Es will voraussagen, was du eintippst.«

»Schrecklich. Was kann ich da machen?«

Jim kommt und blickt ihr über die Schulter. Spürt, wie schwer ihr diese elektronische Erinnerung zusetzt. Überlegt sogar, ob er ihr beruhigend die Hand auf die Schulter legen soll. Verwirft den Gedanken. »Du musst ihn aus deinem Adressbuch löschen.«

»Löschen?«

»Ja, das ist alles.«

»Meine Güte. Nein. Mach du das.« Voller Entsetzen steht sie auf und lässt ihn allein am Computer zurück. Eine Nachricht ist fälschlicherweise adressiert an Donny <don.delpe@windowslive.com>. Er öffnet das Adressbuch, markiert den Eintrag für Donny, doch als er ENTF drücken will, spürt auch er einen Stich. Er muss seine ganze Willenskraft aufbieten, damit er die Taste drücken und die digitalen Reliquien seines Sohnes vernichten kann. Und es ist noch nicht vorbei. Sind Sie sicher, dass Sie Donny Delpe aus der Liste Ihrer Kontakte löschen wollen? Verfluchte Maschinen. Er klickt auf das hervorgehobene Ja.

Leere. Entsetzlich.

So was kann einen erwachsenen Mann zum Weinen bringen.

Nach dem Mittagessen fährt Jim mit seinem Hund aufs Land. Im spärlichen Werktagsverkehr tritt er aufs Gaspedal, bis der Tachometer deutlich über siebzig, dann achtzig Meilen anzeigt, und zweimal, beim Gedanken an das Lederhalsband von Jeffs Avatar, treibt er die Nadel sogar über die Hundertermarke. *Luther. Luther.* Blut pocht hinter Jims Schläfen. Es ist Zeit zum Handeln. Höchste Zeit.

Nach einer Stunde auf der M4, auf der Höhe von Didcot Parkway, wo die Hänge beiderseits der Autobahn mit jungen Kiefern aufgeforstet sind, kommt er an einem Warnschild vorbei – das Zeichen für Wildwechsel, und darunter ein kleineres: *12 Meilen.* Und wie jedes Mal an dieser Stelle spürt er, dass der Würgegriff von London endlich nachlässt. Jim lockert seine Krawatte und nimmt den Fuß vom Gas. Er schaltet Radio 2 aus und sein Navigationsgerät an. Alexandra übernimmt:

An der nächsten Ausfahrt Autobahn verlassen

An der Ausfahrt 15 fährt er ab. Passiert Dörfer, Gehöfte, Wälder. Allmählich kennt er die Strecke, aber er lässt Alexandra trotzdem eingeschaltet, weil ihm die Illusion einer Beifahrerin gefällt. Er tankt, kauft ein. Als der Burger King in Sicht kommt, bellt Stinker, und Jim kauft ein paar Pommes frites. Der Mond geht früh auf. Groß, rund und bleich am Himmel, wie eine Münze aus breitgetretenem Kaugummi.

Endlich. Das Cottage. Erstaunlicherweise steht der klapprige Lieferwagen des Bauunternehmers noch davor. Jim schaut auf die Uhr. Fünf Uhr nachmittags. Ein Wunder.

»Eigentlich ein HFA-Tag«, sagt Lance grinsend. Er hält seinen Schlagbohrer wie einen 45er-Colt, als er ihm über die Schlammfläche des Gartens entgegenkommt.

»HFA?«

»Hau früher ab. Aber jetzt hat's mich gepackt. Jetzt will ich, dass das Haus hier fertig wird.«

Typisch Bauunternehmer, plappert immer das daher, was die Bauherren hören wollen. »Na, das freut mich zu hören, Lance. Das freut mich sehr. Denn wir würden allmählich gerne einziehen.« Jim versucht, das Bild von diesem Raufbold zu vertreiben, wie er seine Schwester reitet. Es ist einfach zu viel. Er hat sich in seiner Wut ohnehin schon zu sehr verzettelt: Wut auf Elsbeth, Lance, Jeff, seine Anwaltskollegen und auf sich selbst, ja, vor allem auf sich selbst. Er muss sich auf Luther konzentrieren. Das ist seine Mission: töten, zerstören, vernichten.

Lance und Jim trinken Kaffee und sitzen dabei auf zwei umgedrehten Eimern. Die Stimmung ist beinahe entspannt, da fragt Lance: »Und wie geht's Ihrer hübschen Schwester? Alles in Butter bei ihr?«

»Elsbeth, der geht's gut, glaube ich.« *Knall ihn ab,* denkt Jim. *Auf der Stelle. Mach schon!* Aber dann: »Ich sehe mich immer noch als ihr Beschützer.«

»Ein tolles Mädel ist das. Prima Kumpel. Kein bisschen eingebildet.«

Worauf du wetten kannst! *Das Gummibändchen auf*

dem Handrücken! Jim spürt, wie die Wut wieder in ihm hochkommt. Was ist das für ein Handwerker, der sich das Recht herausnimmt, die Schwester seines Auftraggebers zu vögeln, und dann grinst er ihm auch noch frech ins Gesicht? Jim würde ihm gern ein blaues Auge schlagen, aber Lance ist ein erfahrener Kneipenschläger – er hätte keine Chance gegen ihn. Immerhin hat Jim jetzt keine Illusionen mehr, was Lance angeht.

»Ja, das ist sie«, sagt er. »Aber sie ist derzeit ziemlich durcheinander. Deshalb kümmere ich mich um sie. Nehme sie unter meine Fittiche? Verstehen Sie?«

Lance schaut ihn im schwindenden Tageslicht treuherzig an. Nickt. »Find ich gut von Ihnen. Dazu ist ein Bruder schließlich da, denk ich. Wenn ich eine Schwester hätte, wäre ich die Ein-Mann-Schutztruppe.«

Vor ihnen der Kegel aus Schutt, verrosteten Dosen, Chemikalienresten, Farbe, Abfallfetzen, die im Wind flattern, Kunststoff, ausgehärteten Mörtelbrocken, Verstärkungen für Stahlbeton, verrosteten Gerüstkrampen, einem Schubkarren ohne Rad – das Chaos, das Lance angerichtet hat.

»Das bring ich in Ordnung.« Er hat Jims Gedanken gelesen. »Zwei Minuten mit Lastwagen und Schaufelbagger. Dann brauchen Sie Rollrasen, legen das hier damit aus, und Sie werden staunen. Sieht alles wieder aus wie vorher. Besser sogar.«

Später, als Lance fort ist, geht Jim nach drinnen, überlegt, ob er sich etwas kochen soll, aber er hat keinen Appetit. Er lässt Wasser in eine Milchflasche laufen, nimmt sie mit nach draußen, setzt sich auf einen umgedrehten Eimer und lauscht dem Pfeifen des Windes über dem Flaschenhals – ein Ton, der immer tiefer wird, je mehr er von dem Wasser trinkt. Der Flügelschlag eines Habichts, im Tiefflug. Ein Traktor tuckert vorüber.

Er hätte Lance davonjagen sollen. Warum hat er es nicht getan? Wieso kann er nie handeln? Wann ist er endlich so aufgebracht, dass er vor Wut zuschlägt?

Jim sammelt seine zerfasernden Gedanken. Versucht, die Demütigung zu vergessen, dass man ihn aufgefordert hat, seine Anwaltsgeschäfte ruhen zu lassen, zu vergessen, dass sein einziger lebender Sohn wahrscheinlich schwul ist und seine Kicks daraus bekommt, dass man ihn an der Leine führt wie einen Hund, auch zu vergessen, dass er seine ehelichen Rechte eingebüßt hat, gerade jetzt, wo das sexuelle Verlangen seiner Frau vorzeitig sinkt wie die Sonne an einem Februarabend. Um all das zu vergessen, loggt sich Jim bei *Life of Lore* ein, wo er, kaltblütig und berechnend, seinen Feind aufspüren und unschädlich machen will.

Aber er zögert. Er darf keinen Fehler machen. Was er jetzt vorhat, wird mit Sicherheit ein Kampf auf Leben und Tod. Der Kerl ist vielleicht ein Riese unter Zwergen, doch wenn Jim ihn überrumpeln kann, rechnet er sich trotzdem Chancen aus. Er muss schnell und fest zuschlagen, von hinten vielleicht. Ein Schwert wäre eine geeignete Waffe. Er kann sich noch gut erinnern, wie schnell er selbst tot war, bei seinem ersten Besuch in diesem Spiel, unglaublich schnell. Luther muss zurück ins Reinkarnationszentrum, ohne alles. Einmal seiner Kräfte beraubt, ist Luther ein Nichts.

Doch am heutigen Abend ist Luther nirgendwo zu finden. Die Minikarte zeigt nichts an. Und Jeff ist ebenfalls nicht da. Was fängt Jim mit seinem alttestamentarischen Zorn jetzt an? Soll er es später noch mal versuchen? Aber was macht er dann in der Zwischenzeit? Ohne eine Gelegenheit zur Schlacht, kochend vor Wut, streift er durch die virtuelle Dünenlandschaft, und zugleich versucht er, mit den Magenschmerzen fertigzuwerden, mit dem Gefühl der Enge in seiner Brust.

Am Flussufer sitzt eine Frau und betrachtet den Sonnenuntergang. AGI nähert sich. Es ist eine attraktive Blondine, Mitte zwanzig. Beim Doppelklick auf ihren wohlgerundeten Körper öffnet sich das Fenster mit ihrem persönlichen Profil. Ihr Name ist Kayla. Das Feld *Gruppen* ist leer. Unter *Interessen* führt sie auf: »Leute kennenlernen, Schmuck verkaufen«; ihre Kompetenzen: »Scripting«; unter *Reales Leben* heißt es: »Britin, 29, Single«.

Jim hat in seinem eigenen Profil überhaupt nichts ausgefüllt. Die Vorstellung, dass er etwas über seine wahre Identität preisgeben könnte, jagt ihm Angst ein.

KAYLA: Bitte bring mich nicht um.

AGI: Dich umbringen? Natürlich nicht. Ich wollte einfach nur hallo sagen.

KAYLA: Kann ich dir trauen?

AGI: Ja.

KAYLA: Ich bin gerade gestorben und neu gestartet worden.

AGI: Ich glaube, reinkarnieren nennt man das hier.

KAYLA: Aber jedes Mal, wenn ich einen neuen Körper bekomme, taucht so eine Bande auf, hackt mit Schwertern auf mich ein, und dann muss ich wieder zurück auf diesen grässlichen Friedhof.

AGI: Du bist schwach. Du kannst dich nicht wehren. Du bist leichte Beute für sie.

KAYLA: Kannst du mich beschützen?

AGI: An diesem Ort hier lernt man am besten, sich selbst zu beschützen.

KAYLA: Biiiiitte!!! Ich weiß nicht, wie man kämpft.

AGI: Du brauchst einen Mentor. Einen Lehrer für diese Welt.

KAYLA: Könntest du nicht mein Lehrer sein?

AGI: Nein. Das kann ich nicht.

KAYLA: Ich zahle auch dafür. Bitte. Ich will nicht sterben.

AGI: Und bis du das Kämpfen gelernt hast, läufst du besser vor ihnen davon.

KAYLA: Kannst du kämpfen?

AGI: Ein wenig.

KAYLA: Kannst du mir wenigstens das beibringen?

AGI: Du brauchst einen echten Mentor. Ich bin selbst noch Schüler. Und du musst Waffen erwerben, indem du Aufgaben löst.

KAYLA: Kannst du mir eine von deinen Waffen geben, damit ich mich verteidigen kann?

AGI: Tut mir leid, aber Waffen sind nicht übertragbar. Man erwirbt sie, indem man durch die Levels aufsteigt. Mutproben besteht, Hindernisse überwindet.

KAYLA: Jetzt, wo du da bist, fühle ich mich schon viel sicherer.

AGI: Es ist ein brutaler Ort, fürchte ich.

KAYLA: Wie laufe ich weg?

AGI: Indem du schnell die Tasten w, a, s, d betätigst.

KAYLA: wwwwwwwwwwwww

KAYLA: aaaaaaaaaaaaa

KAYLA: sssssssssssssssssssssss

[Kayla kehrt zurück]

KAYLA: Danke.

AGI: Man tippt ty für danke.

KAYLA: Ich bin so ein Newbie.

AGI: n00b heißt das hier. Das lernst du alles noch.

KAYLA: Kannst du mir sagen, ob sich das lohnt?

AGI: Was?

KAYLA: Ich will nicht Stunden und Wochen brauchen, um dieses Spiel zu lernen, wenn es zu nichts führt.

AGI: Ich muss zugeben, dass es nicht sinnlos ist. Ja, es lohnt sich.

[Lange Pause]

KAYLA: Ich habe gerade mal mit der rechten Maustaste auf dich geklickt. Du verrätst überhaupt nichts über dich.

AGI: Was möchtest du denn gerne wissen?

KAYLA: Ich weiß nicht. Bist du wirklich ein Mann?

AGI: Das letzte Mal, als ich nachgesehen habe, war ich's. Meine Frau ist vielleicht anderer Ansicht.

KAYLA: Aus welchem Land kommst du?

AGI: Aus England.

KAYLA: Ich auch!

AGI: Habe ich gesehen. In deinem Profil.

KAYLA: Du hast schon rechts geklickt?

AGI: Ich habe keine rechte Maustaste. Ich mach's mit Doppelklick. Ich bin ein Mac.

KAYLA: Hallo Mac. Mann, das ist wie in diesen Fernsehspots, Mac kontra PC. Bist du jung und hip und groovy, Mac?

AGI: Negativ, bei allen dreien.

KAYLA: Was bringt dich dann zu Life of Lore?

AGI: Das sage ich lieber nicht. Wie steht's mit dir?

KAYLA: Das ist ein bisschen peinlich, aber eine Freundin von mir hat bei diesem Spiel einen sehr netten Mann kennengelernt. Die sind jetzt im richtigen Leben zusammen. Und ich bin Single, da dachte ich …

AGI: Pünktchen Pünktchen Pünktchen.

KAYLA: Genau.

AGI: Na, wenn du in Wirklichkeit wie dein Avatar aussiehst, wirst du bestimmt nicht lange Single bleiben.

KAYLA: Süßholzraspler. Aber ich sehe wirklich so aus. Warum soll ich Leuten was vormachen?

AGI: Wow. Dann kann ich mir erst recht nicht erklären, wieso du Single bist.

KAYLA: Was für ein Charmeur.

AGI: Ich bin einfach nur ehrlich.

KAYLA: Na, du siehst aber auch nicht schlecht aus, wenn du wirklich so aussiehst.

AGI: Der Avatar hat keine Falten. Ich bin Ende vierzig. Aber sagen wir, für mein Alter habe ich mich ganz gut gehalten.

KAYLA: Hast du einen Bierbauch?

AGI: Nein, als ich in den Dreißigern war, habe ich auf mein Gewicht geachtet. Das zahlt sich jetzt aus.

KAYLA: Gut. Mit Bierbäuchen kann ich's gar nicht. Da vergeht mir der Appetit.

AGI: Irgendwas haben wir alle, womit wir's nicht können.

KAYLA: Was ist es bei dir? An einer Frau, meine ich.

AGI: Ein Bierbauch.

KAYLA: Hi, hi

KAYLA: :)

Wie kurios. Eine künstliche Vertrautheit. Keine Grenzen, keine Verpflichtungen – man muss nur interessant bleiben, solange man selbst Interesse hat. Jetzt, wo er mit dieser Fremden chattet, ist Jim überrascht, dass er tatsächlich so etwas wie das Wesen dieser Frau spürt, der realen Frau, die irgendwo da draußen an ihrer Tastatur sitzt. Ein guter

Mensch, das weiß er. Er sieht eine liebe, gesprächige, offensichtlich einsame Person, nur ein wenig niedergeschlagen und phantasielos geworden. Wahrscheinlich eine Art Verzweiflungstat für sie, dass sie es mit diesem Spiel versucht. Im wirklichen Leben (gesteht sie ihm in klarer Helvetica-Schrift) ist sie Tänzerin. Er schreibt zurück, dass er das für einen schönen Beruf hält. Aber dann fordert sie ihn zu seiner Verblüffung auf, mit ihr zu tanzen. Da er keinen vernünftigen Grund sieht, warum er es nicht tun sollte, stimmt er zu. Sie sagt ihm, welche Tasten er benutzen muss, und kurz darauf drückt Jim in Gestalt von AGI ein Wesen an sich, das sich in seinen synthetischen Armen wiegt.

KAYLA: Du bist ein guter Tänzer. Zieh mich an dich.

An seiner Tastatur lächelt er, lässt einen Augenblick lang zu, dass ihm das alles vorkommt wie ein echter Flirt. Er macht sich zum Narren, das weiß er, aber sie schließlich auch. Doch dann gibt es Ärger. Auf seiner Minikarte sieht Jim mehrere grüne Punkte auf sie zukommen.

AGI: Geh auf Privatkanal 6 zum Chat. /p6 drücken.

AGI: Kannst du mich hören?

KAYLA: Ja. Was ist los?

AGI: Das sind vielleicht wieder die Vandalen, die dich schon mal umgebracht haben. Griefer.

KAYLA: O nein!!

ZOTHECULA: hey ihr arschlöcher

KAYLA: Das ist er!!

AGI: Lauf

ZOTHECULA VERSETZT KAYLA EINEN SCHWERTHIEB, 8 SCHADENSPUNKTE

AGI: Lauf!!!

AGI: Die w-Taste!!!! Kayla!

KAYLA: wwwwwwwwww

[Sie bleibt stehen]

KAYLA: Kommst du nicht mit?

AGI VERSETZT ZOTHECULA EINEN SCHWERTHIEB, 4 SCHADENSPUNKTE

AGI: Kennst du mich noch?

ZOTHECULA: aua. zäher bursche

AGI VERSETZT ZOTHECULA EINEN SCHWERTHIEB, 4 SCHADENSPUNKTE

ZOTHECULA VERSETZT AGI EINEN SCHWERTHIEB, 4 SCHADENSPUNKTE

KAYLA: Agi lauf!!!!!!!!!!

AGI PARIERT ZOTHECULAS HIEB

AGI SPRINGT ÜBER ZOTHECULA

AGI VERSETZT ZOTHECULA EINEN SCHWERTHIEB, 4 SCHADENSPUNKTE

AGI SCHLEUDERT ZOTHECULA ZU BODEN, 8 WEITERE SCHADENSPUNKTE

AGI HAUT ZOTHECULA DEN KOPF AB. TÖDLICHE VERLETZUNG

ZOTHECULA STIRBT

AGI: Wer ist der Nächste?

SÄMTLICHE VANDALEN ERGREIFEN DIE FLUCHT

KAYLA: Schatz, das war großartig.

AGI: Ich fühle mich wie Arnold Schwarzenegger.

KAYLA: Wow, ich glaube, das macht mich richtig scharf.

[Lange Pause]

AGI: Erzähl mir mehr.

KAYLA: Wirklich?

AGI: Wirklich.

Jeff Delpe loggt sich aus. Sein Herz rast, die aufregende Welt auf dem Bildschirm verlöscht, und der nimmt die Farbe eines nächtlichen Ozeans an. »Verdammtes Arschloch.«

»Was?« Lenny hat die neue Gitarre auf den Knien und einen Stift in der Hand, ein Dutzend Blatt Papier vor sich. Er versucht, einen neuen Song zu schreiben, und zwar rückwärts, von der letzten Zeile des Refrains her, von wo er sich zu den Reimen davor zurückarbeitet, die sich ganz von selbst ergeben.

»Kümmer dich nicht um mich.« Was er gerade gemacht hat, sollte er lieber vor Lenny geheim halten. Und nicht nur vor dem.

Jeff reibt sich die roten Augen. Es muss spät sein, und er ist müde. »Scheiße«, murmelt er. Während der Computer herunterfährt, dreht Jeff sich auf dem Bürostuhl um.

Lenny ist wieder voll konzentriert, wühlt in den Tiefen seines Verstandes nach einer lyrischen Wendung, in der all die berauschenden, doch gestaltlosen Gefühle zum Ausdruck kommen, die in ihm schlummern und sich außerdem auf »Einsamkeit« reimen. Natürlich, die letzten Zeilen des Refrains lauten: *Drück mich an dich, Haut auf Haut / Spüre meine Einsamkeit.* Doch was kommt davor? Er blickt auf, um zu fragen: »Was hast du da überhaupt online gemacht? Mann, du bist echt nicht zu bremsen.«

Jeff atmet tief durch. »Nichts Besonderes.«

»Lass mich raten. Dein Facebook-Profil aktualisiert? Freunde gelöscht?«

»Woher weißt du das?«

»Dieser ganze Facebook-Scheiß ist doch reine Zeitverschwendung.«

Lenny geht wieder an die Arbeit, versucht eine Kombination aus a-Moll, Vorhalt, Capo, d-Moll, wobei die nicht eingestöpselte E-Gitarre Geräusche wie etwas aus der Besteckschublade von sich gibt – *plink, plink, plink* –, wenn seine Finger die Saiten in komplizierten Griffkombinationen berühren. Jeff überlegt derweil, was er in *LoL* als nächstes machen soll. »Mein Vater spioniert mir nach.«

»Hmmm?« – *plink, plink, plink* – »Was?«

»Das Arschloch spioniert mir nach.«

Endlich blickt Lenny auf. »Spioniert? Was?«

»Mein Alter. Spioniert mir nach.«

»Was meinst du mit spionieren?«

Jetzt muss Jeff doch überlegen. »Er dringt in meine Privatsphäre ein. Massiv. Wie ein Geheimagent.«

»Ich dachte, die wissen nicht, wo du bist?«

»Tun sie auch nicht. Aber sie versuchen's trotzdem.«

Lenny nickt. »Grausig. Aber Eltern sind nun mal so, Mann. Es ist unanständig, aber …« Er zuckt die Achseln. Er hat eine Akkordfolge gefunden, die ihm zusagt, und spielt sie noch einmal.

»Ein ganzes Jahr lang bin ich zu Hause geblieben, nur damit meine Eltern sich nicht gegenseitig an die Gurgel gehen, und es war die Hölle. Das war ein Opfer. Von mir. Sie waren kurz davor, sich zu trennen, es war lächerlich, und da wollte ich der Kitt sein, der alles zusammenhält, verstehst du? Und was ist der Dank?«

»Scheiße. Und was hast du jetzt vor?«

»Niemand mischt sich in meine Privatsphäre ein, ohne dafür zu büßen.«

Aber Lenny hört ihm nicht mehr zu. Er konzentriert

sich wieder auf seinen Song. Während er seine Akkorde zupft, einen Einfall notiert und wieder durchstreicht, versucht Jeff – aufgewühlt und ziemlich durcheinander –, auch etwas zu komponieren: einen Racheplan. Auge um Auge.

»Ich hab's!«, verkündet Lenny schließlich und geht wieder einmal als Erster durchs Ziel.

Lass uns tauschen, ich werd du,
Ich bin mich selbst so leid.

»Genial«, sagt Jeff. Und er meint es.

Drück mich an dich, Haut auf Haut,
Spüre meine Einsamkeit.

Perfekt. Ein Meisterwerk.

Gegen Mitternacht putzt Jim sich die Zähne. Beim Blick in den fleckigen alten Badezimmerspiegel stellt er fest, dass fast drei Stunden intensiver Onlinegeselligkeit ihm schwer zugesetzt haben. Tiefe Ringe unter den Augen. Purpurne Lider. Aber er ist auch erregt. Wie wunderbar, wenn man sich benimmt, als sei man jemand anderes. Vollkommen normal, dass man sich verstellt.

Kann ein virtuelles Spiel realer sein als mein reales Leben? Fast automatisch formuliert Jim seine Verteidigung, denn das Schuldbewusstsein lässt nicht lang auf sich warten. *Wer bin ich? Als Anwalt spiele ich den Anwalt, als Ehemann den Ehemann, und lebendig bin ich dabei vielleicht in einer von zehn Sekunden.* Und Renata – ist sie denn nicht auch eine Schauspielerin mit oscarreifen Leistungen? *Im virtuellen Raum sind wir künstlich und anonym, da hört die Schauspielerei auf, und wir zeigen unser wahres*

Ich, geben furchtlos alles von uns preis. Beispiel Jeff – der sein wahres Wesen nur online zeigt. *Was könnte virtueller sein als das echte Leben?*

In dieser übermüdeten, doch erregten Verfassung, nachdem er stundenlang geflirtet hat (und er hat ausgiebig, ja unverschämt mit Kayla geflirtet), sieht Jim auf die Uhr und ruft Renata an.

»Hallo, ich bin's.«

Sie ist schon im Bett und liest. Er sagt ihr (seiner eigentlichen Sexpartnerin), dass er länger bleiben und erst am Sonntag zurückkommen will. So viel zu tun hier draußen. Der Bauunternehmer hat sie beide angeschmiert. Er beeilt sich mit dem Anruf, will sich nicht von ihrer Stimmung herunterziehen lassen oder etwas von seiner eigenen preisgeben, und auch sie ist kühl, kurz angebunden, froh, als das Telefonat zu Ende ist. Er klappt sein Handy zu. Immer mehr wird es zur Belastung, überhaupt mit ihr zu reden. Vielleicht schreibt er ihr in Zukunft nur noch SMS. *Planänderung. Bleibe auf Land. Muss jemanden online umbringen. Sonntag zurück. XX.* Der aktive Wortschatz von Paaren, die fünfzig Jahre verheiratet sind, sinkt auf nur 350 Wörter. Das hat Jim einmal gelesen und es damals für unmöglich gehalten. Jetzt glaubt er es. Und welche Wörter bleiben übrig? *Ja. Nein. Mehr. Hier. Deins. Meins. Danke. Hunger. Kalt. Heiß. Genug. Heute. Morgen. Gute Nacht.* 350 urzeitliche Grunzlaute, wo zuvor Worte munter sprudelten, der Quell für sämtliche Liebesgedichte aller Zeiten.

Jim spült sich den Mund aus. Das Wasser, das er ins Waschbecken spuckt, ist ein wenig blutig – er hat zu fest gebürstet. Ist er aufgeregt? Sein Herz schlägt eindeutig schneller als sonst. Kayla hat ihm heute Abend den Kopf verdreht, mit ihm gespielt, und mit ihrer Freizügigkeit hat sie ihn verleitet, selbst zu experimentieren, Worte einzutippen, die er noch nie im Leben getippt hat. Aber warum sollte er nicht zulassen, dass sie ihn erregt? Wem schadet er damit? In Wirklichkeit kann er doch froh sein, dass er Kayla gefunden hat. Die geheimnisvolle Frau (er meint die echte Frau, die hinter Kayla steht) nimmt kein Blatt vor den Mund, und er braucht ein wenig harmlose erotische Ablenkung. »Ich wette, du bist sexy im richtigen Leben«, hatte sie ihm geschrieben. »Ein richtiger Hengst.« – »So kann ich sein«, hatte er geantwortet und hinzugefügt: »Mit der richtigen Frau.« Darauf sie: »Da muss ich mich jetzt sehr zusammennehmen, um nicht zu fragen, wie lang dein Schwanz im richtigen Leben ist.« Wenn er sich das jetzt überlegt, hat er in all seinen Ehejahren nie mit jemandem geflirtet. Nie. Aber nach über zwanzig Jahren Bravsein ist es sein gutes Recht, auch einmal Emotionen auszusprechen, von denen er nicht einmal weiß, ob er sie wirklich hat.

Er geht hinüber zum Fenster. Tiefschwarze Nacht. Tiere in den Wäldern. Nächtliche Jäger und Gejagte. Die gewalttätige Wirklichkeit der Wildnis. Er zieht die dicken Vorhänge zu, in deren Stoff winzige Motten leben, die auffliegen, wenn er sich plötzlich bewegt. Er schließt die Augen. Irgendwie beunruhigen ihn die Motten. Morgen wird er ins Dorf fahren und Mottenkugeln kaufen. Er schaltet das Licht aus, und jetzt endlich kann er die Maske des Lebens abnehmen.

GOTT: Bist du sicher, dass du das willst?

RENATA: Ich bin sicher, dass es das einzig Vernünftige ist.

GOTT: Wenn du erwartest, dass ich es gutheiße – das kann ich nicht tun.

RENATA: Das erwarte ich von niemandem. Ich brauchte einfach jemanden, mit dem ich reden konnte.

GOTT: Verstehe.

RENATA: Brichst du den Stab über mich?

GOTT: Ich breche über niemanden den Stab.

Eine Stunde später packt sie eine Tasche. Nachthemd, Waschzeug, Geld für ein Taxi, sonst nichts. Ihr Smartphone ist frisch aufgeladen.

Da Jeff nicht zu erreichen ist und Jim noch in den Cotswolds, hat sie das Haus ganz für sich, ein Haus, das an jemand anderen verkauft ist, das jetzt Fremden gehört. Bald wird eine andere Frau durch diese Zimmer gehen, wird lernen, wie man den Boiler in Gang hält, wird feststellen, dass im Wohnzimmer hinter der Fußleiste Feuchtigkeit aufsteigt, dass der offene Kamin nur zieht, wenn man im Esszimmer das Fenster einen Spaltweit offen lässt.

Sie bestellt ein Taxi.

Während sie am Küchentisch auf das Taxi wartet, in ihrem schicken Emporio-Armani-Kleid, gekauft in glücklicheren Zeiten in Biarritz, schlägt ihr das Herz bis zum Hals. Was sie jetzt vorhat, ist vielleicht das Schlimmste, was sie je getan hat. Es ist eine Sünde, das steht fest. Ihr Online-Beichtvater hat ihr bereits bestätigt, dass das, was sie jetzt tun will, in der eigentümlichen Begrifflichkeit der Kirche eine »*Tod*sünde« ist, die höchste Kategorie, die sie dort haben.

Das Telefon klingelt. Sie geht nicht ran. Draußen hupt ein Auto. Sie schaut durch die Gardinen.

Ein wunderschöner Herbsttag. Die Linden am Straßenrand werfen Laub ab, und die Blätter bleiben an den Schuhen kleben, als sie zum Taxi geht. Sie steigt ein. »Mrs. Delpe?«

»Ja.«

»Und wohin soll's heute gehen?«

Sie lächelt automatisch. Wohin? In die Oper? Zum Friedhof? Zu Freunden? »Watford General Hospital.«

Auf der Fahrt durch die Stadt spricht keiner ein Wort.

Als sie jung war, frisch verheiratet, da hatte sie mit geradezu missionarischem Eifer all die Aufgaben angenommen, zu der Frauen ihrer Schicht ermuntert wurden. Jetzt kann sie all diese Verpflichtungen aufgeben – Mutter, Freundin, Gastgeberin, Mitglied in wohltätigen Organisationen, Ehefrau –, denn sie hat festgestellt, dass man gut ohne all das leben kann, wenn man nur die Vorstellung aufgibt, dass man ein wertvoller Mensch ist. Sie ist kein wertvoller Mensch mehr. Nichts Besonderes. Wenn sie geglaubt hat, die Ehe würde solche Qualitäten in ihr wecken, hat sie sich geirrt. Nichts Nennenswertes hat sich gezeigt. Keine neue Größe, keine Begabung. Jetzt ist sie frei. Hat die Freiheit, etwas Böses zu tun.

Die Sonne wärmt ihr das Gesicht auf der Taxifahrt zu ihrem Termin. Es ist ja schon getan, denkt sie. *Als ich in das Taxi einstieg, war es getan.* Mit rasendem Herzen begreift sie, dass es jetzt kein Zurück mehr gibt.

So fühlt sich das also an, wenn ich nicht mehr ich bin, denkt Renata.

Er ist wild entschlossen, Luther aufzuspüren, aber als diese Figur aus höheren Spielsphären auch an diesem Tag – dem zweiten in Folge – nicht auffindbar ist (seltsam, dass der Typ ausgerechnet dann, wenn Jim ihn braucht, nicht online ist), betrachtet Jim es als verzeihlich, dass er seinem Vorsatz, Kayla aus dem Weg zu gehen, untreu wird. Anders als Luther, anders als Jeff, erwartet ihn Kayla an dem Ort ihrer ersten Begegnung. Sie begrüßt ihn überschwenglich. Sagt ihm, dass sie letzte Nacht von ihm geträumt hat. Da es nichts gibt, dessen er sich schämen müsste, erwidert er: »Das freut mich.«

In Wirklichkeit wohnt diese Frau gar nicht weit weg. Sie und Jim könnten sich ohne weiteres in der wirklichen Welt treffen. Vielleicht sind sie sogar schon oft auf der Straße aneinander vorbeigegangen. Noch einmal sagt sie, dass sie in dem Spiel einfach nur Leute kennenlernen will, die sie normalerweise nie treffen würde. Sie sucht nicht um jeden Preis Kontakt. Sie hat viele Freunde. Frauen und Männer. Sie wiederholt, unvermittelt, ohne dass er danach gefragt hätte, dass sie wie ihr Avatar aussieht, ziemlich genau. Der liebe Gott habe es gut mit ihr gemeint. Auf ihre Gegenfrage, wie er im wirklichen Leben aussieht, antwortet er, er habe beim letzten Mal nicht gelogen. Er sieht ganz normal aus. Wie ein Mann seines Alters. Erste schüttere Stelle am Hinterkopf. Lesebrille. So groß, dass die meisten Frauen es schon lächerlich finden. Ein bisschen puritanisch, was die Kleidung angeht, aber seine Arbeit erfordert das. Was für eine Arbeit das ist? Er ist Anwalt. Mag diesen Beruf. Jurist mit Leib und Seele. Er wird nie etwas anderes im Leben sein als ein Anwalt. Findet immer noch, dass man auf alles, was ungerecht, unfair, gewissenlos ist, mit dem Hammer losgehen soll. Immer noch überzeugt, dass Gerechtigkeit den Kreislauf des Leidens stoppen kann. Er möchte Kayla beeindrucken, aber er hat keine Ahnung, ob ihm das gelingt.

So führt eins zum anderen. Sie tippen unermüdlich, »chatten« über das Spiel, Jims Erfolge in LoL, über das, was ihm daran gefällt. Dann kehren sie zurück zum Privaten. Eine Zeitlang war sie verheiratet. Zur gleichen Zeit hatte sie einen Liebhaber. Für sie war das kein Problem. Jeder wusste von der Existenz des anderen, und alle waren glücklich. Jim ist fasziniert von ihrer Offenheit. Sie sagt ihm, Eifersucht lasse sich durch vollkommene Aufrichtigkeit neutralisieren.

Vollkommene Aufrichtigkeit. Was für eine schöne und doch unmögliche Vorstellung, denkt Jim.

KAYLA: Stell dir vor – gerade ist mir ungeheuer nach Grünteeeis. Der Gedanke hat mich gerade durchzuckt wie ein Stromstoß. Vom Kopf bis in die Zehenspitzen. Magst du Grünteeeis? Ich liiiiiebe es.

AGI: Hab's nie probiert.

KAYLA: Das musst du unbedingt tun!!! Ich muss jetzt sofort los, welches holen. Dann ziehe ich meinen Schlafanzug an und gehe damit in mein großes, leeres Bett.

AGI: Hört sich großartig an.

KAYLA: Ich lecke es von einem kleinen Löffelchen.

AGI: Darf ich zusehen?

Freimütig, sexy, unverblümt – ihre Äußerungen lassen auch AGI kühner werden. Die Anonymität macht ihm Mut, selbst wenn der echte Jim Delpe sich manchmal zuflüstert: *Sieh dich vor, Dummkopf, so ein Gedankenspiel ist nicht ungefährlich. Nichts Echtes kann aus einer Begegnung entstehen, bei der man sich nicht zeigen will. Dieses Spiel mag zwar unzensiert sein, aber du bist immer noch ein verheirateter Mann mit einem Sohn, und du spielst dieses Spiel nur, um deinem Sohn zu helfen. Vergiss das nicht. Vergiss das nicht.* Doch diese Warnungen kommen immer spärlicher, jetzt wo Kayla berichtet, dass sie im wirklichen Leben zierlich gebaut ist, gerade Französisch lernt, gern heiße Milch in ihrem Kaffee mag, einen Sportwagen besitzt – ein Luxus, den sie sich eigentlich nicht leisten kann – und allerhand über Film und Bücher weiß. Sie ist sportlich, eins fünfundsiebzig, gelenkig, kommt mit den Handflächen bis auf den Boden, wenn sie sich vornüberbeugt. Er geht davon aus, dass all das wahr ist, denn wer würde nicht gern daran glauben?

Jim ist Bestandteil dieses Gedankenspiels geworden – mittlerweile ist ja nicht mehr der Avatar die Erweiterung seiner eigenen Persönlichkeit, sondern *er* ist die Erweiterung des Avatars. Im Gespräch mit Kayla erfährt er mehr über AGI, was er tun möchte und wozu er fähig ist. Jim stellt fest, dass AGI ein Mensch ist, der keine Hemmungen hat, mit einer Fremden über Sex zu reden, jemand, der eine Frau begehrt, die nicht seine Ehefrau ist, der es in puncto Offenheit und Wagemut mit dieser jungen Frau aufnehmen kann und der, wie er bereits auf mehreren Levels dieses Spiels unter Beweis gestellt hat, fähig ist, kühn und unerschrocken zu handeln und Rache zu üben: ein Krieger und Held.

Im Gegenzug entlockt ihr AGI wesentlich mehr Informationen, als James Delpe es je gekonnt hätte.

Die Frau, die hinter Kayla steckt, ist mit 14 von zu Hause abgehauen. Bekam mit 18 ein Kind. Hat es zur Adoption freigegeben. Mutter und Tochter schicken sich noch gelegentlich Ansichtskarten. Er fragt, warum sie von zu Hause weggelaufen ist.

KAYLA: Weil mein Vater mich befummelt hat.

AGI: Befummelt?

KAYLA: Sexuell missbraucht.

Sie fragt ihn, was das Schlimmste war, das er je im Leben getan hat. Er überlegt eine Weile, doch schließlich schreibt er die Antwort: Eine Woche vor der Hochzeit mit Renata hat er auf einer Betriebsfeier Janet Easterman geküsst. Ob es ihm gefallen habe? Um ehrlich zu sein: sehr. Die Frau war für ihre Küsse berühmt, und es hatte ihr Spaß gemacht, einen Mann herumzukriegen, der mit einer anderen verlobt war. Aber hinterher hatte er sich entsetzlich schuldig gefühlt. Jetzt, wo er diese Frage beantwortet hat, kann er sie auch an sie stellen. Was ist das Schlimmste, das *sie* je getan hat? Die Antwort kommt ziemlich schnell. Drei getippte Worte.

KAYLA: Meinen Vater gelutscht.

Jim schüttelt den Kopf, schaut mehrere Male auf den Schirm. Und dann schreibt sie weiter. Schreibt, wie sie diese Krise bewältigt hat, und heute findet sie, dass es »keine große Sache« war. *Herr im Himmel! Unglaublich, das Internet*, denkt Jim. *Wenn man sich ansieht, wie ich mich benehme! Sich ansieht, mit wem ich plötzlich Umgang habe! Wer ich plötzlich bin!* Aber er vertraut sich nun ganz AGI an, der Unternehmungslust zeigt, wo Jim furchtsam ist, tapfer, wo Jim zaudert, durch nichts zu schockieren, wo

Jim verlegen wird. Zu Jims Erstaunen fallen AGI die Antworten auf Kaylas Fragen leicht. AGI ist nicht überrascht. Ja, für einen Mann wie AGI wird Kayla durch diesen Akt des Inzests, den sie gerade gebeichtet hat, als Frau nur noch interessanter, denn jetzt ist sie nicht einfach nur eine verruchte Verführerin, sondern ein Kind, dem das Schicksal übel mitgespielt hat, eine von denen, denen schreckliche Dinge widerfahren und die sich trotzdem nicht unterkriegen lassen. Und weil das so ist – weil Jim spürt, dass Kayla genau die Art von Frau ist, die er schon vor langem im wirklichen Leben hätte kennenlernen sollen, die einen mutigeren, verwegeneren, risikofreudigeren Mann aus ihm gemacht hätte, weil sie ihn daran erinnert hätte, wer er einmal hatte sein wollen –, weil das so ist, trifft es ihn auch hart, als sie plötzlich vom Bildschirm verschwindet.

Einfach … weg. Nicht mehr da. Von der Bildfläche verschwunden.

Wo ist sie geblieben? Jetzt hasst Jim das Internet doch wieder. Er scrollt in dem Gespräch unmittelbar vor ihrem Verschwinden zurück. Brauchte sie einfach eine Auszeit? Wenn ja, dann wäre es nett gewesen, wenn sie sich verabschiedet hätte. Er blättert zurück im Log ihrer Unterhaltung.

KAYLA: Du bist sexy. Und ich meine, nicht auf dem Bildschirm. In RL, meine ich. Da bin ich mir sicher.

AGI: Wieso bist du dir sicher?

KAYLA: Du hast den Verstand von einem sexy Mann. Und da stelle ich mir vor, dass du im richtigen Leben auch ein heißer Typ bist.

KAYLA: Ich würde irgendwann gern ein Foto von dir sehen.

KAYLA: Verstößt das gegen irgendwelche Regeln?

Da war er schon ein wenig verliebt, und sein Herz schlug bis zum Hals, als sie dann schrieb:

KAYLA: Ich bin sicher, wenn wir beide uns im wirklichen Leben träfen, würde ich mit dir schlafen wollen.

Anfangs wehrte sich Jim gegen den Gedanken, das Kompliment zurückzugeben –, aber es dauerte nicht lange, bis er schrieb (er fand, es gab keinen Grund, das nicht zu tun):

AGI: Also wenn du tatsächlich aussiehst wie deine Spielfigur, dann bist du, physisch gesehen, geradezu meine Traumfrau. Ich liebe deine Brüste.

KAYLA: :)

AGI: Sind die im echten Leben auch so?

KAYLA: Ja. Mehr oder weniger.

AGI: Hmmmmm.

KAYLA: Noch weitere Fragen?

[Pause]

AGI: Welche Farbe hat dein Höschen?

Im gleichen Augenblick dachte er: Das ist also meine wahre Natur. Das hier. Das hier.

Kayla setzte noch eins drauf und antwortete in allen Einzelheiten:

KAYLA: Schwarze Spitze, am Po hochgeschnitten. Marke Aubade, meine Lieblingsmarke. Von deinen Fragen ist dieses Höschen schon ganz feucht.

AGI: !!!!!

KAYLA: Bist du gut im Bett?

AGI: Mit jemandem wie dir bestimmt.

KAYLA: Ich stelle mir vor, dass wir es jetzt auf der Stelle machen.

AGI: Was genau mache ich mit dir?

KAYLA: Das ist gut. Ich will, dass du neugierig bist.

AGI: Was mache ich mit dir?

KAYLA: Soll ich's dir verraten?

AGI: Ja.

KAYLA: Du hast mich in die Arme genommen und trägst mich zu meinem Bett. Du bist so stark, du kannst mich zu meinem Bett tragen.

Ja, genau das. Insgeheim hat Jim sich immer gewünscht, dass er einmal genau diese Art von erotischer Leidenschaft in einer Frau wecken kann, von der Kayla ihm jetzt erzählt. Die Art von Leidenschaft, die Frauen sich für einen wirklich eindrucksvollen Mann aufheben. Und als er und Kayla (die echte Person hinter Kayla) vor der Kulisse des orangeroten Sonnenuntergangs ihre schwülen Botschaften austauschen, da schenkt sie ihm einen solchen Augenblick, eine solche Erfahrung, ein solches Kompliment. Das ist doch etwas, worauf er stolz sein kann. Und er hätte nie gedacht, dass die Tatsache, dass es doch letzten Endes alles nur vorgetäuscht ist, so wenig ausmacht.

Dann auf dem Höhepunkt des Begehrens – *plopp.* Sie ist weg.

Und kommt nicht zurück.

Er wartet auf sie. Wartet und wartet. Viele Male steht er von seinem Computer auf, kehrt jedoch immer wieder zurück. Mehrfach schreibt er: Bist du da? Keine Antwort. Die Suche mit der Minikarte ergibt nichts. Ist ein Unglück geschehen? Oder hat sie ihm einfach nur gezeigt, wie sinnlos solche Begegnungen in Wirklichkeit sind?

Er loggt sich aus.

Was soll er jetzt machen?

Den ganzen Dienstag über lässt sich Kayla nicht blicken. Jim empfindet das wie eine Kränkung. Keine Stunde vergeht, ohne dass er einen Vorwand ersinnt, um an seinen Computer zurückzukehren. Wenn er sie nicht findet, sucht er nach Luther. Auch Luther bleibt verschwunden, und so sucht er schließlich noch nach Jeff. Das Gefühl des Verlusts verbindet sich mit Gewaltphantasien und einer diffusen Angst – ein tödliches Gebräu. Er macht Kaffee, doch bis das Wasser kocht, kehrt er noch rasch zum Bildschirm zurück. Kurze Augenblicke der Erkenntnis, was für ein Irrsinn das alles ist, treiben ihn nach draußen, wo Lance dabei ist, die Gräben, in denen er die Abwasserrohre verlegt hat, zuzuschütten. Jim zieht sich Arbeitshandschuhe an, packt wie in Trance eine Schaufel. Versucht, sich von seinen neuen Obsessionen zu befreien. Er stößt die Schaufel in die aufgeschüttete Erde, hievt eine Schaufelvoll in die Grube, und schon bald läuft ihm der Schweiß in Strömen – die Erde ist heute nass und schwer. Doch sosehr er auch versucht, sich auf die Arbeit, die er gerade tut, zu konzentrieren, schweifen seine Gedanken doch immer wieder ab und vereiteln seine Bemühungen, einfach nur ein Arbeiter zu sein, der einen Graben zuschüttet. Erinnerungen an Kayla, an ihren Chat, die Dinge, die er und sie von sich preisgegeben haben, die Halbwelt der Leidenschaften, veranlassen ihn, seine Schaufel in einem Lehmhügel zu lassen, während er schon wieder drinnen ist und mit schmutzigen Fingern die mittlerweile vertraute Adresse tippt.

Er schläft schlecht. Schuldbewusst. Immer noch erregt. Der dünne Faden seiner Identität ist zum Zerreißen gespannt. Etwas (aber was?) geht mit ihm vor.

Freitag. Frühstück allein. Laptop aufgeklappt, LoL auf dem Schirm. Den ganzen Tag über nichts. Die Gedanken wandern zu seinem Sohn in Ketten, Luther genüsslich daneben und niemand da, der seine Macht eindämmen kann, dann wieder zu Kayla. Wieder einmal geht ihm durch den Kopf, wie viel Schaden ein solches Spiel einem Verstand zufügen könnte, den es ganz vereinnahmt.

Er beschwert sich bei Lance darüber, wie lange die Renovierungsarbeiten sich hinziehen. Lance stampft Erde mit seinen schweren Stiefeln fest und antwortet nur, dass die Auftraggeber sich immer beschweren. Er arbeitet so schnell, wie er kann.

Ein langer Tag, doch immerhin endet er mit einem Erfolg: der letzte Graben ist zugeschüttet. Immerhin etwas.

Bei Sonnenuntergang schüttelt Jim Lance die Hand, bringt es jedoch nicht fertig, ihm in die Augen zu blicken. Er verspricht, dass er den fälligen Betrag zahlen wird, sobald er die Rechnung hat. Glücklich grinsend fährt der Bauunternehmer davon.

Es ist vorbei. Überstanden. Sie liegt in dem weißen Zimmer auf einem Krankenhausbett und schwebt in wohligen Sphären. Taucht ein in süßes Vergessen und taucht wieder auf, kommt und geht, jetzt wo die Narkose abklingt. Ihre alten Sorgen kehren zurück und lösen sich gleich wieder auf, im einen Moment scheint ihr die Welt wertvoll und voller Leben, im nächsten gegenstandslos, etwas, das man leicht hinter sich lassen könnte.

Möchte sie sie hinter sich lassen? Die Welt braucht sie ja

anscheinend nicht. Wie ein Gast auf einer Party, mit dem seit seiner Ankunft kein Einziger gesprochen hat, empfände sie es als Erleichterung, wenn sie einfach verschwinden könnte. Das muntere Geschnatter wird auch ohne sie weitergehen, das weiß sie, so wie schon seit Jahrhunderten unablässig geschnattert wird; die Welt sorgt schon allein für sich. Braucht Renata Delpe nicht. Sie ist überflüssig.

Die Wirkung der Medikamente lässt nach. Ihre Augen öffnen sich einen winzigen Spaltbreit, wie eine reife Pistazienschale. Jetzt, wo kleine Schmerzblitze ihren Körper durchzucken, wirkt der Aufwachraum gleißend hell. Sie hat Jeff, den sie beschützen muss. Das darf sie nicht vergessen. Ihr Sohn versucht verzweifelt, sich selbst zu finden, und sie muss ihm dabei helfen. Außerdem hat sie einen Mann, den sie in die Freiheit entlassen muss. Wenn er denn entlassen werden will. Sie ist nicht überflüssig, sie ist wichtig. Notwendig. Kein anderer kann diese Dinge tun. Sie riecht Eukalyptus. Im Bohnerwachs vielleicht? Auch wenn sie selbst jetzt das Recht auf Glück verwirkt hat – *man ist auf der Welt, damit man andere Menschen glücklich macht.* Wie kann sie eine Welt verlassen, in der in diesem Augenblick der Ballon, den sie zum Gedächtnis an Donald freigegeben hat, zur Sonne aufsteigt oder in der Jeff Nachrichten an seinen toten Bruder sendet? Außerdem wartet das neue Haus. Zimmer, die mit hübschen Dingen gefüllt sein wollen. Sie muss ein neues Leben beginnen, jetzt wo sie diese grausige Sache hinter sich gebracht hat. Sie kann noch einmal von vorn anfangen.

Renata schließt die Augen. Das ist zu viel. Wie verlockend dagegen der Gedanke, sich einfach aufzulösen. Wie entspannend. Alles loslassen. Eine neue Welle des Gleichmuts kommt über sie, und von neuem malt sie sich aus, wie sie sich heimlich davonstiehlt. Eine bestimmte Anzahl an Tagen wird uns geschenkt. Manchen Menschen mehr. Manchen weniger. Donald. Das Geräusch von Rädern auf dem Teppich. Eine menschliche Stimme. Als Nächstes hört sie ein Quietschen, Metall scheppert auf Metall. Jemand fragt, ob sie eine Tasse Tee will. Was soll sie sagen? Welche Antwort ist die richtige?

Endlich, am Samstagabend, als er wieder einmal auf der Minikarte Luthers Namen eintippt, taucht plötzlich ein anderer Name wieder auf, einer, den er sich schon zu vergessen bemüht hat.

Kayla. Sofort tritt er in Aktion. Beamt sich an ihre Seite. Sein Herz schlägt höher. Wie sehr er sich freut, sie zu sehen. Geradezu lächerlich. Kayla steht allein da, vor perfekter Kulisse. Wartet sie auf ihn? Vor dem Hintergrund des Sonnenuntergangs (ein Tag auf LoL ist nur acht Stunden lang) dreht sie sich zu ihm um. Während ihr Körper seine Drehung macht, halb in orangerotes Licht getaucht, sagt sie…

KAYLA: Hallo schöner Mann.

AGI: Willkommen zurück. Wo hast du gesteckt?

KAYLA: Ich finde, wir zwei sollten bumsen.

[Pause]

AGI: Warte. Wohin bist du verschwunden?

KAYLA: Wurde mir alles zu viel. Sorry. Ich musste erst mal raus, klare Gedanken fassen. Jetzt sind sie klar.

KAYLA: Jetzt weiß ich, dass ich mit dir schlafen will. Und zwar sofort.

Sie hat sich verändert, denkt er. Das ist kein Smalltalk mehr. Aber woher soll er wissen, wie sie in Wirklichkeit ist?

KAYLA: Willst du?

AGI: Wie soll das gehen?

KAYLA: Ich weiß, wie man das macht. Ich habe ein Fickskript.

AGI: ???

KAYLA: Damit unsere Avatare ficken können. Ein Verhaltensmodifikator. Wie neulich, als wir getanzt haben. Erinnerst du dich?

Und wie er sich erinnert.

AGI: Da wäre nur ein kleines Problem.

KAYLA: Ich weiß. Du hast keinen Schwanz. Aber ich weiß, wo wir einen kaufen können.

AGI: Du machst Witze!

KAYLA: Ich kenne einen Laden, da kann man Geschlechtsteile kaufen. Ich brauche auch eine Muschi.

AGI: Wow.

KAYLA: Die Leute hier sind auf Draht, die haben an alles gedacht.

Und so gehen Jim und Kayla ein männliches Glied kaufen. Sie nehmen eins, das leicht zu bedienen ist, »per Einhand-Klick«, und mit den »realistischsten Orgasmus- und Urinierfunktionen des gesamten Internets«. Kaylas Genitalien, die Jim ebenfalls erwirbt, sehen für seine Augen wie eine Bohne mit Schlitz aus. Sie kosten allerdings genauso viel, £ 10. Penis und Vagina sind gleichwertig. Sie verlassen den Laden und begeben sich per Teleporter auf eine Waldlichtung. Als Kayla und Jim sie aus ihren Schachteln nehmen, »wachsen« die Geschlechtsteile automatisch an der anatomisch korrekten Position an. Sie ziehen sich aus. Sie legt sich auf den Boden, nackt.

KAYLA: Fick mich.

Jim weiß nicht, was er darauf antworten soll, aber AGI schon.

AGI: Aber gern.

Entspann dich, sagt Jim zu sich selbst. Was kann schon passieren, wenn eine Marionette eine andere Marionette bumst? Es ist ein Spiel, und wenn sie Mörder und Barbaren spielen können, warum dann nicht auch das?

KAYLA: Mach's mir jetzt. Ich will dich.

AGI: Schon dabei.

Aber Jim *spielt* nicht. Nicht mehr. Das hier ist echt. Er hat keinen Abstand mehr zu diesem Spiel, und er ist so aufgeregt, als winke ihm echter Sex. Mit deutlich erhöhter Herzfrequenz spürt er, in der Wirklichkeit, nun sogar eine leichte Erektion, die gar nicht so viel anders aussieht als die, die sich magisch zwischen den Beinen seines Alter Ego regt.

KAYLA: Sag mir, dass du mich ficken willst.

AGI: Ich will dich ficken.

AGI übernimmt die Führung. Und sie ist ungeduldig. Wild auf ihn. Jim stellt sich vor, dass diese Frau in Wirklichkeit wie Kayla aussieht, und das tut seine Wirkung. Wie ungeduldig sie ist. So verdorben, diese Frau. Diese Irre, die ihrem Vater den Schwanz gelutscht hat, ist ganz heiß auf ihn.

Er hat ihr Geschlechtsverkehr-Skript bereits geladen und liegt jetzt auf ihr. Sein Phallus verschwindet zwischen den flaumigen Schamlippen, nicht mehr zu sehen zwischen den gespreizten rosaroten Beinen. Sein £ 10-Schwanz, verloren in ihrer £ 10-Muschi. Selbstvergessen alterniert er a- und d-Taste und bewegt sich auf und ab, zunächst langsam, dann tippt er immer schneller. Und je schneller er die Tasten anschlägt, desto mehr »stöhnt« sie, woraufhin AGI automatisch ebenfalls stöhnt, sie wiegt sich und wiegt sich, und er stöhnt und stöhnt und tippt und tippt und tippt, woraufhin sie umso mehr stöhnt, und während ein Fortschrittsbalken das Maß der Ekstase verbildlicht – höher, immer höher hinauf –, tippt und tippt er immer furioser, lässt Jim AGI seine Kayla bumsen, richtig heftig zustoßen, bis ihr Stöhnen zu kleinen Schreien anwächst, »ja, ja, ja, ja!«, und der Fortschrittsbalken das Oberende seiner Barometeranzeige erreicht und aus dem Jajaja der Seufzer des Höhepunkts wird, was automatisch auch AGI über die Klippe reißt; er stößt ein lautes, ein wenig klagendes »Ahhhhhhhh« aus, dann sackt er zusammen, seine Arbeit getan, die Erfahrung gemacht.

Lächerlich. Sicher. Ein Witz. Aber andererseits auch wieder *nicht.* Hoffnungslos hohl und doch erregend, sinnlos und doch voller Sinn – und Jim hat eindeutig das Gefühl, dass er gerade seine Frau betrogen hat.

Er sitzt auf dem Eames-Sessel, und eine sehr reale Erektion presst gegen seinen Hosenlatz. Er überlegt, ob er masturbieren soll. Wenn er so weit gegangen ist, warum dann nicht auch bis zum Ende? Er findet, das ist der einzig angemessene Abschluss dieser Unternehmung; er öffnet seinen Hosenschlitz und staunt selbst, wie erregt er ist. Während er auf einen raschen Orgasmus hin arbeitet (er findet, es wäre unanständig, das in die Länge zu ziehen), denkt er:

1. Hat die Frau hinter der Maske von Kayla jetzt auch die Hand in ihrem Höschen und spürt den Druck des Gummis auf dem Handrücken – kommt sie jetzt gleich, windet sich vor ihrem Computerschirm?

2. Dass er sich in so einem Augenblick selbst befriedigt, ist eine entsetzliche Idee, aber nur, wenn jemand dahinterkommt.

3. Immerhin ist das alles hygienisch: ein keimfreier Orgasmus, ganz ohne Geschlechtskrankheiten.

4. Könnte er Kayla womöglich jahrelang als heimliche Geliebte behalten, als passwortgeschützte virtuelle Sexpartnerin?

5. Verliebt er sich gerade?

Doch bevor er zum Höhepunkt kommt, verschwindet Kayla. Schon wieder! Verzweifelt sitzt er an seiner Tastatur:

AGI: Wo bist du?

AGI: Kayla?

AGI: Was geht hier vor?

Sie antwortet nicht, und ihm bleibt nichts anderes übrig, als auszuschalten, ohne Orgasmus.

Was war das nun wieder? Spielt sie mit ihm? Verspottet ihn? Er spürt, wie Scham und Wut sich mit Macht in ihm breitmachen. Hat er tatsächlich Renata gerade betrogen? Das war mehr als nur ein Gedankenspiel – per Draht mit einer anderen Frau verbunden, war seine Erregung ausgesprochen real. Ja. Moralisch gesehen, hat er gerade Geschlechtsverkehr mit einer anderen Frau gehabt und damit eine Grenze überschritten, die er während seiner ganzen bisherigen Ehe mit so viel Stolz verteidigt hat.

Auf der Suche nach Erlösung tippt er »Luther« in das Suchfeld seiner Minikarte.

Nichts.

In der Wohnung von Lennys Bruder starrt Jeff auf den geschlossenen Laptop auf dem Tisch. Die grünen LED-Lämpchen zu seiner Rechten stehen still.

GOTT: Die Welt ist die einzige Realität, die wir haben. Entweder lieben wir sie, wie sie ist, das Gute und das Schlechte, das Schöne und das Schreckliche, oder wir fliehen davor in die Welt der Bilder, der Träume, der Selbsttäuschung oder was es sonst noch an Ausflüchten gibt, die uns hindern, ganz zu sein, authentisch, erwachsen.

[Lange Pause]

GOTT: Bist du noch da?

RENATA: Die ganze Katastrophe.

Wiesen, auf denen keine Schafe mehr grasen. Kein Rind. Die Tore offen, die Eichen beschnitten, die Weiden krumm mit langen Tressen. Die Schlammfestung eines Dachsbaus. Ein Gehölz, das im Wind knarzt wie eine rostige Tür. Von einem blattlosen Zweig wirft ihm ein Rotkehlchen, X-beinig, Federkleid bis an die Knie, einen interessierten Blick zu.

Die Wiesen fallen zu einem Bach hin ab, der oberhalb einer alten Mühle gestaut ist; im Mühlteich setzt der örtliche Anglerclub Forellen aus. Jim kann sie beim Spazierengehen mit seinem Hund in der Tiefe kreisen sehen: Flossen, die sich in einer Welt ohne Hände abmühen. Die Fische verschaffen ihm ein angenehm hypnotisches Gefühl, das jenen Teil seines Verstands gefangen nimmt, in dem sonst die Sorgen brodeln würden. Stinker bellt, möchte am liebsten hineinspringen und alles Lebendige in diesem Tümpel fangen. Doch Jim hält ihn an der Leine zurück, spürt die Kraft des Hundes, die Mordlust in seiner Natur. »Du lässt diese Fische jetzt in Frieden. Ruhig, Junge. Ruhig.« Der Hund entspannt sich, er weiß, dass es Regeln gibt, an die er sich zu halten hat. Und Jim denkt derweil: *Vielleicht hat es ja auch seine Vorteile, wenn man schwul ist. Als Schwuler ist man sicher vor dem Zorn der Frauen, vor ihrer Komplexität, diesem Wechselbad der Gefühle, den unvorhersehbaren Richtungswechseln und der destabilisierenden Wirkung, die das auf Männer hat. Vielleicht ist das sogar ein sehr entspanntes Leben, ein vergleichsweise einfaches Leben.* Natürlich müssen sie sich damit abfinden, dass sie keine Nachkommen haben können. Wenn Jeff schwul ist, denkt Jim traurig, und es überläuft ihn eiskalt, und weil Donald nur noch ein Häuflein Asche in der Erde ist, dann wird sein Erbgut mit ihm aussterben. Vielleicht sollten er und Renata versuchen, noch ein Baby zu bekommen? Verrückte Idee. Er ist zu alt. Bis das Kind zwanzig ist, ist er tot oder höchstens noch dazu zu gebrauchen, dass er die Umrisse von Werkzeugen an eine Werkzeugschuppenwand malt. Ein kalter Wind kommt auf und verwischt das Spiegelbild auf der Oberfläche des Teichs. Die Forellen sind nicht mehr zu sehen.

Mit einem Ruck an der Hundeleine teilt er Stinker mit,

dass es heimwärts geht, und freut sich, als dieser ihn bergauf sogar ein wenig zieht. Der Spaziergang hat Jim gutgetan, auch wenn all seine Gedanken noch immer um Luther kreisen.

Im Cottage findet er Cracker in einer Fortnum-and-Mason-Teedose, die Renata bei ihrem ersten Besuch dagelassen hat. Auf dem Fensterbrett in der Küche sitzt eine Raupe wie ein dicker Streifen Zahnpasta. Er öffnet das Fenster, setzt sie nach draußen. Dann legt er Holz im Kamin nach, schürt die Glut und legt sich eine Decke um die Schultern. Renata. Jim ruft sich ihr Gesicht ins Gedächtnis, so wie es an dem Tag war, an dem er sie kennengelernt hat. Schrägstehende blaue Augen, lockiges blondes Haar, glatte Haut, schüchtern, doch schon damals ein Mädchen, das wusste, was es wollte; eine, die alles beobachtete, am Ende sogar ihn, die ihn abschätzte, dort in der Mensa der Universität von Bristol mit einem Stapel Bücher auf dem Tisch – D. H. Lawrence, Melville, E. B. White, Hawthorne. Elsbeths neue Freundin, ihre Entdeckung, und bald würde sie auch seine beste Freundin sein und mehr als das.

Nach jemandem wie ihr hatte er gesucht, aber nicht so recht daran geglaubt, dass es so einen Menschen gab. Er erinnert sich an ein Gedicht von Kavanagh, darin heißt es: *»Wir liebten uns schon, als wir uns noch gar nicht kannten.«* Als er sie erblickte, war es wie die orangeroten Funken, die vorhin aufgestoben waren, als er die Glut schürte. An dem Tag hatte er seine Entscheidung gefällt, auch wenn er erst Monate später den Mut aufbrachte, sie in Worte zu fassen. Aber er wusste, dass er dieses Mädchen zum Mittelpunkt seines Lebens machen wollte.

Das Holz fängt Feuer. Flammen. Die Buchenscheite färben sich schwarz, und er spürt die Wärme im Gesicht und auf den ausgestreckten Händen. Ja, denkt er, er hat Renata schon geliebt, als er noch gar nicht wusste, dass es sie gibt.

Den Rest des Sonntags sieht er keinen Menschen mehr. Will auch niemanden sehen. Er möchte mutterseelenallein sein an diesem letzten Tag vor seiner Rückkehr nach London, bevor er zurückfährt mit dem schönen Gefühl, dass *die Dinge sich geändert haben.*

Er geht wieder online. Was soll er anderes tun?

Bastogne, Frankreich, 1944. Ardennenoffensive. Der Krieg tobt. Berge von Toten. Der Zug von Lieutenant AGI, eine Abteilung von Pattons Dritter Armee, zieht sich von der Front zurück, um die eingekesselten und bedrängten US-Truppen, die den belgischen Verkehrsknotenpunkt Bastogne halten, zu entsetzen.

AGI: Feuer!

Er senkt sein Gewehr. Erkennt, dass er in einer Reihe mit sechs weiteren Männern steht, die ebenfalls ihr Gewehr senken. Erst da wird offensichtlich, dass er mit ihnen ein Erschießungskommando bildet. Am Boden vor ihm liegen Zivilisten, größtenteils Männer, aber auch ein oder zwei Frauen.

»Nazispione!«, brüllt der Feldwebel. »Haben Informationen an die Front durchgegeben. Wir sind auf ihr Wehrmachts-Funkgerät gestoßen.« AGI wird ans Feldtelefon gerufen. Man teilt ihm mit, dass das Schicksal der alliierten Gegenoffensive gegen 29 deutsche Armeedivisionen vom Erfolg seiner Mission abhängt. Sie müssen um jeden Preis nach Bastogne durchstoßen.

Die Schlacht tobt gnadenlos. Ein wahrer Alptraum. AGIs Männer in ihren blutdurchtränkten Uniformen kämpfen sich Straße um Straße vor, drängen die Deutschen zurück, die jetzt von ihren Nachschublinien abgeschnitten sind und denen Brennstoff und Munition ausgehen. AGI schießt sie kurzerhand über den Haufen. Überall spritzt der Mörtel von den Mauern, der Feind schießt Salve um Salve. AGI und seine Männer zerstören Panzer und schweres Gerät, doch vier seiner ältesten Kameraden fallen. Als ein fünfter, ein MG-Schütze, ruft, dass er sich den Knöchel gebrochen hat und sie ihn zurücklassen müssen, besieht AGI sich den Knöchel, beschließt, den Mann anzulügen und ihm zu sagen, dass er nur verstaucht ist. Der Soldat schöpft aus dieser Lüge neuen Mut und schafft es irgendwie, trotz gebrochenem Knöchel dabeizubleiben.

AGI ERHÄLT 8 ZUSÄTZLICHE STATUSPUNKTE WEGEN EXZELLENTER FÜHRUNGSQUALITÄTEN

Schließlich schlagen sie sich zur eingeschlossenen 101. Luftlandedivision durch. Die Männer feiern ihren Sieg, doch AGI wird schon bald durch eine dringende Nachricht vom Oberkommando abberufen. AGIs Frau sitzt daheim in Los Angeles im Gefängnis, zum Tode auf dem elektrischen Stuhl verurteilt. Im Jahr zuvor waren drei Diebe ins Haus der Familie eingedrungen. Bei dem panischen Versuch, die beiden schlafenden Kinder zu schützen, hatte sie alle drei erschossen. Die Diebe waren nicht bewaffnet gewesen. Es stellte sich heraus, dass es noch Teenager waren, die seit fünf Tagen nichts mehr zu essen bekommen hatten. AGI erklärt seinen Kameraden, er habe nicht vier Jahre für die Befreiung Europas gekämpft, um nach Hause zu kommen und mit anzusehen, wie seine Frau hingerichtet wird, weil sie versucht hat, ihr Heim zu verteidigen. »Niemals.«

Seine neue Mission ist die Befreiung seiner Frau Penelope. Und er hat Hilfe. Vier Männer aus seiner alten Brigade halten zu ihm.

Wieder stehen sie zusammen und wieder unter seinem Kommando. Aber wie sollen sie es anstellen?

Und dann erscheint Luther auf der Bildfläche. Luther will mit ihm reden. Privat.

AGI sagt seinen Kameraden, dass er gleich wieder da ist, und dann machen sie weiter mit der Planung von »Operation Penelope«.

Es ist schon spät, nach elf, und wie es inzwischen die Regel ist, spürt Jim, wie er dem Druck nachgibt, wie er sich einlässt, wie er vereinnahmt wird von dieser neuesten Herausforderung. Und da taucht Luther auf und drängt sich in AGIs Geschichte. AGI muss die Mission, seine Frau zu retten, unterbrechen und sich zunächst diesem Eindringling widmen. Luther ist sein vorrangiges Ziel. Endlich hat er sich wieder blicken lassen.

LUTHER: ich bin gekommen, um dir zu sagen, dass der rat deine nominierung beschlossen hat. du bist hiermit eingeladen, mitglied im hohen rat von Life of Lore zu werden.

AGI: Rat?

LUTHER: ein zusammenschluss von architekten, ingenieuren, mentoren, betreuern, geistigen führern, zukunftsforschern und freiheitskämpfern.

Und Schwanzlutschern. Eine Horde von perversen Sklavenhändlern, von Cyber-Ayatollahs und Familienzerstörern – das wohl eher.

LUTHER: du hast also die wahl. du kannst weiter nazis abschlachten, strafgefangene und ishvara und dabei riskieren, dass du ins rz zurückgehst, du wirst neu gestartet und verlierst alles – oder du kannst zu uns kommen und sogar noch ein bisschen geld dabei verdienen.

LUTHER: als lehrer. als berater. als einer von uns.

LUTHER: hast du interesse?

[Pause]

LUTHER: hättest du nicht gern eine richtige arbeit?

[Lange Pause]

AGI: Doch.

LUTHER: hast du deine lektion gelernt – mut, ehre, verantwortung für deine mitmenschen, sinn für spirituelle werte, abwesenheit von angst?

AGI: Das frage ich dich.

LUTHER: folge mir. wir beamen uns jetzt zur versammlung des großen rates.

AGI: Ich kann meine Männer nicht im Stich lassen.

LUTHER: die werden noch hier sein, wenn du wiederkommst. ohne dich rühren sie sich nicht von der stelle.

Renata räumt das Geschirr von Jims Montagmorgenfrühstück zusammen. Gestern Abend bei seiner Rückkehr vom Land kam er ihr fremder denn je vor, und heute Morgen hat er ihr nicht einmal in die Augen gesehen. Als ob er es wüsste. Als ob er es irgendwie erfahren hätte.

Als sie mit dem Aufräumen fertig ist, setzt sie sich auf den Hocker und betrachtet ihre Hände. Sie sind schmal, mit stark hervortretenden Adern. Wenn sie die Finger spreizt, sitzt die Haut auf dem Handrücken locker und sieht uralt aus. Was jetzt? Was soll sie anfangen mit dem ersten Tag ihres neuen Lebens? Genau dasselbe wie mit ihrem Alten: Sie wird aufwachen, die üblichen Aufgaben erledigen, und wenn man ein paar davon los ist, wird sie den frei gewordenen Raum mit neuen Aufgaben füllen. *Letzten Endes bin ich allein und werde von jetzt an immer allein sein. Gerade nach dem, was ich getan habe.*

Sie formuliert ihren Nachruf:

RENATA ELLEN DELPE, 48, B.A., Abschluss in Englisch, wohnhaft in Watford, Nordlondon, eine Frau, die beinahe zwei Söhne großgezogen hätte und einen Ehemann sensationell unglücklich gemacht hat, die weniger erreichte, als sie sich erhofft hatte, stürzte heute aus dem Fenster im ersten Stock ihres kurz vorher verkauften Wohnhauses. Es habe sich bei ihrem Tod um Selbstmord gehandelt, erklärte ein Sprecher der Familie, doch die Umstände, die zu dem Sprung führten, seien ungeklärt.

Die Welt muss dringend entvölkert werden. Es wäre eine Heldentat, wenn sie sich das Leben nähme. Aber sie tut es nicht. Sie steht auf und macht sich daran, die Gläser zu der venezianischen Karaffe in Zeitungspapier zu wickeln – erste Vorbereitungen für den Umzug in ihr neues Haus auf dem Land.

Jim bringt Nathan, seinen einzigen Zuhörer, auf den neuesten Stand, bevor er auf das eigentliche Thema dieses Treffens zu sprechen kommt: Er will, dass Nathan ihm dabei hilft, einen Griefer namens Luther zu töten, der allen im Spiel das Leben zur Hölle macht. Jim will jetzt nicht in die Details gehen, aber der Kerl ist widerlich, abstoßend, ein Perversling. »Er ist mein Feind.« Nathan versteht, dass jemand, der nur im Cyberspace existiert, als echter Feind empfunden wird. »Dieses Spiel wird von Jugendlichen gespielt«, fährt Jim fort. »Ich habe das Gefühl, er ist nicht ganz richtig im Kopf. Es ist niemand da, der ihn kontrolliert, er kann tun und sagen, was er will. Und er verfügt über eine ungeheure Macht innerhalb der begrenzten Welt dieses Spiels. Grausig ist das. Und ich will ihm eine kleine Lektion erteilen. Ihn zurück ins Reinkarnationszentrum schicken, wenn ich es schaffe. Wenn mir das gelingt, verliert er sein gesamtes Imperium. Gott weiß, wie viele Jahre er gebraucht hat, sich dieses ganz persönliche Camelot aufzubauen – seine Clubs, seine Tricks, seine Netzwerke, sein Einfluss auf andere, all das –, aber ich will das alles zerstören. Ich … ich drehe diesem Scheißer den Saft ab. Irgendwie. Können Sie mir helfen?«

Nathan starrt Jim an, schüttelt den Kopf und zeigt mit dem Finger auf Jim. Er sagt mit verstellter Stimme: »Sag mir, Außerirdischer, was hast du mit dem echten Mr. Delpe gemacht?«

»Es ist dringend.«

»Ich muss schon sagen, Mr. Delpe, Sie sind wirklich vom Saulus zum Paulus geworden. Das hätte ich nie gedacht. Früher, da waren Sie doch irgendwie *anti.* Das Internet war ja für Sie so 'ne Art *Teufel.* Und jetzt klingen Sie wie ein Blogger bei *Wired.*«

»Sagen wir einfach, es färbt ab.«

»Klar tut es das. Aber sagen Sie … ist alles in Ordnung? Mr. Delpe, sollten Sie nicht eigentlich in den Ferien sein?«

Die Frage ist *outgame.* »Ja, mir geht's gut. Aber ich brauche Ihre Hilfe. Mir ist aufgegangen, wie Luther zu seinem

Geld kommt. Es funktioniert genau wie bei der Mafia. Er hat einen Haufen Spieler angeheuert, entweder als Mentoren, die den Newbies zeigen, wie das Spiel läuft, oder als Griefer, die Neuankömmlinge in die Arme der Mentoren treiben. Man bezahlt die Gangster dafür, dass sie einen vor anderen Gangstern beschützen. Er ist Quälgeist und Retter zugleich, arbeitet auf beiden Seiten der Straße. Luther steckt hinter diesem ganzen Schwindel und sahnt dabei ordentlich ab.«

»Verdammt schlau. Aber das verstößt doch sicher gegen die Spielregeln.«

»Wenn es irgendwelche Kontrollinstanzen in diesem Spiel gibt, dann habe ich sie bisher nicht gesehen. Es ist ein gesetzloser Ort. Wenn jemand dort für Ordnung sorgt, dann am ehesten noch Luther selbst. Er hat die Fäden in der Hand. Er hat sich zum Herrscher über dieses Spiel aufgeschwungen. Und ich will ihn vom Thron stoßen.«

»Wie wollen Sie das anstellen?«

»Das frage ich Sie. Deswegen bin ich hier.«

»Okay. Tja. Vielleicht gibt es eine Möglichkeit, ihn wegen unsauberer Praktiken anzuzeigen, bei den Betreibern des Spiels oder auch bei den Behörden.«

»Er muss *alles* verlieren.«

»Sie wollen kurzen Prozess mit ihm machen.«

»Er ist ein Könner, und ich bekomme nicht mehr als eine Chance, ihn zu erledigen. Gibt es ein Skript oder so etwas, was Sie mir schreiben könnten, etwas, das ihn mit einem einzigen Schlag oder Schuss erledigt?«

Jim ist sich bewusst, dass er sich merkwürdig benimmt, ja dass er vielleicht im Augenblick nicht alle Tassen im

Schrank hat – *meine Güte, was ich für ein Zeug rede. Mord mit einem einzigen Schlag* –, aber er bewegt sich in einer Welt von ganz außerordentlicher Brutalität, in der andere Maßstäbe gelten. Dass Jeff die Rolle des Sklaven spielt, mag vielleicht nur ein Spiel sein, aber das Spiel prägt die Realität. *Man muss sich doch nur ansehen, wie ich mich verändert habe,* denkt er, *ein intelligenter Mann mittleren Alters, der sich immer tiefer verstricken lässt, bis er es sogar für angebracht hielt, mit einer Marionette zu schlafen – lieber Himmel!* Und wie viel mehr Sorgen sollte er sich da um seinen leicht zu beeindruckenden Sohn machen?

»Ein Skript? Denkbar. Ich müsste recherchieren. Nachhören, welche Programmiersprache sie dort verwenden. Wenn es C++ ist, dann kenne ich jemanden, der kennt jemanden und so weiter.« Nathan kratzt sein Stoppelkinn. »Wann brauchen Sie das?«

»So schnell wie möglich. Können Sie sich drum kümmern?«

»Es ist also wichtig? Und was machen *Sie* in der Zwischenzeit? Bleiben Sie offline?«

»Nein. Ich muss bis zum höchsten Level aufsteigen, damit ich das Geschick, die Macht und das Ansehen habe, um diesem Kerl wenigstens mal den Stinkefinger zu zeigen.«

Renata schlägt die Zeitung auf. Eine Beilage mit den Ergebnissen der landesweiten Schulabschlussprüfungen. Jeffs Name ist nicht dabei.

Versager. Ein Wort wie ein Hammerhieb. Wo immer Jeff steckt, jetzt ist er offiziell ein Versager. Ein Schulabbrecher, der von seinem Leben nun nichts mehr zu erwarten hat, keine Frage. Renata weiß, statistisch gesehen, ist es jetzt viermal wahrscheinlicher als bei anderen, dass er arbeitslos wird, dreimal größer ist die Wahrscheinlichkeit, dass er an Depression erkrankt, doppelt so groß die, dass er übergewichtig wird, achtmal größer die, dass er ins Gefängnis kommt, doppelt so groß die, dass er sein 80. Lebensjahr nicht erreicht. All das kann man in dem Zeitungsbericht zwischen den Zeilen lesen, und es gibt nichts auf der Welt, was Renata dagegen tun kann, höchstens noch beten und ihn, sollte er jemals zu ihnen zurückkommen, finanziell unterstützen bis ans Ende ihrer Tage.

Ach, Jeff.

Wer ist dafür verantwortlich, dass aus ihrer aller Leben ein solcher Scherbenhaufen geworden ist?

Der Zeiger der Uhr an der Wand rückt einen Zahn vor, eine weitere Minute verschwindet im ewigen Nichts. Eines steht fest. Intelligente, erfolgreiche Eltern haben versagt. Der Schluss, zu dem sie kommen muss, ist schrecklich.

Versager.

Zeit, dass sie an die Arbeit geht: Auch wenn sie nicht viel Hoffnung hat, dass Jeff sich irgendwann meldet, muss sie packen – eine kaum zu bewältigende Aufgabe. Sie sagt sich, dass sie jetzt von dem Hocker an der Frühstücksbar aufstehen sollte. Wieder an die Arbeit gehen.

Nichts geschieht.

Am Mittwoch sagt Jim Renata, er habe ein paar Fälle an Danby abgegeben und »ein oder zwei Wochen Urlaub« genommen. Dann macht er sich daran, die Besitztümer der Familie einzuwickeln und in Umzugskartons zu verstauen. Nicht nur das, was in den Zimmern des Watforder Hauses steckt, muss zusammengepackt werden, auch der Inhalt von Garage und Gartenschuppen und Dachboden; gerade der Dachboden ist vollgestopft mit Müllsäcken voller Teppiche und alter Kinderkleidung und Kinderbüchern, einem Dutzend alter Koffer, bei denen keiner weiß, was drin ist.

Von der oberen Stufe der Stehleiter aus lässt Jim den Strahl der Taschenlampe über den Dachboden gleiten. Generationen von Mäusen, die unbehelligt hier oben gelebt haben und gestorben sind, haben ihre Köttel auf den Dachbalken hinterlassen. Mumifizierter Kot. Die Ausdünstungen von alten Rohren kitzeln ihn in der Nase. Und wohin er auch blickt: längst vergessene Dinge – man könnte meinen, der einzige Daseinszweck für die Delpes sei es, so viel Krempel wie möglich anzuhäufen. Tja, wenn man diesen Maßstab zugrunde legt, dann haben sie gut gelebt.

Jim holt all die vergessenen Besitztümer wieder ans Tageslicht, jedes eine Erinnerung an einen vergangenen Urlaub oder einen übereilten Samstagmorgeneinkauf, ein verhasstes Erbstück oder ein Spielzeug, das keiner mehr braucht. Stück für Stück wuchtet er nach unten und stützt sich dabei auf den Stufen der Aluminiumleiter ab. Vieles muss fortgeworfen, viele Erinnerungen müssen getilgt werden, bevor der Umzugswagen in der kommenden Woche anrückt. Als er die Leiter wieder hochsteigt, signalisiert ihm sein Handy den Eingang einer SMS. Hoch oben balancierend, greift er in die Tasche. Unbekannter Absender. Nummer unterdrückt. Er öffnet die SMS. Fällt fast von der Leiter.

Ich muss mit dir reden. Kayla xx

Sie schreibt ihm! Woher hat sie seine Telefonnummer? Was ist das? Wie kann das sein? Er liest die Nachricht noch einmal, und das Blut schießt ihm in den Kopf. *Kayla xx!* Er hat nie persönliche Daten mit ihr ausgetauscht. Unheimlich ist das! Dieses Spiel war gerade noch akzeptabel, solange er anonym war – als er und sie Geschöpfe in einer anderen Welt waren –, aber weder AGI noch Kayla sollten sich hier in der wirklichen Welt blicken lassen.

Entsetzlich, entsetzlich. Wie schrecklich naiv ist er gewesen, hat sich öffentlich zur Schau gestellt, als er glaubte, alles sei privat. Eine schwere Verletzung der Privatsphäre. Er versucht sich zu erinnern, ob er womöglich persönliche Details preisgegeben hat, ihr gesagt hat, wo er arbeitet oder ihr sonst genug Anhaltspunkte geliefert hat, dass sie seine wahre Identität herausbekommen konnte. Vielleicht ist das eine Falle, und er steht schon lange unter Beobachtung! Womöglich ist Kayla gar nicht der Newbie, als der sie sich ausgegeben hat. Gott, denkt er voller Schrecken. *Vielleicht weiß sie sogar, wo ich wohne! Wenn sie schon meine Telefonnummer hat!*

Er steigt wieder die Leiter hinunter, tritt bei der letzten Stufe daneben, strauchelt und stößt sich das Schienbein an der Leiter. Schreit auf vor Schmerz. Reibt sich das Bein, dann hantiert er mit dem Telefon, klickt die Nachricht weg und steckt es ein. Er wird nicht auf diese SMS antworten. Wird sie ignorieren. Mit Sicherheit wird Kayla ihn kein zweites Mal kontaktieren. Wenn sie merkt, dass er nichts mehr mit ihr zu tun haben will, wird sie begreifen, dass sie zu weit gegangen ist.

Er ruft: »Renata?«, und als keine Antwort kommt, löscht er die SMS, damit Renata sie nicht irgendwann findet, doch kaum hat er den Knopf gedrückt, macht das Telefon schon wieder *biep*.

Eine neue SMS. Rasch öffnet er sie, sein Herz schlägt wie eine Kesselpauke.

Bitte. Es ist wichtig. Bei uns zu Hause. 3 Uhr GMT heute Nachmittag. Kxxx

Bei uns zu Hause? Das macht Jim Angst. Er setzt sich auf die oberste Treppenstufe, löscht mit feuchten Händen die SMS und schaltet das Telefon ab, auch wenn er weiß, dass ihm das nichts nützt. Jetzt kann der Apparat nicht mehr klingeln, aber er weiß, hinter den Kulissen agiert der Telefonanbieter als sein Sekretariat und sammelt Nachrichten von Kayla, die auf ihn einstürmen werden, sobald er sein Telefon wieder einschaltet. Er kann sich ihr nicht entziehen. Früher oder später muss er der Aufforderung, mit ihr zu reden, nachkommen.

Er geht in sein Zimmer und schaltet den Computer ein. Er hat sich angewöhnt, seinen Rechner *den Lügner* zu nennen, denn nichts, was auf seinem Bildschirm angezeigt wird, kann man trauen. Und folglich auch dem nicht, was man eintippt. Er verändert, verwandelt, mutiert die Dinge. Er loggt sich bei LoL ein, geht »zu uns nach Hause«, zu der Waldlichtung, wo sie Sex miteinander simuliert haben. Und da ist sie. Wartet auf ihn. Wie gern würde er sie jetzt löschen. Sie einfach wegklicken.

KAYLA: Danke, dass du gekommen bist.

AGI: Woher hast du meine Telefonnummer?

KAYLA: Ich bin schwanger.

AGI: Red keinen Unsinn.

KAYLA: Es ist von dir.

AGI: Woher hast du meine Telefonnummer?

Was für ein Idiot er war. Mit gutem Grund macht Renata sich Sorgen um ihn. Er ist tatsächlich derjenige, der in den größeren Schwierigkeiten steckt.

KAYLA: Du bist der Einzige, mit dem ich geschlafen habe. Nur du kannst der Vater sein. Ist das nicht großartig? Freust du dich nicht? Wir bekommen ein Kind, AGI. Du und ich. Ist das nicht das TOLLSTE, was du je im Leben gehört hast?!!!!

AGI: Die Telefonnummer. Woher hast du sie? Wie hast du das gemacht?

KAYLA: Freust du dich denn nicht? Was für ein wunderbares Abenteuer das wird.

[Lange Pause]

KAYLA: Und ich möchte, dass du bei der Geburt dabei bist.

Ich zähle jetzt bis zehn, und dann lass mich aus diesem Alptraum erwachen, betet Jim. *Bitte, lass nicht zu, dass das hier mit mir geschieht.*

KAYLA: Die Schwangerschaften hier sind kurz. Zwei Wochen.

AGI: Du brauchst Hilfe. Professionelle Hilfe.

KAYLA: Ich liebe dich.

AGI: Ich will nicht, dass du mir noch einmal eine SMS schickst. Hast du verstanden?

KAYLA: Du bist wütend? Schockiert? Das ist nur zu verständlich.

AGI: Versprich mir, dass du mir nie wieder eine SMS schickst.

Kayla: Ich verspreche es.

AGI: Nie, nie wieder.

[Lange Pause]

KAYLA: AGI, Liebling. Sag doch was.

KAYLA: Hör mal, ich weiß, wie verrückt das ist – aber das mit dem Baby, das ist mir wirklich ernst. Diese Schwangerschaft, das ist ein wichtiger Entwicklungsschritt für mich als Frau im realen Leben. Und ich möchte sicher sein, dass du für mich da sein wirst. Kann ich das?

KAYLA: Aber auch wenn ich nicht gerade froh bin, wenn ich das allein durchstehen muss, hast du natürlich das Recht zu sagen, dass du mit dem Baby nichts zu tun haben willst.

KAYLA: Na jedenfalls kommt es am 3. November zur Welt.

KAYLA: Freust du dich denn nicht?

KAYLA: Du wirst Vater.

Sinnlos ihr zu schreiben, was er wirklich von ihr hält. Er loggt sich aus, halb von Sinnen.

Später schleudert Jim Müllsäcke voller Kleider in eine Garagenecke. Die Wut – und die Angst – verleiht ihm Riesenkräfte. Wie konnte es nur so weit kommen? Sie ist ein Fall für die Klapsmühle, das steht fest. *»Ich bin schwanger.«* Ein virtuelles Baby? Wie konnte er sich nur zu intimen Beziehungen mit so einer Person hinreißen lassen – ausgerechnet er, der sonst so wenig Nähe zulässt? Selbst im realen Leben, vor so vielen Jahren mit der süßen jungen Renata, hatte er Wochen gebraucht, bis er offener geworden war, und wenn er nicht zum Alkohol gegriffen hätte (Gin Tonic), hätte es sogar noch viel länger gedauert. Bei Kayla hingegen hatte er – nüchtern und vollkommen ernst – sämtliche Türen seines Privatlebens aufgestoßen und im Schutz der vielgepriesenen Anonymität des Mediums zugelassen, dass Facetten seines geheimen Ichs ans Licht kamen – und das, als sie sich gerade mal ein paar Stunden kannten. Er hat Dinge, die er noch nie jemand anderem offenbart hat, mit einer Verrückten geteilt, und jetzt kann er diese Dinge nicht mehr verbergen, weder vor ihr noch vor sich selbst.

Manche von den Säcken platzen auf, und er sieht Kleider hervorquellen, die seit zehn Jahren niemand mehr getragen hat: eine Art Inventar einer Ehe, eines Familienlebens – ein Pullover, den er in Biarritz gekauft und nur dieses eine Mal getragen hat, ein Rollkragenshirt, das Rena einmal besonders gern hatte, eine alte Skihose von Donny und so weiter. Intimität, die sich allmählich über einen langen Zeitraum entwickelt, Intimität, die langsam aufgebaut wird, und erst dann vertraut man ihr. So ist sein ganzes bisheriges Leben gewesen. Wie gern hätte er jetzt dieses alte Leben zurück.

Er kehrt zurück ins Haus und geht wieder nach oben. Seine Beine fühlen sich furchtbar schwer an. In seinem Zimmer angekommen, schaltet Jim den Laptop ein. Als der Bildschirm aufleuchtet, geht er auf YouTube. Er findet das Gesuchte: einen Clip mit der Eröffnungsszene von *Irrtum im Jenseits.* Mit David Niven in der Rolle des Fliegeroffiziers Peter Carter. Jim sieht sich die Szene an, auch wenn er nicht sagen kann, warum er sie in diesem Augenblick sehen will. Carter ist mit seinem brennenden Bomber auf dem Rückweg von einem Einsatz in Frankreich und hat keine Chance, es bis Dover zu schaffen. Er hat keinen Fallschirm und macht sich bereit zum Sprung in den Tod, doch zuvor schaltet er noch einmal sein Funkgerät ein und spricht seine letzten Worte zu June, einer mitfühlenden Kriegshelferin, die im Kontrollturm Dienst tut. Flirtet mit ihr. Den sicheren Tod vor Augen, lässt er alle Förmlichkeiten hinter sich und sagt ihr, dass er sie liebt. Und binnen sechs Minuten, unter dem Vorzeichen des nahen Endes, *sind* die beiden tatsächlich verliebt. Carter weiß das, und June weiß es auch. So etwas gibt es – darum geht es. Ein zartes Gebilde, das von einem Augenblick zum anderen aus dem Nichts Gestalt annimmt. Jim hat Tränen in den Augen, als Carter sagt: »Ich liebe dich, June. Du bist das Leben, und ich verlasse dich jetzt«; ja, er sagt sogar laut: »Renata, es tut mir so leid«, als Carter vom Bombenschacht abspringt, in die Tiefe stürzt, dem kalten grünen Meer entgegen.

Der 3. November ist – und das ist mit Sicherheit kein Zufall – sein eigener Geburtstag.

Level zehn
Durchschlagender Erfolg

Der Abschied von London fällt ihnen schwerer, als sie gedacht haben.

Aber wie können sie *nicht* umziehen wollen, nicht eine Stadt verlassen wollen, deren Probleme gut und gerne für drei Städte reichen? Eine Stadt, in der die Kluft zwischen Lamborghini-Fahrern und Sozialhilfeempfängern, die sich in klapprige Busse zwängen, immer tiefer wird, eine Stadt, die wie LoL den Ereignishorizont überschritten hat, wie Luther es so treffend ausgedrückt hatte, *nicht mehr zu erfassen, nicht einmal von ihren Programmierern.*

Aber London hat auch seine guten Seiten. Es ist liebenswert. So vielgestaltig, dass man süchtig werden kann nach dieser Mischung aus Rom, Paris, New York und auch Port Said, Sydney, Kingstown, Karatschi und so weiter. Und die Delpes sehen durchaus beide Gesichter dieses Januskopfes, denn sie sind Briten mit Leib und Seele. Als eingefleischte Hauptstadtbürger haben sie sich mit London ausgesöhnt, interessieren sie sich dafür, wer Bürgermeister wird, plädieren auf Dinnerpartys für klimatisierte U-Bahnen, für günstige Wohnungen, machen sich Sorgen wegen der Wirtschaftsflüchtlinge, ereifern sich darüber, wie lange es dauert, bis ein Bautrupp ein paar läppische Quadratmeter Straße asphaltiert hat, sind für die strenge Begrenzung von Bonuszahlungen an Banker und gegen eine dritte Startbahn in Heathrow, fordern mehr Polizeipräsenz auf den Straßen und sehr viel mehr Krankenhausbetten. Sie sind Anhänger von Arsenal, derselben Fußballmannschaft wie schon ihre Großeltern.

Und doch müssen sie jetzt alles verlassen, was ihnen lieb und teuer ist.

Man darf sich nicht in der Vergangenheit häuslich einrichten.

Ja, sie müssen gehen. Jim und Renata, mit dem Hund auf der Rückbank, fahren voraus, die Vorhut für die drei vollbeladenen Möbelwagen. Auf halber Strecke halten sie an, und Jim sinniert an einem Plastiktisch über seinem Chickenburger, was für ein seltsames Gefühl es war, dieses Haus zum letzten Male abzuschließen, diese entsetzlich leeren Zimmer zurückzulassen und sich dann endgültig von Gable Crest zu verabschieden. »Gespenstisch.« Er kann das Gefühl nicht näher und nicht besser beschreiben. Einfach nur gespenstisch.

Als sie wieder im Auto sitzen, macht Renata ein Gesicht wie ein Leichenbestatter. Sosehr sich Jim auch bemüht, auf dieser wichtigen Fahrt ein bisschen gute Laune zu verbreiten – all seine launigen Bemerkungen und seine Hinweise auf interessante Sehenswürdigkeiten am Wegesrand können sie nicht aufheitern. Am Ende sinkt auch seine Stimmung. Die Delpes sind bald gleichermaßen niedergeschlagen auf ihrer Fahrt gen Westen.

»Wir werden das nie bereuen«, beteuert Jim trotzig.

»Hmmm«, antwortet Renata.

Stinker knurrt.

Am späten Nachmittag kommen sie an, aber keiner macht Anstalten auszusteigen. Sie stehen beide unter einer Art Schock. Sie sind umgezogen. Der Weg zurück nach London ist in vielerlei Hinsicht schon jetzt versperrt. Es gibt nur noch dieses Haus.

Der Vorgarten ist immer noch aufgewühlt. Der Rollrasen ist noch nicht geliefert worden. Der Charme des kleinen Häuschens ist verflogen. Sie ziehen auf eine Baustelle.

»Trautes Heim, Glück allein«, verkündet Jim mit einem Anflug von Verzweiflung.

Renata überhört diese Bemerkung und sagt nur leise: »Dann lass uns zusehen, dass wir das hinter uns bringen.« Sie öffnet die Beifahrertür. Jim sieht ihr nach, wie sie zur Haustür geht, stehen bleibt und anscheinend das Haus anstarrt, das sie jetzt adoptieren soll.

Als die Möbelwagen ankommen, beginnen sie mit der Herkulesaufgabe des Auspackens. Renata nimmt ein Messer und schlitzt zugeklebte Kartons mit der Aufschrift BETTZEUG auf, die Deckel klappen zur Seite und setzen einen Rest Londoner Luft frei – einen Hauch von Kohlenwasserstoffen und Angst, von Trübsal und Trauer, den Geruch ihres alten Lebens.

Im ersten Stock baut Jim Betten zusammen. Drei sollen es werden. Schrauben werden angezogen, verlorene Bauteile finden sich in einem Meer von Styroporkügelchen. Gegen acht Uhr abends haben er und Renata ihre getrennten Schlafplätze.

Sie ziehen sich früh in ihre Zimmer zurück.

Aber Renata kann nicht schlafen. In dieser fremden Umgebung fehlen die Alarmanlagen, die Sirenen und Signale von London, der Basso continuo von Maschinen zwischen Beton. Stattdessen der unheimliche Schrei einer Eule und das beunruhigende Kreischen eines Tiers im Wald – ein kleines Wesen, das von einem größeren getötet wird? Ihre Fußgelenke sind noch immer geschwollen, und sie hat Schmerzen im Unterleib.

Derweil verbringt Jim ein paar Stunden mit dem Lügner, bis er einen dumpfen Schmerz hinter den Augen spürt. Was soll er mit Kayla machen? Schließlich geht er ins Bett und wälzt sich schlaflos hin und her. Sein Verstand ist hellwach, kann keine Ruhe finden. *Wie wird Renata mit diesem neuen Leben zurechtkommen?* War es egoistisch von ihm, auf diesem Umzug zu bestehen? Er hört, wie sie aufsteht. Lauscht den Geräuschen und weiß in jedem Augenblick, was sie gerade tut, bis hin zu dem Klicken ihrer Nachttischlampe. Das ist kein Haus für Geheimnisse, denkt er.

Renata steht zweimal auf in der Nacht, um sich etwas Heißes zu trinken zu machen und eine Wärmflasche zu füllen. Sie nimmt zwei Ibuprofen. Geht zurück ins Bett.

Endlich. Stille. Jedenfalls beinahe. In Jims Zimmer ist die Totenuhr wieder am Werk, bohrt sich durch die freiliegenden Eichenbalken, stößt mit dem Kopf gegen das Holz und macht ihr unverkennbares tickendes Geräusch. Es kommt und geht. Jim wartet. Kommt und geht. Kommt und geht. Jim zieht sich ein Kissen über den Kopf und beschließt, dass er, selbst wenn er die ganze Nacht kein Auge zutut, auf Renatas Nachfrage antworten wird: »Ich? Ich habe wunderbar geschlafen.«

Am nächsten Morgen klagt Renata, dass sie sich in dem Haus nicht sicher fühlt.

Jim erklärt ihr, dass es in diesem Dorf praktisch keine Verbrechen gibt. »Wenn die Kriminalitätsrate *unter* null sinken könnte, dann wäre das hier so. Hier könnte man ein Verbrechen nicht einmal für Geld kaufen.« Aber für seinen kleinen Scherz erntet er nur einen eisigen Blick. »Wie war die Dusche?«, fragt er.

»Sie hat funktioniert.«

»Na immerhin. Dafür sollten wir dankbar sein.« Sein Blick schweift zurück zu seinem aufgeklappten Laptop und der BBC-Seite, die er neuerdings als Startseite hat. Berichte über Verbrechen, Messerstechereien. Kann Renata sich im verschlafenen Blackstable wirklich unsicher fühlen? Dann will er sie mal auf den neuesten Stand bringen: »Hier steht, dass gestern ein Mann in der U-Bahn erstochen wurde. Umgebracht wegen seines iPhone. Ermordet. Hundert Menschen waren auf dem Bahnsteig. Keiner hat einen Finger gerührt. Siehst du, was uns da entgeht?«

Renata kratzt Butter auf ihren Toast. »Hundert Menschen, von denen keiner ein Messer hatte.« Sie hebt ihr Buttermesser. »Ich mache ihnen keinen Vorwurf, dass sie nicht eingegriffen haben.«

»Alles, was sie getan haben, war Videoclips drehen und auf YouTube hochladen. So reagieren Menschen heute. Sie gehen nur näher ran, um einen besseren Aufnahmewinkel zu bekommen.«

Jim geht nach draußen und räumt überzählige Dachziegel beiseite, die die Hintertür blockieren, da klingelt sein Handy. Vier Balken Signalstärke hier draußen, vermerkt er.

Gar nicht schlecht. Es ist Elsbeth. Der erste Anruf seit ihrem Streit. Er beschließt, es locker anzugehen.

»Elsie, wie geht es dir?«

Er hört sofort die Anspannung in ihrer Stimme. »Er ist zu mir nach Hause gekommen.«

»Wer?«

»Dein Bauunternehmer.«

»Lance?«

»Lance. Ich habe keine Ahnung, wie er herausbekommen hat, wo ich wohne. Hast du ihm das gesagt?«

»Lance? Nein. Wieso ist er zu dir nach Hause gekommen? Du meinst nach London? In deine Wohnung?«

»Ja.«

»Er ist nach London gefahren?«

»Ja.«

»Wieso, Elsie? Hast du ihn dazu aufgefordert?«

»Natürlich nicht. Er ist einfach so aufgetaucht. Muss ich mich vor ihm fürchten? Immerhin ist er vorbestraft. Du hast gesagt, er war ein Schwerverbrecher. Und jetzt kommt er unaufgefordert zu mir nach Hause.«

»Ganz ruhig. Keine Panik.«

Jim gewinnt an Selbstvertrauen, jetzt wo er den Vorfall analysiert. Mit klarem Verstand, gelenkt von ritterlichen Instinkten, stellt er Fragen, um anschließend zu besprechen, was sie tun sollen. »Zunächst mal verstehe ich nicht, warum er dich besuchen sollte.«

»Ich nehme an …«, das Telefon verstummt, dann ist ihre Stimme wieder da, schwächer als vorher, »… es ging ihm um das Körperliche.«

»Das Körperliche?«

»Ich habe mit ihm geschlafen, Jimmy. In deinem Haus.«

»Dann bin ich also doch nicht verrückt?«

»Ich fühle mich schrecklich.«

»Warum hast du mich angelogen?«

»Ich bin so ein Idiot. Ich schäme mich einfach nur. Ich habe mich aufgeführt wie die schlechte Karikatur einer alleinstehenden Frau, ohne die geringste Selbstachtung. Ich konnte den Gedanken nicht ertragen, dass du weißt, wie tief ich gesunken bin.«

Plötzlich ein Muster an Zerknirschung und Reue, stammelt sie eine Erklärung – dass sie nur ein winziges bisschen Spaß haben wollte, mit einem Menschen, den sie nie wiedersehen würde, einem Menschen, von dem sie angenommen hatte, dass auch er sie nie wiedersehen wollte. Aber das ging nur, wenn Jim nichts davon erfuhr.

»Tja, du hast einen großen Fehler gemacht, als du dachtest, er hätte kein Interesse an einem Wiedersehen. Eine Frau mit deinem gesellschaftlichen Hintergrund – was für eine Eroberung für einen armen Schlucker wie Lance! Aber jetzt erzähl, was passiert ist.«

»Ich habe ihm gesagt, ich habe meinen Spaß gehabt, an dem Abend in deinem Cottage – tut mir leid, Jimmy –, aber es war eine einmalige Angelegenheit. Und dass ich mir da ganz sicher bin. Und ich habe ihn aufgefordert, meine Wünsche und meine Privatsphäre zu respektieren.«

»Und was hat er geantwortet? Ist er wieder gegangen?«

»Nicht gleich. Erst als ich ihn angebrüllt habe.«

»Verstehe.«

»Er war sehr aufgeregt. Ich glaube, er war ein bisschen betrunken. Er hat gesagt, er glaubt mir nicht.«

»Hattest du Angst?«

»Ein bisschen.«

»Mistkerl. Ich kümmere mich darum.«

»Würdest du das machen? Jimmy, ich bin so eine dämliche Kuh. Es tut mir so leid. Mit dem Handwerker meines Bruders. Das ist sonst nicht mein Stil.«

»Lass mich mit ihm reden.«

»Ja, bitte. Ich kann den Gedanken nicht ertragen, dass es wieder an der Tür klingelt. Dass ich aufmache, und er steht auf der Matte.«

Mit einem Handy voller SMS von Kayla weiß Jim nur zu gut, wie ihr zumute ist.

»Mach dir keine Sorgen. Ich fahre gleich heut zu ihm. Ich weiß, wo er wohnt.«

»Ich fühle mich einfach schrecklich.«

»Ich ruf dich heute Abend an. Wenn er versucht, mit dir Verbindung aufzunehmen, lass dich auf gar keinen Fall darauf ein.«

Jim geht ins Haus und sagt Renata, dass er zum Eisenwarenladen muss, weil er für die schweren Spiegel ein paar größere Dübel braucht.

Im Auto spürt er das Adrenalin in seinen Adern. Einerseits genießt er das Gefühl, dass er der Einzige ist, der seiner Schwester aus der Klemme helfen kann, aber er kann auch nicht leugnen, dass er ein wenig Angst hat. Was, wenn es zu Tätlichkeiten kommt? Was weiß Jim schon vom Kampf Mann gegen Mann? Er könnte sich bei seiner Mission verletzen. Na, es gibt Schlimmeres. Viel schlimmer wäre es, wenn er vor dieser Herausforderung davonliefe. Wenn er sie annimmt, kann er vielleicht sogar etwas gutmachen. Ein

Mann mit seinem moralischen Schuldenkonto muss jede Gelegenheit ergreifen, mit der Tilgung zu beginnen.

Lance steht nicht im Telefonbuch, aber Jim weiß, in welcher Straße er wohnt. Er vertraut darauf, dass er Lances schäbigen Lieferwagen irgendwo dort stehen sieht. Und er sieht ihn sofort. Da ist er, an der Straße geparkt. Und dann sieht er Lances kleinen Hund, der im Garten bellt.

An der Haustür hört er Maschinenlärm hinter dem Haus und geht durch den schmalen Durchgang an der Seite. Und da ist Lance. Schneidet Kanthölzer zu, das Kreischen der Kreissäge wie der Schrei eines waidwunden Tiers.

»Lance!«

Lance grinst. Nimmt die Schutzbrille ab. Kommt auf Jim zu, in seinen sägemehlbestäubten Kleidern, doch als er Jims Miene sieht, verschwindet das Lächeln. »Was ist los?«

»Ich habe gerade mit meiner Schwester telefoniert.« Jim macht keinen Hehl aus seinem Zorn. Seine Stimme wird tiefer und gibt zu verstehen, dass er als Mann spricht, nicht als Auftraggeber, nicht als Rechtsanwalt, sondern als männliche Macht, mit der nicht zu spaßen ist. Wie kann Lance »die Unverfrorenheit, die Frechheit, die *Unverschämtheit*« besitzen, bis nach London zu fahren und seine Schwester zu bedrohen und sich dann auch noch weigern zu gehen, als er dazu aufgefordert wird? »Wie können Sie es wagen? Was haben Sie sich dabei gedacht?« Jim hebt die Stimme, baut seinen Vorteil aus, stellt unter Beweis, dass er nicht einfach nur redet, sondern dass er auch eine physische Bedrohung sein kann, ein Kämpfer, der bereit ist, für seine Familie ins Feld zu ziehen.

In einem gebrüllten Ultimatum teilt Jim Lance mit, dass

er zu weit gegangen ist und Elsbeths Privatsphäre verletzt hat, dass jeder weitere Versuch, mit Elsbeth Kontakt aufzunehmen, schwerwiegende Folgen nach sich ziehen wird. »Mehr sage ich nicht. *Schwerwiegende* Folgen. Und was uns beide angeht: Wir sind geschiedene Leute. Ich bezahle, was immer ich Ihnen noch schuldig bin. Schicken Sie mir einfach Ihre Abschlussrechnung; aber unser Vertrag ist damit hinfällig. Ich finde schon einen anderen Bauunternehmer, der die Sache zu Ende bringt.«

An diesem Punkt verdüstert sich Lances Miene, und ein anderes Gesicht kommt zum Vorschein, eines, das Jim noch nie gesehen hat: das Gesicht eines Mannes, der zwei Jahre im Gefängnis gesessen hat.

»Sie können den Vertrag nicht brechen«, antwortet Lance.

»Er ist beendet. Schluss. Aus.«

»Sie wollen mir den Auftrag entziehen? Meinetwegen, aber bezahlen müssen Sie für alles. Ich habe andere Aufträge abgelehnt, damit ich die nächsten zwei Monate für Sie da bin.«

»Darauf lasse ich mich nicht ein.«

Lance kneift die Augen zusammen. »Jetzt hören Sie mal gut zu. Ihre Schwester wollte es doch. Sie ist eine ziemliche Schlampe, wenn Sie's genau wissen wollen.«

Eine gezielte Provokation. *Sie wollte es?* Jim bemüht sich, die Ruhe zu bewahren. »Meine Schwester will nie wieder von Ihnen hören.«

»Ach ja? Neulich abends hat sie regelrecht darum gebettelt, sage ich Ihnen. Also bin ich einfach mal hingefahren, um zu sehen, ob Sie Lust auf einen Nachschlag hat. Wo sie doch beim ersten Mal so, na ja, so begeistert war. Sie macht einen ziemlich guten Blowjob, Ihr Schwesterherz. Hab mich prächtig amüsiert.«

»Sie lassen die Finger von ihr. Und damit basta.«

»Dann bezahlen Sie mich für den ganzen Auftrag.«

»Eher sehen wir uns vor Gericht.«

Das Wort Gericht weckt bei Lance eine neue Reaktion. Er nimmt eine ganz neue Gestalt an, Muskeln schwellen, eine Figur, die zu der Sträflingsvisage passt. »Vor Gericht, ach ja? Vor Gericht? Scheiß auf Sie.«

»Das überlegen Sie sich lieber.«

»Du schmieriger Mistkerl.«

»Ich denke, dabei belassen wir es, oder?« Lance macht einen kleinen Schritt nach vorn, doch Jim weicht nicht zurück. »Ich habe alles gesagt. Und Sie haben mich verstanden. Den Scheck für die ausgeführten Arbeiten schicke ich Ihnen per Post.« Er macht sich auf den Weg, erstaunt, wie gut er sich gehalten hat. Mit wachsendem Selbstvertrauen und neugewonnener Sicherheit dreht er sich noch einmal um. »Und um das noch mal ganz deutlich zu sagen: Sie sind der lahmarschigste Bauunternehmer, der mir je untergekommen ist.«

Das ist der Augenblick, in dem Lance, der langsam näher gekommen ist, zuschlägt. Seine Faust landet auf Jims Nase. Ein knirschendes Geräusch, wie wenn man eine Coladose zertritt. Jims Knie knicken ein, er sackt zu Boden, benommen vor Schmerz, und Sekundenbruchteile später landet sein Gesicht zwischen Sägemehl und Holzabfällen, und entsetzliche Wellen von Schmerz breiten sich von der Mitte seines Gesichts her aus. Seine Nase muss gebrochen sein.

Angeblich sieht man Sterne, aber er kann überhaupt nichts erkennen. Alles verschwimmt vor seinen Augen. Ihm wird übel. Er denkt an Sanitäter, einen Arzt, eine Schwester, ein Krankenhaus, aber es ist noch nicht vorbei, denn jetzt steht Lance über ihm.

Er fühlt sich ausgeliefert zu Füßen dieses Mannes. Jim rappelt sich auf, bietet all seine Kräfte auf, samt einem gerüttelten Maß an Stolz, um Lance wieder auf gleicher Höhe begegnen zu können. Ihm fällt sogar etwas ein, was er sagen kann: »Das hätten Sie nicht tun sollen. Sie sind … Sie sind … Sie, Sie, Sie …«

»Was?«

»… Sie sind … vorbestraft.«

»Ich bring dich um. Verbuddle deine Leiche. Das kriegt kein Mensch je raus.«

Lance denkt jetzt nicht an sein Vorstrafenregister, daran, dass er bei einer neuerlichen Anklage wegen Körperverletzung als Wiederholungstäter auf der Stelle hinter Gitter wandert. Seine linke Hand schnellt nach vorn und packt Jim blitzschnell an der Kehle, seine Finger umklammern sie wie ein Schraubstock, bis Jim sich genau so fühlt, wie er es will: Hoffnungslos, verloren und verängstigt bettelt er, dass der Druck von fünf nackten Fingern nachlässt. *Lance wird mich töten. Mich hier auf der Stelle erwürgen.* Aber Lance hat eine andere Idee, und Jim ist wieder in Bewegung, wird von Lance nach hinten gedrängt, bis er gegen die Rückseite des Hauses stößt.

Rot im Gesicht, so nah, als wolle er ihn küssen, faucht Lance: »Du Scheißkerl!« Seine Augen, nur Zentimeter von Jims Augen entfernt, suchen Angst und finden sie. Sekunden vergehen, und Jim kann den Druck von Lances Hand an seiner Kehle kaum noch ertragen. Er muss sich wehren, aber dann kommt es zum Kampf, und Lances Hand ist zu groß und zu stark von dem ganzen Zorn, der sich dort zusammenballt. Jim weiß, dass sein Gegner ihm ernsthaft Schaden zufügen wird, wenn er ihn noch mehr reizt. »Ich bring dich um«, droht Lance noch einmal. Jim seinerseits denkt: *Wehr dich. Wehr dich, egal, was es kostet,* aber auch: *Provozier ihn nicht. Entschuldige dich.* Er beschließt, sich loszureißen, will mit einem Bein zutreten, sich irgendwie befreien, doch sein Körper gehorcht ihm nicht, seine Muskeln und sein nutzloses Blut bleiben untätig. Er ist der Schwächere, das darf er nicht vergessen.

»Lance«, sagt Jim mit gepresster Stimme. »Hören Sie … hören Sie … auf … das ist …«

Aber jetzt, wo ein Menschenleben unter seinen Fingern pocht, antwortet Lance nur: »Was hältst du davon, wenn ich jetzt loslasse, und du bezahlst mich für den ganzen Job? Hm? Das nenne ich fair.« Sein Würgegriff schließt sich noch enger um Jims Kehle. »Abgemacht, Mr. …«, er drückt und drückt, »… Delpe?«

Jim tastet blind mit der freien linken Hand und findet etwas Hartes, Kaltes, Metallisches, etwas *Nützliches* – irgendein Werkzeug. Er packt zu und tut etwas, was er noch nie im Leben getan hat: Er holt aus, und das Ding erwischt Lance mit solcher Wucht am Schädel, dass der Bauunternehmer vor Schmerz aufschreit, eine Hand schützend über die Stelle gelegt, wo Jims Schlag ihn getroffen hat. »Mistkerl!«, schreit Lance, »Drecksau!« Er blutet, stürmt wieder nach vorne und wirft sich mit voller Kraft auf Jim, der das

Werkzeug schützend vor sich hält, bis zu der Sekunde, als die beiden Körper aufeinanderprallen. Ein Knall zerreißt das Dämmerlicht. Wumm! Das Ding, was immer es ist, ist explodiert – Jim hat irgendwie auf den Auslöser gedrückt. Lance taumelt rückwärts. Erst starrt er Jim in die Augen, dann wandert sein Blick hinab zu seiner Brust, aus der der Kopf eines zehn Zentimeter langen Nagels hervorragt.

Das Ding war eine Nagelpistole.

Die Ereignisse überschlagen sich. Jim fährt Lance ins Krankenhaus. Er rast, mit eingeschalteter Warnblinkanlage, geht große Risiken ein. Sie können nicht warten, bis ein Krankenwagen da ist. Das Blut läuft nur so aus Lance heraus, jetzt, wo er auf dem Beifahrersitz sitzt und von Zeit zu Zeit »Scheiße« sagt, »verdammte Scheiße«.

Der lange Nagel ist unter dem Brustbein eingedrungen. Nur der Kopf ragt noch aus dem Blutfleck hervor.

Jim fährt verwegen – muss daran denken, wie er einst mit seiner Frau zur Entbindungsstation gerast ist; Renata hatte vor Schmerzen gestöhnt. Er wechselt immer wieder die Fahrbahn, überfährt mehrere rote Ampeln und murmelt immer wieder: »Es tut mir leid«, bis er schließlich vor der Notaufnahme zwischen zwei geparkten Krankenwagen hält. Drinnen, mit Lance am Arm, ruft er: »Hilfe! Bitte! Helfen Sie!«, woraufhin zwei Pfleger von hinten gelaufen kommen, Lance, der keinen Ton mehr von sich gibt und ganz bleich geworden ist, in einen Rollstuhl setzen und mit ihm durch eine Schwingtür verschwinden. Jim kann nicht sehen, was als Nächstes geschieht.

Zwei Stunden vergehen. Renata ruft an, doch Jim geht nicht ans Telefon. Er fährt den Wagen auf den Parkplatz, kommt zurück, blättert mehrere Nummern von *National Geographic* durch, nimmt jedoch nichts wahr. In der Hand hat er Lances Brieftasche, die der ihm anvertraut hat. Er öffnet sie. Eine einsame Fünfpfundnote. Eine Scheckkarte. Dieser Mann ist wirklich arm. So hart der Bauunternehmer auch körperlich arbeitet, er bringt es zu nichts, denn das System ist gegen ihn. Brutale Lebensumstände bringen brutale Menschen hervor – logisch.

Jim geht zur Toilette und sieht im Spiegel, dass sein Nasenrücken und eine Stelle über dem Auge geschwollen sind. Mit der Hand schöpft er Wasser aus dem Becken und kühlt sein Gesicht; er merkt, dass er am ganzen Leib zittert. Er richtet sich auf, Wasser rinnt ihm übers Gesicht; er nimmt Papierhandtücher, betupft die verletzten Stellen. Dann kehrt er an die Rezeption zurück und lässt nicht locker, bis die Schwestern ihm Auskunft geben; so erfährt er zunächst, dass sie nichts wissen, dann, eine Stunde später, dass Lance in der Radiologie ist, dann, im OP, dann, dass »sein Zustand stabil ist«, und schließlich, gegen neun Uhr abends: »Er hat großes Glück gehabt, sehr großes Glück.«

Ein Arzt lässt sich blicken. In ein paar Minuten, wenn der Verband angelegt ist, kann Jim Lance sogar wieder mitnehmen. »Die Röntgenbilder sind eindeutig. Der Nagel hat kein inneres Organ verletzt. Wir haben ihm eine Tetanusspritze gegeben und ihm Antibiotika verschrieben, damit die Wunde sich nicht entzündet.«

Eine Dreiviertelstunde später sitzt Jim, so verrückt das ist, wieder neben Lance im Wagen. Ganz vorsichtig fährt er die Straßen zurück, über die er vorhin gerast ist, und Lance erzählt ihm in aller Seelenruhe, dass der Nagel, wenn die Batterien von dem Gerät nicht fast leer gewesen wären, wahrscheinlich am anderen Ende wieder herausgekommen wäre.

Jim setzt Lance vor dessen Haus ab. Er steigt aus, geht zur Beifahrertür und öffnet sie. »Wegen Elsbeth.«

»Das ist Schnee von gestern.«

»Versprochen?«

Lance wirft die Tür zu und geht behutsam zu seiner Haustür. Als Jim den Gang einlegt, kann er den einfachen, triumphierenden Gedanken nicht unterdrücken: *Ich hab gewonnen.*

Zerschunden steht er in der Tür, und er belügt Renata. Sagt, er habe Lance geholfen und einen kleinen Unfall gehabt. »Ich hab ein paar Stunden beim Bau von seiner Veranda mit Hand angelegt und bin vom Gerüst gefallen.«

Ein halbe Stunde später geht er mit seinem Handy ganz ans Ende des Gartens, wo er den besten Empfang hat, und ruft seine Schwester an.

Er sagt ihr nur, dass die Unterhaltung mit Lance »freundschaftlich« war und dass Lance Einsehen gezeigt habe, nachdem Jim ihm seine Bedingungen genannt habe. Als Vorbestrafter kann er sich einfach keinen weiteren Ärger leisten, und deshalb kann Elsbeth jetzt sicher sein, dass sie nicht noch einmal von Lance belästigt wird. Elsbeth weint. Sie sagt noch einmal, dass es ihr leid tut, und immer wieder hört er, wie dumm sie war, »wie dumm, wie dumm, wie dumm«. All ihre Wut gilt ihr selbst, doch dann beruhigt sie sich wieder, Dankbarkeit setzt sich durch, sie sagt, dass das Zeitalter der Ritterlichkeit doch noch nicht vorüber ist, und fügt noch liebevoll hinzu: »Du bist mein Held.«

LUTHER: besuch mich in london. real.

[Lange Pause]

MERCHANT OF MENACE: wann?

MERCHANT OF MENACE: wo?

Luther. Wie mag er aussehen? Wie heißt er in Wirklichkeit? Jeff hat ihn nie gefragt. Und Luther hat es nie gesagt. Jeff hat sich ein Bild von diesem Mann gemacht, und er kann es gar nicht erwarten, zu sehen, ob es stimmt. Er ist sicher, dass er älter als zwanzig ist, aber um wie viel älter, da kann er sich nicht entscheiden. Die Hand mit der Pepsidose zittert.

Die U-Bahn rattert schwankend durch London, und Jeff macht sich klar, dass er mit dieser Fahrt einen Schritt vollzieht, der damit begann, dass er mit zwölf Jahren eine Zeitschrift aufschlug und darin ein männliches Wäschemodel sah, dessen mächtiges Glied durch den Stoff hindurch zu erkennen war. Er hatte einen Ständer bekommen. Er weiß noch, wie verwirrt er gewesen war. Sich schämte. Eilig hatte er die Zeitschrift zugeschlagen und sie dann verstohlen wieder aufgeblättert. Das Gefühl, dass mit ihm etwas nicht stimmte. Die anschließende Frage, ob er denn nun schwul sei oder doch nicht, eine Frage, die auch durch Dutzende von Beziehungen zu Frauen nicht gelöst wurde. Beziehungen, deren Hauptzweck darin bestand, jenes Andere auszulöschen, die ihm aber stattdessen nur jedes Mal neu vor Augen führten, dass Dinge, die für andere junge Männer der Mittelpunkt ihres Lebens waren, ihn nicht beeindrucken konnten.

Lenny. Selbst jetzt denkt er an ihn. Jetzt kann Jeff zugeben, dass er voll auf ihn abfährt. Aber Lenny hat keinen Schimmer von all dem, er ahnt nicht das Geringste, und so schlagen Jeffs Gefühle für seinen besten Freund nicht in die Wirklichkeit durch, bleiben unerkannt, verborgen, verrucht. Die Liebe oder Lust muss versteckt, gar geleugnet werden. Anders ausgedrückt, Jeff hat sich bisher noch nie vorgestellt, dass er Lennys Schwanz lutscht. Seine geistigen Spaziergänge in der Welt der Homosexuellen sind ganz im Abstrakten geblieben, beschränkt auf Luthers Club und dergleichen, wo letzten Endes alles, all seine erotischen Experimente, sich mit schönster Sicherheit als bloßes Spiel erklären ließen. Kurzum, vielleicht ist es ja nur eine Phase.

Er kommt wieder ans Tageslicht, schiebt sich mit der Hüfte durch das Drehkreuz und geht zu den Imbissständen im Bahnhof Paddington, dem verabredeten Treffpunkt. Er hat einen Kloß im Hals.

Luther. Da ist er! Auf jeden Fall älter als Jeff. Ende dreißig mindestens. Wie verabredet, steht er am Fließband des Sushi-Restaurants, mit einem roten Schal um den Hals. Der Schal war Jeffs Idee gewesen, damit er ihn in der Menge erkennt. Jeff hatte keine Fotos übers Netz austauschen wollen, sondern wünschte es sich als Überraschung. Jetzt nähert er sich seinem Mentor – *seinem Herrn!* –, er ist nervös. »Luther? Hallo.«

»Ja, wen haben wir denn da? Menace? So siehst du also aus.«

»Jep.«

»Derek. So heiße ich hier draußen.«

Jeffs aufgesetzte Coolness ist wie weggeblasen, als sie sich die Hand reichen. »Jeff.«

»Jeff? Schön, dich kennenzulernen, Jeff.«

Wenn Derek tatsächlich schwul ist, dann hat er nichts von der elektrisierenden Aura, die Homosexuelle oft umgibt. Mit Sicherheit kein Mann, von dem Jeff träumen würde, und meilenweit entfernt vom guten Aussehen seiner Spielfigur. Luther hat langes Haar und trägt einen Bart, Derek hingegen ist glattrasiert und hat eine beginnende Glatze. Luther hat glatte, gebräunte Haut, die von Derek ist bleich. Seine Lippen? Zu rot und zu feminin. Und groß ist er auch nicht, nur ungefähr eins fünfundsiebzig. An die Stelle von Luthers beeindruckend athletischem Körper ist bei Derek der eines Schreibtischmenschen getreten, der nicht mal weiß, wie man das Wort Bodybuilding schreibt. Arme und Hände klein, Bauchansatz, ein Hintern, der gerne sitzt. Kurz, wo Luther beeindruckend ist, ist Derek bloß peinlicher Durchschnitt.

»Was meinst du – sollen wir von hier verschwinden?«, schlägt Derek vor.

Die beiden Männer, die nun ihre Masken abgenommen haben, steigen in ein Taxi. Derek zahlt. Er merkt, wie Jeff ihn ansieht. Lächelnd sagt er: »Verrückte Situation, was, wenn der Mythos plötzlich ein echtes Gesicht hat?«

»Kannst du laut sagen.«

»Und, wie war die Fahrt?«

»Ich glaube, den roten Schal kannst du jetzt abnehmen.«

Derek lacht. Aber auch das ist nicht der Bariton, den Jeff bei einem Herrscher der zweiten Welt erwartet hätte. Eher ein bißchen weinerlich.

Sie nehmen einen Drink in einer Bar in Notting Hill – Derek zwei Gin Tonic, Jeff einen – und reden übers Onlinegeschäft, über Dinge, die sie beide in LoL betreffen, und über die Arbeit des Großen Rats, die Mühe, die es macht, die ganze Bande von Mentoren und Griefern, Quälgeistern und Schutzengeln unter Kontrolle zu halten. Schließlich:

»Du siehst jünger aus, als ich dachte«, gesteht Derek.

»Du siehst älter aus.«

»Wie sagt Edgar zum geblendeten Gloster: ›Reif sein ist alles.‹«

»Shakespeare, hm?«

»Genau.«

»Hab ein D in Englisch.«

Der Minzezweig in Dereks Gin Tonic ist welk geworden. Zeit, zu gehen.

Eine weitere Taxifahrt. Vorbei an Plakatwänden. Einbahnstraßen – rauchig, feucht. Auf den Straßenschildern steht Bayswater, dann Marble Arch. Jeff sieht sich die Gegend an wie jemand, der sich im Geiste seine Fluchtroute zurechtlegt. Sein Handy ist komplett aufgeladen, für den Fall, dass irgendwas schiefgeht. Und dann streift Dereks Bein rein zufällig sein Bein.

Das Taxi hält am Hyde-Park. Sie spazieren über die Kieswege, und Derek erzählt Jeff von sich, Dinge, von denen er findet, dass Jeff sie wissen soll. Kindheit, Schule, stockkonservative Eltern, aber nicht zu konservativ für eine Scheidung. Derzeit lebt er allein. Würde Jeff gern seine Wohnung in Kensington zeigen.

Jeff kommt als Erster zum Thema. »Und du bist also schwul? Im richtigen Leben, meine ich.«

»Bi.«

»Okay. Bi also. Verstehe. Sag mal. Also. Wann hast du rausgefunden, dass du's bist?«

»Mit sechsundzwanzig. Davor hatte ich echt keine Ahnung. Ein einziger Moment. Meine Frau und ich machten gerade einen Dreier mit einem Freund.«

»Deine Frau?«

»Achtzehn Monate lang war ich verheiratet. Eine Irre. Na, jedenfalls vernasche ich gerade ihre Muschi, und als ich den Kopf hebe, da hab ich seinen Schwanz praktisch im Gesicht. Wie Doris Day sagt: *Que sera, sera.* Und bevor ich überhaupt weiß, was passiert, mach ich ihm schon einen Blowjob, bis er mir in den Mund spritzt, und es hat mir gefallen. Niemand war überraschter als ich. Na ja, das war der Punkt, an dem mir klarwurde, dass ich wahrscheinlich bi bin. Mindestens.«

Jeff lacht. Kann nicht anders. *Mindestens.* »Scheiße, Mann. Das nenn ich Selbsterkenntnis.«

»Danach habe ich mich dann allein mit ihm getroffen. Sein Schwanz war riesig, und ich hatte Angst, dass es weh tut, wenn er ihn bei mir reinsteckt. Doch als er dann das erste Mal in mich eingedrungen war, da wusste ich, dass von nun an Männer immer zu meinem Sexualleben dazugehören würden. Das war eine andere Welt. Und so ist das mehr oder weniger geblieben. Ich schlafe nach wie vor gern mit einer Frau, aber wenn ich ehrlich bin, fühlt sich das jetzt immer an wie ein *horsd'œuvre.*«

Ja, wenn Jeff sich das recht überlegt, ist ihm sein eigenes Sexualleben bisher tatsächlich auch wie eine lange Reihe von Snacks vorgekommen, serviert von den hübschesten jungen Kellnerinnen in Watford. Und jetzt ist er bereit zu erkunden, was sonst noch so auf der Speisekarte steht.

Sie gehen in ein Chinarestaurant. Derek rollt fetttriefende Pekingente in winzige Pfannkuchen, Jeff erzählt derweil von schwierigen Eltern, einem toten Bruder, der Nachprüfung, zu der er nicht gegangen ist, dem Auszug zu Hause, dem Traum, es im Musikgeschäft zu etwas zu bringen, seinem hochtalentierten Freund Lenny, und Derek verbreitet Enthusiasmus, gibt gelegentliche Tipps, empfiehlt ihm den Pok Choi. Jeff probiert ihn. Nichts für ihn. Sie leeren eine Flasche Wein. Dann eine weitere Taxifahrt, eine weitere Bar mit lauter Musik, Laserlichtern und, wie Derek ihm zuruft, »lockerer Moral«. Jeff weiß, dass sie sich allmählich einem Punkt nähern, wo jemand, der nicht »bi, mindestens« ist, »Hasta la vista« sagen und sich auf den Heimweg machen sollte, doch Jeff tut es nicht.

Furcht und Erregung nehmen zu, als sie sich durch die Menschenmenge zur Bar vorarbeiten, alles Männer, die so dicht gedrängt stehen, dass schon das eine Art Sex ist, ein großes Aneinanderreiben. Männerköpfe drehen sich nach ihm um. Jeff wird angestarrt, begutachtet, von Männern, die ein Abenteuer suchen. Meine Scheiße, denkt er. *Es ist eine Schwulenbar, Schwuchteln, so weit das Auge reicht.* Jetzt gehört er selbst zu denen, die er immer verachtet hat, die er ausgelacht hat, denen er aus dem Weg gegangen ist auf den Spielplätzen seiner bisherigen Jugend, und die grausamen, komischen Namen, bei denen er sie genannt hat, stürmen nun auf ihn ein: Gaylord, Hinterlader, Popopirat, warmer Bruder. Und jetzt steckt er mittendrin, ist fast schon einer von ihnen! *So weit bin ich noch nicht. Ich muss hier raus.* Andererseits: *Nicht so viel anders als Luthers Bar. Ich kenne das, ich kann damit umgehen.* Das beruhigt ihn wieder.

Derek bestellt zwei Drinks. Fragt: »Wie findest du's hier?«

»Laut!«

Es ist dunkel. Die Musik dröhnt, und Jeff sieht, dass überall in den Schatten geknutscht, geküsst und getätschelt wird, gar nicht so viel anders als in dem freizügigen Club, den Derek in *Life of Lore* aufgebaut hat. Derek nimmt Jeff bei der Hand. Der Funke springt über. »Du hast nichts zu befürchten. Das hier ist die große weite Welt, nicht das World Wide Web. Wenn du gehen willst, können wir gehen. Wenn du bleiben willst, bleiben wir. Genieß es. Und eins kann ich dir sagen. Du bist verflucht sexy.«

»Ach ja?«

»Allerdings.«

Sie trinken ihre Gläser aus.

»Tja«, sagt Derek. »Es ist schon spät.«

In Dereks kleiner Wohnung, drei Treppen hoch, setzen sie sich aufs Sofa. Und dann beugt Derek sich vor und küsst Jeff zum ersten Mal auf den Mund. Lehnt sich wieder zurück, um zu sehen, wie Jeff reagiert. »Okay? Oder nicht? Sag's mir.«

Jeff schwirrt der Kopf vom Alkohol. »Ich weiß nicht.«

»Magst du mich?«

Jeff nickt. »Halt einfach den Mund.«

»Möchtest du mit mir duschen?«

Sie stehen zusammen unter dem heißen Wasserstrahl. Zwei durchschnittliche Körper, zwei durchschnittliche Schwänze und beide schon ziemlich steif. Derek bietet Jeff an, ihn einzuseifen. Er fängt bei Jeffs Schultern an, reibt ihm den Rücken, dann dreht er ihn um und beginnt an der Brust; schließlich schlägt Derek vor, dass sie mit dieser kleinen Massage im Schlafzimmer fortfahren.

Wieder in der Rolle des Mentors, übernimmt Derek die Führung. Auf dem Bett küsst er Jeffs Brustwarzen, die Brust, dann geht er tiefer, zu Bauch und Schamhügel, und nimmt schließlich Jeffs unbeschnittenen Schwanz in den Mund. Jeff richtet sich auf, wie elektrisiert.

»Oh … warte. Ich – ich weiß nicht, ob ich das kann.« *Ich bin nicht schwul. Ehrlich nicht.*

»Entspann dich. Wenn du wirklich willst, höre ich auf. Du bist der Boss hier. Okay?« Bei diesen Worten fährt Derek sanft an Jeffs shampooduftendem Schwanz auf und ab, eine zarte Berührung.

»Okay. Aber nur …«

»Es gibt nur dich und mich hier. Keinen anderen, verstehst du?«

»Mach weiter …«

»Okay?«

»Mach schon weiter.«

Der Ältere nimmt nun wieder Jeffs Schwanz in den Mund. Steckt ihn sich tief in den Hals, saugt, umspielt ihn mit der Zunge, macht unglaubliche Dinge, und zugleich fasst er ihn mit fester Hand an der Wurzel. Doch gerade als Jeff in ekstatischen Stößen sein Becken aufbäumt – und das ist keine gewöhnliche Ekstase –, klingelt sein Handy. Das Telefon, das in der Tasche seiner abgestreiften Jeans steckt. Dumpf kommt der Klingelton – die ersten zwei Zeilen eines Songs von Lenny – vom Badezimmerboden her.

Derek hält inne. »Ist das dein Telefon?«

»Kümmer dich nicht drum.«

»Willst du rangehen?«

»Nein. Nein … Mach einfach … einfach …«

Mit einem Lächeln setzt Derek wieder da ein, wo er aufgehört hat, und Lenny singt dazu in seiner Endlosschleife: *Baby, ich weiß gar nicht …* Vergessen Kelly Sargeant. Vergessen Saskia Oedensky. Vergessen Natalia Simpson. »Mach weiter.« *Wie ich dich jetzt vergessen soll …* Vergessen die Trennwand des Unbehagens. »Mach …« *Baby, du, ich bring dich um …* Vergessen der Merchant of Menace, vergessen seine Eltern und Watford und das Musikgeschäft und überhaupt alles. »… weiter.« Alles vergessen.

Level elf
Reinkarnationszentrum

Jim sagt Renata, dass etwas Unerwartetes passiert ist. Offenbar muss Danby mit ihm einen wichtigen Fall durchsprechen. Jim muss nach London fahren. Wird spät am Abend wiederkommen.

Zwei Stunden auf halbleeren Straßen. Der Klassikkanal spielt Glenn Goulds *Goldberg-Variationen.* Jim betritt das Gebäude, fährt mit dem Fahrstuhl in den zweiten Stock, aber bevor er zu Danby reingeht, streckt er noch seinen Kopf in Nathans Verschlag, wo der IT-Experte auf seinem Schreibtischstuhl lümmelt.

»Hast du's?«, fragt Jim.

»Ich hab's.«

Nathan ist unrasiert und bleich wie alle, die sich über längere Zeit mit der Technik rumschlagen müssen. »Ein Killerskript«, sagt er.

»Echt?«

»Das Killerskript aller Zeiten.«

»Wie hast du's gemacht?«

»Sagen wir mal, dass mein Hacker-Freund und ich in den letzten Nächten nicht allzu viel Schlaf bekommen haben. Egal. Sie haben eine Waffe, und wenn Sie sie so einsetzen, wie ich es Ihnen sage, wird sie funktionieren.«

»Sonst bin *ich* tot.«

»Es wird funktionieren.«

»Noch was. Dies hier muss absolut vertraulich bleiben.«

»Selbstverständlich, Mr. Delpe.«

»Ich habe online eine Frau getroffen, eine ziemlich gestörte Frau. Irgendwie hat sie meine Handynummer herausbekommen, meine echte Identität. Und mit mir Kontakt aufgenommen. Was kann ich tun?«

»Unter Gamern nennt man das *bleedthrough*. Wenn die Onlinewelt auf die reale Welt durchschlägt.«

»Aber ich hab ihr nichts über mich gesagt. Wie ist sie nur an meine Handynummer gekommen?«

Ein wissendes Nicken von Nathan. »In Chats geben wir immer Dinge von uns preis, ohne es zu merken. Steinchen kommt zu Steinchen. Ein Puzzle. Eine Bemerkung, ein Witz, und schon kommen neue Steinchen ins Bild. Sie haben dieser Frau Hinweise gegeben. Wie zum Beispiel, dass Sie Anwalt sind, und einen bestimmten Fall erwähnt. Sie googelt den Fall, bingo, und schon weiß sie, wer Sie sind. Dann ruft sie vielleicht hier in der Kanzlei an, redet mit Ihrer Sekretärin, behauptet, sie sei Ihre Schwester oder Ihre Mutter. Und schwups, da ist die Handynummer.«

»Meine Güte!«

»Es ist ganz einfach.«

»Vielleicht hab ich erwähnt, dass ich Anwalt bin, aber bestimmt keinen konkreten Fall.«

»Sie sind Anwalt in London. Noch drei solche Hinweise, und schon sind wir bei dieser Kanzlei. Bei Ihnen.«

»Meine Güte.«

»Also, Vorsicht da draußen. Internetsicherheit ist ein Widerspruch in sich.«

Jim verabschiedet sich, geht den Korridor entlang, grüßt seine Mitarbeiter, klopft im Vorbeigehen an Rolands offene Tür, winkt ihm zu, als dieser von seiner Arbeit aufblickt, geht dann zu Danby hinein. »Ich bin wieder da. Nach meinem Geburtstag. Ich muss einfach arbeiten. Ich muss mich nützlich fühlen. Ich geb es zu, meine Batterien waren leer, aber jetzt bin ich wieder in Hochform. Du wirst es schon sehen. Ich bin einen großen Schritt vorangekommen.«

Das Lächeln verschwindet aus Danbys Gesicht. Seine Augen blicken zweifelnd. »Ist das klug? Überstürz jetzt nichts. Nimm dir mehr Zeit. Du warst nur ein paar Wochen weg. Das ist gar nichts. Du musst dich vollständig erholen. Das braucht viel Zeit. Einen Monat oder zwei mindestens. Und übrigens, dein Parkgebührenfiasko wird uns um die zweihunderttausend Pfund kosten.«

»Das können wir verschmerzen.«

»Das müssen wir, alle.«

»Ich arbeite wieder. Und wenn dir das nicht passt, kannst du mich ja ausbezahlen.«

Danbys Augenbrauen schießen in die Höhe. »Du willst, dass wir dich ausbezahlen?« Das Angebot scheint ihn zu reizen. »Ist das dein Ernst?«

»Vollkommen.«

»Und wie willst du dich dann nützlich machen, Jim? In Rente gehen? Um was zu machen?«

Danby, wie er leibt und lebt, denkt Jim. Wahrscheinlich hat er in der Mittagspause bei einer Kunstauktion ein Geschäft verpasst – wittert er jetzt hier eins? »Ich werde gehen. Aber nur für drei Millionen. Denk drüber nach.«

»Drei Millionen.« Danbys Mund klappt auf wie ein Gepäckfach in einem Jumbojet. Jim verlässt das Zimmer, das Haus, geht zum Parkhaus, holt seinen Wagen von Ebene 5 (kurioserweise hat er damit begonnen, immer auf der Etage zu parken, die seinem Level in *Life of Lore* entspricht). Er fährt runter, als sei es eine Rennstrecke, mit quietschenden Reifen und durchgetretenem Gaspedal, immer im Kreis, runter, runter, bis ins Erdgeschoss. Als er auf der M4 das Schild sieht, das ihn für die nächsten zwölf Meilen auf Wildwechsel aufmerksam macht, entspannt er sich endlich. »Scheiß auf Danby!« Er schaltet sein Navi ein und lauscht Alexandras Stimme.

Nach zweihundert Metern rechts abbiegen

»Bring mich heim, Liebling«, sagt Jim.

Derek alias Luther simst jetzt die ganze Zeit. Die letzte SMS lautet: *Du fehlst mir. Ich bin schon wieder geil. Was machst du nur mit mir?* Jeff, der in der U-Bahn zurück nach Knightsbridge sitzt, löscht sie errötend. Statt Luther zurückzusimsen, schreibt er seinem toten Bruder eine SMS.

Hey, Bruderherz, jetzt komm ich bestimmt in die Hölle.

Zurück in der Wohnung von Lennys Bruder, fährt er den Laptop hoch und schmeißt den Rucksack aufs Bett. Das Wochenende mit Derek kommt ihm immer unwirklicher vor. Die Bars, dann Dereks Wohnung, der Verlust seiner Jungfräulichkeit als Schwuler, zwei Nächte, drei Tage, stundenlange Gespräche, Beichten, Enthüllungen und Sex (kurz bevor Jeff, von einer Ecstasypille unterstützt, die Derek beigesteuert hat, erstmals Analsex erlebt und Dereks Schwanz ihn penetriert, sagt sein Mentor: »Willkommen im

Musikgeschäft!« – wie lustig!). Jetzt ist alles ein gepixelter Nebel.

Bin ich schwul?, fragt sich Jeff, während er seine Schmutzwäsche aus dem Rucksack holt. Er schnüffelt an einer weißen Unterhose. Er ist lieber nicht schwul und Teil einer verlachten statistischen Randgruppe, die noch um Anerkennung kämpft. Er will ohne Umwege und Widerstand nach oben kommen. Gleichzeitig hat das Erlebnis mit Derek sein ganzes Leben verändert. Wenn er je noch mal mit einem Mann Sex hat, dann bestimmt nicht mit einem bleichgesichtigen mittelalten Zwerg mit roten Lippen. Dann wäre es eher jemand wie… Lenny! Er stellt sich Sex mit Lenny vor… und ist sofort erregt. Blut steigt ihm ins Gesicht. Aber das mit Lenny kann er gleich vergessen. Er bringt die Schmutzwäsche runter in die Küche. Wirft sie mit anderen weißen Sachen in die offene Waschmaschine. *Vielleicht erzähl ich Lenny alles. Er kann mir helfen rauszufinden, wer ich wirklcih bin, was ich wirklich will.* Er stellt das Sparprogramm ein, merkt erst jetzt, dass die Maschine nicht angeschlossen ist. *Ich will, dass mein Leben endlich anfängt.* Keine Spiele mehr, keine Experimente. *Mein richtiges Leben.* Eins für Jeff Delpe: *Feedback, Bestätigung, wer ich bin. Damit, wenn ich der Welt ›Hey!‹ zurufe, so wie Lenny eines Tages einem begeisterten, tausendköpfigen Konzertpublikum ›Day-O‹ zurufen wird, mehr zurückschallt als völlige Stille.*

Er gibt Flüssigwaschpulver hinein. Stellt die Waschmaschine an. Geht wieder nach oben ins Wohnzimmer. Verbringt 45 Minuten bei Facebook. Hört, dass die Wäsche fertig ist. Öffnet die Waschmaschine. Die gesamte Wäsche ist pink. *Eine* rote Scheißsocke zwischen den weißen Sachen. FUCK.

RENATA: Aber ich hab solche Angst vor dem Alleinsein. Wenn ich mich scheiden lasse, werde ich für alle Zeit allein sein.

GOTT: Nicht unbedingt.

RENATA: Ich weiß, er wird damit klarkommen, jemand anderen finden, wahrscheinlich eine Jüngere. Für Männer ist es so viel einfacher.

Eigentlich sollte sie auspacken, es ist noch so viel zu tun. So viele Kisten zu öffnen, auszupacken und ihren Inhalt einzuräumen – stattdessen hat sie sich eingeloggt und ist geflüchtet. Denn sie hat immer noch die Wahl: weiter auspacken oder die Kisten stehenlassen und wegrennen.

GOTT: Tatsächlich ist es genau umgekehrt. Nach einer Scheidung geht es den Frauen besser als den Männern. In den Jahren, in denen sie Kinder aufziehen, bauen die Frauen soziale Netzwerke auf, Männer dagegen verlieren eher ihre Kontakte. Bei einer Scheidung haben Männer oft niemanden, mit dem sie reden können.

RENATA: Sind Sie denn geschieden? Ich würde gern mehr über Sie erfahren. Sie sagten kürzlich, Sie hätten einen Sohn. Vorher dachte ich, Sie wären vielleicht ein Priester.

GOTT: Ich darf keine persönlichen Informationen preisgeben. Tut mir leid. Obschon oft die Männer für das Ende der Ehe verantwortlich sind und die Trennung einleiten, sind sie schlechter auf das vorbereitet, was sie erwartet.

RENATA: Ich glaube, Sie sind geschieden.

GOTT: Die Theorie, dass Männer in der besseren Position sind und leicht eine Jüngere finden, ist falsch. Tatsächlich sind die meisten älteren Männer für hübsche, moderne Frauen unattraktiv. Die Frauen haben die Macht. Sie wählen unter all diesen einsamen und oft verzweifelten Männern aus.

RENATA: So hab ich es noch nie betrachtet.

GOTT: Es ist besser, auszuwählen, als ausgewählt zu werden.

[Lange Pause]

GOTT: Bist du noch da, Renata?

RENATA: Ich bin nicht sicher, ob mir dieses Gespräch weitergeholfen hat. Es macht alles nur schwieriger.

GOTT: Willst du jetzt beichten?

RENATA: Nein, nicht jetzt. Bitte sagen Sie mir einfach, was ich tun soll.

GOTT: Ich kann keine Ratschläge geben.

RENATA: Bitte!

RENATA: Können Sie mir nicht eine E-Mail schreiben? Privat?

GOTT: Dir würde nicht gefallen, was ich zu sagen habe.

RENATA: Sagen Sie es trotzdem. Per Mail. Ich pack das schon. Bitte!

Sie wartet drei Stunden auf die Mail, dann ist sie endlich da. Renata öffnet sie.

Von: nb1435@aol.com

An: renata_delpe@gmail.com

Betreff: Ratschlag.

Rede mit deinem Mann. Sag ihm, was du getan hast.

Luthers Lager kann nicht durch Minikarte-Suche gefunden werden. Die Große Halle wird durch etwas Stärkeres als Stahl oder Stein geschützt. Von seiner abgelegenen Festung am Rand seines Imperiums aus führt Luther seine Geschäfte und seine Angestellten. Er herrscht über ein Reich, das zu erbauen Tausende von Stunden an der Tastatur erfordert hat. Was für ein Versager, denkt Jim. Ein Flüchtling aus der Wirklichkeit, der seinen Willen der einzigen Wirklichkeit aufzwingt, die ihn ernst nimmt.

Jim versucht sich zu erinnern, wie man hineinkommt.

In einem einzigen Sprung durchquert er die Wüste. Hinter Hitzewellen aus Nullen und Einsen wird die Große Halle sichtbar. Als Mitglied des Hohen Rates hat AGI einen Schlüssel und kann das Portal durchschreiten. AGI findet Luther im Thronsaal, im Gespräch mit Gästen. Ein Thronsaal? Luther erhebt sich von seinem Thron und kommt quer durch die Halle auf seinen neuesten Schüler zu – so vertrauensvoll, dass es schon verdächtig wirkt.

AGI: Sag mir ehrlich: Wie viele andere Menschen haben herausbekommen, dass du nicht nur die Mentoren und Lehrer steuerst, sondern auch die Gangster und den Mob? Ich muss schon sagen: Ein ziemlich einträgliches Geschäftsmodell hast du dir da aufgebaut!

LUTHER: bravo.

AGI: Erst schaffst du das Problem, dann profitierst du von seiner Lösung. Du solltest für die Wall Street arbeiten.

LUTHER: deshalb bist du mitglied des hohen rats. Wir brauchen deine weisheit.

Weisheit? Wie Luther Wörter wie Reich, Rat, Schüler so verbiegt, dass das Banale tiefsinnig wirkt. Und woher weiß Luther, dass seine Geheimnisse bei AGI gut aufgehoben sind?

AGI: Weiß Menace Bescheid?

LUTHER: worüber?

AGI: Über diese Abzocke.

LUTHER: ja

AGI: Und er macht mit?

LUTHER: es ist ein geschäft wie jedes andere. jedes geschäft ist diebstahl. lies marx.

AGI: Eigentum. Er sagte: »Alles Eigentum ist Diebstahl.«

LUTHER: stimmt nur halb. das zitat bezieht sich auf eigentum. aber es stammt von pierre-joseph proudhon. Von dem marx es gestohlen hat. la propriété, c'est le vol! sagen wir einfach, dass auch alle ideen diebstahl sind.

AGI: Würd es dich eigentlich umbringen, wenn du zur Abwechslung mal GROSSBUCHSTABEN verwenden würdest?

LUTHER: hast du ein problem damit?

AGI: Es ärgert mich. Worum geht es bei dieser Obsession mit Kleinbuchstaben eigentlich?

LUTHER: das internetzeitalter stellt jede orthodoxie in frage.

[PAUSE]

LUTHER: was kann ich für dich tun, AGI? du wirkst so aufgeregt.

AGI: Ich bin gekommen, um dich fertigzumachen. Diese ganze Scharade zu beenden.

LUTHER: tatsächlich?????

AGI: Ich fordere dich zum Duell heraus.

LUTHER: ein DUELL? wie musketiermäßig: und was ist der grund für diese spannende herausforderung?

AGI: Ich mag dich nicht. Und ich mag den Einfluss nicht, den du auf andere ausübst. Ich beabsichtige, dich zu zerstören und alles, was du geschaffen hast. Ich werde dich ins Reinkarnationszentrum zurückschicken.

LUTHER: weiter nichts?

AGI: Dieses ganze Hohe-Rat-Ding – was für ein Witz. Was für

eine Anmaßung. Jemand muss dir klarmachen, dass du eine niederrangige Figur bist, die sich als eine hochrangige ausgibt.

LUTHER: ha! ha! ha! willst du mich provozieren?

AGI zieht eine Waffe hervor, ein dreischneidiges Schwert. Scharf wie ein Samurai-Schwert.

Hoffentlich funktioniert's! *Nathan, lass mich nicht im Stich!*

LUTHER: ein sehr schönes schwert hast du da. wer hat es gemacht? du? ich wusste gar nicht, dass du solche skripts kennst.

AGI VERSETZT LUTHER EINEN SCHWERTHIEB, LUTHER VERLIERT 6 SCHADENSPUNKTE

LUTHER: ha! ha! ha!

AGI: Verteidige dich!

LUTHER: du bist nicht stark genug, um mit mir zu kämpfen. du wirst alles verlieren. nicht mehr sein.

AGI VERSETZT LUTHER EINEN SCHWERTHIEB, LUTHER VERLIERT 6 SCHADENSPUNKTE

AGI: Verteidige dich!

LUTHER: wie sollte ich das tun? so vielleicht?

Luther hebt die Hände vor sein Gesicht, dreht den Kopf um 360 Grad, und als das Gesicht wieder zu sehen ist, trägt es AGIs Züge.

LUTHER: so vielleicht, AGI? wenn du mich jetzt umbringst, bringst du dich nur selbst um.

AGI: Hübscher Trick. Aber ich glaube dir nicht.

LUTHER: dann find's raus. schlag zu! schlag nur zu! du bist nicht der einzige, der skripts schreiben kann.

Habe ich eine Wahl? Der Plan, den er mit Nathan ausgeheckt und entwickelt hat, ist seine einzige Chance. Ich bin halt doch nur ein Anfänger, denkt Jim. Und er spürt, wie sich die äußeren Zeichen der Versklavung bedrohlich um ihn zu legen beginnen. Er muss handeln. Etwas tun. Er macht einen Schritt nach vorn. Für Jeff, seinen Sohn, muss er sich auf einen absurden Kampf auf Leben und Tod einlassen.

AGI VERSETZT LUTHER EINEN SCHWERTHIEB, aber es ist, als hätte er sich selbst den Hieb versetzt. Er krümmt sich vor Schmerzen. Auf dem Bildschirm erscheint eine Schadenswarnung: AGI VERSETZT LUTHER EINEN SCHWERTHIEB, LUTHER VERLIERT 6 SCHADENSPUNKTE. Doch er sieht kein Anzeichen einer Verletzung bei Luther.

Nach hundert Falschheiten eine Wahrheit. Luther hat eine besondere Macht. *Was habe ich mir eigentlich gedacht? Dass ich hier einfach reinspazieren und den mächtigsten Spieler mal eben so vernichten kann?*

LUTHER: willkommen zu der letzten lektion.

AGI: Die lautet?

LUTHER: der feind, den wir töten müssen, sind wir selbst.

AGI: Ty.

LUTHER: das ist die lektion, die ich dir mitgebe: welche lehren du daraus ziehst, ist dir überlassen.

AGI: Kriege ich jetzt eine Bergpredigt zu hören?

Während AGI blutet, erinnert sich Jim an eine buddhistische Weisheit. Dein größter Feind ist dein wichtigster Lehrer. Aber was ist, wenn man selbst dieser Feind ist?

Luther versetzt AGI einen Flugtritt, wobei sein Körper sich zweimal um die eigene Achse dreht, das eine Bein ausgestreckt, das andere angezogen. Mit diesem Tritt schlägt er AGI das Schwert aus der Hand. Es fällt zu Boden, liegt jetzt zwischen ihnen.

LUTHER: du irrst dich in mir, AGI: meine methoden mögen dir

nicht gefallen, aber ich schaffe ordnung. sonst wäre hier ein einziges chaos. ich helfe leuten, schwierige lektionen zu lernen. nimm dein schwert. ich werde dir nichts tun.

AGI: Du ruinierst ihr Leben. Klammheimlich. Langsam, aber sicher.

LUTHER: nimm dein schwert! hier!

Luther bückt sich und hebt das Schwert auf. Aber dabei verpixelt er, als ob der Code, der ihn erschaffen hat, einen Kurzschluss erlitte. Das Bild springt, wie bei schlechtem Fernsehempfang.

LUTHER: nimm dein

[Rauschen]

LUTHER: schwert

LUTHER: nimm

LUTHER: es

LUTHER: nimm nimm

LUTHER: es es es es

LUTHER: schw schw schw

LUTHER: ert ert ert

LUTHER: was hast du

LUTHER: was

LUTHER: getan

LUTHER: ?????

Nachdem es ihm gelungen ist, Luther dazu zu bringen, AGIs Schwert aufzuheben, verfolgt Jim mit großem Erstaunen – klasse, klasse, Nathan! –, wie das Erhoffte allmählich geschieht. Die Große Halle wird von merkwürdigen Interferenzen heimgesucht, ein Objekt nach dem anderen verschwindet, zuerst die Säulen, dann die Kronleuchter, die Wandteppiche, die Rüstungen, die Status- und Machtsymbole – alles zerfällt. Das Skript funktioniert perfekt. Clevere Jungs wie Nathan führen eine blinde Welt in ein neues Zeitalter. Und wie schnell die Zerstörung um sich greift! In wenigen Sekunden wird jahrelange Arbeit vernichtet. Ein Imperium löst sich auf.

LUTHER: wa

AGI: Bis bald!

LUTHER: w

LUTHER: ie ie

AGI: Das Schwert enthält ein geheimes Skript. Es ist zu spät.

LUTHER: i k nich

LUTHER: (

Während sich Luthers Bild gegen das Verschwinden wehrt, fallen die Mauern der Festung dem Virus zum Opfer, das Nathan in den Code des Schwerts einprogrammiert hat. Und hinter den reichgeschmückten Sälen wird die Wüste sichtbar. Und das Skript löscht alles aus, was Luther jemals berührt oder erschaffen hat.

AGI: Es ist ein Algorithmus. Alles, was mit dir verbunden ist, wird ebenfalls verschwinden.

Ohne dass Luther sich dagegen wehren kann, beginnt auch seine Kleidung zu flackern und zu verschwinden, seine Ringe wie sein anderer Schmuck, seine Attribute, sein muskulöser Körper, seine kurz entblößten Genitalien. Schließlich ist er wieder die Schaufensterpuppe, als die jeder LoL-Besucher an seinem allerersten Tag beginnt. Luther wird zu seinen eigenen Anfängen zurückgeführt, um geboren zu werden und zu sterben.

Jim tippt schmunzelnd einen kurzen Nachruf:

AGI: 0800 F**k U.

Danach verschwindet Luther, der als erbärmliche Kreatur mit dem dreischneidigen Schwert in der Hand mitten in der Wüste steht, definitiv.

Zurück bleibt nur das Schwert. Es fällt zu Boden, wo es einsam im Sand liegen bleibt.

Jim geht nach unten zum Abendessen. Wem kann er von diesem glorreichen Sieg erzählen? Niemandem. *Tue Gutes im Verborgenen, und schäme dich, es Ruhm zu nennen.* Tja, Mr. Alexander Pope, das ist leichter gesagt als getan. Von den Überresten der Mahlzeit wandert sein Blick zu der schweigsamen, unglücklichen Renata, die schließlich aufblickt und fragt: »Mehr Kaffee?«

»Gern.« Er hält ihr seine Tasse hin. Sie schenkt ihm ein. Er stößt einen wohligen und zufriedenen Seufzer aus, schon an seiner Lautstärke als bedeutsam zu erkennen, eine Botschaft an sie, dass es ihm heute gutgeht. »Tolles Essen. Selbst das Essen schmeckt hier auf dem Lande besser, findest du nicht auch?«

Sie bewegt die Lippen, als wolle sie etwas sagen, doch dann kommt kein Wort. Was immer sie sagen wollte, es bleibt ihr Geheimnis.

»Morgen fange ich mit den Spiegeln und Bücherregalen an«, verkündet er aufgekratzt. »Du bleibst hier drin und kümmerst dich um den Kleinkram. Ich wüsste ja gar nicht, wo alles hin soll.«

Sie seufzt ebenfalls, ebenfalls laut. »Das weiß ich auch nicht. Ich weiß überhaupt nicht, wo ich anfangen soll.«

Jims Handy piept einmal in der Küche, wo es zum Aufladen ist.

»Wofür ist der Signalton?«, fragt sie.

»Weiß der Himmel. Es gibt so viele verschiedene – ich glaube, es will mir sagen, dass seine Batterie jetzt wieder aufgeladen ist.«

Sie kommentiert das mit einem kleinen Grunzer. »Ist doch schön, dass wenigstens einer von uns das von sich sagen kann.«

Eine launige Bemerkung, die ihm die Gelegenheit zu einem Lächeln gibt, ja, er legt ihr sogar die Hand auf die Schulter. »Heute Morgen bin ich aufgestanden«, sagt er, »und habe festgestellt, dass so ziemlich alles aufgeladen werden muss. Die Handys – deins und meins – waren aus, alle drei schnurlosen Telefone leer, die Akkus für den Bohrer, mein elektrischer Rasierapparat, die elektrischen Zahnbürsten – oh, und natürlich sämtliche Laptops. Ich habe alles eingestöpselt. Die Elektrizitätswerke müssen den Spannungsabfall gespürt haben. Da ist mir aufgegangen, dass unser ganzes Leben auf Batteriebetrieb läuft.«

In diesem Augenblick, wo sie ihm so viel sagen muss, findet Renata seine gute Stimmung unerträglich. Sein Leben ist so unkompliziert im Vergleich zu ihrem. Das Glück der selektiven Wahrnehmung. Er hat gelernt, nur das zu sehen, was glänzt, was aufbaut, was ihm Kraft gibt und ihn vorantreibt. Wenn sie sich von ihm scheiden lässt, wird es ihm gutgehen, da ist sie sicher. Er wird weiterfunktionieren, wenn sie nicht mehr da ist. »Du hast ja gute Laune.« Sie trinkt ihre Tasse aus. Bitterer Kaffeesatz bleibt an ihrer Zungenspitze hängen.

»Habe ich das? Na, wahrscheinlich schon.« Er beugt sich vor, überrascht sie. »Hey –«

Widerstrebend dreht sie sich zu ihm hin. »Hmmm?« Und plötzlich denkt sie an ihren eigenen Tod. Sehnt sich geradezu danach.

Sein Gesicht kommt ihr die letzten, entscheidenden Zentimeter entgegen, überbrückt diese intime Distanz zum ersten Mal seit Monaten. Er küsst sie auf die kaffeeheißen Lippen.

Renata schreckt zurück, wie von einem elektrischen Schlag.

»Was hast du?«, fragt er.

»Einfach nur …«

Sag es. Sag es jetzt. Gestehe alles.

»Es war doch nur ein Kuss. Meine Güte.«

»Ich –«

»Vergiss es. Ich werd's nicht wieder tun. Abgemacht?«

Er lehnt sich auf seinem Stuhl zurück, geht auf Abstand, dann steht er auf, sieht nach seinem Handy, zieht es vom Ladegerät ab und merkt, dass es doch noch nicht ganz aufgeladen ist. Der Ton war ein SMS-Signalton. Er öffnet die Nachricht, dann steckt er das Telefon eilig in die Tasche.

»Ich gehe nach draußen und räume noch ein bisschen auf.«

Er geht quer durchs Haus und schlüpft durch die Vordertür. Mit klopfendem Herzen geht er ans Ende des Gartens, an die Stelle, wo fünf Signalstärkebalken aufleuchten. Er starrt aufs Display.

Kann ich dich anrufen? Kxxxx

Wie kommt er aus diesem Alptraum heraus? Wie kann er mit Kayla das Gleiche tun, was er eben mit Luther gemacht hat? Wie kann er diese Frau umbringen?

Das Telefon vibriert in seiner Hand. Er weiß, wer das ist. Sie tut den letzten Schritt, den Schritt über die Grenze, die bisher das Spiel von der Realität getrennt hat, die Privatsphäre vom Eindringling. *Drrring…* Sie will ihm zu verstehen geben, dass sie real ist, eine Person im wirklichen Leben, und dass auch *er* für *sie* real ist und folglich auch ihre Beziehung. Wer weiß, was dann daraus noch werden kann? *Drrring…* Er muss nur ihren Anruf annehmen, dann ist der Kontakt hergestellt, die letzte Grenze überschritten.

Er bleibt stehen und lässt das Telefon in seiner Hand klingeln. Die Frau ist verrückt. Gestört und womöglich sogar gefährlich. Sie wird nicht lockerlassen. Dieser Anruf beweist das, und dass sie es immer weiterklingeln lässt. *Ich muss dieses verfluchte Telefon loswerden. Es im Garten vergraben. In einem tiefen Loch. Oder nein, ich werde mir einfach eine neue Nummer besorgen. Gleich morgen. Warum bin ich nicht früher draufgekommen?* Er blickt zurück in Richtung Haus. Renata ist nicht am Fenster. Zum Glück sieht sie nicht, wie er im Garten steht und nicht ans Telefon geht.

Und dann hört das Klingeln auf. Wohltuende Stille. Er atmet tief durch, um sich zu beruhigen. Nun hört er die Geräusche des Waldes. Es ist fast so, als seien die Herbststürme zurückgekehrt, und der kalte Wind fegt durch die Bäume, lässt Zweige aneinanderschlagen, Laub rascheln. Und dann ein weiterer Laut, ein Eichhörnchen, das sich mit einem anderen Eichhörnchen balgt oder mit einem Raubtier kämpft, einem Fuchs vielleicht – sicher ein Kampf auf Leben und Tod –, und schließlich verstummen die Stimmen, einer hat den Sieg davongetragen, ein anderer liegt am Boden. Dann plötzlich:

Blip! Eine neue SMS.

Hab versucht anzurufen.

Aber dann folgt gleich die nächste Nachricht, die letzte, die er von ihr an diesem Tag bekommt.

Ich lade dich ein zur Geburt unseres Kindes. In 2 Tagen, am 3. November um 2 Uhr nachmittags. LoL. Kxx

PS. *Ich habe einen Scan machen lassen. Es ist ein Junge!*

Ein Junge. Für Jim. Als Ersatz für die, die er verloren hat. Und dieses Ersatz-»Baby« soll tatsächlich an seinem eigenen Geburtstag zur Welt kommen. Was für ein gehässiger Gott treibt hier sein Spiel mit ihm? Aber das ist kein Scherz. Jemand ist in seine Privatsphäre eingedrungen, und mehr als das, jemand hat ihm seinen Seelenfrieden genommen. Mitten auf dem Land, wo er sich mit Ruhe umgeben wollte wie mit einer wärmenden Decke, muss er nun fürchten, dass jederzeit jemand an seine Haustür klopfen kann. Wieso nicht? Was soll sie schon aufhalten?

Er schläft schlecht. Wacht früh auf. Sucht sich Beschäftigung, so schnell er kann. Er hofft, dass die Arbeit ihn betäubt, und zu tun gibt es ja glücklicherweise genug. Er öffnet die Deckel der wenigen noch unausgepackten Kartons und verteilt den Inhalt in die Zimmer, in die die Sachen gehören. Renata macht Frühstück, aber er will nichts essen, er hängt Bilder und Spiegel auf, montiert Kleiderhaken, bohrt dazu Löcher in den weichen Stein der Wände, steckt Kunststoffdübel hinein, damit die Schrauben halten. Doch so hart er auch arbeitet, den Gedanken an Kayla wird er nicht los, die surreale Vorstellung, dass eine Frau, die er nicht kennt, eine Geburt in einem Onlinespiel nachstellen will, und er, der Vater des »Kindes«, ist dazu eingeladen. Er stellt sich vor, wie diese Zeichentrick-Sexbombe die Beine spreizt, wie sie vor Schmerzen schreit, genau wie Renata es im Stadtkrankenhaus von Watford getan hat, bei der Geburt von Jeff und von Donny.

Es ist ein Junge!

»Es ist ein Junge«, hatte der Geburtshelfer gesagt, hatte sich im Kreißsaal zu Jim umgewandt, wo Renata, der die Angst Riesenkräfte verliehen hatte, sich so fest an sein Handgelenk geklammert hatte, dass die Hand weiß geworden war. Bei diesem zweiten Kind hatten sie das Geschlecht nicht vorab wissen wollen, aber Jim wusste, dass Renata sich ein Mädchen wünschte. Bei Jeff hatten sie vorher eine Fruchtwasseruntersuchung gemacht und erfahren, dass es ein Junge war, und sie waren beide glücklich gewesen, doch beim zweiten Mal hatte Renata die Untersuchung abgelehnt. Sie war so sicher gewesen, dass es ein Mächen würde, dass sie sogar schon rosa Babykleidung und rosa Wandfarbe gekauft hatte. Und dann hatte der Arzt »Es ist ein Junge« gesagt. Sie hatte geweint, damals im Kreißsaal.

Damals hatte er gewusst, dass Renata dieses Kind lieben würde, aber ihm war nicht klar gewesen, dass diese Liebe stärker sein würde als die zu ihrem Erstgeborenen und ihrem Ehemann. Dieser zweite Sohn sollte alles Vorherige in den Schatten stellen.

Insgeheim haben Mütter immer ihre Lieblingskinder.

Er wandert durch das neue Haus. Die Fenster sind offen.

Die teure Küchenmaschine steht noch auf der Treppe. Die Badewanne ist eingestaubt. In der Küche scheppert Renata mit Töpfen und Pfannen. Trotz dieses Lärms hängt er im Flur ein Bild auf, probiert lange, bis es gerade hängt, dann macht er weiter, mit dem nächsten Punkt auf seiner Liste. Nach dem Mittagessen geht er auf sein Zimmer, sagt, er müsse sich kurz hinlegen, aber er nimmt den Laptop mit nach oben.

Er muss Kayla online finden. Muss sie bitten, ihn in Ruhe zu lassen, an ihren Anstand appellieren, sofern sie welchen hat. Ihr verzeihen, dass sie in sein Leben eingedrungen ist, aber darauf bestehen, dass sie ihn nicht noch einmal kontaktiert. Der behutsame Ansatz, das wird bei jemandem mit so wenig Realitätssinn das Vernünftigste sein.

Aber er findet sie nicht. Sie ist nicht online. Ebenso wenig wie Jeff. Und dann, als er seinen Computer schon abschalten will, fällt ihm wieder ein, dass er ja noch eine Ehefrau zu retten hat, eine Frau, die unschuldig in der Todeszelle sitzt.

Noch eine letzte Mission. Warum denn nicht? Diese eine noch, und danach ist Schluss.

AGI, Captain, Veteran der 3. US-Armee, erläutert den Männern seinen Plan. Es wird einer ihrer härtesten Einsätze und erfordert, dass jemand, der fest zu ihrer Sache steht, einen Aufstand in dem Gefängnis anzettelt, in dem seine Frau derzeit einsitzt. Außerdem ist es notwendig, dass jemand einen Schokoladenkuchen bäckt.

Aber wie, fragen die Männer, können sie eine Gefangene mit einem Schokoladenkuchen aus der Todeszelle retten?

Er hat den Laptop auf dem Nachttisch stehen und tippt

rasend schnell; schon bald ist er ganz versunken. Er hat dunkle Ringe um die Augen von all den schlaflosen Stunden, die er wegen Kayla verbracht hat, doch sein Gesicht zeigt im Licht des Bildschirms höchste Konzentration bei dem Versuch, seine letzte Mission zu erfüllen. In der realen Welt sitzt er ganz friedlich, nur seine Finger (und sein Verstand) sind in Bewegung – seine Frau wird denken, er schläft –, doch in der anderen Welt ist er äußerst aktiv, lädt seine Waffen, sucht die Gerätschaften zusammen, die er und seine Männer brauchen werden.

Der erste Teil des Auftrags besteht darin, den Grundriss des Gefängnisses auszukundschaften. Sie machen den Architekten ausfindig und nehmen ihn gefangen. Von ihm erfahren sie, dass man sich durch den Abwasserkanal Zugang zur Krankenstation verschaffen kann. Deshalb die Idee: Penelope befreien, indem man zuerst dafür sorgt, dass sie auf die Krankenstation kommt.

Der Kuchen, den sie ihr in die Todeszelle schicken, ist leicht vergiftet. Ein Stück davon wird sie nicht umbringen, aber es wird reichen für die Krankenstation. Wenn sie erst einmal dort ist, kann die Mannschaft sich durch einen Tunnel Zugang verschaffen. Sie fangen an …

Jim tippt, gibt seine Kommandos, die Männer graben, arbeiten sich nach oben bis direkt unter die Krankenstation.

Als es Tag wird, ist AGI wieder mit Penelope vereint. Aber ihr Plan hat einen Fehler. Die Wärter werden die verschlossene Tür der Krankenstation aufbrechen, und dann wird keiner von ihnen mehr lange in Freiheit sein, es sei denn, sie finden eine Möglichkeit, den Tunnel abzudecken und das Verschwinden von Penelope zu vertuschen. AGI hat mehrere Optionen.

AGI wählt eine aus. Er schickt seine Männer und seine Frau in den Tunnel, zerrt das Bett über den Tunneleingang, und dann legt er sich ins Bett, zieht sich das Laken bis über die Ohren und tut so, als sei er Penelope. Schon im nächsten Moment schlagen die Wärter und der Gefängnisleiter die Tür zur Krankenstation ein. Anscheinend ist alles in Ordnung, doch dann bemerkt der Gefängnisdirektor, dass in einem der Betten dieses Frauengefängnisses ein männlicher Patient liegt. Als die Wärter ihre Waffen auf AGI richten, bemerkt der Gefängnisleiter, dass der Patient mit einem Revolver direkt auf seinen Kopf zielt.

GEFÄNGNISLEITER: Wer sind Sie?

AGI: Captain AGI, 3. US-Armee, zwei Silver-Stars, Legion of Merit, zwei Bronze-Stars, ein Purple Heart.

LEITER: Nun, Captain, der Krieg ist vorbei. Legen Sie die Waffe nieder. Ihre Frau ist eine Mörderin. Sie wird ihre gerechte Strafe erhalten.

AGI: Sie hat unsere Kinder verteidigt! Die Kinder, zu deren Schutz zwei Dutzend von meinen Männern – und Millionen weitere – ihr Leben gelassen haben.

LEITER: Ich kann Sie gut verstehen, aber trotzdem zähle ich jetzt bis zehn. Danach müssen Sie entscheiden, ob Sie mich töten wollen, Captain; denn meine Männer hier, nicht minder tapfer als Ihre, werden in jedem Fall schießen, darauf können Sie sich verlassen.

AGI: Dann fangen Sie mal an zu zählen.

LEITER: Zehn, neun …

Für AGI bieten sich an dieser Stelle wiederum verschiedene Optionen: Er kann sein Maschinengewehr bereitmachen und so viele von den Aufsehern wie nur möglich erschießen. Oder er kann Gnade walten lassen und gar nichts tun, kann seine Mission scheitern lassen mit seinem eigenen Tod.

AGI: Tun Sie mir noch einen Gefallen? Sagen Sie meiner Frau, dass ich sie liebe.

LEITER: … eins!

Sechs Revolver feuern im selben Augenblick. Der von AGI ist nicht darunter. Der Einschlag der Geschosse schleudert ihn zurück.

AGI ERHÄLT 80 SCHADENSPUNKTE

AGI liegt im Krankenhausbett in einer Blutlache.

AGI STIRBT.

Das Spiel ist vorüber. Der Bildschirm wird dunkel.

Jim ist es nicht gelungen, sein Leben zu retten, das oberste Ziel in diesem Spiel. Doch gerade, als er damit rechnet, dass sein Leichnam ins Reinkarnationszentrum gebracht wird, wo ihm aller Status, den er je erlangt hat, aberkannt wird, erscheinen auf dem Bildschirm die Worte:

LEVEL ABGESCHLOSSEN.

Abgeschlossen? Ja ist er denn nicht gerade getötet worden?

Glückwunsch. Damit hast du den höchsten Status erreicht. Gestählt durch die Schlachten, die du geschlagen hast, hast du zu Mut und Einsicht gefunden, zu Selbstbewusstsein und Disziplin, und bist vom Herrn über andere zum Herrn über dich selbst aufgestiegen. Von nun an genießt du sämtliche Privilegien des Reiches, denn du bist weise geworden und hast den Wert des Opfers erkannt.

Fanfarenstöße zum Höhepunkt, dann wird der Schirm wieder schwarz. Er ist der Sieger in diesem Spiel? Offenbar hat er die richtige Entscheidung getroffen. Selbstaufopferung war seine letzte Mission. Plötzlich hört Jim Donnys Stimme: »Wer hätte das gedacht?«

Jeff ist allein in der Wohnung. Er liegt auf dem Kuhfellsofa zwischen lauter DHL-Päckchen für Lennys Bruder und wartet, dass Lenny kommt, damit er ihm alles sagen kann – *alles*. Während er wartet, kauft er in Gedanken all das ein, was ihm im Leben sonst noch fehlt. Ruhm? *In den Warenkorb.* Geld? Blöde Frage. Ein selbständiges Leben? *Das nehme ich gleich per 1-Klick.* Ein Vater, der seinem Sohn nicht nachspioniert? Eine Mutter, die nicht völlig durch den Wind ist? *Ja bitte*. Und ein Kuss von Lenny, so heiß, dass es knistert? *Aber hallo*. Drück mich an dich, Haut auf Haut / Spüre meine Einsamkeit. / *Lass uns tauschen, ich werd du / Ich bin mich selbst so leid.* Endlich versteht Jeff die Sehnsucht, die Lenny in seinem Text zum Ausdruck bringen will, den Wunsch, in die Haut eines geliebten Menschen zu schlüpfen, seine Oberfläche zu durchdringen, eins mit ihm zu werden … *Lass uns tauschen, ich werd du.* Wird Jeff je solche Leidenschaft erleben? *Oder sind kurze Ausflüge in die Phantasiewelt des Softpornos alles, worauf ich hoffen kann?* Er sieht sich um in der Wohnung – schicke Junggesellenbude, sparsam möbliert – und stellt sich vor, dass er und Lenny sich hier sehr wohl fühlen würden, in ihrem gemeinsamen Leben. Lenny komponiert Songs. Jeff organisiert Konzerttermine – und sagt den Musikproduzenten, sie sollen endlich mal zeigen, was sie draufhaben, und legt auf. Lenny und Jeff. Zusammen auf dem Kuhfellsofa. Zusammen in der Dusche. Zusammen in dem ungemachten Doppelbett von Lennys Bruder – dem riesigen mit dem Kopfteil aus Mahagoni. Lenny ganz nah, unheimlich nah. Trockene Lippen berühren sich, Hände hinter dem Rücken verschränkt. Lieben. Geliebtwerden. Zittern. Zucken. Ein heißes Ohrläppchen. Die Hand auf dem Zepter der Begierde. *Ab in den Warenkorb.*

Dann ruft Lenny an. Er ist in ihrer Stammkneipe an der Ecke.

Jeff geht zu dem Pub, zu Lenny, und schwört sich, dass er Luther nie wiedersehen wird. Luther, das war nur eine Art Taufe. Jeff bereut nicht, was geschehen ist – *irgendwo muss man schließlich anfangen* –, aber er wird sich nie wieder treffen mit diesem Typen.

Lenny sitzt auf einer Bank in der Ecke, aufgekratzt. Auf dem Tisch Zigaretten, Feuerzeug, Sonnenbrille, ein Band mit Gedichten von William Blake. Lenny winkt, steht auf, umarmt Jeff, und dann fasst er Jeffs Kopf fest mit beiden Händen wie einen Basketball an der Freiwurflinie und küsst ihn (mit geschlossenen Lippen) auf den Mund.

»Wie lange sitzt du denn schon hier und trinkst?«, fragt Jeff, und sein Herz macht einen doppelten Salto rückwärts.

»Seit ungefähr halb elf heute Morgen.«

Inzwischen ist es schon fast vier. »Du trinkst allein? Was ist los?«

»Allein kann man nicht sagen. Langweilige Leute, die jemanden kennen, der jemanden kennt, dem tatsächlich etwas *passiert* ist, gibt es hier haufenweise. Da fühle ich mich jetzt schon seit ein paar Stunden wie dritte Generation ›Scheiß der Hund drauf‹, wenn du weißt, was ich meine.«

Die Lippen noch feucht von Lennys bierseligem Kuss, fragt Jeff: »Und wieso das Besäufnis?«

»'s gibt was zu feiern, mein Herr und Meister. Ich feiere die Leidenschaft, die sich Leben nennt! Die flüchtigen Tage meiner Jugend. Und ich feiere so lange, bis ich sternhagelvoll bin.« Dann erklärt Lenny, er habe gerade einen künstlerischen Durchbruch erlebt. Seine Blockade beim Songschreiben lag »am Reim als solchem«. Von jetzt an wird es in den Songs von Leonard French keine Reime mehr geben. »Warum soll sich alles reimen? Moderne Lyrik reimt sich doch auch nicht, und zwar aus gutem Grund. Es ist verlogen. Jede Zeile sollte *genau* das sagen, was sie sagen muss, und sich nicht verbiegen, nur weil es gereimt sein soll. Verstehst du, was ich meine?«

»Ich verstehe, was du meinst.«

»Das hat mich blockiert. Die Tyrannei des Reims!«

Jeff versucht zu lächeln; er sagt, die Vorstellung von ungereimten Songtexten gefällt ihm. Das ist etwas, das Lenny aus der Masse heraushebt, damit kann er als Manager arbeiten. Aber während sie sich unterhalten, denkt er die ganze Zeit nur: *Sag es! Leg endlich die Karten auf den Tisch.* Danach wird er nie mehr allein sein mit dem Wissen, wer er in Wirklichkeit ist.

Während er auf den richtigen Augenblick wartet, bestellt Jeff sich zur Feier von Lennys künftiger Einzigartigkeit einen Jack Daniels mit Coke. Und als er ihn getrunken hat, einen zweiten und dann – seine schweißnassen Haare kleben schon am Kopf – einen dritten. *Sag es endlich, verdammt noch mal!* Aber als Jeff endlich den Mund aufmacht, beschwert er sich nur über den Lärmpegel und schlägt vor, dass sie gehen.

In der Wohung von Lennys Bruder flutet schon bald John Coltrane aus den Bose-Lautsprechern, und die pulsierenden Rhythmen von Jimmy Garrisons Kontrabass dringen aus dem Subwoofer hinter einem Gummibaum. Lenny zaubert eine Flasche Chivas Regal hervor, während Jeff verlegen auf dem Kuhfellsofa wartet. Seite an Seite trinken sie weiter, dann sagt Lenny: »Du solltest dein Haar lassen, wie es jetzt ist. Länger. Ungekämmt. Das steht dir.« Jeff weiß darauf keine Antwort. Was immer er sagt, es würde etwas lostreten, das nur in einem Erdrutsch der Offenbarung enden kann. Die Musik dröhnt laut, ein zweites Glas wird eingegossen und ausgetrunken, dann fängt Jeff, gleichermaßen aufgeheizt von Begehren und Alkohol, endlich an zu reden. Aber anstatt eine Landkarte seines wahren Herzens zu zeichnen, malt er Lennys Zukunft aus. Er gibt Lenny zwei Wochen. Bis dahin soll er sechs starke Songs beisammenhaben. Dann lassen sie Demos von den Songs machen. Jeff finanziert die Aufnahme. Danach, mit den Demos in der Hand, kann Jeff die Songs anbieten und sehen, dass er einen Plattenvertrag an Land zieht. Lenny nickt, dreht die Musik lauter, dann kommt er zu dem Sofa zurück. Aber gerade als Jeff sagen will: *Übrigens, da ist noch was, was ich dir sagen wollte,* bemerkt er, dass Lennys Augen, normalerweise hell wie Gurkenscheiben, feucht sind. Er weint.

»Was ist los?«, fragt Jeff.

»Ich liebe dich, Mann«, brüllt Lenny fast, um die Musik zu übertönen, »na, du weißt schon.« Dann steht er auf und geht in die Mitte des Zimmers.

»Wir –«, stammelt Jeff, das Herz zum Zerplatzen voll. »Wir stellen – wir stellen die ganze Welt auf den Kopf. Du und ich. Ich und du. Die ganze Welt.«

»Und was ist, wenn ich gar nicht so gut bin?«

»Was?« Die Musik ist wirklich sehr, sehr laut.

»Was ist, wenn ich gar nicht so gut bin?«

»Was heißt hier gut? Du bist *großartig*! Also –«

»Ich bin nur Mittelmaß. Das weiß ich.«

»Unsinn. Die Texte, die du schreibst, die sind –«

Lenny hat in der Mitte des Zimmers mit einem minimalistischen Tanz begonnen, die Zigarette lässig im Mundwinkel. »Du verstehst mich nicht. Die sind geklaut. Gestohlen. Das sind Plagiate, Mann.«

»Was?«

»Die meisten von meinen Texten habe ich aus Büchern, aus Gedichten von anderen Leuten. Ich gehe in die Bibliothek. Die Bibliothek, und da schreibe ich –« Lenny meint das ernst. Sein gesenkter Kopf, die abgewandten Augen lassen keinen Zweifel. »Ich klaue die. Ich bin ein Betrüger. Als ich damit aufhören wollte, ist mir überhaupt nichts mehr eingefallen, und da habe ich wieder angefangen. Das Einzige, was ich mache … ich schreibe den Scheiß, der sich mit dem geklauten Zeug reimt.«

»Geklaut? Soll das heißen … *Lass uns tauschen, ich werd du, ich bin mich selbst so leid …*«

Endlich blickt Lenny auf. Scham. Gewöhnliche, widerliche Scham. »Fand ich auch toll«, gesteht er, »als ich's gelesen hab.«

Lenny ist kein echter Künstler? Jeff steht auf, geht wie benommen zur Stereoanlage und dreht die Musik leiser; dann dreht er sich um zu dem Freund, den er so vergöttert. »Was ist mit *Zu kurz nur jung und bald schon alt / so hat man die Geschichte schon immer gemalt …*«

Lenny schüttelt den Kopf. »Weiß nicht mehr, wie der Typ hieß, der das ursprünglich geschrieben hat.«

Eine Katastrophe.

Lenny schüttelt noch einmal den Kopf. »Du hast dauernd gesagt, ich bin ein Genie. Das hat mich unter Druck gesetzt. Ich musste so tun, als ob ich wirklich eins bin. Das hat mich völlig fertiggemacht.«

Jeff ist schockiert, aber er will es sich nicht anmerken lassen, und der Ausdruck von Selbsthass auf Lennys bleichen Zügen scheint Strafe genug. Da fällt Jeff eine Möglichkeit ein, wie er seinen Freund doch noch retten kann, etwas, das sie vielleicht sogar noch enger zusammenschweißt, weil es Lenny zeigt, dass er versteht, wie es ist, wenn man ein Leben führt, das von den Erwartungen der anderen bestimmt wird.

»Du hast das alles geklaut? Na und, was ist daran so schlimm?«

Lenny greift zur Fernbedienung und stellt die Musik noch leiser. »Ich kann nicht mal besonders gut singen.«

»Wir müssen das nur richtig einsetzen. Und weißt du was? Vielleicht ist es sogar besser so. Seien wir doch mal ehrlich. Heutzutage ist ohnehin nichts mehr original, stimmt's? Dann sagen wir doch so: Du klaust eindeutig *das Richtige*. Dafür braucht man auch Talent. Und deshalb bist du am Ende doch ein verdammtes modernes Genie. Überleg doch mal!«

»Lass den Quatsch.« Lenny sieht ihn nicht an.

»Das ist Sampling. Collage. Typisch einundzwanzigstes Jahrhundert. Das kann ich verkaufen. Das kann ich promoten. Das ist sogar besser für uns. Das ist großartig.«

Lenny kann ein schiefes Lächeln nicht unterdrücken, und dann legte er in betrunkener Dankbarkeit die Arme um Jeff und gibt ihm einen Kuss auf den Hals. Als er ihn wieder loslässt, schaut Lenny Jeff in die verblüfften Augen. »Hör zu. Du weißt, dass ich nicht schwul bin, klar?« Und bevor Jeff etwas antworten kann, fügt er hinzu: »Aber eins will ich dir sagen – wenn ich's mir jemals anders überlegen würde, dann wär's mit dir.«

Jeff errötet, und als er das merkt, schämt er sich dafür und errötet noch mehr. Was sagt Lenny da? Ist das auf seine Hetero-Art ein Antrag? Oder nur eine sanfte Abfuhr an einen schwulen Freund? Und wann ist Lenny zu dem Schluss gekommen, dass Jeff schwul ist? »Ebenfalls.«

»Kann ich dich was fragen, Jeff? Hast du schon mal mit 'nem Mann geschlafen?«

Jeff lügt, so schnell er kann. »Nie.«

»Schon mal die Schwulenszene im Web abgecheckt?«

»Nein.«

»Nicht?«

»Nein.«

»Hast du dich schon mal gefragt, wie das wohl ist?«

»Keine Ahnung.«

»Ich auch nicht. Keine Ahnung.«

Mit diesen Worten küsst Lenny Jeff auf den Mund.

Und wie lange dauert dieser Kuss, dieser Rausch der Gefühle, eine Fahrt mit dem schnellsten Aufzug der Welt nach ganz oben im höchsten Gebäude der Welt? Dreiundzwanzigeinhalb Sekunden. So lange dauert er.

Und es ist Jeff, der ihn abbricht, nicht Lenny. *Nicht so*, denkt Jeff, *nicht, wo wir beide betrunken sind. Morgen. Nüchtern. Wir müssen bei Verstand sein. Wir müssen nüchtern sein, damit wir wissen, dass es echt ist.*

Für beide folgt das verlegenste Schweigen ihres Lebens,

bis Lenny es bricht und verkündet, dass es ja schon ziemlich spät ist und dass er jetzt besser schlafen geht. »Wir wollen ja schließlich noch diesen Planeten umkrempeln, stimmt's?«

Ja, da gibt es noch eine ganze Welt, die sie gemeinsam umkrempeln wollen.

Nachdem Lenny über die schmale Treppe nach oben verschwunden ist, durchstöbert Jeff den Barschrank von Lennys Bruder, findet eine Flasche Lagavulin, 15 Jahre alten Whisky, legt sich aufs Sofa und trinkt direkt aus der Flasche. Sein Glied ist so steif, als hätte er eine Zeltstange in der Hose, das verdammte Ding ist so hart, dass man es als Waffe benutzen könnte. Und während der Schnaps sich durch seine Eingeweide brennt, denkt er müßig: *Er liebt mich – er liebt mich nicht – er liebt mich.* Und dann: *Ich liebe ihn auch. Ich bin ein hundertprozentiger Homosexueller, und ich bin verliebt.* Jeff Delpe hat die Liebe gefunden. Eine Verbindung aufgebaut.

Lenny. Auswählen. Zur Kasse.

Doch am nächsten Morgen ist alles weg. Lenny kommt die Treppe herunter und sagt dem verschlafenen Jeff, dass er ihn nicht mehr sehen will.

Einfach so. Und Jeff fühlt sich, als hätte man ihn gerade aus einem Flugzeug gestoßen. Auf Lennys Gesicht steht nichts als Wut und Scham, der Zorn von jemandem, der sich betrogen fühlt. Er will Jeff nicht mehr sehen. Jedenfalls vorerst nicht. Kann einfach nicht. »Sorry.«

Während Jeff einfach nur dasteht, sprachlos, wie vom Donner gerührt, erklärt Lenny, dass ihm irgendwann in der Nacht schlagartig klargeworden ist, dass Jeff der wahre

Grund für seine Schreibblockade ist. Es ist der Druck von Jeff, »dieser ganze irrsinnige Druck«, der Lenny dazu getrieben hat, sich bei den großen Dichtern zu bedienen. Kurz, es ist Jeffs »krankhafter Ehrgeiz«, dazu »diese verrückten Vibes zwischen uns beiden«, die Lenny zum Plagiator gemacht haben. Und außerdem, fügt er hinzu, scheint es ihm jetzt doch keine so gute Idee mehr, wenn Jeff sein Manager wird. Das lassen sie besser sein. »Da sprühen einfach zu viele Funken zwischen uns, verstehst du? Das hätte nie im Leben funktioniert.« Jeff soll auch die Gitarre zurücknehmen. Lenny will sie nicht mehr. Er nimmt die schimmernde Paul Reed Smith Custom 24 und hält sie Jeff hin.

Jeffs Herz stürzt in einen Abgrund von Schmerz und Scham. Er will die Gitarre nicht zurück. Lenny soll sie behalten. »Du wirst sie brauchen«, sagt er mit Tränen in den Augen, sehr darauf bedacht, den Mann zu spielen, der ebenso gut auch an einen schöneren Ort gehen kann.

Er stolpert die schmale Holztreppe hinab, von da ins Freie, rennt fast die Gasse hinunter; die Temperatur ist nahe null, Rauhreif auf den Pflastersteinen, und der Wind fühlt sich an wie gefrorenes Sandpapier. Ein dichter, schwermütiger Nebel klebt an diesem Morgen an allem. An der ersten U-Bahn-Haltestelle stürmt er in die Tiefe und wird durch donnernde Tunnel nordwärts gerissen. Dann kommt er wieder an die Oberfläche und macht sich auf den Weg nach Gable Crest.

Er klopft. Aber als die Tür aufgeht, sieht er einen Fremden. »Kann ich Ihnen irgendwie helfen?«

Sie sind umgezogen. Seine Eltern sind weg. Er geht

durch die vertrauten Straßen zurück zur U-Bahn. Die Kälte tut weh, seine Unterlippe zittert. Und auch seine Brust schmerzt, als hätte ein Chirurg sie ihm unbemerkt in der Nacht aufgeschnitten. Er holt sein Handy aus der Tasche und tippt mit zitterndem Daumen eine Textnachricht:

Hey, Bruder. Schick mir mal ein paar Koordinaten. Ich weiß nicht mehr, wo ich bin. Ich bin so allein. Ich bin so verflucht allein. Allein. Allein. Allein. Allein. Allein …

Wie besessen tippt er immer wieder dieses letzte Wort, vierzehn-, fünfzehn-, zwanzig-, einundzwanzigmal, bis ein Fenster aufgeht und ihm sagt, dass er die Höchstgrenze für eine einzelne SMS erreicht hat. Dann drückt er auf Senden und sieht zu, wie Technik und unergründbare Wissenschaft ihr Wunderwerk vollbringen und drei Displayseiten mit dem Wort *Allein* unter Glöckchenklingeln verschwinden und Gott weiß wohin fliegen, dahin, wohin die Lebenden gehen, wenn ihr Leben zu Ende ist.

RENATA: Darf ich Sie mal was fragen? Ich möchte gern wissen, was einen Menschen dazu bringt, das zu tun, was Sie hier tun.

[Lange Pause]

GOTT: Das Leben ist dazu da, dass wir es aushalten, Renata. Wie kann ich dir dabei helfen?

RENATA: Das ist alles? Können Sie mir gar nichts über sich erzählen?

GOTT: Tut mir leid, wenn ich dich da enttäuschen muss.

[Lange Pause]

RENATA: Ich weiß nicht mehr, wie ich weiterleben soll.

GOTT: Woher wir die Kraft zum Leben nehmen, ist und bleibt ein

Rätsel. Letzten Endes suchen wir alle nur nach einem schöneren Klischee. Einfachen Überlebensparolen.

RENATA: Genau das versuche ich. Im letzten Jahr habe ich nur einen einzigen Schritt getan, vom Leben in einem Land des Kummers, der Wut und der Verzweiflung hin zu der Frage, ob ich denn für immer in einem Land des Kummers, der Wut und der Verzweiflung leben will. Das ist alles. Mehr habe ich nicht erreicht!!!

GOTT: Ich finde, das ist eine ganze Menge.

RENATA: Bitte machen Sie sich nicht über mich lustig.

GOTT: Darf ich dich mal was fragen? Was meinst du, wie wäre Donald zurechtgekommen, wenn du vor ihm gestorben wärst?

RENATA: Vor ihm? Ich weiß nicht.

GOTT: Wäre es schlimm für ihn gewesen? Meinst du, er hätte gelitten?

RENATA: Ja natürlich.

GOTT: Das ist ihm also erspart geblieben. Und du zahlst die Zeche dafür, dass er niemals durchmachen musste, was du durchmachst.

Sie sitzt allein am Schreibtisch in ihrem Zimmer; lässt die Hände von der Tastatur in den Schoß sinken.

GOTT: Wärst du bereit, eine kleine Übung zu machen?

Ihre Hände kehren zurück auf die Tastatur. *Tack, tack, tack*.

RENATA: Was soll ich tun?

Diese Person, Gott, möchte, dass sie etwas versucht. Er sagt, sie soll zwei Stühle einander gegenüber aufstellen und sich auf einen davon setzen. Renata ist nervös, hat aus vielerlei Gründen das Gefühl, dass sie sich lächerlich macht, aber sie tut, was dieser Fremde von ihr verlangt, geht ins Nebenzimmer und holt einen zweiten Stuhl.

GOTT: Jetzt sieh dir den leeren Stuhl an. Stell dir vor, dass Donald dort sitzt, direkt vor dir. Sag ihm, was du auf dem Herzen hast. Sag ihm, warum er dir fehlt. Warum du ihn geliebt hast. Warum du so wütend bist, dass er nicht mehr da ist.

Ein leerer Stuhl. Renata sitzt ihm gegenüber. Sucht ihre verstreuten, verwirrten Gefühle zusammen. Nach einer Weile sagt sie mit zitternder Stimme: »Du fehlst mir.«

Schweigen.

Auf ihrem Drehstuhl mit Rollen fährt sie zurück zum Computer.

RENATA: Ich hab's getan.

RENATA: O nein.

GOTT: Versuch es. Wart ab, was passiert.

Renata steht auf und setzt sich auf den leeren Stuhl.

Jeff hebt den schweren Messingtürklopfer an der glänzenden schwarzen Tür und klopft mehrere Male. Die Tür öffnet sich.

»Na sieh mal einer an«, sagt Derek Carnaby lächelnd. Er hat einen purpurnen Bademantel an, die Füße stecken in Frotteepantoffeln.

Er hat das Recht, sie zu töten.

Er nähert sich dem Haus. Ihrem Haus. Jim weiß, dass sie da drin ist. (Die Minikarte hat es ihm bestätigt.)

Zu Hause in seinem Cottage in den Cotswolds, wo nichts an seinen Geburtstag erinnert außer einem geschenkten Teleskop (die Sterne sind hier draußen in viel greifbarer Nähe) und dem Plan, später eine schöne Flasche Wein aufzumachen, kann Jim der Versuchung nicht widerstehen, an diesem ganz besonderen Tag – dem Geburtstag seines Sohnes! – noch ein letztes Mal bei *Life of Lore* vorbeizuschauen.

In der Verkleidung eines neuen Avatars, einer Frau diesmal, geht er zu dem Haus. Die »Geburt« ist jetzt schon seit einer Stunde überfällig, und Jim will einfach nur herausfinden, ob sie die Wahrheit über diese angebliche Schwangerschaft gesagt hat oder ob alles nur darum ging, ihn zu quälen, unter Druck zu setzen, in den Wahnsinn zu treiben.

Nicht jeder bekommt eine Chance, guten Gewissens jemanden umzubringen. Unzählige Male hat Jim in diesen letzten Monaten die Mordanschläge anderer überlebt, und was war es für eine Befriedigung, sich zu wehren, wenn auch nur symbolisch, die Genugtuung zu spüren, wenn man den Angreifer zur Strecke brachte, den Auslöser drückte, die Lanze senkte, mit dem Dolch zustach. Blut fließt, Feinde zahlen mit ihrem Leben. Keine Grenze mehr für seine Willenskraft.

Rauhes Terrain. Steine knirschen unter seinen Schritten. Er muss an die Rückseite des Hauses gelangen. Will ja an der Haustür keine dummen Fragen gestellt bekommen.

Jawohl. Sie verdient den Tod. Schließlich hat sie ihm seinen Seelenfrieden gestohlen, seine Privatsphäre. Da ist der Garten. Eine Wäscheleine. Hier ist er richtig. Strümpfe zum Trocknen aufgehängt. Eine Kinderschaukel, ein Sandkasten. Anzeichen eines echten Lebens. Kayla nimmt es mit ihrem virtuellen Heim wirklich ernst. Die Mörderin hat die Waffe schon in der Hand. Es wird schnell gehen.

Im Licht des Wohnzimmerfensters sieht er sie vorübergehen.

Jim hält die Luft an, als er sie sieht. Kayla. In einem hellblauen Kleid. An die Stelle des sexy Outfits ist ein Umstandskleid getreten. Das lange Haar ist zum Pferdeschwanz gebunden. Renata: Jim wird von einer Erinnerung überwältigt, Renata in ihrer dunkelblauen Latzhose, wie sie in den letzten drei Monaten der Schwangerschaft aussah. Ob sie die noch hat? Steckt sie noch in einem der ungeöffneten Umzugskartons, die auf den Dachboden sollen? Ihr Hochzeitskleid hat sie aufgehoben, das weiß er, aber was ist mit diesen schlabberigen Jeans, die Jim viel mehr bedeuten?

Er tritt näher heran und sieht sich im Wohnzimmer um. Ein gedeckter Esstisch. Kayla geht in die Küche. Am anderen Ende des Raums steht eine Schlafzimmertür halb offen. Ein Laut kommt von dort.

Ein Laut, der Jim trifft wie ein Stich in die Brust. Ein Baby schreit... Er geht außen ums Haus an das Schlafzimmerfenster. Auf dem Bett, nackt...

... leuchtet der Leib eines Neugeborenen. Im Kreißsaal des Stadtkrankenhauses von Watford erkennt er das vertraute Gesicht, die großen Augen – *seine* Augen –, die Nase wie die seines eigenen Vaters. Ärmchen strecken sich nach ihm aus und packen doch nichts als Luft, die knubbeligen Knie hat es fest an sich gezogen. *Ein Delpe,* denkt er, als er diesen kleinen Menschen in den aneinandergelegten Handflächen hält. Ein Leben.

Der Vater, als Frau verkleidet, schaut zum Fenster hinein, und der Finger am Abzug wird schlaff. Er wird hier niemandem ein Leid zufügen. Die Wut, die er in sich gespürt hat, verpufft. »Donald«, sagt er zu dem kleinen Geschöpf, das in diesem Augenblick tonnenschwer ist. »So sollst du heißen.« Unter den Schreien des Babys tritt er einen Schritt zurück, dieses Babys, das nie ein lebendiger Mensch werden kann, das aber doch etwas seltsam Heiliges hat, mit allen Anzeichen des Lebens. Der Geburtshelfer, Dr. Olivera, spricht als Erster. Er zieht den Mundschutz herunter, dreht sich zu dem tränenseligen Vater um und lächelt. »Es ist ein Junge.«

»Mum, ich liebe dich. Aber du musst jetzt nach vorn schauen. Du musst weitergehen, Ma.«

Renata blickt auf den leeren Stuhl, auf dem sie eben noch gesessen hat und von dem sie sich vorstellen soll, dass sie immer noch darauf sitzt. Auf Donalds Stuhl verkörpert sie weiter ihren Sohn. »Ich schicke dir ein Zeichen. Zum Beweis, dass ich zu dir gesprochen habe. Zum Beweis, dass …« Sie atmet tief durch. »Dass am Ende doch noch alles gut wird. Glaub mir, alles wird gut.«

Zwei Stunden später sitzen sie beide unten in der Küche.

»Ich muss dir etwas sagen«, sagt sie, bleich von dem Geheimnis, das sie mit sich herumträgt, »und du wirst mich dafür hassen.«

Sie sieht auf Anhieb, dass er besorgt ist.

»Ich werde dich nicht hassen«, versichert er. »Das könnte ich gar nicht, dich hassen.« Aber sie weiß, dass das nicht stimmt. Man kann immer hassen, und das sogar sehr.

Sie ist schwanger gewesen. »Gewesen?«, fragt er. Ja. Sie hat es abtreiben lassen. Vor etwa drei Wochen.

Wumm. Versenkt.

Das wollte sie ihm sagen.

»Abgetrieben?«

»Ja.«

Für Jim ist das ein Wort, das in ihrem Leben nichts zu suchen hat. Es gehört in das Leben von Leuten, die ganz anders sind als die Delpes – das Leben von sechzehnjährigen Mädchen oder Vergewaltigungsopfern, es gehört zu den Fällen, mit denen er sich in seiner Anwaltskanzlei beschäftigt, aber doch nicht hierher, nicht in dieses Haus.

»Ich möchte dir das erklären«, sagt sie.

Durch das Chaos seiner eigenen Gedanken hört Jim sich ihre vielen Gründe an: Dass sie sich von ihm im Stich gelassen fühlte. Aber sie hat es nicht getan, um ihn zu strafen. Wenn überhaupt, dann hat sie sich selbst bestraft. Sie fühlt sich entsetzlich schuldig, sie verdient nicht mehr, dass sie glücklich wird. Sie wird darunter mehr leiden als er, da kann er sicher sein.

»Du hast abgetrieben?«

»Ich könnte es emotional nicht verkraften, noch ein Kind zu bekommen. Ich habe so oft versucht, mit dir darüber zu reden, aber bevor ich etwas sagen konnte, hattest du mich schon wieder stehengelassen. Ich habe schnell begriffen, dass ein neues Baby unmöglich war. Für mich, für uns beide. Was hätte ich einem neugeborenen Kind zu bieten? Was du?« Er antwortet nicht, und sie braucht auch keine Antwort mehr von ihm. »Wir haben doch schon lange verlernt, wie man etwas miteinander teilt. Wir sind uns so fremd geworden, oder etwa nicht? Ich konnte eine vollkommen neue Zukunft nicht allein aufbauen. Ein Kind hat etwas Besseres verdient als das, was du oder ich ihm bieten könnte.«

Als Jim sie so reden hört, sieht er eine ganz andere Frau, eine Frau, die im Restaurant sitzt, Essen bestellt, die Beine zuerst in die eine, dann in die andere Richtung übereinanderschlägt, sich nervös mit der Hand durchs Haar fährt, eine Fremde, die er beobachtet und über die er nicht das Geringste weiß. »Ich nehme an«, fügt sie hinzu, »du bist sogar ein wenig erleichtert. Ganz bestimmt bist du das. Ich weiß ja überhaupt nicht, was aus uns beiden wird. Haben wir denn noch eine Zukunft?«

Und als Jim weiter schweigend auf den Boden starrt:

»Ich sehe jedenfalls keine. Vielleicht wird es Zeit, dass wir über die Trennung reden.« Renata legt die Hände vors Gesicht, als könne sie den Anblick der Zukunft, die sie vor sich sieht, nicht ertragen. »Wenn du … wenn du bloß mit mir gesprochen hättest. Mehr wollte ich ja nicht. Mit dir reden. Du hast alles Mögliche getan, aber das Nächstliegende nie.«

Jim ist wie gelähmt. Er starrt die Frau an, mit der er verheiratet ist, und seine Lippen schweigen, auch wenn er am ganzen Körper zu zittern beginnt. Seine Hände beben – Adrenalin strömt rasend schnell durch seinen Körper, Blut wird von den Organen abgezogen, um sämtliche Muskeln zu mobilisieren, instinktiv macht die Natur ihn zum Sprung bereit, zum Kampf. Aber er tut nichts.

»Sind wir böse Menschen?«, fragt sie ihn.

Er sieht sie nicht an.

»Auf eine stille – diskrete – *höfliche* Weise böse?«

Ihre Frage entlockt ihm nur zwei Worte: »Sei still.«

»Jeder von uns?« Sie sieht, dass sie ihn verloren hat, dass ihr Geständnis in Windeseile alles zerstört, was ihnen noch geblieben war. Aber sie erinnert sich auch an etwas anderes, das sie hatte sagen wollen und das ihr immer noch auf der Seele liegt: »Wenn ich … wenn ich mich nicht selbst liebe … wie … wie kann ich da ein neues Kind lieben? Verstehst du das? Verstehst du, was ich meine?«

»Sei still. Sei einfach still.«

»Gut. Versprochen. Aber eins muss ich noch sagen. Du sollst wissen, dass ich mir Rat geholt habe. Ich habe das nicht allein entschieden. Ich habe es nicht vorschnell entschieden. Ich habe versucht, es mir auszumalen, wir beide mit einem neuen Kind. Ich habe es wirklich versucht. Es ist die schwerste Entscheidung – Jim? –, es ist das *Schlimmste,* was ich je im Leben getan habe, und ich werde die Schuld mit ins Grab nehmen. Aber ich habe es nicht getan, ohne dass ich mit Leuten geredet habe. Und wenn du jetzt –«

»Hör auf!« Er blickt ihr ins Gesicht. »Um Himmels willen!« Seine Stimme wird ganz leise. »Wenn du mich je geliebt hast, dann halt jetzt bitte den Mund.«

Warum lieben wir? Warum lieben wir manche Menschen, und für andere empfinden wir nicht das Geringste? Warum weckt der eine Liebe in uns, und der andere, genauso ein wunderbarer Mensch, lässt uns kalt?

Weil wir diejenigen lieben, die unsere ureigensten Tagträume bestätigen, unsere Phantasien davon, wie wir selbst gern sein möchten.

Mr. Delpe, könnten Sie das dem hohen Gericht genauer erklären?

Jim steuert seinen Wagen durch die Nacht, biegt in immer kleinere, dunklere Landsträßchen, legt es darauf an, sich zu verirren, und zugleich beantwortet er sämtliche Fragen, die man ihm stellt.

Mr. Delpe? Mr. Delpe? Könnten Sie genauer erklären, wie Sie das meinen?

Aber gern. Wir lieben diejenigen, die uns, wenn sie uns in einer Menschenmenge zum ersten Mal begegnen, versichern, dass wir genau das sind, was wir in unseren besten Augenblicken zu sein hoffen. Liebe ist das Gefühl, das in uns entsteht, wenn jemand uns bestätigt, dass wir so sind, wie wir uns in unseren hoffnungsvollsten Augenblicken sehen – ein Bild von uns selbst, das notgedrungen nichts anderes als ein schöner Tagtraum sein kann.

Von wem haben Sie diese Bestätigung erfahren? Von Ihren Eltern?

So viel Glück habe ich nicht gehabt.

Ihren Kindern?

Nächste Frage.

Ihrer Frau?

In hundert Metern links abbiegen

Jim kommt an eine unbeschilderte Kreuzung und bremst ab.

Links abbiegen

Er hält an. Das Navi will ihn nach Hause lotsen. Er biegt rechts ab.

Wenn möglich bitte wenden

Mr. Delpe? Ihre Frau?

An der nächsten Kreuzung rechts abbiegen

Jim biegt links ab, und Alexandra, schwer beschäftigt, den Kurs neu zu berechnen, klingt nun schon ein wenig panisch, weil er keine ihrer Anordnungen befolgt, einfach nur immer weiterfährt, bis sie sich dermaßen verirrt haben, dass nicht einmal sie mehr sagen kann, wo sie denn nun sind. Kein Kontakt, kein Empfang, kein Signal. Er lässt den Wagen ausrollen. Hält an.

Vor den Scheinwerfern bewegt sich nichts. Der Wald ragt hoch zu beiden Seiten auf, und über seinem Kopf und dem einspurigen Pfad mit dem Grasstreifen in der Mitte verschränken sich die Baumwipfel, bilden einen Tunnel, so dass er die Sterne nicht mehr sieht. Er schaltet die Scheinwerfer und den Motor aus.

Und fühlt sich wie der letzte Mensch, der auf dieser Welt noch wach ist.

Als der Morgen graut, befühlt Jim an seiner Stirn die Delle, wo der Kopf ans Lenkrad gelehnt war. Lässt den Motor an. Wendet. Fährt nach Hause. Macht Kaffee. Stolpert durchs Haus. Geht Renata aus dem Weg. Beschließt, nach draußen zu gehen. Am Ende des Gartens, in dem baufälligen Gewächshaus, das er vom Vorbesitzer geerbt hat und in dem er nun schon seit zwei Stunden vergeblich Ordnung zu schaffen versucht, wird er von einem Piepton des Telefons aus seinen Gedanken gerissen. Eine SMS.

Willst du nicht herkommen und deinen kleinen Sohn besuchen? Kx

Fünf Minuten später der nächste Piepton:

Ich erwarte nicht, dass du die Vaterrolle übernimmst. Aber ich hab 1 Bitte. Ich möchte dich im RL kennenlernen. 1 einziges Mal.

Schließlich schreibt er zurück.

Wie bist du – Anfangs tippt er *u* für das Wort *you*, doch dann widersetzt er sich diesem Abkürzungsfimmel; er wird zu anständigem Englisch in seiner ganzen Schönheit zurückkehren – *an meine Telefonnummer gekommen?*

Das verrate ich dir, wenn wir uns sehen. Versprochen.

Jim zieht seine Arbeitshandschuhe aus und tippt, Daumen taub vor Wut, was er tippen muss: *Bitte lass mich in Ruhe. Ich nehme dir diese Aufdringlichkeit sehr übel. Ich erwarte von dir, dass du meine Privatsphäre respektierst. Aber auf diese eine Frage verlange ich jetzt sofort eine Antwort. Wie bist du an meine Telefonnummer gekommen? Ich finde, die Antwort bist du mir schuldig.*

Zehn Minuten lang wartet er in seinem Glashaus auf Antwort. Hat er keinen Empfang mehr? Er schaut nach – sämtliche Balken leuchten. Er legt das Telefon auf die Werkbank und versucht, sich mit Arbeit abzulenken. Er muss sich noch mehr Scheiben vom Glaser besorgen – die Hälfte fehlt oder ist zerbrochen, und im Sommer werden ihm seine Rhapsody-Tomaten verkümmern von dem kalten Wind, der das Tal heraufkommt. Wie kann ich Kayla loswerden, überlegt er, wie kann ich diesen Kontakt abbrechen?

Wieder macht das Telefon *biep.*

Triff dich persönlich mit mir. Nur dieses 1 Mal. Kxxx

Unmöglich, schreibt er zurück.

Zwei Minuten darauf: *Das ist aber nicht nett von dir. Und außerdem weiß ich auch, wo du wohnst. xxxxxxxxxxxxx*

Sein antwortender Daumen fliegt nur so dahin: *Das glaube ich dir nicht.*

Binnen dreißig Sekunden: *Jack's Green. Blackstable.*

Am liebsten würde er das Telefon in Stücke schlagen. Das verfluchte Luder. Wie hat sie das gemacht? *Das ist mein Zuhause!,* will er brüllen. *Mein Zuhause!* Er hat sich entsetzlich dumm benommen, hat es entschieden zu weit mit ihr getrieben, das weiß er. Aber wie hätte er denn ahnen sollen, zu was das noch führt? Wo ist das einfache Leben geblieben? *Wie finde ich je zum einfachen Leben zurück?*

Seine Gedanken rasen, von Kayla zu Renata, ihrer grausigen Tat, zu Jeff (dem Ziel, seinen Sohn zu finden, ist er nicht näher als zu Anfang von all dem), und schon kommt die nächste Nachricht. Er traut sich kaum hinzusehen: *Triff dich mit mir. Nur dieses 1 Mal. Dann lasse ich dich in Ruhe. Für immer. Versprochen.*

Er hat keine andere Wahl. Es muss sein. Wenn sie seine Adresse kennt, dann kann sie ihm das Leben zur Hölle machen, wann immer ihr danach ist. Er malt sich aus, wie diese Kayla vor ihrer Haustür steht und Renata erklärt, dass er virtuell mit ihr geschlafen und dabei ein Cyberkind gezeugt hat. Das darf nicht sein! Er muss dieses Spiel beenden, hier und jetzt. Er wird sich mit ihr treffen. Ihr Angst einjagen. Wenn sie sich erst einmal leibhaftig gegenüberstehen, wird sich zeigen, was für ein Feigling sie ist. All ihre Verwegenheit wird sich in Luft auflösen, wenn sie sieht, wie entschlossen er ist, zu allem bereit.

Er schreibt zurück: *Wo?*

Zwanzig Minuten wartet er. Eine Ewigkeit. Es ist gut, sich mit ihr zu treffen, sagt er sich. Nein, es ist die dümmste Idee, die er je gehabt hat; und immer wieder denkt er: *Miststück, verfluchtes Miststück, dazu zwingst du mich.* Mit Sicherheit will sie mehr von ihm, als dass er den Vater für ihr eingebildetes Baby spielt. Geld? Endlich die Antwort: *Gloucester, Eingang der Kathedrale. Heute. 4 Uhr nachmittags. Ich trage ein rotes Kopftuch. Xxx*

Was kann er da sagen? Nichts weiter als: *Ok.*

Seine Brust brennt, als hätte er gerade Gift getrunken. *Biep!* Schon wieder das Telefon. Sie ist noch nicht mit ihm fertig, nicht einmal jetzt. Eine Datei wird übertragen. Eine große. Lade MMs.

Ängstlich öffnet er sie. Hat sie ein Bild von sich geschickt? Von der echten Kayla? Das Brennen in seiner Brust wird schlimmer, jetzt wo sich das Bild Zeile für Zeile auf dem Display aufbaut. Es ist ein Foto. Eine Großaufnahme von dem computergenerierten Gesicht eines neugeborenen Babys. Jim zerschlägt sein Telefon. Schleudert es mit aller Macht auf den Betonboden des Gewächshauses, wo es in tausend Stücke zerspringt.

Kaffee. Warme Muffins. Sanfte Musik. Der Trost eines Heims. Derek Carnaby – was für ein guter Freund in der Not.

»Ich fahre hin und besuche sie«, sagt Jeff. »Ich habe ja noch nicht mal das neue Haus gesehen. Ich muss ihnen sagen, dass ich okay bin. Mich mal blicken lassen. Meine Sachen zusammenpacken, dann komme ich wieder her. Suche mir eine Bleibe.«

Derek nickt. »Gute Idee. Ich kann dich auch fahren.«

»Mich fahren? Ehrlich?«

Während Jim draußen in dem alten Gewächshaus ist, packt Renata Sachen wieder ein, die in dem neuen Haus keinen Platz gefunden haben. Wieso packe ich alte Uhren, Bilder, Vasen ein, fragt sie sich. Ich sollte lieber einen Koffer für mich packen. Heute ist der Tag, an dem ich meine Familie verlassen sollte. *Wie halten Menschen ihr Leben aus?*

Das Telefon klingelt. So wenige Leute kennen ihre neue Nummer, sicher ist es ein Werbeanruf. Sie wartet, dass es aufhört, dann fällt ihr ein, dass sie den Anrufbeantworter noch nicht eingestöpselt hat, und da keine Maschine das Telefon am Klingeln hindern wird, geht sie dran. »Hallo?«

Anfangs Schweigen am anderen Ende, dann:

»Mrs. Delpe?«

»Ja. Wer ist da?«

»Sie kennen mich nicht. Aber ich habe da etwas, das sollten Sie wissen.«

III

DER ANFANG

Level eins
Zurück zur Homepage

Der Schnee kommt früh dieses Jahr, und vorsichtig steuert er den Volvo – besonnen von Alexandra geführt – über Straßen mit Schneebergen zu beiden Seiten, beschleunigt behutsamer, bremst sanfter, dosiert jede einzelne Lenkradbewegung.

An einer Kreuzung hält er, der Motor des Volvo pocht, und zehn Meter vor sich sieht er einen Mann mit einer jungen schwangeren Frau stehen. Zusammen überqueren sie die Straße, zu dünn angezogen, vom Wetter überrascht. Es ist Lance. Lance! Jim beugt sich vor, wischt ein Guckloch in die beschlagene Windschutzscheibe, und durch die tanzenden Schneeflocken sieht er den Burschen, dem sein Unfall anscheinend überhaupt nichts ausgemacht hat, voller Energie, obwohl er unter seinem Hemd doch das tiefe Loch in der Brust hat. Gerade sagt er offenbar etwas Amüsantes zu seiner hübschen, immer noch miniberockten Freundin, und sie wirft ihren Kopf mit der blonden Mähne in den Nacken und lacht. *So,* denkt Jim, *Lance ist also wieder ganz der Alte und hat aus dem Zwischenfall bei Elsbeth nichts gelernt. Und dieses Mädchen, das bald Mutter werden soll, das bald für immer gebunden sein soll – denn nichts bindet so sehr wie ein Kind –, gebunden an diesen windigen, verlogenen Frauenhelden: was wird sie je über diesen Mann wis-*

sen, von dem sie sich jetzt am Arm fassen und durch die Gefahren des rasenden Verkehrs dirigieren lässt? Vielleicht werden diese beiden ihr ganzes Leben miteinander verbringen.

Die Ampel wird grün. Jim schlittert weiter. Lance und das Mädchen schrumpfen zu einem Punkt in seinem Rückspiegel.

In hundert Metern links abbiegen

Renata. Inzwischen wird sie den Zettel gelesen haben, den er ihr dagelassen hat. Als er das Cottage am Mittag verließ, war sie schon fort und hatte ihm nicht gesagt, wohin. Auf dem Zettel, den er an die Frühstücksbar geklebt hatte, stand: *Nach London zu einem Klienten. Bin morgen zurück, dann sollten die Straßen frei sein.* Morgen? Er hat eine Wahl getroffen, und es gibt verschiedene Möglichkeiten, wie es von hier aus weitergehen kann: heute Abend bleibt er weg. Das wird ihr zeigen, wie wütend er ist, und ihr vielleicht eine Reaktion entlocken. Egal also, was mit Kayla geschieht, ob diese Frau vorschlägt, dass sie zusammen in ein Hotel gehen, oder nicht, egal, wie sexy sie ist (eine Voluptas mit dem Antlitz eines Engels und mit Alexandras samtener Stimme?) und folglich wie groß die Versuchung für ihn, ob er sich entscheidet, nur dieses eine Mal mit ihr zu schlafen, aus Einsamkeit und aus Rache, oder ob er überhaupt nicht mit ihr schläft, ob er am Ende sein eigentliches Ziel erreicht, diese Wahnsinnige aus seinem realen Leben auszuschließen oder ob ihm das misslingt – er wird heute Abend nicht nach Hause kommen.

An der nächsten Kreuzung rechts abbiegen

Am Kreisverkehr dritte Ausfahrt

Jim biegt ein zum Parkplatz der Kathedrale. Im Schatten des wuchtigen Vierungsturms steigt er aus, steckt einen Parkschein ins Auto, dann nimmt er den vereisten Pfad zur Kathedrale. Der Vorplatz leuchtet im Spätnachmittagslicht, und Touristen machen Aufnahmen von dem Buntglasfenster, auf dem, wie er weiß, die älteste Darstellung des Golfspiels (aus dem Jahr 1350) zu sehen ist. Ganze Busladungen, jeweils um die vierzig Leute, versammeln sich am Südportal.

Er schaut sich nach der Frau im roten Kopftuch um, und die Turmuhr schlägt vier. Die Menschenmenge gerät in Bewegung, gruppiert sich neu. Keine Frau zu sehen.

Doch dann ein roter Farbfleck. Da ist sie, am anderen Ende des Platzes. Eine Frau, das Tuch fest um den Kopf gebunden, das Gesicht abgewandt; er kann sie nicht recht sehen. Er geht auf sie zu, aufgeregt, sein Herz klopft wild, nun, wo er versucht, Einzelheiten an ihr zu erkennen, die ihm Antwort auf hundert Fragen liefern sollen. Verstohlen malt er es sich aus ... *Abendessen mit Kayla, zwei Weingläser, der Spaghettiträger ihres Hemdchen, wie er ihr über die Schulter rutscht...* Quer bahnt er sich einen Weg zwischen den Menschen hindurch, schlängelt sich durch mehrere Gruppen, mehrere Sprachen, verliert die Frau aus den Augen, findet sie wieder. *Wie wird sie aussehen, ihre Muschi? Wie aufregend wird es mit ihr?* Er fragt sich, wie weit er heute wohl gehen wird, wie viel er sich gestatten wird. Seit Monaten kein Sex mehr, da reagiert er empfindlich auf weibliche Reize. Wer könnte ihm seine Gedanken übelnehmen? Renata findet ihn so abstoßend, dass sie sein Kind nicht austragen wollte. Seine Frau hat ihn auf die schlimmste

Art betrogen, die man sich vorstellen kann – nicht mit einem Liebhaber, sondern mit einem Chirurgen! Ein neues verlockendes Bild: *Zwei nackte Leiber. Einer ist echt, das ist er; die andere ein Avatar, Kayla, so wie sie im Spiel erscheint. Sex mit dieser wunderbaren Pixelfrau. Ein Blowjob. Dann von hinten…* Mitten auf dem Platz klingelt sein Telefon.

Er zieht es aus der Tasche, ein älteres, das ihm jetzt als Ersatz für das zerschlagene dient. Wer ruft an? Ist es Kayla, die fragt, wo er bleibt? Er schaut aufs Display. Unbekannt.

Zwei Möglichkeiten. Annehmen? Oder nicht? Was geschieht, wenn er drangeht?

Ein Hund? Haben seine Eltern jetzt einen Hund?

Jeff klingelt noch drei weitere Male an dem Cottage in Blackstable, dann geht er ans Fenster. Und da ist er auch schon – Zähne gebleckt, lange braune Schlappohren, verteidigt er das neue Heim der Familie gegen Eindringlinge wie Jeff.

»Ich kann's nicht glauben. Zum Schluss kriegen sie noch einen Hund. Jetzt, wo ich weg bin.«

Derek probiert das Schiebefenster. »Nicht verschlossen.«

Jeff schiebt das Fenster hoch, setzt sich aufs Fensterbrett, sagt vorsichtig. »Braver Junge, braver Junge«, lässt seine Beine lieber noch draußen. Der Hund scheint zum Angriff bereit. »Wie heißt du? Gar nicht schlimm. Schhhhhh. Gar nicht schlimm. Wo sind denn alle? Hm? Gar nicht schlimm.«

Derek sagt ihm, dass es ein Springerspaniel ist, ein Jagdhund, kein Wachhund, und dass er nicht beißen wird. Schließlich setzt Jeff den Fuß ins Haus, und Derek hat recht, der Hund tut ihm nichts. Jeff öffnet für Derek die Haustür, und Derek bringt den Hund mit einem »Sitz! Sitz!« zum Schweigen. Der Hund gehorcht, hört auf zu bellen, setzt sich, überzeugt jetzt, dass er sich entspannen kann.

»Keiner da«, sagt Jeff und schaut sich um.

»Schön, die Steinböden«, sagt Derek.

»Alt«, sagt Jeff. *Das ist also das Haus, um das sie ein solches Trara gemacht haben? Ein finsteres mittelalterliches Gemäuer mit Zimmern wie Schuhschachteln?*

Aber Derek hat einen Blick für Antiquitäten. »Arm können deine Eltern nicht sein.«

»Für zwei Leute, die nichts auf die Reihe kriegen.«

Bevor Jeff sich abwenden kann, küsst Derek ihn auf den Mund. Jeff macht rasch einen Schritt zurück, legt den Rückwärtsgang aus dieser Intimität ein: ssssssssss. »Ich… ich schau mich mal nach meinen Sachen um. Vielleicht sind sie in den Kisten da.« Er zeigt auf eine Reihe noch unausgepackter Umzugskartons. »Aber zuerst sehe ich oben nach.«

In diesem Zuhause, das nicht seines ist, nimmt Jeff zwei Stufen auf einmal, Derek bleibt unten und schlendert durch die Zimmer, befühlt Dinge, nimmt Familienbilder in die Hand und stellt sie wieder hin, inspiziert das Bücherregal, klappt eine Schatulle mit Silberbesteck auf, alles in Reih und Glied, klappt die samtüberzogene Schachtel wieder zu.

Oben öffnet Jeff eine Tür, das Elternschlafzimmer, und sieht gleich, dass es das Zimmer seiner Mutter ist. Er versucht es mit der nächsten – überall Sachen von seinem Vater. Der Umzug hat sie also nicht wieder zusammengebracht, stellt er fest.

Dann ein drittes Zimmer. Ein Bett. Sechs große Kartons. Auf allen dasselbe Wort: Jeff, Jeff, Jeff, Jeff, Jeff, Jeff. Das rührt ihn. Er kann nicht anders. Es ist wie sechsmal »Ich liebe dich«. Tränen in den Augen. »Shit.« Rasch öffnet er die Kartons, sucht ein paar Sachen heraus, stopft Lieblingsstücke in eine weiche Ledertasche von Derek, versucht sich an den Gedanken zu gewöhnen, dass dieses Haus nie sein Zuhause sein wird. Erwachsen werden. Level abgeschlossen. Das sollte doch ein Grund zum Feiern sein. Ein entscheidender Augenblick. Folgenden Level laden. Aber es fühlt sich nicht so an.

Die Vorstellung, bei Derek zu wohnen, bis er eine eigene Wohnung gefunden hat, kommt ihm schon nicht mehr so verlockend vor. Derek ist ein Retter in der wirklichen wie in der virtuellen Welt, klug, geduldig, zurückhaltend, hat sogar ein Auto gemietet, damit er ihn hier heraus nach Gloucestershire fahren kann – das ist doch wirklich was –, aber Jeff will nie wieder mit ihm schlafen (da ist er sich sicher), und bei jemandem zu wohnen, den man nicht mehr will, der einen selbst aber immer noch begehrt, das ist kein schöner Gedanke. Vielleicht ist ihm deswegen ein wenig übel, jetzt wo er Kleidungsstücke und ein paar ausgesuchte Habseligkeiten in die Tasche stopft, vielleicht sind deswegen seine Handflächen so klebrig wie die von Spiderman. Was soll er mitnehmen, was zurücklassen? Der Bodensatz eines ganzen Lebens. Zwei Paar Turnschuhe, sechs T-Shirts, Unterwäsche. Er überlegt, ob er alles hat, was er braucht, damit er nicht noch einmal zurückkommen muss. Sein CD-

Player steht auf dem Boden. Da steckt immer noch die letzte Scheibe drin, die er gespielt hat. Er nimmt den erstbesten Track und schaltet auf Endloswiedergabe. Damit seine Eltern merken, dass er hier war. Drückt auf PLAY, dreht die Lautstärke hoch.

Glückwunsch. Die Musikauswahl ist perfekt. Jetzt wissen deine Eltern, dass du hier warst.

Derek ist unbemerkt ins Elternschlafzimmer geschlüpft. Sieht auf beiden Nachttischen nur Frauensachen, Cremes, Modeschmuck, Make-up. Entdeckt ein Schmuckkästchen. Klappt es auf. Darin mehrere Goldketten, ein schwerer Verlobungsring mit Diamanten, Ohrringe aus Halbedelstein, Saphir und Topas. Eine antike Brosche mit einem Frauenprofil. Er nimmt alles mit, <STRG+A>, steckt es sich in die Tasche. Geht hinaus und macht die Tür hinter sich zu.

Jeff kommt aus seinem eigenen Zimmer und sieht Derek auf dem Flur. Derek lächelt. »Seh mich nur um. Bist du so weit?«

Der Kerl sieht so alt aus, der könnte mein Vater sein. Jeff setzt seine Ray-Ban-Pilotenbrille auf. »Auf geht's.«

»Die Musik lässt du an?«

»Jep.«

Unten bleibt Jeff noch einmal stehen, lauscht der Musik, die von oben dröhnt. Der Hund schaut ihn an. Er bückt sich, krault ihm den braunen Kopf. »Braver Junge«, sagt er, und er muss brüllen, so laut ist die Musik.

Hey, you, no mistake
You're a phony, a facsimile
You're a fake, fake, fake
Hey, you, since you ask
You make me sick
I've seen through your mask
Fake
You're a fake, fake, fake

Wieder im Auto, bringt Derek den Schalthebel in die Mittelstellung, rührt übertrieben mit der linken Hand. Jeff starrt auf die rotblonden Härchen, die Sommersprossen auf dem Arm des Mannes, die billige Armbanduhr, den Sergeanzug, grau wie der Londoner Himmel. Jetzt ohne Drogen in den Adern, kommt es ihm irrsinnig vor (unmöglich!), dass er den Schwanz dieses Mannes gelutscht hat und dann, so grausig das ist, zugelassen hat, dass dieser Schwanz in … er vertreibt den Gedanken, ihm wird schlecht davon.

»London, wir kommen«, sagt Derek übermütig, als der Wagen anfährt.

Jeff nickt. Schweigt. Im eisbedeckten Außenspiegel verfolgt er, wie das Cottage in diesem arktischen Licht rasch kleiner wird und dann verschwindet. Heimatlos, ganz auf sich gestellt, kann er nicht mehr der sein, der er einmal sein sollte, fühlt sich mit 18 doch noch ziemlich jung und merkt mit einem Mal, dass er todunglücklich ist.

Mitten auf dem Platz vor der Kathedrale bleibt Jim stehen, um den Anruf entgegenzunehmen. Es muss eine verflucht schlechte Verbindung sein, denn er kann die Stimme des Anrufers nur mit Mühe hören. »Hallo? Wer ist da? ... Jeff?« Er hält sich das andere Ohr zu. »Jeff! Bist du das? Wo bist du? Ruf noch mal an! Jetzt gleich! Schlechte Verbindung! Ich kann dich nicht hören. Ruf noch mal an! Versprich es!« Er legt auf. *Jeff.*

Das rote Kopftuch. Er sieht noch immer nur den Hinterkopf, der Rest des Körpers wird von der Menge verdeckt. Er ist schon nahe dran, vielleicht noch zwanzig Schritte weg. Er sieht nach dem Telefon – volle Signalstärke. Wartet auf den Anruf, geht aber dabei weiter. Das Kopftuch, ein hübsches dramatisches Detail – neben Internetspielen, Gedankenspielen und virtuellem Geplänkel mag sie offenbar auch Oper, Film, die darstellenden Künste.

Die Frau dreht sich um. Er sieht das Gesicht unter dem Kopftuch.

Renata! Sie blickt sich um, sucht nach jemandem. Rasch dreht er sich um und geht wieder in die andere Richtung, taucht unter in der Menge, damit sie ihn nicht erkennt. Renata? Sie hat den Namen seiner Spielfigur herausbekommen? Sie hat all diese Anzüglichkeiten geschrieben? Ihn verführt? Ihn hinters Licht geführt? Ihr grausames Spiel mit ihm gespielt? *Mein Geburtstag! Meine Telefonnummer! Meine Adresse!* Die ganze Komödie mit dem Baby? Ja natürlich. Mit einem Mal ist ihm klar, dass nur eine einzige Person all das wissen konnte, was Kayla wusste, und das ist seine Frau. Natürlich, es kann gar nicht anders sein.

Jetzt hat Jim das Gefühl, dass er keine Luft mehr bekommt, dass nichts mehr in seinen Lungen ankommt. Benommen ruft er sich so viele von seinen Chats mit Kayla ins Gedächtnis wie nur möglich, versucht sie sich nun mit Renata in der Rolle der Kayla vorzustellen. Aber es klappt nicht, er findet sie nicht wieder in diesen Szenen – die Frau, die er kennt. Wo ist die, mit der er fast sein gesamtes Erwachsenenleben verbracht hat? In Gedanken geht er die Online-Affäre von AGI und Kayla durch, überlegt, ob es Zeiten waren, zu denen auch Renata an ihrem Computer saß.

Rund um ihn klicken Kameras, Besucher sagen »Molto bella«, »Wunderschön« oder »Utsukushii«, und er bahnt sich dazwischen den Weg zum anderen Ende des Platzes, zurück zum Auto. Er bringt es nicht fertig, sich ihr zu stellen, will nicht bestätigen, was *sie* längst wissen muss: dass er AGI ist, ein Mann, der sich auf einem Kinderspielplatz sexuell zur Schau gestellt hat.

Wieder klingelt sein Telefon. Jeff. Aufgeregt klappt er es auf. Die Stimme seines Sohns. Die Verbindung ist nach wie vor schlecht.

»Jeff? Ich kann dich kaum hören. Wo steckst du? Sag mir, wo du bist!«

Zehn Meilen entfernt geht Jeff über ein schneebedecktes Feld, fort von einem Leihwagen, der mit laufendem Motor am Straßenrand steht. Von der Fahrertür ruft Derek ihm etwas nach, bittet ihn zurückzukommen, ruft, er soll »kein Blödmann!« sein, »lass mich das erklären!«. Jeff kümmert sich nicht um ihn und geht auf der Suche nach einem besseren Empfang für sein Nokia immer weiter auf das schneebedeckte Feld hinaus.

»Dad? Leg nicht auf. Kannst du mich hören?«

»Ja, ich höre. Die Verbindung – sehr schlecht.«

»Dad? Sag, bist du schon an der Kathedrale?«

»Kathedrale? Hast du – Kathedrale gesagt?«

»Ja. Frag mich jetzt nicht, woher ich das weiß – einfach – ist sie da? Hast du sie schon gesehen? Dad? Dad? Hörst du mich?«

Dann plötzlich klar: »Was zum Teufel ist los, Jeff? Was soll das? Wen gesehen?«

»Bleib, wo du bist. Nicht ärgern, Dad. Ich muss dir das alles erklären. Geh nicht zu ihr hin, sprich sie nicht an. Mach einfach kehrt. Dann kommt alles in Ordnung. Ich erklär's dir später. Geh nicht zu ihr hin. Versprich es mir. Wenn du zu ihr hingehst, ist alles aus.«

Jetzt brüllt sein Vater: »Was wird hier gespielt, Jeff? Was zum Teufel –« Die Worte zerbröseln.

»Geh nicht zu ihr hin. Dad?«

»Zu wem?«

»Zu Mum. Geh nicht zu ihr hin. Mum! Sie wartet auf dich. *Aber sie ist nicht Kayla.* Hörst du mich?«

Sie ist nicht Kayla.

Jim hört das, er hört es deutlich. Jeff *weiß es.* Dass ein Sohn so etwas über seinen Vater weiß! Und was weiß er sonst noch? Schreckliche Vorstellung, dass er alles wissen könnte, bis ins kleinste Detail. Und Renata – selbst wenn sie nicht Kayla ist – weiß also wohl diese Dinge auch.

Schlimmer hätte es gar nicht kommen können. Das Spiel ist aus. Er hat verloren.

Auf dem weißen Feld fleht Jeff seinen Vater an, ihm zuzuhören, und er erklärt.

»Luther. Luther ist Kayla! Hörst du mich? Dad?«

Jetzt ist die Verbindung wieder besonders schlecht. »Luther. Aus *Life of Lore.* Er hat sich Kayla ausgedacht. Gerade hat er mir erzählt, dass er dich womöglich dazu gebracht hat, nach Gloucester zu fahren. Dass du dich an der Kathedrale mit einer Frau treffen willst. Bist du an der Kathedrale? Dad, wenn du –«

»Es tut mir so leid.«

»Dad. Luther – hör zu –, er hat Mum angerufen und sich mit ihr ebenfalls da verabredet. Er hat euch beide reingelegt. Verstehst du, was ich sage? Luther hat Mum am Telefon gesagt, er hätte ihr etwas über dich zu sagen. Er hat sie zur Kathedrale bestellt. Hörst du? Aber bis jetzt weiß sie noch nichts. Mum weiß noch überhaupt nichts. Dad? Geh nicht zu ihr hin, sonst will sie alles wissen. Dann dreht sie durch. Das wäre das Ende. Bist du noch da?«

»Ich bin da.«

»Hast du gehört, was ich gesagt habe?«

»Das habe ich. Aber –«

»Wo bist du jetzt gerade?« Keine Antwort. »Dad? Wo bist du? Dad?«

Nach einer Pause: »Kathedrale … auf dem Vorplatz.«

»Dann stimmt es also wirklich. Was Derek mir erzählt hat. Bist du noch da?«

»Derek?«

»Luther. In Wirklichkeit heißt er Derek. Das ist alles total verrückt. Es hat als Witz angefangen. Tut mir leid, Dad. Luther ist dahintergekommen, dass mir jemand im Web nachschleicht, und ich hab dann rausgefunden, dass du das bist.«

»Verstehe.«

»Dad? Hörst du mich? Und dann habe ich Luther ein paar Informationen über dich gegeben. Ich war wütend. Aber ich wusste nicht, dass er so was mit dir macht. Der ist richtig mit dir Schlitten gefahren. Hat mir alles erzählt. Und dann, als du seinen Avatar vernichtet hast, da wollte er Blut sehen. Er sagt, du hast fünf Jahre seiner Arbeit in LoL vernichtet. Stimmt das? Hast du das wirklich? Na egal, danach hat er dann diese Kayla genommen, um's dir heimzuzahlen.«

»Ich bin noch da. Jeff? Was hat er dir sonst noch erzählt?«

»Ich weiß nicht alles. Aber ich glaube, er wollte euch beiden richtig weh tun, dir und Mum. Das hat er mir gerade erst erzählt. Der Kerl ist durchgedreht, und ich bin so wütend; aber anscheinend habe ich dich ja gerade noch rechtzeitig erwischt, oder? Also, geh einfach weg, Dad. Okay? Dann habt ihr's beide geschafft. Mum muss überhaupt nichts davon wissen. Nicht von Luther. Nicht von Kayla. Nichts von der ganzen Geschichte. Hörst du mich?«

»Ich höre dich. Ich bin da.«

»Dad, ich werde Mum nichts davon sagen. Niemals.«

»Ich will nicht, dass du lügst. Komm einfach nur zu uns zurück. Komm zurück.«

»Es ist nur ein Spiel, das außer Kontrolle geraten ist.« Jeff, dem sein altes Lügentalent nun zur Tugend wird, will, dass seinem Vater klar ist, dass er sein Geheimnis ein Leben lang bewahren kann. »Du kannst mir vertrauen. Okay?«

»Ich weiß, dass ich das kann.«

»Ich habe dich rechtzeitig gerettet.«

»Ja. Das hast du.«

Für ein paar Sekunden bricht die Verbindung ab, dann kehrt Jeffs Stimme zurück. »... will doch nicht, dass ihr zwei euch trennt. Dad?«

»Von Trennung ist gar ...« Wieder ist er weg. »... gut? Geht es dir gut? Alles in Ordnung? Jeff?«

»Alles cool. Geh einfach weg. Bevor sie dich sieht.«

Die Verbindung ist schrecklich, aber Jim will Jeff noch etwas sagen: »Ich wollte dir helfen. Ich ... mir Sorgen gemacht ...nglaublich ... Sachen, die kannst du dir überhaupt nicht ...«

»Sorry, die Verbindung reißt ab. Dad? Ich hör dich nicht mehr.« Stille. »Dad?«

Und dann: »... Hause? Jeff? Lässt sich das irgendwie machen, dass du nach Hause kommst? Zu dem neuen Haus?« Jim hört nichts. Er spricht immer lauter, die ersten Touristen drehen sich schon um. »Jeff! Hörst du mich? Lässt sich das irgendwie machen, dass du nach Hause kommst?« Schließlich legt Jim auf und wartet vergebens, dass Jeff noch einmal anruft. Dann begreift er, dass er nicht warten soll, sondern im Gegenteil so schnell wie möglich von hier weggehen.

Jim kehrt zurück zur Geborgenheit des geparkten Wagens, zurück zu einem Leben, das unversehrt, unenthüllt und heil geblieben ist. *Ja, das stimmt,* geht Jim jetzt auf, *mein Sohn hat mich in allerletzter Minute erreicht, mich gerettet. Ein paar Augenblicke später, und Renata hätte gewusst, wer ich in Wirklichkeit bin.*

Ein Leben hat einen Anfang, eine Mitte und ein Ende… nur nicht unbedingt in dieser Reihenfolge.

Renata wartet auf den geheimnisvollen Fremden. Blickt auf die Uhr. Er kommt zu spät, ist jetzt schon so spät, dass er wohl gar nicht mehr kommt. Man hat sie an der Nase herumgeführt, belogen. Warum? Zu welchem Zweck? Was soll sie jetzt mit sich anfangen? Sie erinnert sich an Wörter, die kürzlich auf ihrem Bildschirm aufgeleuchtet haben:

Geh und sündige nicht mehr.

Der Platz vor der Kathedrale. *Wie eine Eislaufbahn,* denkt sie. *Als Mädchen bin ich immer allein gelaufen, die Bögen und Striche und Schnörkel meiner Kufen wie Schreibschrift auf einem riesigen Blatt. Und jetzt warte ich hier in der Menge, während leise der Schnee in dicken Flocken fällt, und bin immer noch allein, suche nach jemandem, der nach mir sucht.*

Sie trägt ein rotes Kopftuch, wie angewiesen. Sie sollte nicht schwer zu finden sein. Doch die großen Glocken im Turm sagen ihr unmissverständlich, dass keiner mehr kommt.

Sie wendet sich zum Gehen, und da sieht sie in dem rasch schwindenden Winterlicht einen Mann, der sich zwischen den Besuchern einen Weg bahnt.

Da ist er. Sie reißt die Augen auf.

Er sagt: »Es kommt niemand. Es trifft sich keiner hier mit dir.«

»Was machst du hier?«

»Ich muss dich nach Hause bringen.«

»Ich bin verabredet.«

»Er kommt nicht, Rena. Ich kann dir das erklären.«

Sein Ton ist ruhig, vermerkt sie, er gibt ihr zu verstehen, dass sie diese Sache genauso besprechen können wie die Million anderer Probleme, die sie in über zwanzig Jahren besprochen und gelöst haben. Aber er hat Tränen in den Augen.

Sie sagt: »Ich weiß, was du getan hast.«

»Nein. Das weißt du nicht. Wir müssen reden. Zu Hause. Können wir bitte einfach nach Hause gehen? Es ist eiskalt. Lass uns gehen.«

»Ich gehe nirgendwohin. Ich bin hier verabredet.«

»Er kommt nicht.«

»Woher willst du das wissen?«

»Er kommt nicht.«

»Ein Mann hat sich bei mir gemeldet. Am Telefon. Er –«

»Ich weiß. Aber es stimmt nicht. Komm mit mir nach Hause.«

»Nein. Sag es jetzt! Ich glaube dir kein Wort. Ich habe mit einem Mann gesprochen, der hatte Beweise. Er sagt, du hast eine Affäre mit seiner Frau. Stimmt das?«

»Nein. Zu Hause erkläre ich dir alles. Ich will es nicht hier draußen tun.«

Er merkt, dass sie zittert, als reagiere sie mit dem ganzen Körper darauf, dass sie nichts begreift. »Sag es mir jetzt.« Sie wird lauter. »Sag mir, was los ist!«

»Jemand will uns auseinanderbringen. Es ist alles meine Schuld. Lass uns einfach nach Hause fahren, und ich erkläre dir alles. Aber erst zu Hause. Es ist eine lange Geschichte. Wir nehmen meinen Wagen. Die Straßen werden von Minute zu Minute schlimmer.«

»Es stimmt also? Du hast eine Affäre?«

»Nein.«

Sie betrachtet ihn, forscht in dem Gesicht, das sie besser kennt als jedes andere.

»Du kannst mir glauben«, sagt er noch. »Aber es gibt eine ganze Menge Sachen, die ich erklären muss. Ich habe ein paar große Fehler gemacht. Können wir jetzt bitte nach *Hause* fahren?«

Eine Landschaft aus schneebedeckten Bäumen, Eis, uralten Steinhäusern und Himmel.

Jeff steht auf einem verschneiten Feld in Gloucestershire im strahlenden Mondlicht, das Telefon abgeschaltet, und stellt sich seine Mutter vor, wie sie auf dem Platz vor der Kathedrale auf einen Mann wartet, der nie kommen wird. Malt sich aus, wie sein Vater davonfährt, alle Geheimnisse intakt, dankbar, dass er seinen Sohn zum Komplizen hat.

»Jeff!« Das ist Derek, der aus der Ferne ruft. Jeff stapft zurück zum Wagen, und als er wieder bei Derek ankommt, sieht er aus, als wäre er geschrumpft. Lächerlich in seiner russischen Bärenfellmütze mit den Klappen über den Ohren, wie er sich die Hände warmpustet. »Jeff, es tut mir so leid.«

Ich hasse ihn, denkt Jeff. *Ich hasse diesen Wichser.* Und als Derek um das Auto herumkommt und ihn umarmen will, hält er ihm die Hand an die Brust, schiebt ihn weg. Jeff lässt ihn einfach stehen, setzt sich auf den Beifahrersitz, schlägt die Tür zu.

Derek steigt an der Fahrerseite wieder ein, klatscht in die Hände, damit die Finger warm werden. »Ich dachte, ich tue dir einen *Gefallen.* Ich habe es doch für dich getan. Du warst so wütend auf deine Eltern, dass ich… dass ich einfach für dich mit wütend geworden bin.«

»Lass meine Familie in Ruhe.«

»Ich sehe mit Schrecken, dass ich dich verärgert habe. Mit Schrecken. Glaub mir. Aber du musst mir zugutehalten, als dein Vater eine Möglichkeit fand, mich zurück ins RZ zu schicken, da –«

»Hör auf!… Du und dein Scheißspiel… nicht alles auf der Welt ist ein Spiel, kapierst du das?«

»Ja doch.« Derek legt den Gang ein, steuert zurück auf die Straße, jetzt wieder, wenn auch vorsichtig, auf dem Rückweg nach London. »Ja doch. Klar.«

»Kehr jetzt um«, kommandiert Jeff.

»Du bist wütend. Das kann ich verstehen.«

»Fahr mich zurück zum Cottage.«

»Unsinn. Wir fahren nach London.«

»Kehr um!«

»Jeff. Jetzt sei doch –«

»Ich muss nach Hause, Derek. Ich muss meinen Eltern aus der Scheiße helfen, in die du sie gebracht hast.«

»Das sind Tagträume. Das hier, das ist die Realität. Glaub mir. Dein Vater ist ein Irrer. Ein Perverser. Wenn ich dir erzählen würde, was der alles –«

»Fahr einfach nur zurück.«

»Die Menschen müssen die Wahrheit übereinander wissen, Jeff.«

»Nein, das müssen sie nicht. Kehr um!« Jeff wird lauter, die Wut kocht in ihm.

»Glaub mir, das ist ein Fehler. Vertrau mir.« Derek legt die Hand auf Jeffs Knie, sagt lächelnd, mit tiefer Stimme: »Von nun an hörst du auf deinen Herrn.«

»Heilige Scheiße! Kannst du dich nicht mal ausloggen?« Jeff schubst die Hand weg. »Mann! Komm raus aus dem Spiel!«

Derek blickt starr nach vorn auf die Straße, und sein Lächeln verschwindet. »Weißt du was, Derek?«, legt Jeff noch nach. »Du bist beknackt. Hat dir das schon mal jemand gesagt? Du bist ein fettes altes Arschloch. Und total beknackt. So, jetzt halt an, und dreh um. Dreh um. Fahr mich zurück.«

»Du kannst dahin nicht zurück.« Allmählich erhöht Derek das Tempo. »Keine Gnade.« Anfangs hatte Jeff geglaubt, er suche nach einer Stelle, an der er wenden kann, ohne dass sie im Schnee steckenbleiben, doch schnell geht ihm auf – gerade als sie an einer perfekten Parkbucht vorbeifahren –, dass Derek nicht die Absicht hat kehrtzumachen. »Kein Vergessen.«

»Was tust du? Fahr langsamer, Derek – ich sage, fahr langsamer!«

Aber Derek hört nicht auf ihn. Er hat das Steuer in der Hand, ganz wie es ihm gefällt, das Leben eine Maschine, die er beherrschen kann, und jetzt drückt er erst recht aufs Gas. »Schau dir erst mal an, was ich mir für dein Zimmer ausgedacht habe. Dann entscheidest du. Wenn's dir nicht gefällt, setze ich dich in den ersten Zug nach Hause. Versprochen.«

Jeff hat den Tacho im Blick. 55 Meilen die Stunde … 60 … 65. Zu schnell für diese verschneiten Straßen. Eiswasser spritzt an den Wagenboden, und im Scheinwerferlicht sieht man kaum etwas von der Straße. »Lass das, Derek. Okay? Fahr einfach langsamer.« Er fühlt nach seinem Sicherheitsgurt – der ist fest eingehakt –, die andere Hand wandert zum Türgriff.

»Nur keine Aufregung«, sagt Derek. »Ich kann das.«

Die schwarzen, eisüberkrusteten Bäume fliegen vorüber wie ein Film. Jeff bekommt es mit der Angst zu tun. »Okay, okay, aber fahr nicht so schnell.«

»Vergiss nicht, das ist Luther, der hier am Steuer sitzt.«

»Derek!«

»Nenn mich Luther. Siehst du's? Siehst du, was für ein toller Fahrer ich bin? Wenn du mit Luther fährst, dann kannst du –«

»Derek!«

Der Knall ist ungeheuer. Ein schwerer Schlag vorn gegen den Wagen. Jeff wird vorwärts in den Sicherheitsgurt geschleudert. Derek bremst, der Wagen schlittert über die Straße, alles ist Chaos.

Zuerst glaubt Jeff, sie hätten einen Baum gestreift und flögen in den Graben, doch als er in seinem Sitz wieder hochkommt, sieht er, dass sie noch auf der Straße sind, dass der Wagen schlingernd zum Stehen kommt, mitten auf der Fahrbahn, mit unschuldig summendem Motor, und vor ihnen nichts als die leere Straße.

»Was ist passiert?«

Luther schaut Jeff nicht an, antwortet zögernd: »Ich habe ein Reh angefahren, glaube ich. Es stand plötzlich einfach da.«

Jeff will sich umdrehen, nach hinten sehen, aber er merkt, dass mit seinem Hals etwas nicht stimmt. Er kann den Kopf nicht drehen. Ein stechender Schmerz im Nacken, wenn er versucht, ihn zu bewegen, und seine Brust schmerzt von dem heftigen Ruck des Sicherheitsgurts. Er sucht nach dem Türgriff, steigt aus. Er ist verletzt, aber er kann nicht sagen, wie schwer. Ist eine Rippe gebrochen? Er bekommt kaum Luft, ein solcher Druck auf den Lungen.

Durch die roten Rücklichter hat der stille Wald plötzlich etwas von einem Rummelplatz, eine Realität, mehrere Stufen über der alltäglichen, und Jeff stolpert ein Stück die Straße zurück, zu der Stelle, wo der Unfall geschehen sein muss. Anfangs sieht er nichts, doch dann erkennt er am Straßenrand Umrisse wie von einem großen schwarzen Stein. Er geht näher. Ein Reh. Das Maul ist offen, und mit jedem Atemzug stößt es eine Dampfwolke aus. Es lebt noch, ringt um sein Leben. Aber Jeff sieht nirgends Blut. Die Verletzungen müssen allesamt innerlich sein. Er beugt sich zu dem Tier hinab. In dem feuchten Auge spiegeln sich die Sterne, schwarzer Marmor, vom Lid in stockendem Rhythmus benetzt. Bisweilen zuckt die Hinterhand. *Mit dem ist es aus.* Nur eine Frage der Zeit. Sie haben ein Reh getötet.

Schritte im Schnee hinter Jeff werden lauter, bis sie hinter ihm innehalten. Dereks blödsinnige Stimme: »Plötzlich stand es einfach da. Ich konnte nichts machen.«

Die beiden Männer schauen das Tier an. Ein Windstoß im Wald, Äste knarren. Der Schrei einer Eule. Derek sagt:

»Es ist kalt. Lass uns weiterfahren. Wir holen es von der Straße, und dann fahren wir weiter.«

»Mit dir fahre ich nirgendwohin.«

»Du kannst nicht einfach hierbleiben.«

»Wir haben es umgebracht.«

»Es ist vors Auto gelaufen! Das blöde Vieh.«

»Du bist zu schnell gefahren. Genauso gut könnten wir das sein. Hier liegen. Sterben.«

»Sei nicht so dramatisch. Meine Güte. Also, Jeff, wenn du nicht vor mir im Auto sitzt, dann fahre ich ohne dich. Ich fahre nach London. Für heute habe ich genug Theater gehabt. Ist das klar? Komm jetzt. Lass es liegen. Komm mit. Ich fahre.«

Jeff rührt sich nicht.

»Hörst du? Ich fahre. Jeff?«

Jeffs Hals ist zu steif und tut zu weh, er kann nicht aufblicken. Will es auch gar nicht. Er richtet seine Worte an das sterbende Reh. »Du bist wirklich ein Arsch.«

Als die Lichter von Dereks Wagen in der Ferne verschwinden und der Motorenlärm verstummt ist, hört Jeff das tiefe, gleichmäßige Atmen des Waldes und das scharfe Keuchen des Rehs.

Es ist kalt. Ohne Handschuhe und Mütze darf er nicht zu lange in dieser Kälte bleiben. Seine Jacke ist dünn, der Reißverschluss ausgerissen. Bei solchen Temperaturen erfriert man schnell. Jeff legt dem Reh die Hand auf die unverletzte, stolz gereckte Schnauze. Er wird bei ihm bleiben. Nur für den Fall, dass es stirbt. »Ganz ruhig«, sagt er zu dem Reh. Es versucht den Kopf zu heben, bebt am ganzen Körper, die Beine zucken ein wenig, der letzte Kampf. Jeff legt sich den großen Kopf in den Schoß und drückt ihn an seine Brust, streichelt dem Tier die Stirn, krault es zwischen den Ohren, und die Wärme des Rehs geht in ihn über, hält ihn warm.

»Alles ist gut.«

Jeff war nicht da, als Donny sein Leben aushauchte, er saß zu Hause über Schulaufgaben. Seine Eltern hatten ihn später vom Krankenhaus aus angerufen: »Es ist zu Ende.«

Jetzt läuft dem Tier Blut aus dem Maul, ein plötzlicher Schwall, als hätten alle Organe im selben Augenblick aufgegeben. Heiß dringt es in Jeffs Kleider. Er fasst sich an die Brust und betrachtet seine Hand im Mondlicht. Das Blut sieht grau aus, ein starker Geruch wie von rostigem Metall. Jetzt stirbt es. Er weiß das, und so bleibt er da, steht dem Tier bei, lernt, wie es ist, wenn ein Leben zu Ende geht, wie die Kraft und der Wille versiegen, bis aller Kampf und alle Mühen zu Ende sind. »Ruhig«, sagt er, bis das letzte Schaudern kommt und das Auge aus schwarzem Marmor seinen Glanz verliert, jenen Ausdruck annimmt, den, wie Jeff nun lernt, alles annimmt, wenn es tot ist. Und er denkt in dem Augenblick an Donald und an seinen Vater, an seine Mutter und an sich selbst und daran, wie für sie alle dieser letzte Augenblick kommen wird und dass es einfach so ist und kein Mensch an dem Scheiß etwas ändern kann.

Mit Tränen in den Augen steht er auf und macht sich daran, das Tier von der Straße und ins Gebüsch zu zerren. Das ist Schwerarbeit, es wiegt eine Tonne, aber auf dem rutschigen Schnee lässt es sich machen. Als er es geschafft hat, geht er seine Ledertasche holen, die Derek noch im letzten Moment aus dem Wagen geworfen hat, holt ein Kapuzenshirt heraus, zieht es über die andere Kleidung und macht sich auf den Rückweg nach Blackstable.

Lange, stille Straßen. Der Mond erhellt ihm den langen Weg nach Hause. *Knarz, knarz, knarz.* Irgendwann wird er auf Straßenschilder stoßen, doch zuerst findet er einen uralten, längst vergessenen Meilenstein am Wegesrand, ein Stück Fels mit ein paar eingemeißelten Zeichen, die dem Reisenden schon seit Jahrhunderten mit den einfachsten Mitteln sagen, wie weit er noch zu gehen hat.

Mehr als eine Stunde braucht er, bis er in Blackstable ankommt, durch Wälder, an Häusern vorbei, wo immer wieder Schneelawinen von den steilen Dächern poltern. Ein Herrenhaus im gespenstischen Licht des aufgehenden Mondes, ein sinistrer Friedhof, ein Landgasthof, vor dessen erleuchtetem Fenster er stehen bleibt, um das Rehblut, das er sich wohl ins Gesicht geschmiert hat, fortzuwischen. Aber das leuchtendrote Kreuz mitten auf seiner Stirn ist getrocknet, und er lässt es stehen zum Zeichen für alle Welt, dass er ein Krieger ist, der aus der Schlacht heimkehrt.

Endlich, das Cottage. Die Lichter brennen noch. Der Hund bellt. Noch bevor er klopfen kann, öffnet sich die Haustür. Das Gesicht seiner Mutter. Seines Vaters. Keiner sagt ein Wort, doch alle drei kommunizieren schon heftig auf jenen geheimen Kanälen, auf denen sie für alle Zeit, und was immer auch geschieht, verbunden sind.

Bitte beachten Sie
auch die folgenden Seiten

Das Diogenes Hörbuch zum Buch

Anthony McCarten
Ganz normale Helden

Gekürzte, autorisierte Lesefassung

Gelesen von Rufus Beck und Jo Kern

7 CD, Spieldauer 528 Min.

Anthony McCarten im Diogenes Verlag

Superhero

Roman
Aus dem Englischen von
Manfred Allié und Gabriele Kempf-Allié

Donald Delpe ist 14, voller unerfüllter Sehnsucht, Comiczeichner. Er möchte nur eines wissen: Wie geht Liebe? Doch er hat wenig Zeit – er ist schwerkrank. Was ihm bleibt, ist ein Leben im schnellen Vorlauf. Das schafft aber nur ein Superheld. Donald hat sogar einen erfunden – MiracleMan. Aber kann MiracleMan ihm helfen, oder braucht Donald ganz andere Helden?

»Anthony McCarten hat die unglaubliche Gabe, diese Geschichte so aufzuschreiben, dass es einem das Herz zerreißt, während man über die Einfälle von Donald, seine Sprüche und seinen unbesiegbaren Humor kichert.«
Annemarie Stoltenberg / Hamburger Abendblatt

»Anthony McCartens Roman *Superhero* ist ein radikales Buch über den Hunger nach Liebe und das Sterben im Pop-Zeitalter.«
Evelyn Finger / Die Zeit, Hamburg

»Ein Geniestreich. Ein wunderbar originelles Buch, tiefgründig, temporeich, voller makabrem und sarkastischem Witz.«
Ulrike Sárkány / NDR *Kultur, Hamburg*

Englischer Harem

Roman. Deutsch von Manfred Allié
und Gabriele Kempf-Allié

Eine junge Frau zu ihren Eltern, untere Mittelschicht im Londoner Vorort: »Ich habe eine gute und eine schlechte Nachricht. Die gute: Ich heirate, die schlechte:

Er ist Perser. Und übrigens: Er hat bereits zwei Frauen.« So beginnt ein provozierender Roman über Heimat, Kochen und die Faszination des Fremden… und eine Liebesgeschichte wie keine andere – für diese Zeit.

»Eine Familiengeschichte voller verworrener Lebenswege, wunderschön warmherzig erzählt. Eine Liebesgeschichte über Moral, Gesetze und Glück von Anthony McCarten.«
Andrea Ritter / Stern, Hamburg

»*Englischer Harem* heißt Anthony McCartens charmante und scharfsinnige Liebesgeschichte, mit Dialogen, geschliffen wie feines Kristall.«
Angela Wittmann / Brigitte, Hamburg

Hand aufs Herz

Roman
Deutsch von Manfred Allié

Brauchen Sie ein neues Auto? Oder vielleicht gar ein neues Leben? Hier ist Ihre Chance: ein Ausdauerwettbewerb, bei dem ein glänzendes neues Auto zu gewinnen ist. Doch für zwei der vierzig Wettbewerbsteilnehmer geht es nicht ums Gewinnen, sondern ums nackte Überleben. Was anfängt wie ein Kampf jeder gegen jeden, wird zu der Geschichte eines ungewöhnlichen Miteinanders.

»Kaum einer schaut den Menschen so tief ins Herz und ist dabei so komisch wie Anthony McCarten. Sein Händchen für skurrile Situationen und originelle Charaktere beweist er mit seinem dritten Roman *Hand aufs Herz*.« *Peter Twiehaus / ZDF, Mainz*

»Ein dramatischer, tragikomischer Roman über Engagement, Miteinander und neue Möglichkeiten.«
Publishers Weekly, New York

Auch als Diogenes Hörbuch erschienen,
gelesen von Rufus Beck

Liebe am Ende der Welt

Roman
Deutsch von Manfred Allié

Drei unschuldige Mädchen, die plötzlich schwanger sind. Von Außerirdischen, versichern sie. Ein spannender Roman über Wunder, Täuschungen und die Geschichten, die wir erfinden, um uns vor der Wahrheit zu schützen. Und eine phantastische Liebesgeschichte.

»*Liebe am Ende der Welt* ist eine Geschichte über verlorene und wiedergefundene Unschuld. Von einem Autor, der gleichzeitig Jongleur, Seiltänzer und Moralist ist.« *David Finkle / The New York Times*

»Der Roman *Liebe am Ende der Welt* ist fabelhaft. Bizarr, tragikomisch und glänzend erzählt.«
Dagmar Kaindl / News, Wien

Ganz normale Helden

Roman. Deutsch von Manfred Allié
und Gabriele Kempf-Allié

Im Internet ist Jeff ein Star, verdient viel Geld, vor allem aber kann er hier gegen die Geister kämpfen, die ihn nicht loslassen: Schule, Mädchen und den Tod seines Bruders. Sein Vater will nicht noch einen Sohn verlieren und loggt sich in die ihm fremde Welt der unbegrenzten Möglichkeiten ein. Dabei begreift er auch, was in der alten Welt wirklich wichtig ist.
Ganz normale Helden ist die Fortsetzung von McCartens erfolgreichem Roman *Superhero* und dennoch eine eigenständige Geschichte.

»Mit *Ganz normale Helden* legt Anthony McCarten erneut einen fulminanten Roman vor. Virtuos entlarvt er durch Perspektivenwechsel scheinbare Gewissheiten und bespiegelt die aus seinem Roman *Superhero* bekannte Familie Delpe.«
Stefan Hauck / Börsenblatt, Frankfurt am Main

»Bitter komisch, erschreckend traurig und voller Empathie.«
Anja Hirsch / Frankfurter Allgemeine Zeitung

Auch als Diogenes Hörbuch erschienen,
gelesen von Rufus Beck

funny girl

Roman. Deutsch von Manfred Allié
und Gabriele Kempf-Allié

Junge Londonerin zu ihren kurdischen Eltern: »Ich habe eine gute und eine schlechte Nachricht. Die schlechte: Ich werde Stand-up-Comedian. Die gute: Ich trage ab heute Burka (allerdings nur auf der Bühne).« So beginnt ein provozierender Roman über Anderssein, Humor und Liebe in unserer modernen Gesellschaft.
Eine junge Frau zwischen den Kulturen, so berührend und packend wie in McCartens Bestseller *Englischer Harem.*

»Ein großartiger Erzähler.«
Börsenblatt, Frankfurt am Main

Auch als Diogenes Hörbuch erschienen,
gelesen von Rufus Beck

Adam Davies im Diogenes Verlag

Froschkönig

Roman. Aus dem Amerikanischen
von Hans M. Herzog

Harry Driscoll, 26, tut alles, um ein klischeefreies Leben zu führen, beruflich wie privat. Das größte Klischee von allen ist für ihn die Liebe. Bis Evie auftaucht und er merkt, dass Liebe neu erfunden werden kann, wenn sich dafür nur die richtigen Verrückten finden. Ein tragikomischer Liebesroman für alle, die Liebesromane hassen.

»*Froschkönig* ist eine mitreißende Liebes- und Lebensgeschichte. Die deshalb so schön ist, weil sie – und das hat man selten – gänzlich kitschfrei und doch mit viel Gefühl gestrickt ist.« *Ruhr Zeitung, Dortmund*

»Adam Davies erzählt mit beiläufiger Raffinesse, witzig, elegant und unaufgeregt zugleich.«
Stefanie Hentschel / Brigitte, Hamburg

»Eine spannende, anrührende, witzige, chaotische Liebesgeschichte.«
Jana Seifert / Rhein-Zeitung, Koblenz

»Ein märchenhaftes Debüt.«
Kerstin Holzer / Focus, München

Goodbye Lemon

Roman. Deutsch von
Hans M. Herzog

Hätte Jack Tennants Familie einen Schlachtruf, es wäre gemeinsames jahrelanges Schweigen… über ein tragisches Familiengeheimnis. Aber jetzt droht Jacks neue Liebe Hahva, ihn zu verlassen, wenn er sie nicht einweiht. Und sein verhasster, seit einem Schlaganfall

stummer und gelähmter Vater droht das Geheimnis mit ins Grab zu nehmen; er ist der Einzige, der weiß, was damals wirklich geschehen ist. Jack muss handeln – und zwar schnell.
Ein berührender, urkomischer und mit schwarzem Humor gespickter Roman über Trauer, Erinnern und Vergebung.

»Ein bewegender Roman über die Sprachlosigkeit zwischen Kindern und Erwachsenen, über Vorurteile und Missverständnisse, über Kraft und Mut.«
Christine Westermann / WDR, Köln

Dein oder mein

Roman. Deutsch von
Hans M. Herzog

Der Superheld: Otto Starks, ein hochspezialisierter Sicherheitsbeauftragter mit einer fast übernatürlichen Wahrnehmungsfähigkeit, der Diebe von teuren Kunstgegenständen fernhalten soll. Aber jetzt ist ihm schon dreimal nacheinander ein wertvolles Kunstwerk direkt unter der Nase weggestohlen worden, und zwar von der sogenannten »Ratte«.
Der Superschurke: Aus der Sicht der »Ratte« sieht alles ganz anders aus. Er entwendet nur zuvor gestohlene Kunstwerke, um sie ihren rechtmäßigen Besitzern zurückzubringen.
Die Story: Ein durchgeknallter romantischer Thriller über Verrat, Betrug und Besitzansprüche in der Kunst und in der Liebe, grell und laut.

»Adam Davies kann von Tragödien so grandios erzählen, dass man ordentlich was zu lachen hat.«
Christine Westermann / WDR, Köln

»Ein völlig abgedrehter, romantischer Screwball-Thriller.« *Cosmopolitan, München*

Joey Goebel
im Diogenes Verlag

Joey Goebel ist 1980 in Henderson, Kentucky, geboren, wo er auch heute lebt und Schreiben lehrt. Als Leadsänger tourte er mit seiner Punkrockband ›The Mullets‹ durch den Mittleren Westen.

»Joey Goebel wird als literarische Entdeckung vom Schlag eines John Irving oder T.C. Boyle gehandelt.«
Stefan Maelck / NDR, *Hamburg*

»Solange sich junge Erzähler finden wie Joey Goebel, ist uns um die Zukunft nicht bange.«
Elmar Krekeler / Die Welt, Berlin

Vincent
Roman
Aus dem Amerikanischen von
Hans M. Herzog und Matthias Jendis

Freaks
Roman
Deutsch von Hans M. Herzog
Auch als Diogenes Hörbuch erschienen,
gelesen von Cosma Shiva Hagen, Jan Josef Liefers,
Charlotte Roche, Cordula Trantow
und Feridun Zaimoglu

Heartland
Roman
Deutsch von Hans M. Herzog

Ich gegen Osborne
Roman
Deutsch von Hans M. Herzog

Andrej Kurkow im Diogenes Verlag

Andrej Kurkow, geboren 1961 in St. Petersburg, lebt seit seiner Kindheit in Kiew. Er studierte Fremdsprachen (er spricht insgesamt elf Sprachen), arbeitete als Redakteur und während des Militärdienstes als Gefängniswärter. Danach wurde er Kameramann und schrieb zahlreiche Drehbücher. Seit 1996 ist er freier Mitarbeiter bei Radio und Fernsehen und freier Schriftsteller. Er lebt in Kiew und London.

»Kurkow beweist, dass man auch auf Russisch wieder frische Geschichten erzählen darf: intelligent, witzig, weder die Realität verkleisternd noch sie ausblendend, nicht angestrengt antirealistisch, aber auch nicht wirklich traditionell.«
Thomas Grob / Neue Zürcher Zeitung

Picknick auf dem Eis
Roman. Aus dem Russischen von Christa Vogel

Petrowitsch
Roman. Deutsch von Christa Vogel

Ein Freund des Verblichenen
Roman. Deutsch von Christa Vogel

Pinguine frieren nicht
Roman. Deutsch von Sabine Grebing

Die letzte Liebe des Präsidenten
Roman. Deutsch von Sabine Grebing

Herbstfeuer
Erzählungen. Deutsch von Angelika Schneider

Der Milchmann in der Nacht
Roman. Deutsch von Sabine Grebing

Der Gärtner von Otschakow
Roman. Deutsch von Sabine Grebing